Für'n Groschen Brause

DIETER ZIMMER

FÜR'N GROSCHEN BRAUSE

EIN FAMILIENROMAN

Mit einem Vorwort
von Erich Loest,
Fotografien von Karl Heinz Mai
und einer Nachbemerkung
des Autors

Connewitzer Verlagsbuchhandlung Peter Hinke

1. Auflage 2009

Durch Vermittlung der AVA international GmbH
Autoren- und Verlagsagentur
www.ava-international.de

Gestaltung: André Göhlich, Leipzig
Umschlag: André Göhlich, Leipzig
unter Verwendung einer Fotografie von Heinz Müller
Druck: PögeDruck, Leipzig
Bindung: Leipziger Verlags- und Industriebuchbinderei, Leipzig
ISBN 978-3-937799-36-0

LEIPZIGVERSESSEN

Ein Vorwort von Erich Loest

Ich schlage ein Buch auf und lese den ersten Satz: »Die Bockwürste ließen auf sich warten.« Das nenne ich einen klassischen Romanbeginn für die frühen Jahre der DDR; die Bockwurst galt als Nationalspeise, aber selbst auf sie mußte einer warten. Über prägende Kindheitserlebnisse wollte der Journalist D. Z. berichten, nicht nur dem Tagesgeschäft nachgehen, sondern sich an einem Buch ausprobieren. Das kannte ich. 1948 saß der frierende, ständig hungernde Mitarbeiter der »Leipziger Volkszeitung« E. L. im kleinen Mittweida und versuchte, nicht nur über Igelitschuhe und Naßpreßsteine zu berichten, sondern einen Roman zu komponieren, sein bißchen Kriegserleben als Inhalt, er war gerade mal zweiundzwanzig. »Jungen, die übrig blieben« entstand, dem Brause-Buch ähnlich auf manche Art: viel Dialog, wenig Reflektion, kaum Figurenbeschreibung, Gut und Böse leicht erkennbar. Vergleichbare Ausgangslage, Ehrgeiz, Fleiß, sture Hoffnung.

Ich lernte Dieter Zimmer Mitte der achtziger Jahre kennen. Da war er seit dreißig Jahren in der Bundesrepublik, hatte studiert und sich hochgearbeitet zum wohlbestallten Abteilungsleiter beim ZDF in Mainz, drehte Filme und gab Filme in Auftrag. Ich war neu in der Bundesrepublik, ausgespieen von der DDR wie die Familie Zimmer lange vorher, er lud mich ein, mitzutun bei dem, was er für seine Aufgabe hielt: über die Menschen in der DDR zu berichten, der politischen Lage stets eingedenk, genau zu sein, niemandem nach dem Mund zu reden, Propaganda der einen wie der anderen Seite nicht zuzulassen. Bei ihm wirkte nichts aufgesetzt, vordergründig. Das kam mir entgegen: In Osnabrück hörte ich von manchen meiner neuen Freunde, '68ern auf dem braven Weg durch die schulischen und universitären Institutionen, ich solle mich vorm Beifall von der falschen Seite hüten, von CDU und Springer-Presse, und nicht so viel von Mauer, Stacheldraht und Bautzen reden. Wenn ich nicht meine Meinung sagen könne, antwortete ich ungalant, hätte ich ja gleich in der Zone bleiben können.

Mit Dieter Zimmer verstand ich mich auf Anhieb, da mußte nicht debattiert werden, wir kannten den Laden da drüben. So erging es mir mit anderen, die aus der DDR kamen, Heinz Klunker, dem Chef des Features vom Deutschlandfunk, dem Kritiker Manfred Jäger, der Herausgeberin der Zeitschrift »Deutschland Archiv«, Ilse Spittmann, überragt alle vom Wissenschaftler Hermann Weber an der Universität Mannheim und dem Tausendsassa Wolfgang Leonhard.

Dieter Zimmer bat mich für das »Sonntagsgespräch« ins Studio des ZDF, eine Live-Sendung, meine erste. Er baute fürsorglich Lampenfieber ab, indem er mich am Abend vorher zu sich nach Hause einlud. Im Vorgarten stand eine Laterne. Sie hatte dereinst für Gaslicht in einer Leipziger Straße gesorgt, die DDR, die auch altes Kopfsteinpflaster ausriß, wenn einer Devisen dafür zahlte, hatte sie nach Holland verkauft. Dort war sie geputzt und auf Elektrizität umgestellt worden, nun wärmte sie einem treuen Sohn der Messestadt das Herz.

Es ging weiter mit einem Film: »Ein Sachse in Osnabrück«, und vielem anderen noch. Ich erlernte einiges vom TV-Handwerk und konnte kärglich eigene Wege gehen. Wie es echten Sachsen geziemt, waren wir beide, mauerungeeignet sowieso, außerordentlich reisefreudig, beruflich und privat, wir sahen viele Länder und brachten erkleckliche Summen von See-, Land- und Luftmeilen hinter uns. Nordamerikanische Weiten hatten es Dieter angetan, er erfüllte sich einen Traum vieler Autofreunde und nahm die berühmte Route 66 unter die Reifen. Ich erschrak, als ich von einem Hirnschlag hörte, danach versagte ihm eine halbe Lippe zeitweise den Dienst. Das gab sich. Nur einmal erlebte ich ihn minutenlang fassungslos: Bei der Märzwahl 1990 in der DDR siegte nicht, wie allgemein vorausgesagt, die SPD, sondern Helmut Kohls eilig zusammengezimmerte Allianz für Deutschland. Die Gruppen, die den Zusammenbruch der DDR protestierend begleitet hatten, kamen gerade mal auf drei Prozent. Erfahrung setzte sich durch, Dieter Zimmer brachte die Wahlsendung über die Bühne wie in vielen Jahren vorher und nachher.

Das ZDF verabschiedete ihn kalt und schmucklos – das Publikum, wurde argumentiert, wolle frische Gesichter sehen. Längst hatten wir uns angefreundet übers publizistische und politische Geschäft hinaus. Als die

Mauer gefallen war, reisten wir zurück in die alte Heimat, sondierten, redeten mit. Es hängt immer von vielen Umständen ab, ob einer in dem, was man das Alter nennt, noch einmal den Wohnort wechselt, vor allem redet die Familie mit und besitzt durchaus überzeugende Argumente. Dieter blieb am Rhein, ich wechselte zurück an die Pleiße, was mir nicht immer wohl bekam. Wir begegneten uns hier und da, im Prominentengespräch im Gewandhaus, wir treffen uns bei Geburtstagsfeiern, eigenen und denen alter Fußball- und Jazzfreunde, gemeinsam wählen wir in der Leipziger Medienstiftung die Träger eines Freiheitspreises aus. Dieter Zimmer ist leipzigversessen wie eh und je, das, was man oft routinemäßig ein Urgestein nennt – hier trifft es zu. Ich wohne in Gohlis, von dem er einst fortzog, und gehe alle Wege, die er als Junge ging, hinüber ins Rosental mit seinem Scherbelberg und den Teichen, in denen immer neue Generationen von Fröschen quaken. Ich werde mit ihm im Mediencampus sitzen, und wir werden nicht fürn Groschen Brause trinken, sondern für ein paar Euro Reudnitzer Bier und werden von den alten Zeiten reden – wohin sind sie eigentlich?

1 Die Bockwürste ließen auf sich warten.

Thomas wunderte sich ohnehin, daß die Mutter noch etwas zu essen bestellt hatte, anstatt gleich weiterzufahren bis zum Ziel. Er traute sich aber nicht, etwas zu sagen. Er hielt sich an den dringenden Rat der Mutter, an diesem Tag kein überflüssiges Wort zu verlieren. »Ich muß mich da auf dich verlassen können«, hatte sie ein paarmal gesagt, »du bist ja schließlich schon bald dreizehn.«

Es war voll und laut in dem Bahnhofsrestaurant: Menschen und Stimmen, Zigarettenqualm und Gläserklirren. An den ungedeckten Holztischen saßen vor allem junge Leute in blauen Hemden, am linken Ärmel das Abzeichen mit der aufgehenden Sonne und den drei Buchstaben FDJ. Zusammengerollte rote Fahnen und Transparente lehnten an den Wänden und Heizkörpern. Auf zwei Pappschildern stand in weißer Schrift auf rotem Grund zu lesen: »Es lebe der 1. Mai 1953!«

Obwohl es recht warm war, hatten Thomas und seine Mutter ihre Mäntel nicht abgelegt. Zwischen ihre beiden Stühle hatten sie ihre drei Koffer gestellt. Die Mutter schaute immer wieder zur Theke hinüber. »Wo die bloß mit den Bockwürsten bleiben?« flüsterte sie.

»Die müssen eben erst mal die ganzen Friedenskämpfer hier abfüttern, weil die zur Kundgebung müssen«, sagte Thomas eine Spur zu laut. Die Mutter zischte ungehalten.

Blöde Bockwürste, dachte Thomas. Dabei mußte er sich allerdings eingestehen, daß er nach der langen Zugfahrt großen Hunger hatte. Denn vor lauter Aufregung war ihm das Frühstück beinahe im Hals steckengeblieben, das die Oma zu Hause in aller Herrgottsfrühe bereitet hatte.

Die Blauhemden am Tisch unterhielten sich laut und unbekümmert. »Det wird wieda 'n langa Tach«, stellte einer fest. »Siem Stunden latschen se üban Maax-Engels-Platz. Un wir sind ooch noch als letzte dran.«

Thomas lauschte interessiert dem Dialekt, der ihm fremd war. Und er dachte: Ihr seid mir schöne Dummköpfe! Warum macht ihr's nicht wie ich bei den Mai-Kundgebungen? Man läuft einen halben Kilometer mit, und dann wetzt man in einem unbeobachteten Augenblick in einen Hausflur und läßt die anderen weiterziehen. Das setzte freilich voraus, daß man sich nicht so ein sperriges, auffälliges Transparent in die Hand drücken ließ. Thomas hatte Erfahrung mit Mai-Kundgebungen.

»Sach ma, frierste nich in deim schnieken Paletot, Kleena?« fragte jemand.

Thomas betrachtete gerade das Stalin-Bild über der Theke und merkte nicht gleich, daß er gemeint war. Er schwieg sein Gegenüber feindselig an.

Am Eingang erschienen zwei Polizisten und sahen sich um, vielleicht suchend, vielleicht auch nur beiläufig. Die Mutter stieß Thomas an und machte eine Kopfbewegung. Sie nahmen ihre Koffer, Thomas den kleinsten, und strebten dem Nebenausgang zu.

Als sie ihn fast erreicht hatten, traten auch dort zwei Polizisten ein. Die Mutter schaute an ihnen vorbei und beschleunigte den Schritt.

»Na, junge Frau, wo wollen Se denn hin?«

Jetzt! dachte Thomas. Jetzt ist es passiert.

Und es schoß ihm durch den Kopf: Jetzt stecken sie uns ins Gefängnis. Aber Kinder müssen doch noch nicht ins Gefängnis, oder? Mich schicken sie bloß zurück. Morgen sitze ich wieder in meiner alten Klasse. Da fragt dann Fräulein Hase, warum ich nicht zur Kundgebung gekommen bin. Halsschmerzen, sage ich dann. Oder Durchmarsch. Und zu Hause habe ich nicht mal mehr ein Bett, das ist ja verkauft. Aber vielleicht ist es noch nicht abgeholt. Wer wird schon am 1. Mai mit Möbeln durch die Stadt kutschieren?

»Wir ... äh ... wir wollen zu unserem Zug«, sagte die Mutter zittrig.

»Und wo geht der hin?« fragte der Polizist, nicht einmal unfreundlich.

»Nach Neubrandenburg. Zu meiner Cousine. Die heiratet heute.«

»Gegen wen?« flachste der Polizist, und die Mutter sagte etwas erleichtert: »Gegen einen Kollegen von Ihnen.«

»Wie schön. Und besonders lobenswert, daß sie es am Ersten Mai tut.«

Thomas hatte das Gefühl, etwas sagen zu müssen: »In unserer Familie wird so was oft auf den Ersten Mai gelegt. Ich hab sogar einen Onkel, der ist am Ersten Mai gestorben.«

Die Mutter sah aus, als hätte sie sich auf die Zunge gebissen, und der Polizist wurde strenger. Er zeigte auf die Koffer: »Alles Geschenke?«

Die Mutter nickte: »Das meiste. Bettwäsche vor allem. Die braucht ja so'n junges Paar, und ich hatte noch welche übrig.«

»Sie wollen doch nicht zufällig nach drüben?«

»Nein! Was sollen wir denn da?« Die Mutter war jetzt ziemlich resolut.

»Mach mal deinen Koffer auf!«

Thomas gehorchte. Er hielt dem Polizisten, ein wenig zitternd, einen Schlips hin: »Für die Feier. Die Leute sind ein bißchen etepetete.« Er war selbst erstaunt, daß ihm das eingefallen war.

Der Polizist staunte über die vielen Socken. Thomas fiel dazu nichts ein, aber die Mutter sprang ihm bei: »Der Junge muß oft wechseln. Er hat leider, na ja, Neigung zu feuchten Füßen.«

Thomas protestierte im stillen gegen diesen unglaublichen Vorwurf, doch dann fiel ihm eine Erklärung ein: »Das kommt von den Igelit-Schuhen. Wenn Sie's nicht glauben ...«

Er machte Anstalten, seinen rechten Schuh aufzuschnüren. Aber der Polizist rümpfte ein bißchen die Nase und winkte ab. Dann griff er in den Koffer und hielt Thomas ein Buch hin:

»Und was willst du drüben mit dem Russisch-Buch?«

Auf diese Frage war Thomas gefaßt, denn das Russisch-Buch hatte er mit Bedacht eingepackt: »Ich muß in Neubrandenburg bißchen lernen. Wenn ich zurück bin, schreiben wir nämlich 'ne Arbeit.«

Der Polizist hörte schon nicht mehr richtig zu, denn sein Kollege am anderen Eingang hatte ihm etwas zugerufen.

»Na ja, denn pack man wieder ein!« sagte er nur noch.

Als Thomas fertig war, sah er den Kellner mit zwei Bockwürsten und suchendem Blick.

»Komm!« sagte die Mutter.

Sie stiegen in eine rot-gelbe Bahn, die mäßig voll war und gemächlich über die ausgefahrenen Schienen schaukelte. Thomas las die Stationsschilder: Jannowitzbrücke, Alexanderplatz, Friedrichstraße.

An der Friedrichstraße hielt die Bahn sehr lange, und draußen auf dem Bahnsteig gingen Uniformierte paarweise auf und ab. Thomas beobachtete, daß die Mutter starr auf einen Punkt schaute, und er tat es ihr nach. Über den Lautsprecher kam eine Ansage: »Dies ist der letzte Bahnhof im Demokratischen Sektor von Berlin!«

Deutsche Demokratische Republik, dachte Thomas, auferstanden aus Ruinen, erster Arbeiter- und Bauernstaat auf deutschem Boden, an der Seite der großen Sowjetunion und so weiter. Und was kam nun? Der freie Westen: Kaugummiland, Kreppsohlenland, Cocacolaland. Wollte er überhaupt dorthin? Von wo es kein Zurück gab? So richtig gefragt hatte man ihn nicht. Aber er hätte auch keine richtige Antwort gewußt.

Die Türen schlossen sich, und der Zug ruckte an. Die Mutter schaute immer noch auf den unsichtbaren Punkt.

Als die Bahn wieder hielt, fragte Thomas leise: »Sind wir jetzt drüben?«

Die Mutter nickte.

»Und warum freust du dich gar nicht?« fragte er lauter.

»Gleich«, sagte sie, »gleich fange ich an. Und warum fängst du an zu weinen?«

2 »Thomas! Aufstehen!«

Thomas rührte sich nicht.

»Aufstehen!«

Er kniff die Augen zu und atmete kaum.

Eine Hand riß seine Bettdecke weg und kitzelte ihn am Kinn. Verstellung war aussichtslos, und Thomas machte ein Auge auf. Vor seinem Bett standen die Mutter, der Vater und die Oma. Jeder hielt eine brennende Kerze in der Hand.

»Hoch soll er leben, hoch soll er leben«, sangen die Großen, »dreimal hoch!« Thomas sprang aus dem Bett.

»Wir gratulieren dir zu deinem zehnten Geburtstag und wünschen dir Glück und Gesundheit«, sagte die Mutter feierlich.

»Und bessere Schulaufsätze«, ergänzte der Vater.

Thomas war jetzt ganz wach: »Und was krieg ich geschenkt?«

»Das wirst du gleich sehen.«

Sie zogen im Schein der Kerzen ins Wohnzimmer. Um diese frühe Zeit war – wie immer in Leipzig – Stromsperre; die Kerzen dienten also nicht nur der feierlichen Stimmung.

»Mensch! Das Fahrrad!« entfuhr es Thomas.

Da lehnte es, mit einem Schleifchen um den Lenker, am Mahagonibüfett. Das Fahrrad, das sich Thomas so lange gewünscht hatte. Das blaue Fahrrad, das immer auf dem Dachboden gestanden hatte und Onkel Wolfgang gehörte. Eigentlich hätte Thomas es erst bekommen sollen, wenn Onkel Wolfgang aus der Gefangenschaft heimgekehrt war.

Man schrieb das Jahr 1950, also fünf Jahre nach Kriegsende, und noch immer war der Onkel in Sibirien. Niemand wußte, wie lange es noch dauern würde, und deshalb hatte man Thomas seinen sehnlichsten Wunsch jetzt erfüllt.

Auf dem Büfett lagen noch zwei Bücher, zwei Paar Socken und ein Päckchen aus dem Westen. Doch Thomas hatte nur Augen für das Fahrrad.

»Ich fahr damit gleich heute in die Schule«, verkündete er beim Frühstück, »da brauche ich auch erst später los.«

Vor der Abfahrt wurden die Reifen noch einmal aufgepumpt. Der Vater riet, die Luftpumpe zu Hause zu lassen, damit sie nicht geklaut würde.

Thomas konnte schon einigermaßen radfahren. Etwas schwankend zwar, aber fröhlich winkend strampelte er los. Unterwegs klingelte er fast ständig und wunderte sich ein wenig, daß ihm nicht alle Leute anerkennend zunickten.

Auf halbem Weg zur Schule spürte er immer heftigere Stöße im Lenker und sah den Vorderreifen immer platter werden. Bald ging es auch hinten los. Schließlich mußte er absteigen und schieben. Er erinnerte sich, gehört zu haben, daß alte Fahrradreifen nach Jahren auf dem Dachboden so mürbe wurden, daß sie die Luft nicht mehr hielten.

Thomas kam zu spät in die Schule. Ehe er sich noch entschuldigen konnte, sagte die Lehrerin: »Komm doch gleich mal nach vorn!« Fräulein Seifert hatte Strenge, aber auch ein wenig Mitleid in Stimme und Blick, und Thomas wußte sofort, was jetzt los war. Es war immer so, wenn die Klasse einen Aufsatz zurückbekam.

»Was hast du bloß wieder für einen haarsträubenden Unsinn zusammengeschrieben?« Fräulein Seifert gab ihm seufzend sein Heft und deutete auf den zweiten Absatz: »Hier, lies das mal vor!«

»Wo?« fragte Thomas, der die Stelle durchaus gesehen hatte. Die Klasse kicherte in verhaltener Erwartung. Fräulein Seifert stieß nochmals mit dem Finger auf besagte Stelle.

»Das erste Jahr unserer jungen Republik war ein Jahr stolzer Erfolge«, las Thomas stockend vor. »Seit neunzehnhundertneunundvierzig ist es mit allem planmäßig und umfassend bergauf gegangen.«

Er sah die Lehrerin schräg von unten an: »Stimmt das vielleicht nicht?«

Sie bedeutete ihm ungeduldig weiterzulesen.

»Die Schaufenster unserer Läden sind voll mit Plakaten und Transparenten, auf denen man die großen Fortschritte lesen kann.«

Das Kichern wurde lauter, und Thomas las ärgerlich weiter: »Im Westen sind die Schaufenster dagegen voll mit Waren. Aber das ist der reinste Beschiß.«

Einige Klassenkameraden konnten sich nun kaum noch halten, und Thomas schickte giftige Blicke in die Runde.

»Die vollen Schaufenster sollen nämlich bloß die Menschen darüber hinwegtäuschen, daß die westdeutsche Wirtschaft immer tiefer in den Sprudel der Krise hineinschlittert.«

»Jawohl: ›Sprudel!‹« machte ihn Fräulein Seifert nach, »ich fürchte, du hast eine ganze Menge Sprudel im Kopf.«

Thomas begehrte auf: »Weiß ich selber, daß das Strudel heißen muß. Man darf sich ja mal verschreiben, oder?«

Fräulein Seifert stemmte jetzt energisch die Hände in die Hüften und trat einen Schritt näher: »Ja, mein lieber Freund, das darf man mal. Aber man darf nicht ständig so einen Mumpitz zusammenstoppeln und dann auch noch glauben, daß man versetzt wird. Wo hast du das denn her mit den Schaufenstern und so? Hörst du so was zu Hause?«

Diese Frage löste in seinem Kopf Alarm aus: »Nein!« sagte er schnell. »Meine Eltern sind linientreu. Das hat alles in der *Leipziger Volkszeitung* gestanden.«

»So was Ähnliches hat da vielleicht dringestanden. Aber es ist doch merkwürdig, daß du nur von Schaufenstern voll Transparenten erzählst und kein Wort von der verbesserten Versorgung unserer Bevölkerung. Wo ist bei dir zu lesen, daß zum Jahrestag unserer Republik die Fleisch- und Fettrationen für alle Kartenbezieher wesentlich erhöht worden sind? Daß es neuerdings Rohbraunkohle und Naßpreßsteine ohne Hausbrandgrundkarten gibt? Daß Arbeitskleidung um zwanzig bis fünfundzwanzig Prozent verbilligt wurde? Daß unsere Schuhindustrie schon jährlich pro Kopf ein Paar Schuhe liefern kann!«

»Ich hab keine gekriegt«, widersprach Thomas, »da muß ein anderer zwei Paar gekriegt haben.«

Jetzt wurde die Lehrerin böse: »Frech wirst du also auch noch? Ich glaube, dir gehört mal richtig der Kopf gewaschen!«

Aber Thomas war jetzt in Fahrt: »Womit denn vielleicht? Es gibt ja bloß fünfzig Gramm Feinseife pro Monat.«

Fräulein Seifert verschlug es für einen Moment die Sprache. Dann holte sie tief Luft und schob ihre Brille für eine grundsätzliche Aussage zurecht: »Weißt du eigentlich«, sagte sie sehr langsam, »daß die Schüler und Jungen Pioniere dieser Schule – aber du bist ja nicht mal Junger Pionier –, daß ihr hier an dieser Schule eine ganz besondere Verpflichtung habt, gut zu lernen und den Friedenskampf zu unterstützen?«

Thomas nickte und leierte trotzig den oft gehörten Spruch herunter: »Wir müssen besonders gut lernen, weil an unserer Schule der große Sohn unserer Stadt, der große Freund der Jugend, der Genosse Walter Ulbricht ... äh ... in die Schule gegangen ist.«

»Ja, genau! Und danach solltest auch du endlich handeln.«

»Nee, ich nicht mehr«, trotzte Thomas – und erschrak im selben Augenblick über seine Kühnheit.

»Wieso?!«

»Weil wir übermorgen umziehen nach Gohlis.«

Fräulein Seifert verkündete, ehrlich erleichtert, dies sei die beste Nachricht seit vielen Wochen.

»Außerdem habe ich heute Geburtstag«, stellte Thomas fest, vielleicht um die Stimmung zu mildern.

»Ach so? Na dann, trotzdem herzlichen Glückwunsch. Es gibt ja eine Menge, was man dir wünschen kann.«

Auf dem Heimweg beschloß Thomas, den letzten Tag in der alten Schule zu schwänzen. Unterwegs fragte er in zwei Geschäften, ob es Fahrradreifen gebe, aber jedesmal bekam er die Auskunft: »Nee, ham'r nich, griech m'r ooch so schnell nich wieder rein.«

Das erste Jahr unserer Republik, dachte Thomas, ein Jahr stolzer Erfolge.

3 Am Sonnabend rumpelte der Möbelwagen auf Vollgummireifen hinaus in den Leipziger Vorort Gohlis. Es war ein sonniger Oktobertag des Jahres 1950.

Thomas saß neben der Oma auf der hinteren Bank der Zugmaschine. Der Fahrer kurvte vorsichtig um Schlaglöcher herum, und als er die Schienen der Trümmerbahn kreuzte, fuhr er Schrittempo. Dennoch stöhnte die Oma bei jedem Schlag: »Mein Gott! Mein Porzellan! Und meine Vitrine!«

Der Fahrer besänftigte sie in gemütlichem Sächsisch: »Nu duhn Se ma nich so barmen. So ene Vorgriechsvidrine is gräfdch gebaud.«

Der Beifahrer, der bisher stumm seine Tabakspfeife gequalmt hatte, meinte, man könne bisher sehr zufrieden sein mit dem Umzug, »nich nur weddermäßch«. Es hätte ja auch in Strömen »dreeschen« können. Dann beschrieb er anschaulich, wie ihnen gerade vorgestern eine wunderschöne Mahagonivitrine auf der Treppe abgerutscht sei. Heute dagegen sei doch nur ein Wandspiegel kaputtgegangen.

»Nu«, sagte der Fahrer, »noch ham 'r nich alles oben.« Die Oma stöhnte wieder.

Je näher sie der neuen Wohnung kamen, desto aufmerksamer sah sich Thomas um. Er kannte Gohlis so gut wie gar nicht, war nur einmal mit der Straßenbahn durchgefahren, als sich seine Klasse zum Kartoffelkäfersammeln verabredet hatte.

Der Möbelwagen überquerte die Pleiße-Brücke am Ausgang des Rosentals und bog dann nach links ab, wobei er diesmal die ausgefahrenen Schienen der Straßenbahn gefährlich schlingernd kreuzte. Dann ging es noch über grobes Kopfsteinpflaster, und die Oma lauschte angestrengt nach hinten.

Thomas sah zwei- bis dreistöckige Häuser mit Erkern und reichverzierten Giebeln, mit Vorgärten und übermannshohen eisernen Zäunen, an denen der Rost fraß. Der Fahrer hupte ein paar fußballspielende Jungen zur Seite. Dann hielt er vor einem dreistöckigen Haus aus roten Ziegelsteinen.

Aus dem Erkerfenster der ersten Etage winkten Vater und Mutter. Sie waren mit der Straßenbahn vorausgefahren. Als Thomas aus der Zugmaschine sprang, stand er zwei Jungen gegenüber, die ihn neugierig musterten. Der eine war einen halben Kopf größer als er und sehr kräftig. Mit dem kleineren hätte er es allerdings jederzeit aufgenommen. »Bist du der

Neue?« fragte der größere von beiden, und ohne auf die Antwort zu warten, erklärte er, daß er Albrecht heiße und sein Bruder Kuno; und daß sie mit ihrer Mutter in der ersten Etage zur Untermiete wohnten.

Ohne viele Worte machten sie sich über den Möbelwagen her und schleppten kleinere Stücke nach oben. Sein Fahrrad mit den platten Reifen trug Thomas in den Keller. Die Wohnung sah er sich nur flüchtig an. Er ließ sich erklären, daß er in dem schmalen Kämmerchen neben der Küche schlafen werde, wo außer dem Bett nur noch der Schrank mit seinem Spielzeug Platz hatte. Den Stall mit dem Kaninchen brachte er noch eigenhändig auf den Balkon, dann setzte er sich mit Albrecht und Kuno ab. Im Treppenhaus begegneten sie den Möbelmännern, die sich mit dem Klavier abmühten. Thomas wünschte inständig, es möge ihnen runterfallen, aber sie taten ihm den Gefallen nicht.

»Wo spielt ihr denn?« fragte Thomas die beiden Jungen. Sie zeigten ihm alles bereitwillig: Die Pleiße, die gleich hinter dem Haus floß, die Gärten der Nachbarschaft, die Fluchtwege zu den Nebenstraßen und ins Rosental.

»Habt ihr 'n paar anständige Trümmer?« fragte Thomas. Albrecht mußte zugeben, daß die Gegend in dieser Hinsicht nicht viel zu bieten hatte; leider sei hier fast alles stehen geblieben. Aber vorn an der Möckernschen Straße gebe es schon was Brauchbares.

Auf dem Weg dorthin fragte Thomas die beiden, wo sie eigentlich herkämen, da sie doch nicht Sächsisch sprächen. Sie seien aus Pommern, erklärten sie, und seit '45 in Leipzig. Thomas kannte eine Reihe von Kindern aus dem Osten. Sie taten ihm ein bißchen leid; nicht nur, weil sie wegen ihres Dialekts gehänselt wurden, sondern weil sie nicht zu Hause wohnen durften. Thomas konnte sich nicht vorstellen, eines Tages woanders als in Leipzig zu leben.

Die Trümmer machten ihm einen ganz anständigen Eindruck. Die Bomben hatten einen halben Häuserblock weggerissen. Über den Kellerfenstern und den verwitterten weißen Buchstaben LSR für »Luftschutzraum« ahnte man gerade noch die Fenster des Hochparterres. Das Trottoir war längst freigelegt, aber viele seiner schweren Granitplatten lagen geborsten und verkantet, so daß man bei Dunkelheit leicht stolpern konnte. Die einzige Straßenlaterne weit und breit war nur ein kopfloser Mast; und wenn es Nacht wurde und die Laternenmänner mit ihren langen Stangen durch Leipzig gingen, konnten sie nur an wenigen Stellen für trüben Schein sorgen. Der Vater pflegte zu sagen, daß die Laternen ohnehin nur entzündet wurden, damit man sich im Dunkeln nicht den Kopf stieß an ihren Masten.

In den Trümmern warteten ungefähr acht Jungen und maulten ziemlich, weil Albrecht zu spät kam. Thomas hatte den Eindruck, daß Albrecht wohl eine Art Chef war.

Sie hätten einen Möbelwagen ausgeräumt und ein Klavier nach oben geschleppt, erklärte Albrecht, und dies hier sei im übrigen Thomas, ein Neuer. »Mahlzeit!« sagte Thomas bemüht lässig. Die Jungen schätzten ihn ab, und einer fragte nach dem Alter. Thomas schlug rasch ein Jahr drauf und sagte: »Elf.«

Dann bestimmte Albrecht, es seien wie üblich zwei Mannschaften zu bilden, und der Neue komme zum Anlernen zu ihm. Einer fragte, ob man nicht auf Dolfi warten solle, der noch beim Pioniernachmittag sei, aber Albrecht ging gar nicht darauf ein.

Das Spiel war einfach: Die beiden Mannschaften verschanzten sich in etwa zehn bis zwölf Meter Abstand hinter Mauerresten und bewarfen sich gegenseitig mit halben Ziegelsteinen. Ganze Steine, erklärte Albrecht, seien zu schwer zum Werfen, vor allem für kleinere Jungen. Er zeigte Thomas, wie man Steine halbierte, ohne sich auf den Daumen zu kloppen.

»Sag mal«, wandte Thomas ein, »braucht man die ganzen Ziegelsteine nicht zum Wiederaufbau?«

Diese Frage schien sich noch niemand gestellt zu haben. Nach kurzem Nachdenken meinte Albrecht jedoch, daß die Maurer ja auch halbe Steine brauchten, zum Beispiel für die Ecken. Und außerdem habe in der Zeitung gestanden, daß Tausende der schönen Ziegelsteine, die die Trümmerfrauen mühsam saubergeklopft hatten, irgendwo herumlägen und verrotteten.

Thomas warf aus Leibeskräften und spürte bald kaum noch seinen rechten Arm. Er versuchte es mit links und traf um ein Haar einen eigenen Mann. Wieder belehrte ihn Albrecht: Man dürfe nur werfen, wenn der Feind seinen Kopf über die Deckung strecke. Das sei »ökonomischer«. Daß man den eigenen Kopf nach jedem Wurf rasch wieder einzuziehen habe, begriff Thomas von selbst, als ein Brocken fast sein linkes Ohr streifte.

Plötzlich schrie Kuno laut auf. Er war an der rechten Schulter getroffen, Hemd und Haut waren aufgerissen. Albrecht schwenkte ein ehemals weißes Taschentuch zum Zeichen des Waffenstillstands. Kuno wollte nach Hause, aber sein älterer Bruder machte ihm klar, daß ihn dort wegen des zerrissenen Hemdes nur fürchterliche Prügel erwarteten.

»Die kriegt er aber auch, wenn er später nach Hause geht«, meinte Thomas, aber Albrecht fuhr seinen Bruder an: »Du alte Flasche! Denk mal an unseren Vater, was der aushalten muß!«

»Was treibt 'n der?« fragte Thomas neugierig.

Albrecht nahm leicht Haltung an und sagte ernst: »Sibirien, Gefangenschaft.«

Thomas nickte wissend. Zwar hatte kürzlich in der Zeitung gestanden, es gebe außer ein paar Kriegsverbrechern keine Gefangenen mehr in der Sowjetunion, und das sei alles nur eine infame Propagandalüge der Imperialisten. Aber das konnte ja nicht stimmen. Der Vater von Albrecht und Kuno war noch dort, und auch Onkel Wolfgang. Beide waren sicherlich keine Kriegsverbrecher.

Kuno machte weiter. Bald darauf traf Dolfi ein. Er wirkte ebenso kräftig wie Albrecht und trug zum Unterhemd das blaue Halstuch der Pioniere, das er für den Kampf sorgfältig gefaltet in die Hosentasche steckte.

Wenig später ertönte auf der Gegenseite ein markerschütternder Schrei, und wieder herrschte Waffenruhe. Thomas hatte getroffen. Ein Junge mit Namen Karlheinz lehnte bleich und reglos an einem Eisenträger, Blut lief ihm in die Augen, die er fest zukniff: »Ich kann nischt mehr sehen«, jammerte Karlheinz, »ich bin blind!«

Albrecht untersuchte ihn und stellte ungerührt fest: »Wenn du was sehen willst, mußt du deine Sehschlitze aufmachen. Du bist nämlich nicht blind, sondern bekloppt.«

Karlheinz jammerte jedoch nur lauter, und Dolfi fuhr Thomas an: »Da bist du dran schuld, du Nappsülze!«

»Wieso denn? Wir schmeißen doch hier, um zu treffen, oder?«

Karlheinz meldete unterdessen, er sei gestorben; aber auf Albrechts Befehl wurde er von vier Mann an Armen und Beinen gepackt und hundert Meter weiter zu einer Pumpe geschleppt. Unter dem kalten Wasserstrahl kam ein ziemlich großes blutiges Loch zum Vorschein. Albrecht erklärte, das müsse man verbinden, und er verlangte Dolfis blaues Halstuch.

»Das ist ein Ehrentuch!« protestierte Dolfi.

»Eben«, sagte Albrecht und zog es ihm aus der Hosentasche.

Während zwei Mann Karlheinz nach Hause brachten, zogen sich die anderen in die »Höhle« zurück.

Die Höhle war ein Kellergewölbe, das dem einstürzenden Haus mehr oder weniger widerstanden hatte. Den Einstieg hätte Thomas nie und nimmer allein gefunden; und folgerichtig mußte er auch feierlich geloben, keinem Erwachsenen davon zu berichten. Im Halbdunkel entdeckte er einige ramponierte Möbelstücke sowie eine Reihe von Trophäen an der Wand: eine zersplitterte Klobrille, einen plattgedrückten Grammophontrichter, ein Lenkrad mit einem Mercedesstern. Albrecht und Dolfi hatten offensichtlich Stammplätze, der eine auf einem zerschlissenen Autositz, der andere in einer Sitzbadewanne aus Zink.

Während es ein Palaver über Karlheinz' Verwundung und »Feigheit vor dem Feind« gab, ließ sich Thomas von Kuno über Dolfi erzählen. Er erfuhr, daß Dolfi eigentlich Adolf hieß und daß das ihm und seinen Eltern sehr unangenehm war. Der Vater war nämlich in der SED und obendrein Hausbeauftragter und hatte schon mehrmals Mieter angeschwärzt, die zu laut RIAS oder NWDR gehört hatten. Den Versuch, Dolfi in Rudolf umbenennen zu lassen, hatte das Standesamt abgelehnt.

Plötzlich gab es Streit: »Du hast meine Kippen geklaut!« rief Albrecht und ging auf Dolfi los.

»Was 'n für Gibbn?« fragte der scheinheilig.

»Ich sammle Kippen«, schrie Albrecht, »damit ich was zu rauchen habe, und nicht für dich, du Hurensohn!«

Er kippte Dolfi samt der Badewanne auf den staubigen Boden, und im Nu rauften sie sich nach besten Kräften. Thomas wollte beispringen, aber Kuno hielt ihn zurück: »Das schafft der allein.«

Was denn ein Hurensohn sei, wollte Thomas wissen, aber Kuno konnte es auch nicht sagen: »Mein Bruder hat immer so komische Wörter. Vielleicht hat er das wieder mal aus der Bibel.«

Dolfi war sichtbar der Unterlegene und keuchte verbissen. »Du Pollakke«, stieß er hervor.

Da holte Albrecht weit aus und rammte ihm zweimal die Faust ins Gesicht. Dolfi ergab sich und kroch heulend ins Freie. Dabei ließ er einen Fluch in der Höhle zurück, der so ähnlich wie »Nazipack« klang.

»Bis zum nächsten Mal, Genosse Adolf!« rief ihm Albrecht nach.

Die Stimmung war dahin, die Jungen verabschiedeten sich maulend. Thomas trottete mit seinen beiden neuen Freunden nach Hause. Er bewunderte Albrecht.

»Wie siehst du denn aus!« empfing ihn die Mutter, die gerade Bettwäsche auspackte, »wo hast du dich denn bloß herumgetrieben?«

»Na ja, ich hab mir 'n bißchen die Gegend angesehen.«

»Ziemlich staubige Gegend«, bemerkte der Vater, der im Flur eine Lampe aufhängte.

»Ich finde, die Gegend ist sehr gut«, ließ sich die Oma aus ihrem Zimmer vernehmen. »Zwei Häuser weiter wohnte früher übrigens der Herr Kommerzienrat ... äh ... na, wie hieß er denn noch ...«

Dingsbums, wollte Thomas gerade ergänzen, aber die Oma kam ihm zuvor: »Kommerzienrat Dingsbums. Na, ich komme noch auf den Namen. Er war ein Logenbruder vom Opa.«

»Hast du eigentlich gelesen«, fragte der Vater sie freundlich, »daß es hier in Gohlis noch Reste von Sozialdemokratismus geben soll? Die *Volkszeitung* hat dazu aufgerufen, die Nester der Schumacher-Agenten auszuräuchern.«

»Mein Gott!« erschrak die Oma. »Das war doch früher nie eine Sozi-Gegend.«

»Nicht wahr? Wo sind wir da bloß hingeraten?«

»Was stinkt hier eigentlich so?« fragte Thomas dazwischen.

»Wenn es nicht die Sozis sind, dann ist es wohl die Pleiße«, erklärte der Vater. »Wir haben nämlich vom Küchenfenster aus einen herrlichen Blick auf den malerischen Fluß. Vor allem in der Abendsonne muß es herrlich sein, die großen Schaumberge auf dem tiefschwarzen Wasser dahintreiben zu sehen. Und der Geruch ist zu ertragen, wenn man mit Beginn der wärmeren Jahreszeit die Fenster schließt und sie erst zu Weihnachten wieder öffnet.«

»Wenn ich dran denke«, sinnierte die Oma, »daß wir als Kinder noch in der Pleiße gebadet haben ...«

»Thomas«, rief die Mutter, »willst du bitte mal Herrn und Frau Mohrmann begrüßen? Das sind unsere Hausbeauftragten.«

Thomas schaute die beiden, die gerade eingetreten waren, an, und sie gefielen ihm nicht. Er hatte das Gefühl, daß er ihnen viel Ärger bereiten werde. Und sie ihm.

»Na, mach schon einen Diener!« verlangte die Mutter, und er tat wie geheißen. Beide hielten ihm die Hand hin, ohne richtig zuzugreifen, und das mochte Thomas nicht.

»Jaja«, plauderte Herr Mohrmann, »eigentlich wollten wir ja diese Wohnung haben. Wir wohnen oben unterm Dach. Aber Sie haben wohl bessere Beziehungen zum Wohnungsamt.«

Der Vater bastelte an seiner Lampe und sagte nichts. Auch Thomas schwieg, weil er wußte, daß die Frau vom Wohnungsamt eines Abends gekommen war und der Vater ihr aus seinen Beständen einen Heizofen und eine Kochplatte in die Hand gedrückt hatte.

Herr Mohrmann schaute sich neugierig und gesprächsbereit um. »Sie hören doch auch heute abend die Ansprache von Wilhelm Pieck?« fragte er.

»Natürlich«, sagte der Vater freundlich.

»Und morgen werden Sie doch für die Hausgemeinschaft Ehre einlegen und gleich um acht zur Volkswahl gehen?«

»Aber sicher«, brabbelte der Vater vor sich hin.

»Und der Kleine, kann der sich ein bißchen um die Wandzeitung im Treppenhaus kümmern?«

»Welcher Kleine?« fragte Thomas ziemlich aufsässig.

»Na klar«, erwiderte der Vater.

»Auf der Wandzeitung stehen ja noch die Losungen zum Ersten Mai, und heute haben wir den vierzehnten Oktober«, meinte Thomas vorwurfsvoll, »und außerdem hat einer hingekritzelt: ›Es lebe der Erste Maikäfer‹.«

»Das soll ja nun auch besser werden. Und morgen früh werden Sie doch Ihre Fahne raushängen, oder?«

Der Vater stieg von der Leiter: »Ach wissen Sie, wir beteiligen uns einfach an Ihrer Fahne. Unsere ist schon ziemlich zerschlissen vom vielen Raushängen.«

Beim Abendessen saß Thomas auf einer Bücherkiste. Die Oma hatte erst ein einziges Messer gefunden, das sie alle vier reihum benutzten.

»Das sind aber Arschlöcher«, bemerkte Thomas kauend.

»Aber Junge!« fuhr die Oma hoch.

»Die Oma hat recht«, bestätigte der Vater, »du sollst deine tiefen Wahrheiten nicht immer mit vollem Mund aussprechen.«

4 »Hat jemand meine Brille gesehen?« rief die Oma aus der Küche.

»Sieh doch mal auf deiner Nase nach!« rief der Vater aus dem Wohnzimmer.

»Danke!«

Die Familie kramte in Kisten und Kästen und räumte den Inhalt in Schränke und Truhen, Büfett und Vitrine. Thomas verstaute seine Kleidung und sein Spielzeug in dem niedrigen braunen Schrank, der gerade noch Platz hatte in dem schmalen Kämmerchen. Das Fenster war mit einer Sperrholzplatte zugenagelt, was dem Zimmerchen den anheimelnden Charakter einer Höhle gab. Über dem Bett entdeckte Thomas einen Glaskasten mit den Zahlen 1 bis 7. Die Oma erklärte ihm, das sei eine Rufanlage für das Dienstmädchen, doch die Anlage funktioniere schon lange nicht mehr.

Die Wohnung hatte fünf Zimmer. Das mittlere nach vorn heraus, mit dem Erker, war das Wohn- und Eßzimmer. Links davon schliefen die Eltern, rechts die Oma. Nach hinten bewohnten Albrecht und Kuno mit ihrer Mutter ein Zimmer. Daneben »Oma Lehmann«, wie Thomas sie sogleich taufte. Oma Lehmann war dageblieben, als ihre Familie die Wohnung geräumt hatte, um in den Westen »wegzumachen«, wie das auf sächsisch hieß. Oma Lehmann sollte aber nachkommen – sobald sich »die Kinder drüben durchgebissen haben«, wie sie sagte.

Die Küche wurde von allen gemeinsam benützt, ebenso das Bad mit der Toilette.

»Was soll denn der Quatsch hier?« rief der Vater. »Thomas, das kannst doch nur du verzapft haben.«

Der Vater zeigte auf die Toilettentür. Dort hing ein Pappschild, das man beim Reingehen und Rauskommen umzudrehen hatte, weil das Schloß kaputt war. Rot hieß »Besetzt« und grün »Frei«. Thomas hatte auf die rote Seite mit Tinte drei große Buchstaben gemalt: SED.

»Was soll der Blödsinn?«

»Das heißt: Sitzt einer drauf – SED.«

»Wo hast du das denn her?«

»Weiß nicht. Irgendwo gehört. Weißt du, was KPD heißt? Nein? Das heißt: Kein Papier da.«

»Das machst du sofort wieder weg. Wenn das der Mohrmann sieht, kommen wir in Teufels Küche.«

»Is doch bloß Gagsch«, verteidigte sich Thomas.

»Spaß ist abgeschafft«, erklärte der Vater, »merk dir das!« Thomas übermalte die drei Buchstaben.

»In welcher Kiste sind denn nur meine Sammeltassen?« jammerte die Oma.

»In der großen«, antwortete der Vater.

»Aber die sind doch alle gleich groß.«

Die Mutter kam hinzu: »Es ist aber auch wirklich eine Schnapsidee, daß du ausgerechnet einen Tag nach dem Umzug dein Damenkränzchen abhalten mußt.«

»Hör mal«, belehrte sie die Oma streng, »unser Damenkränzchen ist nicht irgendeine belanglose Plauderstunde. Das ist eine Tradition. Wir haben schon vor fast dreißig Jahren zusammen Weihnachtsgeschenke gebastelt für die Kinder von Arbeitslosen. Wir haben schon ein tausendjähriges Reich überstanden; und diese Republik überstehen wir auch noch.«

»Da müßt ihr womöglich hundert Jahre alt werden, wenn ihr das vorhabt«, meinte der Vater.

»Vielleicht. Jedenfalls bitte ich euch jetzt, meine Sammeltassen mit zu suchen.«

»Wir müssen eben jede Kiste schütteln«, schlug Thomas vor, »dann hören wir doch, wo sie drin sind.«

Aber die Oma fand das gar nicht lustig: »Du wirst dich unterstehen!«

Die Oma und ihre Sammeltassen – das kannte Thomas. Er liebte es, sich darüber lustig zu machen und die Oma damit zu erschrecken, daß er behauptete, irgendwo einen einzelnen Henkel gefunden zu haben.

Der Vater, der die Oma auch gelegentlich damit neckte, hatte einmal versucht, Thomas die Sache zu erklären. Die Sammeltassen, so hatte er gesagt, seien nicht einfach Gefäße, aus denen man Kaffee trank. Das seien schon eher Kultgefäße, Symbole für etwas, das man schwer beschreiben könne. Irgendwie, hatte der Vater erklärt, müsse sich jeder an etwas festhalten, was die unruhigen Zeiten überdauerte. Irgendwie müsse jeder so tun, als gehe das Leben seinen gewohnten Gang, trotz Kriegen und Reichen und Republiken. Dafür könnten Sammeltassen durchaus ein Symbol sein.

Thomas hatte das nicht richtig verstanden. Was er wußte und zu verstehen glaubte, war dies: Die Tassen hatte die Oma vom Opa geschenkt bekommen. Sie wußte sogar noch von jeder Tasse, wann und aus welchem Anlaß sie sie erhalten hatte. Der Opa war tot. Er hatte beim großen Bombenangriff vom Dezember '43 mit ein paar Leuten versucht, Maschinen und Unterlagen aus seiner brennenden Firma zu retten. Beim zweiten großen Angriff auf Leipzig hatte die Oma dann den größten Teil ihrer Möbel und vieles andere verloren. Ihr jüngster Sohn, Onkel Wolfgang, war in Sibirien. Das alles waren harte Schläge, das begriff Thomas. Ihm war nur unklar, warum er über die Sammeltassen nicht mal einen Witz machen durfte.

»Also«, beschloß der Vater, »Thomas wird – sehr vorsichtig – nach den Tassen suchen, und wir anderen gehen inzwischen ins Wahllokal.«

Die Oma lehnte ab: »Da könnt ihr allein hingehen. Was soll ich denn da wählen?«

»Thomas wird es dir erklären.«

Thomas trug vor, was er in der Schule gelernt hatte: »Also, das ist so: Ein Jahr nach der Gründung des ersten deutschen Arbeiter- und Bauernstaates wählen wir eine Volkskammer und eine demokratische Regierung.«

»Aber wir haben doch schon eine Regierung«, wandte die Oma ein, »diesen Dingsbums, wie heißt er gleich?«

»Grotewohl.«

»Richtig. Und der regiert doch schon, ohne daß ihn jemand gewählt hat. Was ändert sich also, wenn ich jetzt wählen gehe oder wenn ich zu Hause bleibe und mich um meine Sammeltassen kümmere?«

Mit dieser Frage war Thomas überfordert, und er blickte hilfesuchend zum Vater.

»Für Grotewohl ändert sich in der Tat nichts, aber vielleicht für dich.« Die Oma blickte fragend.

»Also, paß mal auf!« Der Vater wurde jetzt grundsätzlich: »Wenn du heute nicht zur Volkswahl gehst, dann wird das irgendwo festgehalten.

Und dann könnte man – nur als Beispiel – eines Tages fragen: Was denn? Dieser Thomas will auf die Oberschule? Na ja, er ist ja nicht gerade völlig beschränkt. Aber er hat da so eine Oma, die hat was gegen den Sozialismus. Die ist nicht zur Volkswahl gegangen, als es darauf ankam, den Kriegstreibern mal richtig zu zeigen, was los ist. So ähnlich könnte man dann sagen.«

Es war so, daß Thomas gar nicht auf die Oberschule wollte. Er war jetzt in der fünften Klasse und hatte schon mal ausgerechnet, daß er bis zum Ende der achten Klasse noch über 900 Tage in die Schule gehen müsse. Und dann noch einmal so lange auf die Oberschule? Er drückte die Daumen, daß die Oma nicht zur Wahl gehe.

Der Vater argumentierte weiter: »Deine Wahlmüdigkeit könnte aber auch mal eine Rolle spielen, wenn es darum geht, ob eure Firma enteignet werden soll oder nicht. Die Firma immerhin, die dein Mann aus dem Nichts aufgebaut hat, die dein Sohn Manfred nach dem Krieg aus den Trümmern buchstäblich wieder freigeschaufelt hat, die deiner Tochter – meiner Frau – Arbeit gibt und die auch deinem Sohn Wolfgang Arbeit geben soll, wenn er aus Sibirien zurückkommt. Das solltest du gut bedenken.«

Jetzt war Thomas doch wieder dafür, daß die Oma ging, und er sagte: »Der Thomaskantor hat in der *Volkszeitung* auch geschrieben, man soll wählen gehen.«

»Tatsächlich? Der Ramin?« wunderte sich die Oma.

Thomas erinnerte sich nicht an den Namen und wußte auch nicht, was ein Thomaskantor war. Ihm war nur die Parallele zu seinem eigenen Namen aufgefallen.

Der Vater wollte es auch nicht glauben und ließ Thomas die Zeitung holen und den Aufruf von Professor Ramin vorlesen. Thomas las, so gut er konnte: »Daß es sich am fünfzehnten Oktober nicht um eine Wahl im üblichen Sinne handelt, dürfte jedem klar sein.«

»Wie wahr!« bemerkte der Vater.

»Darum wird sich jeder verantwortungsbewußte Deutsche vor Augen halten müssen, daß sich bei dieser Wahl das Wahlrecht über die Wahlpflicht hinaus zu einem wirklichen Bekenntnis ausweitet.«

»Auch richtig!«

»Dementsprechend zu handeln, wird jedem angelegen sein müssen, dem an einem wirklichen und echten Frieden gelegen ist, welcher Voraussetzung für die fruchtbare Lebensgemeinschaft aller Menschen und Völker ist.«

»Schon zu Ende?« fragte der Vater, als Thomas die Zeitung sinken ließ. »Das ist ja phantastisch! Der Mann hat es fertiggebracht, einen glühenden Wahlaufruf zu verfassen und dabei nicht zu sagen, ob man mit Ja oder mit Nein stimmen soll. Genial!«

Der Vater war ganz begeistert vom Thomaskantor, und Thomas nahm sich vor, mal nach diesem Manne zu fragen. Dann hob er noch einmal die Zeitung und sagte: »Der Kurt Henkels hat geschrieben: ›Gebt eure Stimme den Kandidaten der Nationalen Front!‹«

»Wer ist Henkels?« fragte die Oma.

»Der macht Tanzmusik«, erklärte der Vater.

»Was ist eigentlich, wenn einfach keiner hingeht?« wollte Thomas wissen.

»Das ist ein pfiffiger Vorschlag«, lobte ihn der Vater. »Am besten gehst du damit gleich mal zu Herrn Mohrmann.« Und auf sächsisch fügte er hinzu: »Du bist e richdch fichelandes Gerlchen.«

Ein »vigilantes Kerlchen«, das wußte Thomas natürlich, war die Umschreibung für einen besonders aufgeweckten Menschen. Aber wenn ihn der Vater so nannte, durfte Thomas sicher sein, besonders haarsträubenden Unsinn geredet zu haben.

Die Oma hatte inzwischen stumm, fast gottergeben, ihren Mantel geholt und murmelte: »Wenn das der Opa wüßte, daß ich Kommunisten wählen gehe.«

Während Thomas die Sammeltassen suchte und fand, überlegte er, wie er nachmittags die Kränzchendamen ein wenig ärgern könnte. Er hatte nichts gegen sie, mochte einige sogar recht gern. Zwei ihrer Gewohnheiten ärgerten ihn freilich jedesmal, wenn sie kamen; und das geschah jedes Frühjahr und jeden Herbst. Einmal pflegten sie ihm liebevoll übers Haar zu streichen, und nichts haßte Thomas mehr als fremde Hände an seinem Kopf. Da sträubte sich alles in ihm. Und zweitens mußte er jedesmal eine ganze Reihe von Vergleichen über sich ergehen lassen: Ganz der Opa! Ganz die Mutti! Ganz der Papi! Ganz die Oma! Wenn sie alle recht hatten, mußte Thomas eine Art menschliche Vierfruchtmarmelade sein.

Die Damen zu necken, das war für ihn jedoch keine Rache, sondern reine Lausbubenpflicht. Letztes Mal, im Frühjahr und noch in der alten Wohnung, hatte er die silberne Zuckerdose mit Salz gefüllt und dafür eine ganze Salve von Ohrfeigen kassiert. »Den ganzen schönen Westkaffee hast du uns verhunzt!« hatte die Oma gerufen, und dann hatte sie zu ihrem ärgsten Schimpfwort gegriffen: »Du ungezogener Bub!« Ein Wort übrigens, das Thomas nur deswegen ärgerte, weil er seine Einfälle und Taten stärkerer Worte für würdig hielt.

Als gegen halb vier die ersten Damen eintrafen, suchte jedes Mitglied der Familie noch etwas. Die Mutter suchte die gute Damasttischdecke, Thomas die Kuchengabeln und die Oma den Westkaffee: »Ich kann doch nicht Quieta's Röstperle vorsetzen, diesen Muckefuck!« Der Vater suchte nach zwei alten Damen, die von einer Telefonzelle aus gemeldet hatten, sie könnten die neue Wohnung nicht finden.

Thomas mußte schließlich wie immer unter mancher Hand hindurchtauchen, die liebevoll nach seinem Blondschopf griff, und auf das verzückte »Ganz der Opa« antwortete er artig: »Und ganz der Osterhase.«

Als das Kränzchen bei Tisch saß, mit Westkaffee, aber ohne Kuchengabeln, führte Thomas seinen Plan aus: Er holte den Nähkasten und nähte an allen Mänteln der alten Damen den rechten Ärmel zu. Albrecht und Kuno halfen begeistert, dann gingen sie alle drei zum Trümmerspiel.

Abends fing Thomas wieder Ohrfeigen ein.

5 Über die Volkswahl war schon drei Tage später ein Klassenaufsatz zu schreiben. Thomas hatte die Zeitungen besonders sorgfältig studiert, um nicht in der neuen Schule gleich wieder das Vorurteil aufkommen zu lassen, er könne keine guten Aufsätze schreiben.

Das Thema hieß: »Der 15. Oktober 1950 – ein denkwürdiger Tag«. Thomas schrieb:

»Wenn wir durch die Straßen unserer Stadt schreiten sehen wir überall Plakate und Transparente mit großen Sprüchen. Manche sind ein bißchen schäbig, aber das kommt von den Regen welcher in den letzten Tagen geströhmt ist. Auch die Schulen sind festlich geschmükt mit Friedenstauben welche wir Kinder aus Papier ausgeschnitten und an die Fenster geheftet haben. Die Friedenstauben sind eine Erfindung von dem berühmten Künstler Pablo Pikass aus dem demokratischen Spanien.

Dieses Festkleid unserer Stadt ist zu Ehren der Volkswahl welche am 15. Oktober stattgefunden hat. In meiner alten Schule haben wir sogar einen Wettbewerb für die beste Wahlparole durchgeführt. Ich habe die Parohle erfunden: Paßt auf das ihr richtig wählt! Ich weiß aber nicht ob ich damit gewonnen habe.

In den Wochen vor der Wahl konnte man die Kantitaden der Nationalen Front in der Zeitung abgebildet sehen. Es waren viele ganz einfache Proleten darunter.

Kurz vor der Wahl kam der Weltrekordler Emil Zatopek in unsere Republik und hat auch die Sportsfreunde aufgerufen richtig zu wählen, dann ist er gerannt.

Am Tage der Volkswahl war schon frühmorgens alles auf den Beinen, weil jeder es schnell hinter sich haben wollte. Vor den Wahllokalen waren Junge Pioniere mit Gesang und Volkspolizisten mit Pistolen. Viele Betriebssportgemeinschaften hatten sich freiwillig verpflichtet geschlossen in ihrer Sportkleidung zum wählen zu gehen, außer die Schwimmsportler. Auch meine Oma ist losgezittert um es den Monopolkapitalisten die mit Hilfe der Bonner Marionettenregierung und der Hungerpeitsche des Marschplans unser Vaterland ausplündern und spalten wollen heimzuzahlen.

Es gab einen triumpfahlen Wahlsieg. 99,7 Protzend haben sich für die Kantitaden der Nationalen Front und damit für den Frieden ausgesprochen. In ganz Leipzig haben nur 1647 Subjekte die freie Wahl schamlos misbraucht um mit nein zu stimmen. Wenn die Erfolge so weitergehen, dann werden bei der nächsten Wahl vielleicht schon 110 Protzend mit ja stimmen. Dann können sich die Kriegsbrandstifter im Westen aber schön wundern.«

Thomas hatte ein ganz gutes Gefühl, als er den Aufsatz abgab. Überhaupt fand er seine Aufsätze gar nicht so schlecht und hatte sich stets gewundert, daß Fräulein Seifert sein ehrliches Bemühen so schmal belohnte. Las er nicht aufmerksam die *Leipziger Volkszeitung,* obwohl er außer den Fußballergebnissen nichts von allem glaubte, was darin stand? Versuchte er nicht, den begeisternden Schwung der »Neuen Zeit« in seine Zeilen zu übertragen? Für den Friedenskampf und die Völkerverständigung, gegen die Kriegshetzer und Imperialisten, für den Aufbau des Sozialismus in der DDR und gegen Ausbeutung und Massenelend in den Westzonen, für die Einheit des Vaterlandes und gegen die Bonner Spalter der Nation? Fräulein Seifert jedoch hatte nichts davon gemerkt und sich an fehlenden Kommas festgebissen.

Einmal hatte aber Thomas selbst zugeben müssen, daß er mit einem Aufsatz völlig danebenlag. Da hatte er über »Die Haustüre« geschrieben. Er hatte genau geschildert, wie sie aussah und wie sie in den Angeln quietschte und daß das Schloß schon lange kaputt und kein Schlosser zu finden war. Er hatte die Klingelknöpfe beschrieben mit den handschriftlichen Namen der vielen Untermieter und den Schildchen »1 × klingeln, 2 × klingeln, 3 × klingeln« usw. Auch hatte er treffend beobachtet, daß die Haustüre in Kniehöhe abgewetzt war, weil jeder sie mit dem Vorderreifen seines Fahrrads aufstieß. Trotz allem hatte er eine Fünf bekommen. Das Thema hatte nämlich geheißen: »Die Haustiere«, und auf sächsisch klang beides gleich: »De Hausdiere«. Der Vater hatte ihm damals als Lehre fürs Leben mitgegeben, daß man sich am besten alles schriftlich vorlegen läßt.

Auch der erste Aufsatz in der neuen Schule war kein Erfolg. Herr Hasenbein, der Klassenlehrer, gab zwar zu, daß Thomas die große Bedeutung der Volkswahl vom 15. Oktober 1950 erfaßt habe, aber er kritisierte viele Einzelheiten.

»Was ist das für ein Unsinn?« fragte er: »Demokratisches Spanien, Wahlergebnis von hundertzehn Prozent, ganz einfache Proleten. Und wie du den Namen des armen Picasso verunstaltet hast. Und die Kommasetzung!«

»Aber Sie haben doch verstanden, wie es gemeint war, oder?« fragte Thomas vorsichtig.

Herr Hasenbein lächelte eine Sekunde lang, dann fragte er: »Sag mal, schreibst du immer solche Aufsätze?«

»Ja«, antwortete Thomas kleinlaut, »aber rechnen kann ich ganz gut.«

»Na, dann steht uns ja noch einiges bevor. Fürs erstemal habe ich noch ein Auge zugedrückt und dir eine glatte Vier gegeben.«

Micky Müller hatte es noch schlimmer getroffen: Er hatte eine blanke Fünf bekommen, und das auch nur – wie Herr Hasenbein ausdrücklich sagte –, weil es keine Sechs gab. Thomas ging jetzt immer mit Micky nach Hause, seit er festgestellt hatte, daß Micky gleich um die Ecke wohnte.

»Ich hab geene Lust mehr«, maulte Micky.

»Was willste denn sonst machen?« fragte Thomas.

»Weeß nich. Wegmachen.«

»Westen?«

Micky nickte und stieß ärgerlich eine Blechbüchse vor sich her.

»Wie isses 'n da?« fragte Thomas.

Micky wußte es auch nicht genau und vermutete nur, es sei dort besser.

Merkwürdig, dachte Thomas, daß man so gar nichts Genaues darüber wußte. Er glaubte, alles über Leipzig zu wissen, und kannte sich hier aus, soweit die Straßenbahn fuhr. Manchmal hatte er sich an der Endhaltestelle in Markkleeberg oder Böhlitz-Ehrenberg oder Taucha gefragt, wohin man wohl käme, wenn die Straßenbahn weiterführe. Aber er hatte nie richtigen Drang verspürt, es herauszufinden. Zunächst genügte es ihm zu wissen, daß es hinter den Endhaltestellen noch endlos weiterging. Irgendwo war die Ostsee mit den Strandburgen, von denen die Mutter erzählte. Und irgendwo, vermutlich außerhalb der DDR, war jener Lagomatschoresee, von dem die Oma schwärmte. Außerdem gab es den Wilden Westen und das Wilde Kurdistan. Das alles wollte sich Thomas eines Tages natürlich ansehen. Aber »wegmachen«?

»Für so'n Aufsatz hättste im Westen ooch 'ne Fünf gekriegt«, sagte Thomas. Er erzählte von seiner Cousine Rita in Kassel, der er einmal hatte schreiben müssen, weil sie in ein Weihnachtspäckchen von Tante Grete einen Streifen Kaugummi für Thomas hineingetan hatte. Von ihrem Taschengeld. Rita hatte geantwortet und sich bitter beklagt, sie müsse furchtbar viel lernen, nun auch schon Englisch, und sie komme vor Nachhilfestunden kaum noch zum Spielen. Micky wurde nachdenklich. Vielleicht, meinte er, könne man ja auch in Leipzig bleiben und es irgendwie bewerkstelligen, daß man aus der Schule hinausgeworfen wurde. Man könne zum Beispiel in Aufsätzen nicht mehr die *Leipziger Volkszeitung* zitieren, sondern den RIAS und die Witze, die die »Insulaner« dort über die DDR machten. Aber Thomas hielt ihm entgegen, daß dann allenfalls früh um fünf die Eltern aus dem Bett geholt und nach Sibirien gebracht würden, während man selbst weiter in die Schule müsse.

Thomas hatte die Idee, sich so lange nicht mehr zu waschen, bis der Geruch Herrn Hasenbein nicht mehr zuzumuten wäre. Aber Micky meinte, seine Eltern würden ihn schon jetzt, also unter normalen Verhältnissen, manchmal mit Gewalt in die Badewanne stecken und abschrubben.

Man könne statt dessen ja versuchen, so viel zu essen, bis man nicht mehr in die Schulbank passe. Dem hielt Thomas jedoch entgegen, daß es in der DDR gar nicht so viel zu essen gebe. Außerdem habe er selbst schon so manche Schulstunde stehend in der Ecke zugebracht, womit erwiesen sei, daß man nicht unbedingt in seiner Bank sitzen müsse.

Als sie sich vor Mickys Haustür verabschiedeten, hatten sie resigniert und klagten nur noch, daß zwar in der DDR – wie die Zeitungen immer behaupteten – endlich alle Menschen befreit worden seien, daß man aber die Kinder dabei vergessen habe.

6 Thomas rannte vom Fußballspiel im Rosental nach Hause und hatte ein schlechtes Gewissen. Erstens trug er die abgerissene Sohle seines rechten Schuhs, vom Schußbein also, in der Hand. Zweitens hatte er sich verspätet, hatte einfach nicht gemerkt, wie der Herbstnachmittag der Dämmerung gewichen war. Nun brannten schon die Straßenlaternen, und Thomas begegnete gerade noch dem Laternenmann, der mit seiner langen Stange auf dem Fahrrad davonfuhr.

Thomas schlich ins Wohnzimmer und drückte sich lautlos auf seinen Stuhl. Die Familie saß beim Abendbrot und schien heiter, niemand schimpfte mit ihm. Thomas schaute fragend in die fröhlichen Gesichter, und ihm wurde mulmig: »Was is'n los?«

»Sollen wir's ihm sagen, oder sollen wir ihn raten lassen?« fragte die Oma aufgekratzt.

Thomas dachte fieberhaft nach, was er in letzter Zeit falsch gemacht haben könnte. Für die zugenähten Ärmel der Kränzchendamen hatte er ja schon ausreichend gebüßt.

»Rat mal, wer morgen kommt!« forderte ihn die Oma auf.

Thomas wußte noch immer nicht, worauf das Ganze hinauslaufen sollte, und sagte aufs Geratewohl: »Weihnachtsmann?«

»Du Dummkopf, wir haben doch erst November.«

Thomas riet einfach weiter: »Grotewohl?«

»Ich hoffe nicht«, sagte der Vater, »aber da du sowieso nicht draufkommst, will ich es dir sagen: Morgen kommt dein Onkel Wolfgang aus der Gefangenschaft.«

»Prima! Dann kann ich ja Weihnachten endlich den Kaufladen kriegen.«

Die drei Erwachsenen sahen ihn etwas pikiert an, und er verbesserte sich schnell: »Ich meine, da freue ich mich aber ganz mächtig.«

Thomas kannte seinen Onkel nur von Bildern und Erzählungen. Ein Foto in Postkartengröße stand gerahmt in Omas Vitrine, und im Sommer war es immer mit Blumen geschmückt, die Thomas von seinen Streifzügen durchs Rosental mitbrachte. Er tat dies, weil er seine Oma mochte, aber auch, um immer wieder für ein bißchen gut Wetter zu sorgen. Wenn er mit einem Sträußchen Margeriten oder Glockenblumen vor die Oma trat, übersah sie schon mal einen Riß in der Hose oder einen Fleck am Ärmel.

Jetzt freute sich Thomas ehrlich für die Oma. Gerade gestern hatte sie noch geklagt, daß man ihren armen Jungen fünf Jahre nach dem Krieg immer noch festhielt: »Der ist doch nicht gern nach Rußland gezogen, der hat doch gemußt.«

Seit sie in der neuen Wohnung waren, hatte die Oma oft mit Frau Kraske zusammengesessen, der Mutter von Albrecht und Kuno. Sie hatten sich manchmal ausgemalt, was für ein Festtag es wäre, wenn beide Männer zugleich aus Sibirien zurückkämen.

Sibirien galt als die Hölle auf Erden. Wenn jemand den Mund zu weit aufmachte, dann warnte man ihn leise: »Mensch, nimm dich in acht, sonst gehste nach Sibirien!« Thomas kannte keinen konkreten Fall, aber es mußten schon viele nach Sibirien gegangen sein. In der Schule lernte er über die Schönheit und den Reichtum des weiten Landes, seine großen Ströme Ob, Jenissei und Lena – Lena vor allem, weil Wladimir Iljitsch Uljanow in der Verbannung an der Lena den Namen »Lenin« angenommen hatte. Über das Sibirien, nach dem man »gehen« konnte, wurde freilich in der Schule nie gesprochen.

Von dorther sollte also morgen Onkel Wolfgang zurückkehren. Er mußte schon unterwegs sein, denn Sibirien war weit. Thomas besaß und benutzte vieles, was Onkel Wolfgang in der Kindheit besessen und benutzt hatte. Zum Beispiel den Märklin-Stabilbaukasten, den blauen Anzug für festliche Gelegenheiten und das Indianerkostüm, in dem er sich zum Verwechseln ähnlich fand mit Winnetou, dem großen Häuptling der Apatschen. Auch die drei Bände »Winnetou« und zwölf weitere Karl-May-Bücher stammten aus Onkel Wolfgangs Beständen, außerdem »Lederstrumpf«, »Die Flußpiraten vom Mississippi«, »Tom Sawyer« und »Huckleberry Finn« sowie »Emil und die Detektive«. Alle diese Bücher kannte Thomas fast auswendig, ja man konnte behaupten, daß er auf diesen Gebieten sozusagen »bibelfest« war.

Auf dem Dachboden standen noch mindestens zwei Dinge von Onkel Wolfgang, auf die Thomas schon manchen begehrlichen Blick geworfen hatte: ein Kaufladen und eine große Ritterburg. Aber jedesmal, wenn Thomas die Sprache darauf brachte, hieß es: »Das soll er dir selber schenken, wenn er heil zurück ist.«

Beim erstenmal hatte Thomas noch gefragt: »Und wenn nicht?« Aber das hatte er nur ein einziges Mal gefragt.

Immerhin genoß er bei der Oma so viel Vertrauen, daß er am Heiligen Abend die Krippe aufbauen durfte, die Onkel Wolfgang mit der Laubsäge gebastelt und mit bunter Ölfarbe bemalt hatte. Thomas behandelte die Figuren mit ausgesuchter Behutsamkeit, vor allem nachdem er einmal einer der Kühe versehentlich den Schwanz abgebrochen hatte und dafür ganz unchristlich geschimpft worden war.

Thomas bat um eine Tasse Pfefferminztee und fragte: »Warum war er denn so lange in Sibirien?«

»Weil die Russen unmenschlich sind«, erklärte die Oma.

»Das glaube ich nicht.«

Thomas kannte ein paar Russen, Soldaten, die manchmal mit den Jungen Fußball spielten. Es gab immer viel Spaß, wenn die Kinder mit ihrem kümmerlichen Schul-Russisch und die Soldaten mit ihren angelernten Deutsch-Brocken darüber verhandelten, ob ein Foul mit einem Elfmeter geahndet werden solle oder nicht. Diese Russen fand Thomas überhaupt nicht unmenschlich. Außerdem bewunderte er ihre Fähigkeit, Sonnenblumenkerne zwischen den Zähnen zu knacken und die Spelzen einfach auszuspucken. Er selbst mußte die Finger zu Hilfe nehmen. Auch ahmte er ihre Art nach, die Mütze tief ins Genick zu schieben, was die Oma »liederlich« fand.

»Das stimmt so nicht«, korrigierte der Vater die Worte der Oma, »du darfst in deinem Zorn nicht vergessen, was wir ihnen angetan haben. Wir haben ihr Land kurz und klein geschlagen, und sie haben im Krieg zwanzig Millionen Menschen verloren. Und es ist schon immer so gewesen, daß Kriegsgefangene wieder aufbauen mußten, was ihre Armeen kaputtgeschlagen hatten.«

Thomas verstand das, wandte aber ein: »Die haben bei uns doch auch was kaputtgeschlagen, da sind wir doch eigentlich quitt.«

Der Vater lachte: »Das kannst du ja mal dem Genossen Stalin schreiben.«

Die Mutter griff ein: »Redet bloß nicht solchen Unfug. Der Junge tut das am Ende noch.«

»Ich bin doch nicht doof«, protestierte Thomas. Und da man ihn gereizt hatte, tat er etwas Verbotenes: »Kann ich noch 'ne Bemme haben?« fragte er.

»Wie oft muß ich dir noch sagen«, fuhr ihn die Mutter erwartungsgemäß an, »daß wir hier nicht Sächsisch reden wollen. Das heißt: Darf ich bitte noch eine Schnitte haben?«

»Also bitte eine Schnitte. Dann sag aber auch der Oma, daß sie zu meinem Kopf nicht mehr ›Nischel‹ sagen darf.«

»Schluß jetzt!« rief die Oma energisch. »An einem Abend wie diesem dulde ich nicht, daß über Bemmen gestritten wird!«

Am nächsten Tag, einem Sonntag, ging Thomas mit zum Hauptbahnhof. Man wußte nicht genau, wann und mit welchem Zug Onkel Wolfgang kommen würde. Und da er die neue Adresse in Gohlis noch nicht kannte, war es wichtig, ihn am Bahnhof abzufangen. Die Mutter stellte sich an der Westhalle auf, an der noch die schweren Kriegsschäden ausgebessert wurden. Thomas wartete mit dem Vater an der großen Treppe der Osthalle. Der Vater hatte zwei Fotos von Onkel Wolfgang mitgenommen, denn er hatte ihn noch nie gesehen. Die Oma war zu Hause geblieben: »Das überlebe ich nicht!« hatte sie gesagt.

In den letzten Jahren hatte Thomas die Oma oft zum Bahnhof begleitet. Sie hatte immer gehofft, ihr Sohn komme völlig unangemeldet mit einem der Heimkehrerzüge. Aus seinen spärlichen Briefen wußte sie nur, daß er am Leben war und einigermaßen gesund, abgesehen von den Erfrierungen aus dem zweiten Kriegswinter.

Thomas war wirklich nur der Oma zuliebe so oft mitgegangen. Er mochte das nicht: den Strom abgerissener Gestalten in den viel zu weit gewordenen, zerlumpten, graugrünen Uniformen, die suchenden Blicke aus stoppelbärtigen Gesichtern, die erlösenden Schreie und minutenlangen Umarmungen, die Frauen mit den Pappschildern: »Name, Einheit, letzte Nachricht aus ...«, die Enttäuschten, die niemand abgeholt hatte. Thomas wandte sich oft, bevor er heulen mußte, den Lokomotiven zu und tat, als sei er ihretwegen mit zum Bahnhof gegangen.

Der Vater steuerte plötzlich auf einen Mann zu und fragte: »Sind Sie Wolfgang Ebert?«

»Ja.«

»Dann komm mit nach Hause. Ich bin dein neuer Schwager.«

»Und wo sind die anderen?« fragte Onkel Wolfgang schnell.

»Deine Mutter wartet zu Hause, Anne steht am Westausgang, na ja, und der Steppke hier, der hat bei deinem letzten Heimaturlaub noch in die Windeln gestrullt.«

»Thomas!« Onkel Wolfgang faßte ihn unter den Armen und hob ihn an sein Stoppelgesicht.

Jetzt sagt er gleich: Ganz der Opa! dachte Thomas. Aber Onkel Wolfgang sagte etwas anderes: »Nun sind wir ja fast alle wieder beisammen. Bis auf deinen Vati. Aber wie ich sehe, hast du ja einen prima Stiefvati bekommen.«

Thomas ging nicht mit in die Wohnung, sondern zum Fußballspielen. Er hatte Angst vor der großen Wiedersehensfreude. Als er zurückkam, roch es nach Westkaffee, und alle hatten rote Augen. Onkel Wolfgang war rasiert und steckte in einem seiner alten Anzüge, ohne ihn füllen zu können. Er rauchte eine »Haus Neuerburg«, die aus einem Päckchen von Tante Grete in Kassel stammen mußte.

»Ihr könnt euch das gar nicht vorstellen, wie das ist«, berichtete Onkel Wolfgang gerade, »wenn man immer näher an Leipzig herankommt und hin und her überlegt, ob zu Hause alles in Ordnung ist und alle wohlauf sind. Die Briefe kamen ja so selten, und viele sind sicher verlorengegangen.« Er zog genußvoll an seiner Zigarette: »Das ist schon was anderes als Machorka in *Prawda*-Papier.« Er drehte die Zigarette zwischen den Fingern und betrachtete sie.

»Ja, was wollte ich sagen? Die letzten Kilometer waren die längsten. ›Eilenburg‹ las ich da. Eilenburg, das wußte ich noch von meinen Radtouren, ist dreiundzwanzig Kilometer vor Leipzig. Eilenburg, das hieß damals: In anderthalb Stunden bist du zu Hause, Badewanne, saubere Wäsche, richtiges Essen, eigenes Bett. Aber diesmal waren die dreiundzwanzig Kilometer länger als damals mit dem Fahrrad.«

»Ogottogott!« schluchzte die Oma.

Es klingelte, und Onkel Manfred kam. Er umarmte seinen Bruder und entschuldigte seine Familie, die Zwillinge hätten eine leichte Grippe. Selbstverständlich könne Wolfgang umgehend in der Firma anfangen, das stehe ihm schließlich zu.

Die Mutter trug ein Abendbrot auf, das dem Anlaß entsprach: eine Thüringer Leberwurst aus Kassel, eine Dose Ölsardinen, die man eigentlich gar nicht schicken durfte, und Kräuterkäsecreme-Ecken, für die Thomas bereit war, seine Seele zu verkaufen.

Der Vater schickte ihn in die *Traube* zum Bierholen. Auf dem Heimweg nahm Thomas einen gründlichen Schluck aus dem Steingutkrug und füllte das Fehlende an der Pumpe wieder auf.

Mitten beim Abendbrot sagte die Mutter: »Zu Ehren von Wolfgang gibt es morgen abend Kaninchenbraten.«

Alle nickten Zustimmung; nur Thomas brauchte mindestens zehn Sekunden, um die Tragweite dieses Beschlusses zu erkennen. Dann fragte er entgeistert: »Und wo wollt ihr das Kaninchen herkriegen?«

»Wir haben doch eins auf dem Balkon.«

Thomas war sprachlos. Dann fuhr er von seinem Stuhl hoch: »Ihr seid wohl allesamt ...«

Der Vater ging dazwischen: »Nein, sind wir nicht. Wir haben dieses Vieh gefüttert, um es eines Tages zu essen, und zwar bevor es zäh ist wie Gummi arabicum. Und für Onkel Wolfgang ist Kaninchenbraten genau das richtige, denn nach so vielen Jahren Wassersuppe mit Kohlblättern kann er noch nicht gleich schwere Kost vertragen.«

»Schwere Kost gibt's sowieso nicht«, meinte die Mutter.

Thomas rannte hinaus und heulte. Er hatte geglaubt, seine Familie einigermaßen zu kennen. Und nun planten sie eine solche Untat. Das Kaninchen war doch nun wirklich kein Vieh, es gehörte doch zur Familie, fast wie die Oma. Vor zwei Jahren hatten sie es ganz klein bekommen und ihm einen Stall gezimmert. Sie hatten lange überlegt, wie es heißen solle. Der Vater hatte den Namen »Adolf« vorgeschlagen. Er meinte, dann könne man es eines Tages mit Genuß totschlagen und aufessen. Aber die Mutter hatte gewarnt: »Du kannst heutzutage nichts und niemanden Adolf nennen, ohne Ärger zu kriegen.«

»Dann eben Konrad.«

»Du kannst ein Kaninchen weder nach Hitler noch nach Adenauer noch nach Ulbricht nennen, das kann immer einer falsch auffassen.«

Thomas hatte eine Idee: »Können wir's nicht ›Hasi‹ nennen?«

»Wenn deine Mutter das nicht für zu gefährlich hält, können wir das tun. Sollte aber plötzlich irgendwo ein Politiker auftauchen, der Hasi heißt, dann müssen wir unser Kaninchen sofort umtaufen.«

Thomas hatte Hasi mit Gras, jungen Brennesseln und frischem Löwenzahn versorgt, und vor allem den Löwenzahn hatte er immer vor der Oma verstecken müssen, die daraus Salat machen wollte. Er hatte sich oft draußen auf dem Balkon mit Hasi über alle möglichen Sorgen unterhalten. Hasi konnte zwar nur schnuppern und verständnislos schauen, aber Thomas hielt ihn trotzdem für eine Art mitfühlenden Vertrauten.

Und nun sollte Hasi ein Vieh sein, und obendrein ein besonders gut verdauliches.

Thomas traute sich nicht auf den Balkon und unter die Augen des Todgeweihten. Er ging ins Bett und sann auf Rettung. Man konnte das Kaninchen laufenlassen. Aber wie die Ernährungslage in der Republik war, würde Hasi nicht weit kommen. Man konnte vielleicht mit ihm in den Westen fliehen, wo die Menschen genug zu essen hatten und keine Kaninchen mordeten, überlegte Thomas. Mit einem Floß die Pleiße hinab, so wie Tom Sawyer und Huck Finn den Mississippi. Aber Thomas wußte weder, woher er ein Floß nehmen sollte, noch wohin die Pleiße floß. Überm Grübeln schlief er ein. Er dachte wieder an Hasi, als ihn am nächsten Morgen Herr Hasenbein im Biologieunterricht nach den verbreitetsten Nagetieren fragte. Und als es in der großen Pause die Schulspeisung gab – mit acht Gramm Fleischeinlage, wie die *Volkszeitung* kürzlich betont hatte – da sortierte Thomas die Fleischfasern sorgfältig aus und aß nur die Nudeln. Als er nach Hause kam, war alles vorbei. Frau Kraske hatte Hasi geschlachtet und abgezogen, wie sie es oft daheim auf dem Bauernhof in Pommern getan hatte. Den Schwanz hatte sie ihm aufgehoben, »als Andenken«.

Thomas beklagte laut die gräßliche Tat und verkündete, er werde keinen Bissen davon essen, schon beim bloßen Gedanken daran käme es ihm hoch. Außerdem wolle er mit niemandem weiterhin verwandt sein, der seinen Freund aufaß.

Bis zum Abend war die Stimmung umgeschlagen – gegen den Kaninchenbraten. Die Mutter sprach von Bauchweh, die Oma von Migräne, die beiden Männer klagten, sie hätten sich wohl mittags übernommen.

So kamen Kraskes und Oma Lehmann zu einem Mahl, das die Lebensmittelkarten nicht vorsahen. Als Albrecht am nächsten Morgen auf dem Weg zur Schule davon schwärmte, nannte ihn Thomas einen Kannibalen und wechselte die Straßenseite.

7 Thomas kam aus der Schule und wollte gleich wieder los. Er hatte eine Verabredung, zu der er auf keinen Fall zu spät kommen durfte. Aber die Oma sagte, es gebe im HO Äpfel und er solle rasch hingehen und sich anstellen.

»Ich muß doch in die Stadt«, protestierte er, aber die Oma antwortete nur: »Da kommst du noch früh genug hin.«

Thomas rannte zum HO und sah schon von weitem, daß er wahrscheinlich vergebens gerannt war: Er sah keine Schlange vor dem Laden. Er hastete hinein und fragte atemlos: »Ham'se noch Äbbl?«

In der Öffentlichkeit mußte er sich nicht bemühen, Hochdeutsch zu sprechen, und er verwendete gern sein breitestes Sächsisch. Es war wie eine Auflehnung gegen die strenge sprachliche Zucht der Familie.

»Zwee Fund ham'r noch da«, sagte die Verkäuferin und fing an, in eine Tüte zu schaufeln, die sie aus einer Titelseite der *Leipziger Volkszeitung* gedreht hatte. Thomas atmete zunächst auf, aber dann schaute er sich die Äpfel genauer an. Sie waren klein und verkrüppelt und voller brauner Flecken.

»Oochenbligg!« rief er. »Die Äbbl sin ja schon Mumpe!«

»Mumpe?« fragte die Verkäuferin entrüstet. Das war ein böses Wort für HO-Äpfel und bedeutete nichts weniger als Matsch. Thomas merkte, daß er übertrieben hatte, und schränkte ein: »Na ja, mehrschdndeels sin se aber schon angegangen.«

»Gegooft ist gegooft«, sagte die Frau und reichte ihm die *Volkszeitung*-Tüte.

Aber da fuhr Thomas aus der Haut und rasselte ein Straßenvokabular herunter: »Für so ä Schruz bezahl ich geen eenzchn Feng! Ich laß mich doch nich behumbsen. Wenn ich so e Moosch heemebringe, griech ich Schwumse.«

Natürlich hätte man ihn zu Hause nicht geprügelt, man wußte ja, wie schwer es mit dem Einkaufen war. Und die Verkäuferin schien nicht sonderlich beeindruckt von dem Argument: »Horche mal, du Runks, wenn de nich uffheerst ze bläken, fliechste raus.«

»Na und? Hier goof ich sowieso nischt mehr.«

Zwei Kundinnen, die belustigt zugehört hatten, lachten jetzt laut. Und Thomas merkte, wie leer seine finstere Drohung war, hier im HO nichts mehr zu kaufen. Denn wo sonst konnte man hin und wieder etwas erwischen, wenn nicht in den Läden der staatlichen Handelsorganisation?

Thomas wurde wieder freundlicher und fragte für alle Fälle, ob zufällig noch etwas anderes außer Äpfel reingekommen sei. Er hatte Glück, denn die Verkäuferin sagte, noch etwas unwirsch: »Gamemmberdgäse is noch da.«

Thomas bat um zwei Schachteln und kriegte eine. Es gab – wenn es gab – noch zwei weitere Käsesorten: Stangenkäse, der im Volksmund »Leichenfinger« hieß, und Schnittkäse, den man »Igelit-Käse« nannte. Igelit war jener neue Kunststoff, aus dem alles mögliche gefertigt wurde, unter anderem Schuhe, die schwer zu bekommen waren. Wenn man sie hatte, stellte man alsbald fest: Im Winter fror man sich in diesen Schuhen beinahe die Zehen ab, und im Sommer litt man unter entsetzlich feuchten Füßen. Im Sommer ging Thomas allerdings immer barfuß, wie die meisten.

Mit seinem Camembert verließ Thomas den Laden und machte sich auf den Heimweg. Nach ein paar Metern holte ihn ein kleines Mädchen ein, das seine Auseinandersetzung mit der Verkäuferin stumm verfolgt hatte.

»Willste mich heiraten?« fragte sie.

»'türlich«, murmelte Thomas, der in Gedanken noch ganz bei den schlechten Äpfeln war. Aber nach einigen Schritten hatte er den Sinn seiner Zusage erfaßt: »Was??? Wieso denn das? Nee! Nie!«

»Scheiße«, sagte die Kleine und drehte sich um.

Thomas sah ihr nach. Sie mochte eine Klasse tiefer sein als er, und ihm war, als hätte er sie schon mal auf dem Schulhof gesehen. Sie hatte zwei blonde Zöpfe und trug Igelit-Schuhe. »He«, rief er ihr nach, »warte mal!«

Sie kehrte um: »Also doch?«

»Nee, aber wie kommste denn da drauf?«

Sie erklärte es ihm: Es hatte ihr außerordentlich imponiert, wie Thomas der Verkäuferin widersprochen hatte, die ihre Mutter sei. Ihr Vater, erzählte sie, würde sich das nie trauen. Sie wolle aber einen Mann, der auch mal auf den Tisch haue. »Also, was is nu mit Heiraten?« fragte sie ungeduldig.

Thomas wollte weder ja noch nein sagen. Heiraten wollte er auf keinen Fall, aber einfach wegschicken wollte er die Kleine auch nicht. Er fragte erst einmal nach ihrem Namen. Sie hieß Bärbel, und Thomas bestätigte ihr, das sei ein ganz guter Name. Dann kam ihm die Idee, Bärbel für eine gewisse Zeit auf eine Art Probe zu stellen: »Du mußt mir immer sagen, wenn's im HO was gibt. Und über das andere reden wir später.« Bärbel war einverstanden.

Thomas fiel seine Verabredung ein, und er rannte los. Die Oma hatte ihm sein Mittagessen aufgewärmt und drohte mit Konsequenzen, falls er das Mahl verweigere. Aber er setzte sich darüber hinweg und stürmte aus dem Haus. Das Mittagessen verabscheute Thomas ohnehin. Es gab fast jeden Tag das gleiche: Kartoffeln und irgendein aufgewärmtes Gemüse. Die Kartoffeln waren glasig und voller brauner Flecken, und sie hatten einen üblen Geruch. Die Oma sagte immer, früher hätte man solche Kartoffeln nicht an Menschen, sondern nur an Schweine verfüttert, und der Vater pflegte hinzuzufügen: »Aber nicht ohne sich bei den Schweinen dafür zu entschuldigen.«

Thomas rannte zur Straßenbahn – und kam zu spät. Er sah die Sechs gerade anfahren und versuchte noch, den hinteren Puffer zu erwischen, um sich draufzuschwingen. An der nächsten Haltestelle wäre er dann in den Wagen umgestiegen. Aber es reichte nicht mehr.

Er kam dauernd zu spät: In die Schule, zur Klavierstunde, zum Kindergottesdienst. Immer rannte er, und immer kam er zu spät. Er wußte nicht, was er dagegen tun sollte. Das Fahrrad hätte vielleicht helfen können, aber nach wie vor gab es keine neuen Reifen.

Wahrscheinlich, dachte Thomas, hat mich die Oma ins HO geschickt, damit ich zu spät in die Stadt komme. Er war mit der Großmutter verabredet, die mit dem Großvater im Altersheim draußen im Vorort Stötteritz wohnte und die – damit man sie von der Oma unterscheiden konnte – Großmutter genannt wurde. Die beiden alten Damen rivalisierten ein wenig um die Gunst ihres gemeinsamen Enkels, und die Oma war dabei leicht im Hintertreffen. Denn sie war es, die Thomas die verhaßten Kartoffeln auf den Teller tat, die ihn dem verhaßten Friseur ans Messer beziehungsweise an die Schere liefern mußte, die ihn ständig zu ermahnen hatte, bei

Tisch gerade zu sitzen und vor dem Schlafengehen den Hals und besonders die Füße zu waschen, kurzum – die ständig seinen Drang nach Freiheit zügeln mußte. Die Großmutter dagegen traf sich jeden Freitagnachmittag mit ihrem Enkel und unternahm etwas mit ihm. »Streuseln gehen«, nannte sie das, und Thomas liebte es.

Vielleicht, dachte er, als er mit der nächsten Bahn dann Richtung Stadt fuhr, hatte die Oma wirklich verhindern wollen, daß er heute pünktlich war?

Thomas war verwundert, als er endlich am Karl-Marx-Platz aus der Straßenbahn sprang und seine Großmutter noch nicht da war. Sollte sie sich zum erstenmal verspätet haben? »Pünktlichkeit«, pflegte sie zu sagen, »ist die Höflichkeit der Könige.«

Thomas schaute sich auf dem Platz um. Die Leipziger nannten ihn nach wie vor Augustusplatz, unbeeindruckt von der Umbenennung vor einigen Jahren. Das war nicht nur Trägheit, sondern auch Protest. Eigentlich nahmen nur die Schaffnerinnen der Straßenbahn den neuen Namen in den Mund, wenn sie die Haltestelle ausriefen. Und sie sagten auch nicht »Karl-Marx-Platz«, sondern auf gut Sächsisch »Gormorgsblotz«. Friedrich Engels hatte seinem Kampfgefährten mindestens dies voraus: Sein Name lag sächsischen Zungen besser. Nach ihm war der frühere Fleischerplatz benannt. Überhaupt gab es kaum einen halbwegs großen Platz und keine halbwegs lange und breite Straße, die ihren Namen behalten hatte. Und manche Straße hatte das Pech gehabt, einen fast unaussprechlich umständlichen Namen erwischt zu haben. Die Dresdner Straße zum Beispiel, die jetzt »Straße der Befreiung 8. Mai 1945« hieß. Die ehemalige Südstraße, später Adolf-Hitler-Straße, nannte sich jetzt Karl-Liebknecht-Straße, und der Volksmund hatte aus alledem die »Adolf-Südknecht-Straße« gemacht. Der Volksmund hütete sich aber, diesen Scherz unter mehr als vier Augen auszusprechen.

Der Augustus-Karl-Marx-Platz war riesengroß und wirkte wahrscheinlich durch die Baulücken noch weiträumiger als früher. Zum Hauptbahnhof hin stand die Ruine der Oper, die in diesen Wochen abgerissen wurde. Man war sich noch nicht einig, ob die neue Oper am alten Platz stehen sollte oder gegenüber, wo das Bildermuseum in Trümmern lag. »Am besten erst mal bauen«, sagte der Vater, »der Platz ergibt sich später.«

Rechter Hand stand die ausgebrannte Ruine der Universität, durch deren leere Fenster man blauen Himmel sah. Die Kirche nebenan hatte den Krieg unbeschädigt überstanden. An der Goethestraße – sie hieß nach wie vor so, weil Goethe als fortschrittlicher Bürgerlicher galt – ragte das Hochhaus empor. Es kam Thomas gewaltig hoch vor und erinnerte ihn an Beschreibungen New Yorks, die er gelesen hatte. Er zählte neun Etagen, beim zweitenmal sogar zehn. Auf dem Dach standen zwei metallene Männer und schlugen jede Viertelstunde mit Hämmern an eine Glocke. OMNIA VINCIT LABOR stand darunter. Thomas überlegte, dies müsse wohl Englisch sein. Russisch war es jedenfalls nicht, das lernte er ja in der Schule. Endlich kam die Großmutter mit der Sechs aus der Gegenrichtung. Thomas erkannte sie von weitem und hätte sie auch unter hundert Großmüttern, die gleichzeitig aus einer Straßenbahn stiegen, sofort erkannt. Sie trug ihren schwarzen Mantel mit dem braunen Fuchskragen und den schwarzen Hut mit Feder, den die Mutter immer »Dohle« nannte. Am Arm hatte sie ihre schwarze Ledertasche, deren Schloß so leicht aufsprang, und zwei leere Einkaufsnetze: Für den Fall, daß ein HO oder ein KONSUM unerwartet etwas »hereingekriegt« hatte, wie man das nannte. Die Großmutter lief mit kurzen Schritten und tastete an der Bordkante immer mit der Fußspitze, ehe sie weiterging. Sie sah nicht mehr gut und hatte dicke Brillengläser, hinter denen die Augen riesengroß wirkten.

Thomas lief ihr in die Arme.

»Entschuldige«, sagte sie, »aber dem Großvater geht es wieder schlecht. Ich mußte ihm noch eine Medizin besorgen.«

Thomas sagte nichts über ihre Verspätung.

»Weißt du eigentlich«, fragte die Großmutter, »daß heute ein besonderer Tag ist?«

»Wieso?«

»Denk mal nach!«

Thomas tat wie ihm geheißen. Der Jahrestag der Oktoberrevolution war schon vorbei, aber den konnte sie auch gar nicht gemeint haben.

»Also gut«, sagte sie, »dein Vater hat heute Geburtstag.«

»Wieso? Der hat doch im April ... Welcher denn?«

»Dein Vater, Thomas, dein richtiger Vater. Der wäre heute vierundvierzig Jahre alt geworden.«

»Ja, und was sollen wir da machen?«

»Du interessierst dich nicht sehr für ihn?«

»Doch, doch. Aber wenn man Leute überhaupt nicht kennt ...«

»Ja, du hast recht. Alles, was er dir hinterlassen hat, ist eine goldene Taschenuhr. Die bekommst du zur Konfirmation.«

Thomas spitzte die Ohren. Auf eine Taschenuhr war er schon lange versessen. Aber bis zur Konfirmation waren es noch mindestens drei Jahre. Von Albrecht und Kuno wußte er, daß die Katholiken ihre Konfirmation schon mit elf hatten und Kommunion nannten. Er nahm sich vor, bei Gelegenheit die Frage anzuschneiden, ob man nicht katholisch werden könne.

»Zur Feier des Tages«, sagte die Großmutter, »darfst du dir etwas wünschen. Aber bitte keine elektrische Eisenbahn.«

Diesen Wunsch hatte er schon lange begraben. Einige Jahre lang hatte er ihn in einer Art kindlicher Wundergläubigkeit auf den weihnachtlichen Wunschzettel gesetzt. Aber inzwischen wußte er, daß er mit der gleichen Aussicht auf Erfüllung den Wunsch nach einer richtigen Dampflok der Deutschen Reichsbahn hätte auf den Zettel schreiben können.

»Ich wünschte mir, daß wir zum Bahnhof gehen und ...«

»Nein! Bloß nicht schon wieder Lokomotiven anschauen!«

»Nein, ich will ja ins *Mitropa*-Restaurant und ein Schweinsohr essen.«

Der Wunsch war ein bißchen unverschämt, denn ein Schweinsohr kostete zwei Mark. Aber Thomas liebte sie noch mehr als Kräuterkäsecreme-Ecken und fast so sehr wie Kaugummi. Er bekam ein Schweinsohr. Die Großmutter wollte sich keines leisten und trank nur eine Fleischbrühe, weil sie den Kaffee im *Mitropa* nicht trinken mochte.

»Was machen wir als nächstes?« fragte sie.

Thomas wäre am liebsten doch noch mit einer Bahnsteigkarte für zwanzig Pfennig zu den Lokomotiven gegangen. Aber er wußte, daß die Oma ihm gern Dinge vorführte, die was mit Kultur zu tun hatten. Um ihr eine besondere Freude zu machen an diesem besonderen Tag, schlug er vor, ins Theater zu gehen. Er kannte bisher nur Kino, wo er viele Russenfilme gesehen hatte und auch einige alte deutsche, mit Hans Moser, Theo Lingen oder Heinz Rühmann. Vom Theater versprach sich Thomas jedoch noch mehr Genuß, denn er hatte sich erzählen lassen, daß dort die Schauspieler sogar persönlich anwesend waren.

»Nachmittags spielt aber kein Theater«, sagte die Großmutter.

»Wieso?«

»Weil die Leute erst abends Zeit haben, ins Theater zu gehen.«

Das leuchtete Thomas ein, und er sagte sich, daß wohl auch die Schauspieler erst abends nach der Arbeit Zeit fürs Theater hätten.

»Wir können aber etwas anderes machen«, schlug die Großmutter vor, »was auch mit Theater zu tun hat: Ich zeig dir *Auerbachs Keller.*«

Sie gingen über den Brühl, wo die Großmutter erzählte, daß hier früher die großen Pelzhändler ihre Geschäfte gehabt hätten. Aber nach '45 seien die meisten nach Frankfurt gegangen. Am Main. Vor dem Alten Rathaus wies sie auf die Schönheit des Baues hin. Thomas hatte sich darüber noch nie Gedanken gemacht. Für ihn gab es ohnehin nur drei wirklich wichtige Bauwerke in Leipzig: Den Hauptbahnhof, das Bruno-Plache-Stadion und den Georg-Schwarz-Sportpark. Allenfalls noch, im negativen Sinn, die Rote Schule, die er seit Oktober besuchte und die ihren Namen von den roten Backsteinen hatte. Das Alte Rathaus war ihm als Bauwerk noch nie aufgefallen.

»Das ist ja schepp«, stellte er fest, »die haben ja den Turm nicht in die Mitte gemacht.«

Die Großmutter erklärte ihm, dies mache ja gerade den Reiz des Bauwerks aus, daß es in seiner Asymmetrie so wunderschön ausgewogen wirke. Thomas sah das nicht ganz ein und argumentierte: »Dann haben sie aber beim Hauptbahnhof und beim Völkerschlachtdenkmal Murks gemacht, weil bei denen die Mitte in der Mitte ist.«

Die Großmutter nannte ihn seufzend einen Banausen und führte ihn zu dem kleinen Platz hinter dem Rathaus, wo das Goethedenkmal stand. »Student in Leipzig 1765–68« stand auf dem Sockel geschrieben, und an den Seiten waren die Köpfe zweier Mädchen abgebildet: Käthchen Schönkopf und Friederike Oeser. Goethes Freundinnen, wie die Großmutter sagte. Thomas stellte sich vor, er würde auch ein großer Dichter und bekäme eines Tages ein Denkmal. Dann wollte er auf der einen Seite Bärbel abbilden lassen. Für die andere Seite müßte er noch jemanden finden, aber als Dichter sollte ihm das nicht schwerfallen. Doch dann fiel ihm sein letzter Schulaufsatz ein und verscheuchte den flüchtigen Traum.

Einige Schritte weiter, in der Mädler-Passage, führten Stufen hinab in *Auerbachs Keller.* Das Lokal war leer, bis auf einen weißhaarigen Ober in angegrautem Jackett, der sein *Sächsisches Tageblatt* zusammenfaltete und aufstand.

»Guten Tag, Herr Meinecke«, begrüßte ihn die Großmutter.

»Gudn Daach«, antwortete Herr Meinecke, und man sah, daß es hinter seiner Stirn arbeitete. »Nu klar!« rief er dann. »Sie ham friher immer Disch vier gehabt.« Er zeigte auf einen runden Tisch, auf dem »Reserviert« stand.

»Ja, ja, früher, als es bei Ihnen noch den guten Rheinwein gab und wir noch Geld hatten, um ihn zu bezahlen.«

Herr Meinecke nickte traurig und bemerkte, hier seien nur noch die Tische und Stühle wie früher. Der Wein komme jetzt vom Balkan und das Publikum von sonstwoher, und beides sei entsprechend. »Und der Kleene, das is bestimmt ä Enklchn?«

Der Kleene! Thomas fragte sich, was das für ein Lokal sei, in dem die Gäste zunächst einmal beschimpft wurden.

»Ich will ihm mal unser berühmtestes historisches Lokal zeigen«, sagte die Großmutter, »und wenn Sie erlauben, werden wir ausnahmsweise nichts konsumieren. Wir haben uns nämlich schon ein Schweinsohr geleistet.«

Herr Meinecke kniff das rechte Auge zu und nickte verständnisvoll. Die Großmutter erklärte die Räume, den Keller und die Hexenküche sowie das Faß, auf dem Faust geritten sein sollte. Thomas konnte sich das alles nicht recht vorstellen, vertraute aber darauf, daß Goethe ein zuverlässiger Dichter war.

Wieder draußen, schaute die Großmutter auf die Uhr und meinte, sie hätten noch Zeit für einen Abstecher zum *Kaffeebaum.* Über dem Eingang des alten Restaurants war tatsächlich ein Kaffeebaum zu sehen, unter dem sich ein dicker Mann mit Turban von einem kleinen Jungen »ä Schälchen Heeßen« reichen ließ. In der winkligen Gaststube hätten sich die berühmten Leipziger Künstler und Musiker getroffen, Goethe zum Beispiel und später Schumann und Lortzing, Liszt und Wagner, erzählte die Großmutter. Thomas war nicht sonderlich beeindruckt; er dachte daran, wie schwer er sich mit den Klavierstücken dieser Herren tat. Er drängte zum Gehen.

Draußen fragte er jedoch die Großmutter, woher sie das alles kenne, wovon er bisher nichts geahnt habe.

»Nun, ich muß ja schon vierzig Jahre in dieser Stadt leben.«

»Lebst du denn nicht gern hier?«

Die Großmutter schüttelte den Kopf.

»Wieso?« fragte Thomas verwundert. Wie konnte man denn nicht gern hier leben? Und wo konnte man lieber leben?

»Weil dieses Leipzig«, erklärte die Großmutter, »ein furchtbares Nest ist gegenüber Berlin, wo ich aufgewachsen bin. Weil es hier immerfort nach Braunkohle stinkt. Weil die Flüsse hier kohlrabenschwarz sind vor Schmutz. Weil hier fast nur Spießbürger wohnen. Und weil alle Leute einen unausstehlichen Dialekt sprechen, auch nahe Verwandte, leider.«

Ei verbibbch! Thomas merkte, daß das auch auf ihn zielte.

»Aber«, fuhr die Großmutter fort, »man sollte sich trotzdem für die Stadt interessieren, in der man leben muß, weil zum Beispiel der Mann hier sein Brot verdient. Man muß immer offen für seine Umgebung sein und ihre guten Seiten herausfinden. Verstehst du das?«

»Nein«, sagte Thomas wahrheitsgemäß.

»Das habe ich mir gedacht. Es gibt jedenfalls einige schöne Dinge hier, die du auch kennenlernen sollst. Und deswegen gehen wir jetzt in die Thomaskirche.«

Der große Bau, dessen Turm auch nicht in der Mitte saß, war schwarz von Ruß und Kohlenstaub. Vor dem Seiteneingang stand auf einem Sokkel ein dicker Mann aus Bronze. Die Großmutter fragte, ob Thomas ihn kenne.

»'türlich. Steht ja außerdem dran. Und außerdem ist ja Bach-Jahr, weil er vor zweihundert Jahren abgenibbelt ist. Ich meine verstorben. Ich hab sogar Sondermarken vom Bach-Jahr.«

Drinnen zeigte ihm die Großmutter die Grabplatte vor dem Altar und erklärte, daß man Bach ein Jahrhundert lang völlig vergessen habe, ihn und seine Musik und sein erstes Grab auf dem Johannisfriedhof. Thomas dachte an das Notenbüchlein für Anna Magdalena und wünschte, man hätte Bach für immer ruhen lassen. Aber er wagte nicht, so etwas laut zu sagen.

Plötzlich fiel ihm auf, daß die Kirche genauso hieß wie er selbst, und er fragte, wieso.

»Die Kirche ist nach dem heiligen Thomas benannt. Das war einer der zwölf Apostel.«

»Fünfzehn.«

»Nein, es waren zwölf.«

»Genau zwölf?«

»Sogar ganz genau.«

Sie setzten sich in eine Bank.

»Bin ich auch nach dem heiligen Thomas benamst?« Er hoffte insgeheim, dies sei nicht der Fall, denn nach einem Heiligen benannt zu sein, mußte gewisse Verpflichtungen bedeuten. Man hätte mindestens einige Gewohnheiten überprüfen müssen.

»Wir fanden alle, es sei ein sehr schöner Name. Und hinzu kam, daß wir diese Kirche hier so sehr lieben, in der übrigens dein Vater getauft wurde. Wir hätten es gern gesehen, wenn dein Vater als Junge in den Thomanerchor gekommen wäre. Aber er sang ja so entsetzlich falsch.«

Thomas gluckste vergnügt: Das war eine sehr gute Information, die man immer entschuldigend anbringen konnte, wenn man auf den eigenen Gesang angesprochen wurde.

Auf der Empore liefen jetzt Jungen in dunkelblauen Anzügen zusammen und stellten sich auf. »Sind das die Thomaner?«

»Herzlichen Glückwunsch, daß du mal etwas gemerkt hast.«

»Singen die jetzt?«

Die Großmutter schaute ihn mitleidig an: »Nein, sie werden dort oben ein Fußballspiel vorführen.«

Die Thomaner sangen. Sie sangen Lieder, die Thomas noch nie gehört hatte, und sie sangen so schön, wie er es sich nicht hatte vorstellen können. Er lauschte fast atemlos und wollte Beifall klatschen, aber die Großmutter hielt ihm schnell die Hand fest. Thomas dachte an die Liedzeile »Hoch droben singt jubelnd der Engelein Chor« und konnte sich mit einem Male vorstellen, was der Dichter damit gemeint hatte. Die Thomaner hätten eigentlich Flügel auf dem Rücken tragen müssen. Diese silberhellen Stimmen, diese feine Sprache!

Später, draußen vor der Thomaskirche, betrachtete er fast ehrfurchtsvoll die Jungen in den blauen Anzügen, die in kleinen Gruppen umherstanden und sich verabschiedeten.

»Nee, ich mache heeme«, hörte er einen Thomaner sagen, »mir schreim doch morchn e Digdaad.« – Na ja, dachte Thomas.

»Hat es dir wirklich gefallen?« fragte die Großmutter, ehe sie ihn am Augustusplatz in die Linie Sechs setzte.

»Ja, ganz prima. Das war ein richtig schöner Tag.« Und um seine Dankbarkeit zu unterstreichen, fügte er hinzu: »Nicht bloß wegen dem Schweinsohr.«

»Wegen des Schweinsohrs, bitteschön. Und wenn dir so was Spaß macht, dann unternehmen wir noch öfters solche Dinge. Du mußt nämlich ein bißchen was mitbekommen von den Sachen, die sich durch die neue Zeit nicht geändert haben, verstehst du das?«

Thomas winkte aus der Straßenbahntür, bis er die Großmutter aus den Augen verlor.

8 Thomas war am Sonnabendmittag sehr schnell wieder zurück von seinem Gang zum Friseur. Er schlich sich auf Zehenspitzen in seine Kammer. Wenn ich eine Stunde lang nicht entdeckt werde, dachte er, dann ist alles in Ordnung, dann hat der Friseur Feierabend.

Es dauerte aber nur ein paar Minuten, bis die Oma eintrat und auf den ersten Blick feststellte: »Er hat ja gar nichts abgeschnitten!«

»Na ja, also«, stammelte Thomas, »er hat seine Schere nicht gefunden.«

»Dir werde ich helfen, du Lügenbold!« drohte die Oma und nahm ihn bei der Hand.

»Und außerdem«, verteidigte sich Thomas schwach, »hat er gemeint, meine Haare wären gut so.«

Die Oma holte ihren Mantel und schleppte ihren widerstrebenden Enkel zum Friseur, der sich nicht erinnern konnte, ihn heute schon einmal gesehen zu haben. Thomas haßte den Friseur, obwohl er eigentlich ein ganz netter älterer Herr war, mit dem man sehr vernünftig über Fußball reden konnte. Er haßte es überhaupt, wenn ihm jemand an den Kopf faßte, mochte es eine liebevolle Kränzchendame sein oder ein strafender Lehrer oder ein Friseur. Die Schere klapperte hurtig, und als sie ihr Werk getan hatte, betrachtete Thomas das Ergebnis im Spiegel und streckte sich selbst angewidert die Zunge heraus. Seine abstehenden Ohren ragten schutzlos in die Luft. Zu Hause meinten aber alle, er sehe sehr manierlich aus und werde morgen beim Advents-Vorspiel eine gute Figur machen, »jedenfalls äußerlich«, wie der Vater vorsorglich einschränkte.

Diesem zweiten Advent sah Thomas schon lange mit Unbehagen entgegen, denn an diesem Tage sollte er zum erstenmal seine noch recht frischen musikalischen Fähigkeiten öffentlich beweisen. Jedenfalls halböffentlich. Fräulein Sommer, seine Klavierlehrerin, veranstaltete nämlich an diesem Tag traditionsgemäß ein festliches Vorspiel aller ihrer Schüler, zu dem Eltern und Freunde herzlich eingeladen waren. Thomas spielte seit einem guten halben Jahr Klavier, sah aber immer noch nicht ein, wozu es dienen sollte. Er hatte sich vom ersten Tage an dagegen gewehrt, war aber überstimmt worden. Die Idee war von der Großmutter gekommen: In ihrer Familie, hatte sie gesagt, sei Hausmusik seit Generationen gang und gäbe, und gerade heutzutage, da doch alle traditionellen Werte so angegriffen und herabgesetzt würden, müsse man um so mehr daran festhalten. Die ganze Familie hatte bei diesen Worten andächtig genickt, und nur der Vater hatte Thomas einen mitleidigen Blick zugeworfen.

Thomas hatte sich gewehrt und darauf hingewiesen, daß er völlig unmusikalisch sei. Zum Beweis hatte er die sowjetische Nationalhymne nach der Melodie des Weltjugendliedes angestimmt, aber dieser Fehler war nicht einmal aufgefallen, weil die Familie beide Lieder nicht kannte. Er hatte noch andere Argumente ins Feld geführt: Es gebe doch zwei tadellos funktionierende Radios in der Wohnung; er habe doch schon auf den Geburtstagswunsch des Großvaters hin »Der Mond ist aufgegangen« auf der Mundharmonika gelernt und wolle lieber diese Kunst vervollkommnen, als etwas Neues hinzuzulernen; die Untermieter könnten sich belästigt fühlen; das Klavier solle besser geschont werden, denn man wisse ja nicht, wann es mal neue gebe. Thomas hatte nicht überzeugen können und ging seither einmal die Woche zu Fräulein Sommer, die an ihrem schwarzen Blüthner-Flügel schon seinen – richtigen – Vater unterwiesen hatte.

Er übte mit mäßigem Eifer und meistens am Sonntagmorgen, wenn die Familie ausschlafen wollte. Dann hämmerte er oft dreißig- oder vierzigmal dieselbe Tonleiter auf- und abwärts, in der stillen Hoffnung, man würde ihm den »Krach« eines Tages rundweg verbieten. Aber dieselbe Familie, die am Sonntagnachmittag auf Fußballreportagen im Radio ausgesprochen allergisch reagierte, schien an Tonleitern am Sonntagmorgen Gefallen zu finden.

In der Nacht zum zweiten Advent schlief Thomas schlecht. Er träumte, daß die Tasten nach seinen Fingern schnappten. Er kämpfte mit dem Blüthner-Flügel um jeden richtigen Ton, aber das fletschende Gebiß ließ ihm kaum eine Chance. Wenn er dennoch einmal traf, tauchte aus dem Flügelkasten Dolfi auf und bewarf ihn mit halben Backsteinen, manchmal auch mit Sammeltassen. Und als Thomas einmal zwei Töne nacheinander traf, erschien sogar Winnetou und legte seine Silberbüchse an. Thomas ließ sich auf den Boden fallen, und der Schuß schlug neben Herrn Hasenbein in die Wand, der gerade mit Kräuterkäsecreme eine Fünf an Omas Vitrine malte.

Am Morgen war Thomas wie gerädert. Er stand lange vor dem Spiegel und tränkte seine Haare mit Fixativ. Dann strich er sie soweit wie möglich über seine Ohren und ließ sie trocknen. Die Haare wurden steif wie ein Brett und gaben einen dumpfen Ton, wenn man leicht darauf klopfte. Die Familie fand diese Sitte albern und riet zu Pomade, aber Thomas war mit seinen Haaren immer ziemlich eigen.

Mißmutig stieg er in den guten blauen Anzug aus Onkel Wolfgangs Kindertagen. Der Anzug glänzte wie eine Speckschwarte, und wenn man den Hosenboden gegen die Sonne hielt, schien sie kräftig hindurch. Fürs Klavierspielen war der Anzug aber ganz gut geeignet, weil die Ärmel kurz unter den Ellenbogen aufhörten und beim Spiel nicht hinderten. Ähnliches galt für die Hosenbeine im Hinblick auf die Pedalarbeit. Ein neuer guter Anzug wäre schon lange vonnöten gewesen, aber das Kaufhaus hatte jedesmal die gleiche Auskunft: »Ham 'r nich, griech mr ooch nich wieder rein.«

Auf dem Weg zu Fräulein Sommer fühlte sich Thomas ein bißchen wie auf dem Weg nach Sibirien. Kurz vor dem Waldplatz dachte er einen Augenblick daran, seine Familie aussteigen zu lassen und einfach mit der Straßenbahn weiterzufahren. Vielleicht bis zum Hauptbahnhof und von dort mit dem Zug irgendwohin. Aber er stieg mit aus.

In Fräulein Sommers guter Stube standen Stühle aus dem ganzen Haus. Ungefähr fünfunddreißig Gäste drängten sich, die Schüler nicht mitgerechnet. Es gab sogar große Programmzettel, und Thomas schnappte sich sofort einen, in der Hoffnung, man habe seinen Auftritt vergessen. Aber sein Name stand an erster Stelle, und dahinter: »Schneewittchen hinter den Bergen«. Die Großeltern waren da, und der Großvater hielt eine kurze Rede. Thomas war stolz, daß der Großvater so reden konnte, auswendig sogar. Er war überhaupt stolz, daß dieser stattliche Mann mit den weißen Stoppelhaaren und dem gelblichen Schnauzbart sein Großvater war.

Es sei eine schöne Tradition hier, sagte der Großvater, und er sei ihr schon seit Jahrzehnten verbunden. Seine Söhne hätten bereits versucht, diesen herrlichen Flügel zu zertrümmern – die Gäste lachten – und nun trete schon die nächste Generation ans Instrument. Er zeigte auf Thomas, der rote Ohren bekam und sich noch mal über den Friseur ärgerte, ohne dessen Arbeit niemand seine Segelohren hätte sehen können.

Dann sprach der Großvater noch über die große Leipziger Musiktradition, über das Gewandhaus und die Thomaner, über Telemann und Bach, Mendelssohn und Schumann, Lortzing und Wagner, Nikisch und Furtwängler. Bei dieser Aufzählung fühlte sich Thomas ganz und gar unbehaglich, denn er war sicher, daß sein Auftritt einen deutlichen Bruch in dieser Tradition markieren werde.

Als er zum Flügel schritt, hatte er plötzlich den Anfang von »Schneewittchen« vergessen. Ein paar hundertmal hatte er diese Melodie gespielt, erst vom Blatt und dann nur noch auswendig. Aber jetzt war alles wie weggeblasen. Thomas dachte an das Märchen von der Kapuze, die einen unsichtbar machte, und schaute hilfesuchend zu Fräulein Sommer. Sie saß in schwarzer Seide in der ersten Reihe und lächelte ihm aufmunternd zu.

Thomas setzte sich an den Flügel und schaute auf die Tasten. Sie schienen ihn höhnisch anzugrinsen mit ihren schwarzen Zahnlücken. Thomas kletterte von seinem Schemel und drehte ihn umständlich etwas höher. Im Raum war es mäuschenstill.

Thomas sah ein, daß etwas geschehen müsse, und griff zu – aber daneben. Was er gegriffen hatte, klang ihm bekannt, aber mit Sicherheit war es nicht »Schneewittchen«. Lieber hätte er jetzt auf dem Fußballplatz gestanden und in der letzten Spielminute beim Stand von 0:1 einen Elfmeter geschossen.

Er griff zum zweitenmal zu, und es klang schon ähnlicher. Da stand endlich Fräulein Sommer auf, trat neben ihn und spielte den ersten Takt leise vor.

Natürlich! dachte Thomas, ist doch ganz einfach. Er spielte flott auf und legte sogar noch etwas Tempo zu. Als er zum zweitenmal bei den »si-hieben Zwergen« ankam, geriet er vorübergehend ins Moll, fand aber den Weg zurück. Er machte das Schneewittchen schneller tot und wieder lebendig als je beim Üben, und am Ende gab er noch eine Strophe zu. Dann rutschte er erleichtert von seinem Schemel und wollte schnell ins Nebenzimmer, wo die anderen Schüler warteten. Aber Fräulein Sommer griff ihn am Ärmel, der dabei ein Stückchen aufriß, und nötigte ihn zu einer Verbeugung. Alle klatschten, und Thomas dachte verwundert: Haben die denn so wenig Ahnung von Musik?

Die älteren Schüler spielten teilweise sehr anspruchsvolle Stücke von Chopin oder Liszt, und kurz vor Schluß war Thomas noch einmal an der Reihe mit einer Sonate von Kuhlau. Es ging reibungslos, und er ließ die letzte Fermate ganz lange ausklingen. Dann glitt er zentimeterweise vom Schemel und verbeugte sich, bis niemand mehr klatschte.

Als später alle aufbrachen, hörte Thomas eine Dame sagen: »Aber der Kleine mit dem ›Schneewittchen‹ war doch besonders süß.«

Thomas sprang der Dame in Gedanken an die Gurgel. Aber im großen ganzen hatte er ein gutes Gefühl: Die Leipziger Musiktradition war nicht völlig verraten worden.

9 **Thomas trug** vor der Klasse ein Gedicht vor:

»Stalin! Von Munde zu Munde zu Munde,
nah und fern, von Orte zu Ort,
von den Grenzen der Heimat weit in die Runde
klingt immer neu dieses strahlende Wort ...«

Das Gedicht stammte von einem gewissen Herrn Surkow, und die Schüler hatten es zu Ehren von Stalins Geburtstag auswendig lernen müssen. Es hatte, wie die meisten russischen Werke, viele Strophen und gipfelte in einer hymnischen Huldigung an den großen Genossen in Moskau:

»Schon wissen die Menschen in jedem Land:
Stalin – das heißt: der Krieg ist verbannt.
Stalin heißt: frei in die Zukunft schauen.
Stalin heißt: den Sozialismus erbauen.
Darum hörst du überall rings in der Runde,
an der ... an der ...«

Micky hatte heimlich den Text aufgeschlagen und souffliert: »An der Weichsel, am Ganges ...«

»An der Weichsel, am Ganges, von Orte zu Ort,
in allen Sprachen von Mund zu Munde
klingen das stahlhart strahlende Wort: Stalin!«

Die beiden Flüsse hatte er sich von Anfang an nicht merken können, zumal beide in Erdkunde noch nicht behandelt worden waren. Aber den Vorschlag, sie durch Elster und Pleiße zu ersetzen, die beide durch Leipzig flössen, diesen Vorschlag hatte Herr Hasenbein strikt abgelehnt.

»Du hättest zum heutigen Ehrentag des Genossen Stalin ruhig ein bißchen besser lernen können«, tadelte Herr Hasenbein, »schließlich haben andere Menschen in der DDR aus diesem Anlaß ganz andere Leistungen vollbracht.«

Thomas nickte schuldbewußt und dachte: Ihr könnt mir mal im Mondschein begegnen.

»Wer weiß denn ein Beispiel?« fragte Herr Hasenbein.

Jochen Pietsch meldete sich. Sein Vater war SED-Funktionär, weshalb Jochen hinter seinem Rücken nur der »Bonzenlümmel« genannt wurde. Jochen wußte ein Beispiel: »Die Genossen vom Stahlwerk Brandenburg haben ihren Ofen Nummer fünf vorzeitig fertiggestellt und angestochen. Dazu haben sie sich wegen dem Geburtstag des Genossen Stalin freiwillig verpflichtet.«

»Müssen«, flüsterte jemand, aber Herr Hasenbein hörte darüber hinweg.

Herr Hasenbein verlangte noch ein Beispiel, und Rudi Knopf berichtete, daß Wilhelm Pieck, der Präsident der DDR, einen Staatsbesuch in Polen angetreten habe und daß die Polen darüber ganz aus dem Häuschen seien. Herr Hasenbein nickte freundlich, rügte aber den Ausdruck »aus dem Häuschen« und wies darauf hin, daß der Besuch nichts mit dem Geburtstag zu tun habe.

Thomas mochte Herrn Hasenbein nicht besonders. Er gefiel ihm schon äußerlich nicht: mit seinem schwarzen Anzug, Weste, Stehkragen, Krawatte mit Goldnadel, goldener Uhrkette. Über seinen goldgeränderten Kneifer äugte Herr Hasenbein immer mißtrauisch in die Klasse. Grund genug hatte er dafür, denn die Disziplin in der Klasse war »unter aller Kanone«, wie er immer sagte. Kaum daß sich der Lehrer zur Tafel drehte, traf ein Geschoß seinen Rücken oder klatschte neben ihm an die Wand: ein nasser Schwamm, ein Stück Kreide, eine Krampe, von Schnipsgummi abgefeuert. Als er einmal erregt rief: »So was hat es früher nicht gegeben!«, da fragte ihn Jochen Pietsch, der Bonzenlümmel, mit drohendem Unterton: »Was meinen Sie denn mit ›früher‹?« Herr Hasenbein hatte nichts darauf geantwortet.

Eigentlich war er schon pensioniert, hatte Thomas von Micky erfahren. Aber er hatte sich zu zwei oder drei weiteren Jahren bewegen lassen, weil so viele Lehrer im Krieg gefallen waren.

Der Rechenlehrer, Herr Groß, zählte zu den Heimgekehrten. Seine Schüler, in ihrer praktischen Denkungsart, bedauerten das. Denn Herr Groß, wegen seines kleinen Wuchses »Zahlenfips« genannt, verschaffte sich mit besonders abgefeimten Mitteln Respekt. Erspähte er einen Unaufmerksamen, dann schrieb er rasch eine Zahl an die Tafel, wischte sie wieder weg und fragte: »Was habe ich eben an die Tafel geschrieben?«

»Das müssen Sie doch wissen«, sagte Thomas verdattert, als er zum erstenmal auf diesen Trick hereinfiel. Später nannte er immer aufs Geratewohl eine Zahl, in der Hoffnung, irgendwann einmal die richtige zu treffen. Er traf aber nie, und jedesmal gab es drei Stunden Nachsitzen. Zahlenfips war in der ganzen Roten Schule berüchtigt, und immer wieder liefen über den Schulhof Gerüchte von Mordplänen.

Dann gab es noch Herrn Krause, der Geschichte und Gegenwartskunde unterrichtete. Herr Krause war Neulehrer und legte Wert auf die Feststellung, daß er noch vor einem guten Jahr als Bauarbeiter zur Arbeiterklasse gehört hatte. Daß er nun Lehrer war, nannte er einen gesellschaftlichen Fortschritt.

Thomas hatte kürzlich im Kino einen Neulehrer gesehen, der ihm gut gefallen hatte. Der Film hieß »Die Jungen von Kranichsee«, und der Lehrer, gespielt von Gunnar Möller, war ein ehemaliger Schlosser. Er kämpfte engagiert gegen den rückständigen alten Schulleiter und die reaktionären Eltern und hatte am Anfang nur die Kinder hinter sich, am Ende aber das ganze Dorf. So einen Lehrer hätte sich Thomas gewünscht.

Auch Herr Krause hatte seine Tricks und versuchte gleich, Thomas hereinzulegen: »Wie fandst'n du gestern die Insulaner?«

Thomas schaltete schnell: Die Insulaner, das Kabarett im RIAS, hatte man natürlich abscheulich zu finden, weil es sich in gemeinster Weise über die DDR lustig machte.

»Doof!« wollte Thomas gerade sagen, als ihm einfiel, daß man die Insulaner ja gar nicht kennen durfte.

»Was'n für Insuliner?« fragte er.

Herr Krause hatte nicht weiter gefragt.

Herrn Hasenbein wußte Thomas noch nicht so richtig einzuschätzen. Es war auch nicht so wichtig, weil man sich in der Schule in jedem Fall hüten mußte. Denn wenn einen der Lehrer nicht wegen ungebührlicher Äußerungen verpfiff, dann konnte es genausogut ein Klassenkamerad wie Jochen Pietsch tun. Thomas beobachtete Herrn Hasenbein am Anfang sehr sorgfältig. Bevor der alte Lehrer die Zeitung in die Hand nahm, setzte er immer seinen Kneifer ab und richtete ihn sorgfältig auf dem Pult aus. Dann massierte er kurz mit Daumen und Zeigefinger die Nasenwurzel. Meistens holte er darauf sein geblümtes Taschentuch hervor und schneuzte sich, wobei die Klasse das Geräusch nachahmte. Endlich entfaltete er mit spitzen Fingern die Zeitung.

Er zitierte ausführlich und rühmte alles, insbesondere die Sowjetunion. Den Genossen Ulbricht erwähnte er nie ohne dessen Ehrennamen »Großer Freund der Jugend«, und den Genossen Josef Wissarionowitsch Stalin nannte er immer beim vollen Namen. Dann faltete er die Zeitung, rieb sich die Hände wie unter einem Wasserhahn und setzte den Kneifer wieder auf.

»Wer weiß noch ein Beispiel dafür«, fragte Herr Hasenbein, »was die Werktätigen unserer Republik zu Ehren des heutigen Geburtstags des Genossen Josef Wissarionowitsch Stalin vollbracht haben?«

Micky Müller wußte was: »Der Kreisverband Leipzig der Gesellschaft für Deutsch-Sowjetische Freundschaft hat sein Ziel erreicht, bis zum heutigen Tag hunderttausend Bürger in seine Reihen ... äh ... zu treiben.«

»Noch etwas?«

Thomas fühlte sich aufgerufen, den schlechten Eindruck seiner Rezitation zu zerstreuen: »Die beiden Leipziger HO-Warenhäuser haben rechtzeitig zum Geburtstag ihr Jahresumsatzsoll vorzeitig erfüllt.«

»Bloß gut, daß der nicht im Sommer Geburtstag hat«, rief jemand halblaut von hinten, aber Herr Hasenbein hörte darüber hinweg. Thomas wollte sich noch weiter für Weichsel und Ganges rehabilitieren und berichtete, daß die Regierung gerade die Lebensmittelkarten für Getreideerzeugnisse und Hülsenfrüchte abgeschafft habe. Jetzt brauche man Karten nur noch für Fleisch, Fett, Eier, Zucker und Milch.

»Eigentlich ist zum Geburtstag alles da«, resümierte Thomas, »bloß Margarine und Briketts fehlen. Und natürlich morgens und abends der Strom. Aber sonst ist alles da. Außer den Sachen, die es sowieso nie gibt.«

Die Pausenglocke klingelte, und Herr Hasenbein schien erleichtert.

10 Thomas lugte durchs Schlüsselloch und sah mit einem Blick, daß neben dem Weihnachtsbaum Onkel Wolfgangs alter Kaufladen stand. Als das Glöckchen läutete, trat er erwartungsvoll in den Schein der Kerzen und verharrte einen gebührenden Augenblick. Dann eilte er zu seinen Geschenken. Neben dem Kaufladen lagen drei Karl-May-Bände: »Trapper Geierschnabel«, »Der blaurote Methusalem« und »Der Wurzelsepp«. Er hatte sie schon mehrfach gelesen. Das erste Blatt war jeweils herausgetrennt, aber Thomas wußte, was mit steiler Tintenschrift daraufgestanden hatte: »Dieses Buch gehört Wolfgang Ebert, und wer es stiehlt, der fürchte um seinen Skalp!« Daneben war eine blutrünstige Zeichnung zu sehen gewesen, teilweise in roter Tinte. Auch einen Ergänzungssatz zu seinem Stabilbaukasten fand Thomas vor. Die Teile waren aus grauem Metall und leicht zu verbiegen. Keine Vorkriegsware, dachte er. Dann überreichte er die Geschenke, die er selbst gebastelt hatte. Er hatte wieder für jeden einen Papierkorb gemacht, aus Pappe und Stoffresten geklebt. Voriges Jahr hatten sich alle sehr über diese Idee gefreut, so daß Thomas die Überraschung in diesem Jahr hatte wiederholen wollen. Onkel Wolfgang war auch freudig überrascht, aber die anderen reagierten eher zurückhaltend. »Da kann ich ja bald ein Papierkorb-Museum aufmachen«, meinte die Oma.

»Jetzt fehlt uns bloß noch einer für den Keller«, meinte die Mutter.

»Also, mit einem Papierkorb hätte ich wirklich am allerwenigsten gerechnet«, meinte der Vater.

Die Kerzen wurden wieder gelöscht, damit sie auch noch am ersten und zweiten Feiertag brennen konnten, und der Heringssalat kam auf den Tisch. Dies war eine alte Familientradition, die in neuerer Zeit Jahr für Jahr durch die Versorgungslage in Frage gestellt wurde. Thomas war stolz, daß diesmal er im HO die Heringe organisiert hatte, durch einen Tip von Bärbel. Nach dem Essen sangen sie Weihnachtslieder, Thomas begleitete am Klavier. Er spielte »Stille Nacht« und »Es ist ein Ros entsprungen« und

»Vom Himmel hoch, da komm ich her«. Er spielte jeweils alle Strophen und bemerkte mit Vergnügen, daß niemand den ganzen Text kannte. Spätestens bei der zweiten Strophe hörte er hinter und neben sich ein zaghaftes »La-la-la«. Er dachte an die Thomaner und ihren herrlichen Gesang. Denn er war nachmittags zur Christmette in der Thomaskirche gewesen, in »seiner« Kirche.

Um drei hatte er sich mit den Großeltern an der Straßenbahnhaltestelle getroffen. Obwohl die Christmette erst viel später beginnen sollte, war die Kirche schon fast voll gewesen. Mit Mühe hatten sie zwei Plätze bekommen, und Thomas hatte sich daneben auf eine Stufe gesetzt.

»Warum ist es denn so voll hier?« wollte Thomas wissen, der nur den schlecht besuchten Kindergottesdienst in der Gohliser Friedenskirche kannte.

Der Großvater erklärte: »Es ist so, daß die Kommunisten volle Kirchen nicht sehr gern sehen. Und deshalb kommen wenigstens am Heiligen Abend so viele hierher. Das ist eine Art von Protest, die nicht unter Strafe steht. Noch nicht jedenfalls.« Thomas verstand.

Je mehr Menschen kamen, desto wärmer wurde es in der anfänglich kalten Kirche. Der Pfarrer sprach davon, daß die Gemeinde des Heilands lebendig bleibe, auch in einer zunehmend unchristlichen Welt, und Thomas war sich sicher, daß dies politisch zu verstehen sei.

Die Thomaner sangen noch schöner als damals bei der Motette. Aber das mochte auch nur so scheinen und an der Stimmung liegen, an dem großen Weihnachtsbaum und der herrlichen Krippe darunter.

Später am Abend spielte Thomas mit seinem Kaufladen.

»Du hast übrigens Glück«, bemerkte Onkel Wolfgang, »daß wir deinen Wunschzettel nicht wörtlich genommen haben. Du hast nämlich bei ›Kaufladen‹ das erste ›a‹ vergessen.« Alle lachten, und Thomas ärgerte sich ein bißchen.

Er lud seine Familie zum Einkaufen ein, und als erster trat der Vater vor den Laden.

»Ich hätte gern zwei Flaschen Moselwein.«

»Wieso denn das?«

»Was heißt hier ›wieso‹, mein Herr? Ich möchte gern bei Ihnen zwei Flaschen Moselwein kaufen.«

»Aber du weißt doch ... Ich meine: Sie wissen doch, mein Herr, daß wir so was nicht führen.«

»Dann bitte eine Flasche Cognac.«

»Konnjack? Was is'n das nu wieder?«

»Ja, sagen Sie mal, was ist denn das hier für ein merkwürdiger Laden, wo man weder Moselwein noch Cognac kennt?«

»Das is'n ganz normales HO.«

»Ach so! Na dann gute Nacht!«

Als nächste kam die Mutter: »Kriegen Sie diese Woche vielleicht Butter rein?«

»Das kann man nie wissen.«

»Könnten Sie mir vielleicht welche zurücklegen, wenn Sie welche reinkriegen?«

»Das kommt drauf an.«

»Worauf denn?«

»Also, wenn Sie mir irgendwo ein Paket Nägel organisieren könnten, dann könnte ich mit der Butter schon was machen.«

Der Vater klatschte Beifall: »Du hast ja unser neues Wirtschaftssystem schon begriffen.«

Aber Thomas war verärgert: »Könnt ihr nicht mal was verlangen, was ich auch habe? Das ist doch hier bloß 'n HO.«

Die Oma trat vor den Laden und blickte prüfend über die Auslagen. Mit dem Kaufladen hatten einige bunte Schächtelchen und Fläschchen den Krieg überlebt: Persil und Henko, Hoffmanns Stärke und Ata, Dr. Oetkers Vanillepudding, Quieta-Malzkaffee und Ettaler Klosterlikör. In den Schubfächern waren Zucker und Salz, Mehl und Grieß, Haferflocken und Graupen.

»Haben Sie vielleicht ein Paket Persil?« fragte die Oma.

»Selbstverständlich, meine Dame.«

»Und etwas Dr. Oetkers Vanillepudding?«

»Aber mit dem größten Vergnügen! Bitte recht schön!«

»Und was haben Sie sonst noch grade da?«

Man merkte, daß die Oma oft im HO einkaufte. Thomas zählte sein bescheidenes Sortiment auf, und die Oma verlangte noch eine Tüte Mehl.

»Leider habe ich kein weißes«, bedauerte Thomas. »Und Sie müssen es natürlich durchsieben, wegen der Würmer.«

Jetzt war alles richtig echt, jetzt machte ihm das Verkaufen Spaß. Aber da fragte die Oma: »Sie haben nicht zufällig ein paar Apfelsinen da?«

Thomas starrte wütend in die Runde: »Mit euch ist das ein ganz beschissenes Spiel!« schimpfte er. »Ihr tut ja alle, als wenn ihr noch nie im HO gewesen wärt. Ihr könnt euren blöden Kaufladen wieder auf dem Boden verstauen!«

Thomas war richtig sauer. Obwohl ihm ein halbes Glas Bier versprochen wurde, ging er vor seiner Zeit ins Bett und ließ sich am nächsten Tag auch nicht beim Mittagessen sehen.

Zum Nachmittagskaffee legte die Oma die selbstbestickte Weihnachtsdekke auf und deckte mit zwölf Sammeltassen. Das tat sie ungern, wenn Kinder mit bei Tisch sitzen sollten, aber diesmal ging es nicht anders. Das Kaffeeservice für alle Tage hatte nur noch zehn Tassen, neun Kuchenteller und sieben Untertassen. »Früher konnte man so was ja nachkaufen«, pflegte die Oma zu sagen. »Früher« war überhaupt ihr Lieblingswort, »früher« und die »besseren Zeiten«.

Thomas hatte einmal den Vater danach gefragt, aber zur Antwort bekommen, dies könne man einem Kind kaum erklären: »Ihr Kinder habt es eigentlich gut«, hatte er gesagt, »ihr kennt keine besseren Zeiten und könnt deshalb auch mit der neuen Zeit nicht unzufrieden sein.«

Zum Nachmittagskaffee gab es Stollen, der »fast wie früher« war, wie die Oma meinte. Tante Grete aus Kassel hatte wieder beizeiten die nötigen Zutaten geschickt: weißes Mehl, das es hier so gut wie nie gab; Mandeln, Zitronat und Rosinen, die ungefähr so häufig zu finden waren wie Einsen in Thomas' Aufsatzheft; Butter und Puderzucker, die man beizeiten horten mußte, wenn man aufs HO angewiesen war.

Die Oma hatte ungefähr drei Wochen vor dem Fest alles zum Bäckermeister Ehrlich gebracht, der – wie sie sagte – nicht nur so hieß, sondern tatsächlich von den raren Dingen nichts für sich selbst abzweigte. Er gehörte auch nicht zu den Bäckern, die kürzlich in der *Volkszeitung* gerügt worden waren, weil sie Hefe horteten und zu Schwarzmarktpreisen unter dem Ladentisch anboten. »Verbrecherisches Treiben« hatte es die *Volkszeitung* genannt.

Herr Ehrlich hatte den Teig gerührt und die Stollen in den Ofen geschoben, und zur ausgemachten Stunde war die Oma mit Buttertopf und Puderzuckerdose in die Backstube gegangen, um – wie die anderen Frauen aus dem Viertel – ihre Stollen zu bepinseln und zu bestäuben. Das war alte Leipziger Tradition.

Zum Kaffee kamen die Großeltern, und auch Oma Lehmann war dazu gebeten, die sonst nur selten aus ihrem Stübchen herauskam. Außerdem kamen Onkel Manfred und Tante Klara mit Doris und Ria, den Zwillingen. Sie waren etwas älter als Thomas und brachten immer ihre Puppen mit. Thomas konnte nichts mit seinen Cousinen anfangen und verwechselte sie obendrein immer. Die Mädchen zogen sich nach dem Kaffeetrinken zurück, während Thomas bei den Erwachsenen sitzen blieb.

Onkel Manfred steckte sich eine West-Zigarette an, schaute nachdenklich dem Rauch nach und gab sich einen Ruck: »Irgendwann muß ich es euch ja sowieso sagen: Klara und ich haben uns entschlossen, in den Westen zu gehen.«

Es war lange still, und man hörte im Nebenzimmer die Zwillinge kichern.

»Und was soll aus der Firma werden?« fragte die Oma. »Du hast doch da alles in der Hand.«

»Ja, was soll schon daraus werden«, meinte Onkel Manfred, »was eben eines Tages aus allen Firmen hier wird: ein Volkseigener Betrieb, ein VEB.«

»Sag nicht solche Sachen!« fuhr ihn die Oma an.

Aber Onkel Manfred antwortete ungerührt: »Ob ich das sage oder nicht, hat damit nichts zu tun. Es wird so kommen. Du weißt ja nicht, welche Kopfstände ich tagtäglich mache, damit der Laden überhaupt so weiterläuft wie bisher. Ich kenne ja zum Glück ein paar wichtige Leute von früher her, und alle haben sie ja nicht auswechseln können. Aber lange können die uns auch nicht mehr helfen.«

»Man muß es doch wenigstens so lange versuchen, wie es geht«, wandte die Oma ein, »das sind wir doch unserem Opa schuldig. Und vielleicht kommt ja bald die Wiedervereinigung.«

»Was für 'n Ding?« fragte Onkel Manfred fast ein bißchen ärgerlich. »Du hörst wohl zuviel RIAS? Du glaubst doch nicht, daß der Russe einen Zentimeter Boden wieder preisgibt, nachdem seine Soldaten so dafür geblutet haben.«

Die Oma hatte jetzt Tränen in den Augen und wischte mit der Serviette darüber.

»Also, ich will euch was sagen«, erklärte Onkel Manfred und drückte seine Zigarette aus. »Ich habe die Firma nach dem Krieg buchstäblich freigeschaufelt, zusammen mit den paar Mitarbeitern, die auch den Krieg überlebt hatten. Und bis heute haben wir knapp leben können von dem, was wir als sogenannte Kapitalisten aus dem eigenen Laden entnehmen durften. Aber es kann jeden Tag passieren, daß dieser Laden in konsequent sozialistisches Eigentum überführt wird, wie das offiziell genannt wird. Dann sitzen wir alle auf der Straße: Anne und Wolfgang und ich. Darauf will ich nicht warten. Zumal man drüben im Westen jetzt noch was auf die Beine stellen kann, wenn man ein bißchen clever ist. Bald ist dort auch wirtschaftlich alles in festen Händen.«

»Nun gut«, sagte Onkel Wolfgang und schaute die Mutter an, »dann werden wir zwei beiden das Unternehmen so lange in Gang halten, wie man uns noch läßt.«

»Und eines Tages treffen wir uns drüben alle wieder«, fügte Onkel Manfred hinzu. Und zum Vater: »Wie ich dich kenne, mein lieber Schwager, wirst du es auch nicht mehr lange hier aushalten. Du kannst doch mit deinen Beziehungen drüben leicht wieder in deine alte Branche einsteigen. Wein und Spirituosen fließen immer.«

Thomas hatte stumm und staunend zugehört. Jetzt fragte er: »Nehmt ihr euer Meerschweinchen mit in den Westen?«

»Du bist ja auch noch da!« sagte Onkel Manfred. »Du darfst aber keinem ein Wort darüber sagen, was hier geredet wurde.«

»Ich bin doch nicht doof. Und was ist mit dem Meerschweinchen?«

»Den Max kannst du haben, sobald wir verschwinden.«

Die Großeltern hatten auch die ganze Zeit über nichts gesagt. Jetzt schaute die Großmutter Thomas nachdenklich an: »Mal sehen, wie lange wir dich noch bei uns haben.«

»Ich mache nicht weg!« sagte Thomas.

11 Es schneite richtig dicke Flocken, und sie blieben liegen. Sie deckten das löchrige Kopfsteinpflaster vorm Haus gnädig zu und auch das verdorrte Gestrüpp im Vorgarten. Dem verrosteten Eisenzaun und den grauen Aschentonnen setzten sie lustig weiße Hauben auf, und Herrn Mohrmanns verbeulter Ford Eifel unter dem Laternenpfahl ohne Laterne konnte vor Schnee kaum noch aus den Scheinwerfern gucken.

Der Vater stand am Erkerfenster und sinnierte: »So sieht die DDR richtig sauber aus. Vielleicht sollte man sie nach Grönland verlegen, dann wäre sie immer so proper.«

»Fragt sich bloß, was die Grönländer dazu sagen würden«, meinte die Mutter.

Thomas erkundigte sich, wo Grönland liege, und bekam es erklärt.

Die Mutter schaute nun auch aus dem Fenster und sagte: »Ich weiß nicht, ich bilde mir ein, daß es früher viel öfter so geschneit hat. Wir sind doch immer gerodelt oder Ski gelaufen.«

Thomas hatte keinen Blick für die weiße Pracht. Er hielt nichts von Schnee, weil man im Schnee nicht richtig Fußball spielen konnte.

»Willst du nicht endlich mal deine Skier ausprobieren?« fragte ihn die Mutter.

Die Skier hatte er schon Weihnachten vor einem Jahr geschenkt bekommen. Sie stammten von Onkel Manfred, und Thomas hatte sie noch nie benutzt. Er hatte auch noch nie einen Skifahrer leibhaftig gesehen, sondern nur in seiner Sammlung von Sportfotos, die er aus der Zeitung ausschnitt. Und da gab es Skifahrer. Eines der Fotos war unterschrieben: »Unser Bild zeigt den Freund der Jugend, Walter Ulbricht, bei einer Rast nach einer gelungenen Steilabfahrt.«

»Wenn ihr meint, dann probier ich's mal«, sagte Thomas ohne große Lust. Er packte die Bretter, ging nach unten, schnallte sie an und schlurfte die Straße hinab. Es war eine beschwerliche Art der Fortbewegung. Nach einigen hundert Metern blickte er zurück auf seine Zickzackspur im frischen Schnee, die an den Stellen unterbrochen war, wo er gefallen war. Es schien ihm besser, gleich eine Steilabfahrt zu versuchen. Also schulterte er seine Skier und marschierte zum Scherbelberg. Das war die einzige nennenswerte Erhebung im Stadtgebiet, aufgeschüttet aus dem Abfall des 19. Jahrhunderts und bepflanzt mit Bäumen und Gesträuch. Dort traf Thomas viele Freunde mit ihren Rodelschlitten, unter anderen Bärbel und auch Albrecht und Kuno, die kurz vor Weihnachten als Untermieter in eine Wohnung im Nebenhaus gezogen waren. Thomas war darüber froh gewesen, denn der Kaninchenmord war ihm noch nicht aus dem Sinn gegangen.

Er befestigte wieder seine Skier und reihte sich unter die Rodler ein, die zur »Teufelsbahn« drängten, der steilsten Steilabfahrt des Scherbelbergs.

Er wurde eingekeilt, vorwärtsgeschoben und runtergeschubst. Er kam auf allen vieren unten an. Der rechte Ski hatte keine Spitze mehr, der linke Knöchel schmerzte stechend, und die Nase blutete. Ein paar Jungen und Mädchen mit Rodelschlitten standen um ihn herum und grinsten. Einer nahm Haltung an und rief: »Wir begrüßen den Sieger im Abfahrtsrennen mit einem dreifachen ›Sport‹!« – »Frei!« riefen die anderen, »Sport – frei! Sport – frei!«

»Bist du sicher, daß man so Ski fährt?« fragte ein Junge.

»Haste vielleicht heute mittag dein Breichen nicht aufgegessen?« hänselte ein anderer. Thomas schwieg verbissen und löste seine Bindung. Ein größerer Junge nahm den abgebrochenen Ski und drehte ihn fachmännisch in den Händen: »Prima Vorkriegsware. Die kriegt nicht jeder kaputt.«

Da platzte Thomas der Kragen: »Du blöde Sau!« schrie er und schlug dem Spötter den heilgebliebenen Ski auf die Pudelmütze. Der Größere schlug zurück, und Thomas saß wieder im Schnee.

Bärbel war hinzugekommen und hatte die abgebrochene Skispitze mitgebracht. Sie hielt sie Thomas hin.

»Kannste dir an den Hut stecken«, murrte der. Bärbel bedankte sich und zeigte das Geschenk ihren Freundinnen.

Thomas sammelte sein beschädigtes Sportgerät auf und humpelte nach Hause. Das war nichts für ihn.

Unterwegs überlegte er, daß der ganze Winter eigentlich eine ziemlich miese Jahreszeit sei. Diesmal war der erste Schnee schon im Oktober gefallen; und es war kalt wie selten zuvor in den letzten Jahren. Der Winter brachte für Thomas eigentlich nichts als unangenehme Pflichten.

Da waren abends Holz und Kohlen aus dem Keller heraufzutragen, auch für Oma Lehmann. Morgens vor der Schule mußte er die Asche hinunterbringen und in die großen grauen Aschentonnen schütten. Wenn man bei strengem Frost Wasser in die Tonnen tat, dann platzten sie. Jeder Junge wußte das, aber nur wenige trauten sich, zumal schon die *Volkszeitung* vor dieser frevelhaften Beschädigung volkseigenen Gutes gewarnt hatte. Küchenabfälle gehörten in besondere Kübel für die Schweinemast, und die Zeitung beschwerte sich darüber, daß manch einer Glasscherben oder alte Rasierklingen hineintat. Thomas stellte sich manchmal vor, was die Schweine für ein dummes Gesicht machen würden, wenn sie eine Rasierklinge schluckten. Aber da er das ohnehin nicht miterleben würde, war die Sache reizlos. Außerdem wurden gebrauchte Rasierklingen nicht weggeworfen, sondern zum Nachschleifen in die Drogerie gebracht.

Im Winter hatte Thomas ständig die Petroleumlampen zu reinigen und nachzufüllen. Jedes Familienmitglied besaß seine eigene »Tranfunzel« für die Stromsperre zu den Spitzenzeiten morgens und abends. Im Sommer war es zur Zeit der Stromsperre schon oder noch hell, aber im Winter ging man mit der Lampe morgens aufs Klo, zum Zähneputzen, zum Anziehen und zum Frühstücken. Und abends zum Abendbrot, zum Ausziehen, zum Zähneputzen und aufs Klo.

»Warum«, fragte die Oma, »müssen die Idioten den Strom ausgerechnet dann abdrehen, wenn wir aufstehen müssen?«

»Das mußt du genau andersherum sehen«, erklärte ihr der Vater: »Warum müssen wir Idioten ausgerechnet aufstehen, wenn der Strom abgedreht ist?«

»Das ist doch Blödsinn.«

»Nein, Dialektik.«

Im Winter mußte Thomas auch besonders haushalten mit dem ohnehin knappen Zeitungspapier. Die Zeitung kam nur viermal in der Woche und hatte nur vier Blätter. Um viel Papier zu haben – aber auch wegen Thomas' Schulaufsätzen – waren sowohl die *Leipziger Volkszeitung* als auch das *Neue Deutschland* abonniert. Das ND brachte die Dinge genauso, aber ausführlicher.

Im Sommer wurden die Zeitungen nach dem Lesen nur noch als Klopapier benötigt. Thomas hatte dafür zu sorgen, daß immer genug handliche Blätter auf dem Drahtgestell neben dem Klo aufgespießt waren. Das Papier war recht hart, und der Vater schimpfte oft, wenn er von seiner Verrichtung kam, daß die DDR-Presse von beinahe verletzender Schärfe sei.

Im Winter wurde das Zeitungspapier für mindestens zwei weitere Zwecke benötigt: um nasse Schuhe auszustopfen und um die Kachelöfen anzuheizen. Das Schuhpapier ließ sich wenigstens – anders als das Klopapier – weiterverwenden als Ofenpapier.

Thomas sah ein, daß jeder in der Familie zupacken mußte. Die Mutter und Onkel Wolfgang fuhren in aller Herrgottsfrühe mit der Straßenbahn in die Firma und kamen nicht vor der Stromsperre zurück. Der Vater hatte seine Geschäfte zu erledigen und mit Hilfe seiner Beziehungen mancherlei Lebensnotwendiges zu organisieren. Die Oma schließlich war mit Haushalt und Einkauf beschäftigt, und das bedeutete weite Wege und langes Schlangestehen, oft genug vergebens. Thomas liebte seine Pflichten nicht, aber er erledigte sie fast ein wenig mit Stolz: Er merkte, daß er gebraucht wurde.

Es gab allerdings eine Aufgabe, die er von Herzen haßte, und er hatte sie gerade vor zwei Tagen wieder einmal hinter sich gebracht: den Weihnachtsbaum abzuschmücken und kleinzuhacken. Seitdem er Hans Christian Andersens unendlich traurige Geschichte vom »Tannenbaum« gelesen hatte, ergriff ihn bei dieser Henkersarbeit jedesmal grenzenloser Jammer. Er hielt sich vor Augen, wie man den grünen Gesellen aus seinem vertrauten Wald gerissen, in die festliche Stube gestellt, geputzt wie einen General der Roten Armee, bestaunt und besungen hatte. Und wenn die schöne Zeit vorbei war, wenn die Geschenke vom Gabentisch in Schränke und Regale gewandert waren, wenn der Stollen zur Neige ging, wenn schließlich der Weihnachtsbaum bei jeder leisen Berührung Nadeln ließ, dann wurde er mitleidlos gerupft, zerhackt, verbrannt. Während Thomas das Lametta abzupfte, um es für das nächste Jahr zu bündeln, war ihm, als rupfe er sich selbst die Haare aus. Und wenn das Beil den Stamm splittern ließ, dann glaubte er, das eigene Schienbein zu treffen, was übrigens einmal auch geschehen war. Der Gedanke an diese Arbeit verdarb ihm fast ein wenig den Heiligen Abend.

Als Thomas nach Hause kam, fragte die Mutter: »Na, wie war das Skifahren?«

»Ich weiß nicht. Ich bin nicht viel gefahren. Mit dem einen Ski ist was nicht in Ordnung.«

Die Oma trug ihm auf, den Hof und das Trottoir vom Schnee zu reinigen und Asche zu streuen: »Auch die Schusselbahn wird gestreut«, rief sie ihm nach.

»Ja, ja«, sagte Thomas bissig, »damit keiner auf die Fresse fällt.« Es hörte aber niemand.

Vielleicht fällt ihr ja noch ein, dachte Thomas, die Teppiche runterzuschleppen und im Schnee zu klopfen. Diese Arbeit kam bei jedem Flokkenfall auf ihn zu, so sicher wie das Amen in der Kirche. Bevor die Teppiche wieder nach oben kamen, mußte Thomas dann immer das Parkett mit dem Bohnerbesen wienern, und ganz zum Schluß drückte ihm die Oma noch den Fransenkamm in die Hand.

Abends hockte sich Thomas mit seiner Petroleumlampe auf den Balkon und machte mit einem großen Küchenmesser aus seinen Skiern dünne Holzspäne. Als er damit fertig war, nahm er seine Sportfoto-Sammlung und sortierte alle Bilder vom Skifahren aus. Zusammen mit den Holzspänen legte er sie neben den Wohnzimmerofen, um am nächsten Morgen damit Feuer zu machen.

12 Onkel Manfred und seine Familie kamen zum Verabschieden. Sie wollten am nächsten Morgen den ersten D-Zug nach Berlin nehmen, um dann am Ost-Bahnhof in die S-Bahn umzusteigen und über Alexanderplatz und Friedrichstraße nach Westberlin zu fahren. »Das ist der ungefährlichste Weg«, sagte Onkel Manfred, »denn an der grünen Grenze haben sie schon eine Menge geschnappt.«

Sie hatten das Meerschweinchen mitgebracht und einen ganzen Handwagen voller Sachen, die sie auf dem Dachboden abstellen wollten. Der größte Teil ihrer Habe war bereits an Verwandte und Bekannte im Westen geschickt, einen Rest wollten sie in Koffern mitnehmen. Die Sachen auf dem Handwagen waren zu sperrig zum Mitnehmen und zu empfindlich zum Verschicken: Ein Kristallüster war darunter, drei große Ölbilder in goldenen Rahmen, zwei Porzellanvasen mit bunten Drachen und ein ganzes Eßservice.

»So«, sagte Onkel Wolfgang, als alles oben war, »nun können wir wetten, ob ihr die Sachen irgendwann mal wiederseht.«

»Wenn nicht, werden wir auch nicht daran zugrunde gehen«, entgegnete Onkel Manfred, und es klang ein wenig ungehalten. Die Oma kredenzte eine Flasche bulgarischen Wein aus dem HO.

»Weißt du, woran ich in letzter Zeit manchmal gedacht habe?« fragte Onkel Manfred und beantwortete die Frage auch gleich: »An unseren Großonkel Waldemar, der damals in den zwanziger Jahren nach Amerika ausgewandert ist. Da hatten wir doch alle das Gefühl, Amerika sei so weit weg wie der Mond. Jetzt gehen wir nur bis nach Hannover, wo ich noch vor zehn Jahren oft zu tun hatte und alles kenne, *Café Kröpcke* und *Georgspalast* und Hotel *Mußmann* und alles – aber es kommt mir vor, als gingen wir nach Amerika.«

Es war ein paar Augenblicke lang still, bis die Oma sagte: »Von Waldemar haben wir ja nie wieder was gehört.«

Wieder war es still, dann erhob Onkel Wolfgang sein Glas: »Auf euer Amerika!«

»Meinst du«, fragte die Oma etwas ängstlich, »daß sie uns Schwierigkeiten machen wegen eurer Flucht?«

»Na ja, sie werden vielleicht kommen und fragen, ob ihr vorher davon gewußt habt. Dann sagt ihr natürlich nein. Wahrscheinlich werden sie behaupten – das tun sie gern –, ich hätte irgendwas aus der Firma mitgehen lassen. Da könnt ihr sicher sein, und das weiß Wolfgang auch, daß das nicht der Fall ist.«

»Wir werden ihnen sagen«, erklärte Onkel Wolfgang, »daß wir sehr überrascht waren, aus eurer Ansichtskarte vom Kudamm zu entnehmen, daß ihr unverständlicherweise des Lebens in unserer aufstrebenden Republik überdrüssig geworden seid.«

Onkel Manfred schaute seinen Bruder an: »Sollen wir vielleicht hierbleiben, nur um euch vor dummen Fragen zu bewahren? Ich habe an meine Familie zu denken. An die Mädels, die hier nie und nimmer eine Möglichkeit haben, auf die Oberschule zu kommen. Die gelten doch hier als Kapitalistenbrut, weil wir diese kleine Klitsche geerbt haben.«

»Du sollst nicht so von unserer Firma reden«, ereiferte sich die Oma, »und außerdem will ich nicht, daß am letzten Abend gestritten wird. Wer weiß denn, wann wir uns mal wiedersehen?« Sie griff nach ihrem Taschentuch, und Thomas ahnte, was nun kommen würde, und stahl sich aus dem Zimmer.

Er brachte sein Meerschweinchen im Kaninchenstall unter und gesellte sich zu seinen Cousinen. »Wißt ihr auch schon, wo ihr hinmacht?« fragte er Doris, aber es war wieder mal nicht Doris, sondern Ria.

»Nach Hannover«, antworteten beide.

»Hannover sechsundneunzig«, bemerkte Thomas fachkundig.

»Die Hausnummer wissen wir noch nicht«, widersprach Ria.

Blöde Weiber! dachte Thomas. Aber er hielt es für überflüssig, ihnen zu erklären, daß Hannover 96 in der Oberliga Nord spielte und vor dem Krieg schon mal Deutscher Meister gewesen war, im Endspiel gegen Schalke.

»Wenn ihr mal was schicken wollt«, sagte er, aber Doris fiel ihm ins Wort: »Dazu haben wir vorläufig gar kein Geld übrig.«

»Aber wenn, dann könnt ihr mal 'n bißchen Kaugummi beilegen.«

»Wir sind froh, wenn wir Geld für Bonbons haben. Und außerdem hast du schon das Meerschweinchen gekriegt.«

Thomas wurde unwirsch: »Was hat'n das damit zu tun? Soll ich vielleicht auf dem Meerschweinchen rumkauen, du blöde Kuh? Und außerdem habt ihr mir das Meerschweinchen bloß gegeben, weil ihr es nicht mitnehmen könnt. Wenn das nämlich an der Grenze plötzlich quietscht, seid ihr alle im Arsch.«

»Was sind denn das für Töne?« schimpfte die Mutter, die gerade hereinkam. »Hier sind doch zwei junge Damen.«

»Wo?« fragte Thomas und schaute suchend umher.

»Und außerdem sollt ihr am letzten Abend nicht streiten.«

Thomas war aber ärgerlich: »Wann denn sonst, wenn die morgen früh wegmachen?«

»Ich würde noch etwas lauter rumschreien, daß hier jemand wegmachen will! Da braucht doch bloß der Mohrmann zufällig an der Wohnungstür zu schnüffeln, ob wir RIAS hören, und schon hat er was viel Besseres zum Anschwärzen.«

Thomas zog sich grollend zurück und ging auf den Balkon zu Max, der friedlich in seinem neuen Stall saß. Thomas versprach ihm, er solle es mindestens genauso gut haben wie sein Vormieter Hasi. Und vor allem werde er wachsam jeden Mordanschlag verhindern. Wußte man schließlich, wie sich die Versorgungslage der Republik entwickeln würde? Konnte nicht der Fleischmangel eines Tages die Menschen zum Äußersten treiben? Max sollte ein glückliches Meerschweinchenleben führen. Was konnte er schließlich dafür, daß er hin- und hergeschoben wurde, sozusagen als unschuldiges Nagetier zwischen den Mahlsteinen der Weltpolitik?

Später mußte Thomas noch auf Wiedersehen sagen. Alle hatten rote Augen. Er wollte nochmals an den Kaugummi erinnern, aber er hatte das Gefühl, daß der Augenblick nicht danach sei.

13 Thomas hockte vor seinem Spielschrank und überlegte. Er suchte nach einem Geschenk für Micky, der ihn zum Geburtstag eingeladen hatte. Sie hatten sich auf den gemeinsamen Schulwegen etwas angefreundet, obwohl Micky nichts von Fußball hielt, gern Klavier spielte und auch sonst ein bißchen kauzig war.

Die Mutter hatte Thomas vierzig Pfennig extra gegeben, damit er Micky etwas Hübsches kaufen konnte. Wenn man aber, überlegte Thomas, etwas Gebrauchtes mitnahm, konnte man die vierzig Pfennig einstreichen. Vierzig Pfennig, das waren immerhin vier Straßenbahnfahrten oder zwei Bahnsteigkarten oder ein Fünftel Schweinsohr.

Thomas räumte alles aus. Von seinem Stabilbaukasten mochte er nichts hergeben, er war ohnehin nicht mehr vollständig, und die neuen Teile von Weihnachten ersetzten nur notdürftig die Lücken. Die Bauklötzer wurden nicht mehr benutzt, aber schließlich war auch Micky zu alt dafür.

Zweierlei blieb übrig: eine alte Kasperlepuppe und zwei D-Zug-Wagen von einer elektrischen Eisenbahn. Die Kasperlepuppe – ohne Nase zwar, aber mit Pritsche und nur leicht von Motten zernagter Zipfelmütze – war ohne jeden Nutzen. Sie stammte jedoch aus Onkel Wolfgangs Kindertagen, und es war fraglich, ob die Familienpietät ein Verschenken erlaubte. Fragen konnte man danach nicht, das hätte die vierzig Pfennig in Gefahr gebracht.

Thomas entschied sich für die beiden D-Zug-Wagen. Sie hatten zwar nicht mehr alle Achsen und Räder, aber es mochte sich ja im Laufe der Zeit das eine zum anderen fügen. Micky besaß schon einige Schienen und eine Doppelweiche und hoffte seit langem auf einen Trafo und eine Lok.

Bevor er ging, legte Thomas den einen der beiden Wagen wieder in den Schrank. Vielleicht, dachte er, werde ich ja nächstes Jahr wieder eingeladen.

Micky hatte ungefähr zehn Kinder eingeladen, darunter – Thomas zuliebe – auch Bärbel. Es gab West-Kakao und Kräppel aus weißem Mehl. Thomas fragte Mickys Mutter, wo sie denn das Mehl organisiert habe, weil er den Tip gern der Oma weitergegeben hätte. Aber Mickys Mutter tat die Frage mit einem Scherz ab: »Aus dem HO.« Bärbel, die das gehört hatte, tippte sich verstohlen an die Stirn.

Micky bedankte sich für den D-Zug-Wagen und fragte nach den Rädern, und Thomas wies ihn darauf hin, daß es eben auf allen Gebieten noch Versorgungslücken gebe.

Beim Kakaotrinken gab es Streit um den letzten Kräppel, und Mickys Mutter zog ihn salomonisch zurück, um ihn am Sonntag aufzubacken.

Nach dem Kakao kam die Überraschung. Micky hatte ein gebrauchtes Kasperletheater geschenkt bekommen und gab mit seinem Bruder Klaus eine Vorstellung. Sie hatten auch Reste eines Textbuches zur Verfügung und wählten ein Schauspiel aus, das sich »Kasperle und der böse Räuber« nannte.

Zunächst wurde das erwartungsvolle Publikum Zeuge, wie sich Micky und Klaus hinter der Bühne stritten, wer die Gretel sprechen müsse. Klaus berief sich auf das Recht des Erstgeborenen, Micky auf das des Geburtstagskindes. Klaus gab nach unter der Bedingung, daß er nur dieses eine Mal eine »Weiberrolle« spielen müsse.

Da sie das Stück nicht geprobt hatten, vollzog sich das Drama unter zahlreichen Unterbrechungen: »He, was heeßt'n das hier?« Auch ging gelegentlich der Zusammenhang verloren, weil im Textbuch Seiten fehlten. Schließlich krankte aber die Vorstellung entscheidend daran, daß es in dem Kasperletheater zwar eine Gretel, einen Räuber, einen Vopo, eine Oma und ein Krokodil gab, aber keinen Kasperle. Das fiel erst auf, als der Kasperle zum erstenmal eingreifen wollte, dann aber um so deutlicher.

Micky und Klaus hielten hinter der Bühne Rat. Dann steckten sie die Köpfe heraus und erklärten den Zuschauern, der Polizist müsse auch die Rolle des Kasperle spielen, und sie würden jedesmal vorher ankündigen, ob der Polizist jetzt den Kasperle spiele oder sich selbst. Als die beiden laut Textbuch zum erstenmal einen Dialog hatten, brach die Vorstellung zusammen.

An dieser Stelle war Thomas drauf und dran zu sagen, er könne einen Kasperle organisieren. Aber zweierlei hielt ihn zurück: die Ungewißheit, ob der Kasperle von seiten der Familie zum Verschenken freigegeben war, und die Befürchtung, Micky könne zwar den Kasperle dankend annehmen, aber versäumen, den D-Zug-Wagen zurückzugeben. Thomas schwieg.

Hinterher verlangte Micky von jedem zehn Pfennig Eintritt. Die meisten meinten, das hätte man vorher sagen müssen. Außerdem sei das Stück ja abgebrochen worden und folglich allenfalls den halben Eintritt wert. Aber Micky erklärte ihnen, der volle Eintritt hätte zwanzig Pfennig gemacht.

Bärbel hatte kein Geld bei sich, und Thomas bezahlte für sie. Einerseits war er stolz, seine Freundin einzuladen, andererseits ärgerte ihn die Ausgabe. Allerdings mußte er vor sich selbst eingestehen, daß ihm Bärbel schon manchen hilfreichen Hinweis gegeben hatte, wenn ihre Mutter im HO Käse oder Obst oder Gemüsekonserven »reingekriegt« hatte.

Zu Hause wurde Thomas gefragt, ob es schön gewesen sei bei Micky. Er bejahte zurückhaltend.

»Und was hast du ihm gekauft?«

Verdammich! Das hatte sich Thomas gar nicht überlegt.

»Brausepulver«, fiel ihm gerade noch ein, »ganz viel Brausepulver!«

»Na, wie originell!«

Thomas fühlte sich nicht wohl mit dieser Lüge. Falls Micky mal zu Besuch kam und gefragt wurde, ob das viele Brausepulver schon alle sei, dann war es fraglich, ob er den Mund hielt. Es blieb wohl kein anderer Weg, als ihm nachträglich Brausepulver zu schenken. Wenigstens für zwanzig Pfennig. Und man konnte es ja so einrichten, daß man etwas davon abbekam.

Thomas nahm ein Stück Papier und rechnete nach: Von den vierzig Pfennig waren zwanzig für das Kasperletheater draufgegangen, für Bärbel und ihn selbst. Zwanzig Pfennig würden für Brausepulver gebraucht. Er rechnete es dreimal durch, kam aber jedesmal zum gleichen Ergebnis: Es blieb nichts übrig.

Er nahm sich vor, gelegentlich mal den Vater zu fragen, wie der es schaffte, daß bei seinen Geschäften etwas heraussprang.

14 Thomas sah schon von weitem die Bescherung: Die Briketts waren gekommen. Die Kohlenmänner hatten sie wieder einfach aufs Trottoir gekippt.

Hoffentlich sind nicht so viele zu Bruch gegangen, dachte Thomas. Er mußte nämlich die Briketts in den Keller transportieren und dort sauber stapeln. Wenn aber viele zerbrochen waren, machte das zusätzliche Mühe.

»Das hat es früher nicht gegeben«, schimpfte die Oma, »daß man Briketts im Sommer bestellt und im März geliefert kriegt. Und im Westen gibt es das bestimmt auch nicht.«

Der Vater unterbrach seine Arbeit an der Schreibmaschine: »Früher, früher! Und im Westen! Im Westen hat sich das nach dem Krieg alles wieder von selbst eingespielt. Aber hier haben wir jetzt eine Planwirtschaft.

Das ist für alle neu, und keiner kommt damit zurecht. Das muß sich eben auch hier erst einspielen, und irgendwann kommen dann die Briketts auch nicht mehr im März. Wobei allerdings die Frage ist, ob sie dann überhaupt noch kommen.«

»Mach du nur deine Witze«, murrte die Oma, »wir haben jedenfalls im Februar ganz schön gebibbert.« Sie trug Thomas sein Mittagessen auf. Es gab, wie schon seit zwei Wochen, Salzkartoffeln und selbstgemachtes Sauerkraut.

Als Thomas aus dem Haus trat, um sich an die Arbeit zu machen, sah er einen fremden Jungen, der neben dem schwarzen Haufen kauerte und hastig Briketts in zwei Blecheimer warf. Verfluchter Kohlenklau! dachte Thomas und wollte sich auf den Dieb stürzen. Aber da fiel ihm der Trick ein, den Winnetou gern anwandte: Er schlich sich lautlos ganz nah hinter den Feind und stieß plötzlich einen markerschütternden Schrei aus. Der Kohlenklau sprang auf und rannte davon, ohne seine Eimer mitzunehmen. Thomas schleuderte ihm noch ein halbes Brikett hinterher, traf aber nur Herrn Mohrmanns Ford Eifel. Auch gut, dachte er, denn das verbeulte Auto stand immer im Weg und hinderte beim Fußballspielen.

Thomas stellte die beiden Eimer als eine Art Skalp sicher und machte sich daran, die Briketts in den Keller zu tragen. Dann reinigte er mit ungewohnter Sorgfalt das Trottoir, ehe er mit dem Stapeln begann.

Thomas mochte den dunklen Keller gar nicht. Er glaubte zwar nicht an den schwarzen Mann, mit dem die Oma gelegentlich bestimmte Forderungen drohend unterstrich, wie er auch nicht mehr an den Weihnachtsmann oder den Nikolaus glaubte, hinter denen er längst den Vater entdeckt hatte. Aber der Keller war ihm nicht ganz geheuer. Und manchmal mußte er auch an jenen anderen Keller denken: Da hatten sich viele Menschen ängstlich lauschend gedrängt, dann hatte es draußen gepoltert und gekracht, das Licht war erloschen, Staub und Qualm waren eingedrungen, die Menschen hatten geschrien und geweint. Schließlich hatte der Luftschutzwart sie hinausgetrieben auf die Straße, in heiße Luft und beißenden Qualm und eine feuerrote Nacht. Diese Erinnerung geisterte manchmal auch durch seine Träume.

Auf jeden Fall sang Thomas laut, während er die Briketts stapelte. Sein Liedschatz war recht umfangreich und kam aus verschiedenen Quellen. Zum Beispiel aus der Schule. Dort sangen sie die »Internationale« und das

»Weltjugendlied«, »Brüder zur Sonne, zur Freiheit« und »Auferstanden aus Ruinen«, ein Lied, von dem der Vater immer sagte, die Melodie sei gestohlen, nämlich von »Gudbeischonni« oder so ähnlich. Oft sangen sie in der Schule auch das Aufbaulied, das einen sehr einprägsamen Text hatte: »Bauaufbauauf, bauaufbauauf, Freie Deutsche Jugend, bauauf!« Oder das Lied, mit dem sie die amerikanischen Kriegsbrandstifter einzuschüchtern versuchten: »Ami Ami Ami go home, spalte für den Frieden dein Atom!«

Alle diese Lieder waren zu Hause nicht gern gehört. Umgekehrt mußte Thomas in der Schule vorsichtig sein mit eindeutig westlichem Liedgut, von dem jeder sogleich wußte, daß es nur aus dem RIAS oder dem NWDR stammen konnte. Zum Beispiel: »Der Insulaner verliert die Ruhe nicht, der Insulaner macht kein Getue nicht.« Am liebsten sang er »Pack die Badehose ein!« Die kleine Conny war schon eine einmalige Sängerin, wie es in der DDR vermutlich keine gab. Weitere Favoriten waren: »Der alte Seemann kann nachts nicht schlafen« und »O mein Papa«, das er – wie alle in der Schule – in »Ah mein Popo« verballhornte.

Abgesehen von Kinderliedern hatte Thomas »Lili Marleen« und die »Caprifischer« am längsten im Repertoire. Natürlich konnte er auch das Käselied:

»Tschia tschia tschia tscho,
Käse gibt es im HO,
lange Schlange mußte stehn,
aber Käse kriegste keen.«

Dieses Lied mochte die Familie nicht besonders. Der Vater, in seinem Hang zu wortreichen Umschreibungen, hatte einmal gesagt: »Das Lied trifft zwar einen Teil der Wirklichkeit in unserer Republik mit bemerkenswerter Schärfe, aber der Text bewegt sich auf einem recht anspruchslosen Niveau.« Thomas hatte das in seine Denkweise übersetzt und gesagt:

»Also, das Lied stimmt, aber es ist doof.«

»Ja, so kann man auch sagen.«

Bis alle Briketts gestapelt waren, hatte Thomas sein Repertoire ungefähr zweimal durchgesungen. Und als es im finsteren Vorkeller einmal bedrohlich knisterte, legte er ein herzhaftes »Ein feste Burg ist unser Gott« ein.

Als er endlich mit schwarzen Händen die Tür abschloß, fiel sein Blick zufällig auf die Kellertür nebenan. Sie war nur angelehnt. Thomas wußte, daß dieser Keller Mohrmanns gehörte. Seine Neugier verbot ihm, eine solche Chance zum Stöbern ungenutzt zu lassen.

Auch Mohrmanns hatten nur das Übliche in ihrem Keller: gestapelte Briketts, Feuerholz und einen Hackklotz mit Beil, etwa zwei Zentner Kartoffeln, einen Handwagen. Außerdem zwei abgefahrene Autoreifen, die zu dem alten Ford Eifel gehören mußten.

Reifen, schoß es Thomas durch den Kopf. Nebenan stand sein schönes blaues Fahrrad, das er alle zwei Wochen sorgfältig putzte. Aber noch immer konnte er nicht damit fahren.

Micky hatte inzwischen auch ein Fahrrad bekommen, ein altes Damenrad. Es hatte zwar keinen Sattel mehr, so daß man nur im Stehen fahren konnte, aber es hatte Reifen. Das heißt, eigentlich waren es keine Reifen. Es war ein alter Gartenschlauch, den Mickys Vater kunstvoll mit Draht um die Felgen gelegt hatte.

Gartenschlauch! Wusch nicht Herr Mohrmann jeden Sonnabendnachmittag mit einem solchen Schlauch sein Auto? Niemand wußte so recht, warum er das tat, denn der Ford sah hinterher auch nicht viel besser aus. Aber Herr Mohrmann vollzog seine Zeremonie mit einer Pünktlichkeit, die selbst der Reichsbahn Ehre gemacht hätte. Und der Schlauch war sehr lang. Er reichte von der Waschküche über den Hof bis auf die Straße.

Da hing er, aufgerollt an einem großen eisernen Haken an der Wand. Thomas handelte schnell. Er holte sein Fahrrad, nahm Maß und hackte mit Herrn Mohrmanns Beil zwei reichliche Stücke vom Schlauch. Er versteckte seine Beute im eigenen Keller und beschloß, wenigstens bis zum nächsten Sonnabend nachmittag abzuwarten.

Beim Abendbrot wurde Thomas für seinen Fleiß beim Brikettstapeln gelobt. Als der Tisch abgeräumt war, rückte die Oma mit einer Überraschung heraus. Sie war im Kaufhaus »Centrum« gewesen, wo es – lange vorher in der Zeitung angekündigt – die ersten Textilien im freien Verkauf gegeben hatte, also ohne Bezugspunkte.

»Ihr stellt euch nicht vor, was da los war«, berichtete sie. »Die Menschen haben sich fast geprügelt. Sie mußten mit Seilen zurückgehalten werden. Ich habe zwei Mantelknöpfe verloren.«

»Ja und, hast du was erwischt?«

Sie zeigte ihre Beute vor: einen Wintermantel für Thomas, graugrün und mit aufgesetzten Taschen. Er wurde herumgereicht, zuletzt bekam ihn Thomas. Der Mantel paßte beinahe.

»Da sag noch einer was gegen unsere Planwirtschaft«, meinte der Vater, »jetzt haben wir Briketts und einen Wintermantel. Nun kann es ja getrost Frühling werden.«

Am Sonnabend nachmittag beobachtete Thomas vom Erkerfenster aus, wie Herr Mohrmann kopfschüttelnd an seinem Gartenschlauch zerrte, der nicht ganz bis zu seinem Auto reichte. Die Sache klärte sich im Lauf des Abends auf, und Thomas bekam eine Woche Stubenarrest. Am Montag, auf dem Heimweg von der Schule, erwischte er im Fahrradgeschäft an der Georg-Schumann-Straße dann endlich zwei Reifen. Mit Schläuchen.

15 Erwin Oehmichen wollte mal wieder Schiedsrichter sein. Jeden Nachmittag, wenn sich die Jungen zum Fußball trafen, ging derselbe Streit los: Erwin wollte alles bestimmen. Er wollte Mannschaftskapitän sein. Er wollte seine Mannschaft nicht auslosen lassen, sondern aus den Besten zusammenstellen. Er wollte nie verteidigen, sondern als Mittelstürmer vor dem Tor auf Vorlagen warten. Er wollte nicht nur alle Elfmeter selbst schießen, sondern auch bestimmen, wann einer fällig war.

Dabei war Erwin keineswegs ein Chef vom Schlage Albrechts, der nach wie vor das Trümmerspiel befehligte und auch beim Fußball ein großes Wort mitsprach. Erwin leitete seine Ansprüche von der Tatsache ab, daß er als einziger im ganzen Viertel einen echten Lederball besaß. Seine Mitspieler fügten sich murrend und beharrten nur auf einem: Etwa vom April bis in den Herbst wurde barfuß gespielt, und da durfte auch Erwin keine Ausnahme machen. Obwohl er das wußte, brachte er jedesmal seine Fußballschuhe mit.

Sie waren alle begeisterte Fußballfreunde und versäumten kein Oberligaspiel von »Chemie Leipzig« draußen im Georg-Schwarz-Sportpark. Sie hatten dort an einer abgelegenen Stelle eine Zaunlatte gelockert und sparten so das Eintrittsgeld. Nur wenn besondere Spiele im Bruno-Plache-Stadion hinter dem Völkerschlachtdenkmal waren, mußten sie zahlen.

Sie hatten ihren Stammplatz hinter dem Tor von »Chemie«-Torwart

Günter Busch und mußten folglich während der Halbzeit umziehen. Sie rannten nach Ausbällen und warfen sie dem Torwart zum Abschlag zu – langsam, wenn »Chemie« führte, schnell, wenn der Gegner vorn lag.

Unermüdlich stimmten sie Sprechchöre an: »Haut' se, haut' se – haut' se auf die Schnauze!« oder »Chemie erwache, Dresden (Halle, Erfurt usw.) verkrache!«

Beim Schlußpfiff rannten sie dann, den zugreifenden Händen der Ordner ausweichend, zum Mittelkreis, um ihren Vorbildern aufs schweißnasse Trikot zu klopfen oder gar einen Händedruck von ihnen zu erhaschen. Vor allem von Günter Busch, dem Auswahltorwart der DDR, und von Rudi Krause, dem Torjäger, oder Horst Scherbaum, dem Außenläufer. Respekt hatten sie vor Walter Rose, dem langen Verteidiger. Er war ein Haudegen, der nicht lange fackelte. Im letzten Dezember hatte es einige Aufregung um ihn gegeben. Da hatte der DDR-Meister »Motor Zwickau« im Georg-Schwarz-Sportpark gastiert, und Walter Rose hatte die feindlichen Stürmer besonders hart attackiert. Dies und ein umstrittenes Leipziger Ausgleichstor kurz vor dem Schlußpfiff hatte die Zwickauer so erregt, daß sie ohne den üblichen Sportgruß vom Platz gingen und sogar einen von der Gesellschaft für Deutsch-Sowjetische Freundschaft gestifteten Wimpel nicht annahmen. Tausende waren aufs Spielfeld gestürmt und hatten eine wilde Prügelei angefangen.

Natürlich hatte Thomas voll hinter seiner Mannschaft gestanden und überhaupt nicht einsehen wollen, wieso die *Volkszeitung* am nächsten Tag Walter Rose angriff: Er sei kein Vorbild für die Jugend, weil er immer danach trachte, seine Gegenspieler zu verletzen. Ein Verteidiger, dachte Thomas, hat Tore zu verhindern, basta! Aber siehe da: Walter Rose schickte der *Volkszeitung* ein langes Rechtfertigungsschreiben. Er erzählte, daß er als Arbeiterkind in der Arbeitersportbewegung aktiv geworden sei und sich nach '45 für den Neuaufbau der demokratischen Sportbewegung eingesetzt habe. »Ich bekenne meine Fehler«, schrieb er, und Thomas dachte: Dann kann »Chemie« einpacken.

Walter Roses Brief endete so: »Unsere Losung muß lauten: Mehr aktive Teilnahme am gesellschaftlichen Leben; gründliches Studium der Lehrmeister des Fortschritts; höheres demokratisches Bewußtsein; entschiedener Kampf für den Frieden; klares Bekenntnis zur Sowjetunion. Sport frei! Walter Rose.«

Seit Thomas diesen Brief in der *Volkszeitung* gelesen hatte, kam es immer häufiger vor, daß ihm gegnerische Stürmer entwischten, und er ärgerte sich darüber.

Irgendwann wollte er selbst auch einmal DDR-Meister werden wie die »Chemiker«, an deren Titelgewinn für 1951 er nicht zweifelte. Er hatte sich bei »Motor Gohlis-Nord« angemeldet, wo schon einige seiner Klassenkameraden spielten. Er hoffte noch für die laufende Saison auf einen Stammplatz als rechter Verteidiger. Diesen Platz hatte zur Zeit Jochen Pietsch inne, der Bonzensohn, und das war für Thomas ein zusätzlicher Ansporn.

An diesem Nachmittag setzte Erwin Oehmichen wieder einmal durch, daß er Kapitän, Mittelstürmer und Schiedsrichter war, und schon nach ein paar Minuten genehmigte er sich den ersten Elfmeter, mit der Begründung, Thomas habe ihn bei der Abwehr feindselig angesehen. Es gab Proteste, und Erwin griff seinen Lederball und wandte sich zum Gehen.

»Nun schieß schon deinen Scheiß-Elfer«, schrie Albrecht, der andere Mannschaftskapitän. Erwin nahm Anlauf und schoß den Ball in die Auslagen des Gemüsehändlers Fröhlich. Obwohl dort nicht viel zu treffen war, stürzte Herr Fröhlich aus seinem Laden und versuchte, den Ball an sich zu bringen. Doch Kuno war schneller, und die Jungen liefen schimpfend die Straße hinunter.

Es gab kein Plätzchen, wo sie ungestört »knöcheln« konnten, wie sie ihren Sport nannten. Auf Höfen, Straßen, Grünanlagen lauerten böswillige Erwachsene und versuchten, den Ball wegzunehmen und womöglich aufzuschlitzen. Herrn Fröhlich konnte man insofern noch verstehen, als ein nie ausfindig gemachter Eckballspezialist einmal sein Schaufenster zertrümmert hatte. Und jeder wußte, wie schwer eine neue Scheibe zu organisieren war. Auch Herrn Mohrmann mußte man verstehen, weil sein Ford Eifel schon mehrmals Zielscheibe verirrter Strafstöße gewesen war. Aber die anderen schienen den Jungen grundlos und wohl von Natur aus böswillig zu sein. Es war sogar schon ernsthaft erwogen worden, in dieser Sache an Walter Ulbricht zu schreiben, den Freund der Jugend, der sich ja sogar gelegentlich auf der Ehrentribüne des Stadions sehen ließ, in Knickerbockern und mit Schirmmütze.

Mit ihrem geretteten Ball wandten sie sich zum Rosental. Dort, auf der großen Wiese, war man einigermaßen sicher. Der Parkwächter war schon von weitem zu sehen und daher keine Gefahr. Auf der Wiese trugen sie stets die Holzpfosten mit den Schildern »Fußballspielen verboten« zusammen und machten daraus zwei Tore.

Auf dem Weg ins Rosental trainierten sie flache Abgaben und lange Pässe. An der Pleiße-Brücke passierte es dann: Thomas wollte Kuno mit einem langen flachen Paß bedienen, bekam aber irgendwie den großen Zeh schräg unter den Ball, der so zuviel Auftrieb bekam und übers Brückengeländer segelte. Thomas hielt den Atem an. Er hörte es platschen und wurde kalkweiß.

Die anderen stürzten herbei und sahen mit Schrecken, wie der einzige echte Lederball des ganzen Viertels im stinkenden schwarzen Wasser der Pleiße gemächlich davontrieb. Sie liefen am linken Ufer nebenher und riefen dem Ball alle möglichen Ratschläge zu, die dieser aber nicht befolgte. Er schwamm mit den schmutzig-weißen Schaumbergen dahin und blieb nur einmal kurz an einem Fahrradgestell hängen, das aus dem schlammigen Flußbett ragte.

Erwin war außer sich und den Tränen nahe: »Mir brauchen 'ne lange Stange«, rief er, »warum hat'n geener 'ne lange Stange mit?«

»Oder wenichstens ä Schiff«, jammerte Dolfi.

Erwin baute sich vor Thomas auf und setzte ihm den Zeigefinger auf die Brust: »Du mußt'n rausholen!«

»Wie denn? Soll ich vielleicht in die Jauche da reinhüppen?«

»Ja!«

Thomas war perplex. Erwin schien ihm übergeschnappt: Verlangte er doch von einem Nichtschwimmer, daß er sein Leben für einen lumpigen Lederball aufs Spiel setzte. Thomas stieß Erwin beiseite und lief weiter.

Nach einigen hundert Metern mündete die Pleiße in die Elster. Die Jungen standen ganz vorn auf der Landzunge, mit den nackten Füßen fast im Schlamm, und schauten dem Ball nach, bis er hinter einer Biegung verschwunden war. Lange Zeit sagte keiner ein Wort. Dann rief Erwin: »Verdammte Scheiße!« Er nahm seine Fußballschuhe, die er mit den zusammengeknoteten Schnürsenkeln um den Hals getragen hatte, und schleuderte sie ins Wasser. Genau an der Grenze zwischen dem schwarzen Pleiße-Wasser und dem dunkelgrauen Elster-Wasser trafen die Schuhe auf und versanken glucksend.

Alle hockten sich hin und schwiegen eine Weile. Jetzt müssen wir wieder mit 'nem Stoffball kicken, dachte Thomas.

Kuno fand als erster Worte: »Der Ball schwimmt jetzt in die Saale.«

»Und dann in die Elbe«, ergänzte Albrecht.

»Wenn er nicht untergeht«, schränkte Dolfi ein.

»Mein Ball geht nicht unter«, trumpfte Erwin auf, der aus seiner tiefen Niedergeschlagenheit zu erwachen schien.

»Was heißt hier: dein Ball? Das war mal dein Ball.«

»Ha!« rief Erwin plötzlich: »Die Elbe fließt doch nach Hamburg, oder?«

Keiner wußte es genau, aber Erwin spann den Gedanken weiter: »In Hamburg wohnt mein Onkel. Wenn ich dem schreibe, daß er aufpassen soll, wenn der Ball vorbeikommt ...«

Alle schöpften neue Hoffnung, vor allem Thomas, der ein sehr schlechtes Gewissen hatte. Aber Albrecht dämpfte: »Der Brief würde ja bis Hamburg länger brauchen als der Ball. Die Briefe müssen doch alle an der Grenze aufgemacht und gelesen werden, ob was Politisches drinsteht. Das dauert doch.«

»Die lesen ja nicht alle so langsam wie du«, stichelte Dolfi, aber Albrecht strafte ihn mit Nichtbeachtung.

Erwin wollte für alle Fälle wissen, wie weit es nach Hamburg war. Keiner wußte es genau, denn sie hatten in Heimatkunde bisher nur die Leipziger Tieflandsbucht, das Vogtland und das Erzgebirge behandelt. Die Entfernung nach Hamburg schätzten sie ziemlich unterschiedlich. Albrecht gab sie mit sechzig bis achtzig Kilometern an, Kuno mit rund zwölftausend. Und dann stellte Dolfi den ganzen Hamburg-Plan in Frage: »Ich habe mal gehört, die Saale fließt in die Oder.«

Sie bedauerten alle, daß sie sich nicht richtig auskannten in ihrem deutschen Vaterland, rieten aber Erwin, auf alle Fälle seinem Onkel zu schreiben.

»Wenn ich den Ball nicht wiederkriege, organisierst du einen neuen«, sagte Erwin zu Thomas. Der nickte schuldbewußt, stellte aber vorsorglich vor Zeugen richtig: »Einen gebrauchten neuen.« Im Geist ging er schon die Möglichkeiten durch, in Leipzig einen echten Lederball zu organisieren. Auf Anhieb sah er aber nur ungesetzliche Möglichkeiten. Bei »Motor Gohlis-Nord« hatten sie Bälle und auch im Kaufhaus »Centrum«. Wenn man die Luft herausließ, konnte man so einen Ball unterm Pullover verstecken. Aber das war viel schwerer, als zum Beispiel ein bißchen Brausepulver aus einem Laden zu schmuggeln; oder eine Salzgurke aus dem Faß, das Herr Fröhlich gleich am Eingang seines Ladens stehen hatte. Vielleicht konnte der Vater etwas machen. Thomas hatte sich schon lange einen Ball gewünscht. Der Vater konnte doch fast alles. Er organisierte für seine Kunden viele Dinge, die es in keinem Laden zu kaufen gab. Thomas nahm sich vor, noch einmal zu drängen.

»Und neue Fußballschuhe besorgste mir ooch«, verlangte Erwin. Aber das schien nicht nur Thomas, sondern auch den anderen eine ungerechte Forderung. Hatten sie bis jetzt Thomas nicht gerade freundlich angeschaut, so richtete sich ihr Zorn nun gegen den Kapitän, Mittelstürmer, Elfmeterschützen und Schiedsrichter, der sie oft genug mit seinem Lederball erpreßt hatte. Damit, sagten sie ihm schadenfroh, sei es nun vorbei. Und Albrecht fügte hinzu: »Du bist jetzt nicht mehr im Besitz der Produktionsmittel, also hältst du künftig die Schnauze.«

16 Herr Hasenbein nahm seinen Kneifer ab und rieb sich die Nasenwurzel. Dann griff er zum *Neuen Deutschland* und schlug es auf. Er las seinen Schülern vor, daß die Lebensverhältnisse in den Westzonen immer katastrophaler würden. Er berichtete, wie die Menschen durch Hunger und Massenelend gefügig gemacht würden für die Kriegspläne der amerikanischen Monopolkapitalisten. Und wie die Bonner Marionettenregierung den Ausverkauf der Industrie unterstütze. Überall würden Fabriken demontiert.

»Und wie ist es dagegen bei uns in der DDR?« fragte Herr Hasenbein.

Thomas ärgerte sich wieder über den Lehrer: Mußte er so lügen? Natürlich mußten alle lügen, aber mußte man es so ausführlich tun?

Thomas meldete sich: »Der Russe macht doch auch Demontagen. Ich meine die sowjetischen Freunde.«

Herr Hasenbein war einen Augenblick lang sprachlos. Dann schaute er Thomas scharf an und sagte: »Wie meinst du das?« Thomas merkte, daß er sich da in eine brenzlige Sache eingelassen hatte. Er versuchte das Ruder herumzuwerfen: »Ich meine, wir brauchen doch unsere Fabriken, damit wir den Sozialismus aufbauen können. Und da ist es doch vielleicht besser, wenn man die Maschinen hier läßt.«

Herr Hasenbein schaute ihn immer noch scharf an und fragte ganz langsam: »Bist du sicher, daß du kein Fieber hast und nach Hause ins Bett mußt?«

Thomas mochte es nicht, wenn man sich über ihn lustig machte. Er trumpfte vorsichtig auf: »Nein, mir geht's ganz prima. Ich meine ja nur wegen dem Sozialismus. Da braucht man doch die Maschinen dafür.«

Herr Hasenbein stellte sich leicht auf die Zehenspitzen und griff mit beiden Daumen in die Ärmellöcher seiner Weste: »Wer hat dir denn einen solchen unaussprechlich dußligen Quark erzählt, daß hier demontiert würde?«

»Das habe ich selber gesehen, bei der Kammgarnspinnerei am Zoo. Da haben sie mit Treckern große Kisten rausgeschleppt, mit Kufen drunter, wie an meinem Schlitten. Das ganze Pflaster haben sie zerkratzt.«

»Soso! Und woher will denn der kluge Thomas wissen, ob da nicht Erzeugnisse drin waren, die uns die Sowjetunion abgekauft hat?«

Thomas bemerkte die goldene Brücke nicht und fühlte sich einfach nur auf den Arm genommen: »Mein Vater hat gesagt ...« Er hielt inne. Verdammich! dachte er, jetzt hast du dich aber vergaloppiert. Jetzt hast du den Vater mit reingezogen.

Die Klasse war mucksmäuschenstill. Nur Rudi Knopf stand auf und sagte, vielleicht um Thomas zu helfen: »Und auf der Kleinmesse hat der Russe die schöne Berg- und Talbahn abgebaut und mitgenommen.«

Herr Hasenbein fuhr ihn an: »Du hältst jetzt mal die Gusche!« Dann schaute er wieder Thomas an, der sich inzwischen einen Satz zurechtgebogen hatte: »Also mein Vater hat gesagt, ich möchte doch mal wissen, hat er glaube ich gesagt, warum die hier mit leeren Kisten spazierenfahren.«

Einige kicherten, und Thomas war erleichtert, aber nicht froh.

»Wir sprechen uns noch!« fauchte Herr Hasenbein.

Auf dem Heimweg fühlte sich Thomas sehr elend. Er wußte, daß jetzt allerhand passieren konnte. Es gab genug Geschichten über Kinder, die sich in der Schule verplappert hatten und deren Eltern in aller Herrgottsfrühe aus dem Bett geholt worden waren. Sibirien! ging es ihm durch den Kopf. In der Nacht träumte er, er sei auf der Suche nach seinen Eltern. Er stieg am Hauptbahnhof in eine olivgrüne Straßenbahn mit vergitterten Fenstern. »Sibirien« stand vorne dran. Die Fahrgäste waren an den Sitzen festgebunden und hatten die Köpfe kahlgeschoren. Unter einer Bank entdeckte er Rudi Knopf mit einem Schild um den Hals: »Fahren Sie Berg- und

Talbahn – ein Spaß für jung und alt!« Der Schaffner hatte ein Messer zwischen den Zähnen. Er verlangte Thomas' Fahrschein und schoß ein Loch hinein. Er wollte Thomas die Haare scheren, fand aber seine Schere nicht. Ein zweiter Schaffner verteilte trockenes Brot und Wasser in Blechbechern. »Dawai, dawai!« rief er, wenn jemand nicht schnell genug kaute. Thomas fand seine Eltern nicht. Am Völkerschlachtdenkmal wollte er aussteigen, um hinten im Anhänger zu suchen. Aber der Schaffner rief »Njet!« und schoß auf Thomas. Er warf sich zu Boden – und wachte auf. Er lag neben seinem Bett. Er konnte in dieser Nacht nicht wieder einschlafen und horchte, ob jemand die Treppe heraufkam, um die Eltern abzuholen.

Nach der Deutschstunde am nächsten Vormittag nahm ihn Herr Hasenbein zur Seite und kündigte an, er werde abends vorbeikommen und mit dem Vater sprechen. Thomas meldete es zu Hause und empfahl, Westkaffee anzubieten. Abends dann ging er auf Horchposten im Nebenzimmer und hörte fast alles mit.

Ob man offen miteinander sprechen könne, fragte Herr Hasenbein, und der Vater sagte ja. Der Lehrer schilderte den Vorfall von gestern und bat, daß Thomas doch um Gottes willen mit diesem aufsässigen Unfug aufhören solle. Es genüge ja voll und ganz, daß ein Schüler aus linientreuem Hause – Jochen Pietsch zum Beispiel – seinen Eltern davon berichte, und schon sei man in Teufels Küche, »auch ich, weil ich's nicht gemeldet habe.«

Die Mutter gab ihm recht, und auch der Vater pflichtete bei. »Aber nun sehen Sie sich das Kerlchen doch mal an«, sagte er: »Der bekommt da Sachen eingetrichtert, die er überhaupt noch nicht begreift. Das spult er zwar alles flüssig ab: ›Kampf den anglo-amerikanischen Monopolkapitalisten und ihrer Bonner Marionettenregierung!‹ oder ›Entfaltet unter dem Banner des Weltjugendbundes den Feldzug zur Erstürmung der Wissenschaft!‹ Das schießt er locker aus der Hüfte. Aber er kapiert's doch nicht. Und beim Abendbrot redet man darüber, wer aus welchen Gründen mal wieder der Republik den Rücken gekehrt hat. Wir können doch in unseren vier Wänden nicht immer nur die *Volkszeitung* zitieren, wir müssen doch auch mal darüber reden, was wirklich ist. Und das soll er nun fein säuberlich auseinanderhalten mit seinen zehneinhalb Jahren.«

»Das muß er aber«, meinte Herr Hasenbein.

»Natürlich muß er das. Aber er kann es eben nicht immer. Diese Kinder sind doch nicht klug, die sind doch nur furchtbar altklug. Das ist doch alles nicht die Welt eines Zehnjährigen, das ist doch eine fremde Welt, die ihm nur übergestülpt wird. Wissen Sie, was seine Welt ist? Winnetou! Wenn er mit seinem Katapult den Hausbeauftragten beschießt und ich ihm sage, er solle das besser lassen, weil der Mann ja immerhin unsere Lebensmittelmarken bringt, wissen Sie, was er dann sagt? Das sei kein Hausbeauftragter, sondern Knickebein, der Häuptling der Komantschen, und die wollten seinen Apatschen die Jagdgründe streitig machen. Und die Apatschen brauchten auch keine Lebensmittelkarten, sondern würden Büffel schießen. Der Büffel, auf den er meistens schießt, ist übrigens der Hund des Hausbeauftragten.«

»Das ist doch nur kindliches Spiel«, meinte Herr Hasenbein.

»Haben Sie 'ne Ahnung! Der spielt nicht Winnetou, der *ist* Winnetou. Und dann muß Winnetou Buntmetall suchen und Aufsätze schreiben über den Fünfjahresplan und das Massenelend in den Westzonen. Da gerät schon mal was durcheinander.«

»Jaja, ich weiß ja«, sagte Herr Hasenbein seufzend.

»Und dann kommt noch das berühmte kindliche Gerechtigkeitsempfinden hinzu. Wenn gar zu dick gelogen werden muß, dann läuft unser Thomas schon mal aus dem Ruder. Dann haut er auf die Pauke – oder besser gesagt: neben die Pauke –, daß es rumst. Und weil er ein bißchen zum Jähzorn neigt, haut er gleich drei-, viermal daneben. Und abends im Bett erzählt er alles seinem Teddybären und fragt ihn, wie man aus dem Schlamassel wieder rauskommt.«

Bei dieser Bemerkung bekam Thomas rote Ohren, und er hoffte, das Gespräch gehe bald zu Ende. Seinen Horchposten verlassen mochte er allerdings nicht.

Herr Hasenbein trank seinen Kaffee aus und ließ sich auch nicht nachschenken, da er sonst heute nacht nicht schlafen könne. Er machte sich zum Gehen bereit und sagte noch: »Wissen Sie, ich bin ja schon im Pensionsalter und würde liebend gern den Schuldienst aufgeben, gleich morgen früh. Ich hätte genug zu tun in meinem Schrebergarten. Aber dann müßten eben die Stunden ausfallen. Oder es käme noch so ein Neulehrer wie der verehrte Kollege Krause, der wahrscheinlich vor einem halben Jahr das Wort Pädagogik noch mit einem weichen ›B‹ geschrieben hat. Also«, schloß er, »nehmen Sie Ihren Thomas noch mal zur Brust!«

Später wurde Thomas ins Wohnzimmer gerufen und mußte sich das Ganze noch einmal anhören. Er paßte auf, um nicht zu sagen: »Weiß ich doch schon, hab ich ja selber gehört.«

»Ich hoffe, du hast das kapiert und machst nicht mehr solchen Mumpitz«, endete der Vater, und Thomas nickte.

»Wir hatten's als Kinder aber auch wirklich einfacher, damals vor dreiunddreißig«, meinte die Mutter.

»Sicher, aber dafür mußten wir dann dreiunddreißig mit einem Schlag lernen, den Mund zu halten. Unsere Kinder lernen's von Anfang an und haben's vielleicht später mal leichter, wenn man den Mund wieder aufmachen darf.«

»Wenn man das überhaupt noch mal darf ...«

»Es soll ja einen Teil Deutschlands geben, wo man es seit fünfundvierzig schon wieder darf«, erwiderte der Vater. »Und wer sich hier nicht an einer Firma festklammern muß, die sowieso bald enteignet wird, der kann ja dorthin gehen. Jedenfalls noch.«

Die Mutter sagte nichts dazu.

Thomas verstand das Gespräch zum Teil. '33 war ihm ein Begriff, genauso wie '45. Und '45, erinnerte er sich, hatte er ein kleines Erlebnis gehabt, das ihn zum erstenmal die Schwierigkeit dieser Dinge hatte ahnen lassen. Damals waren die Amerikaner in Leipzig eingerückt und hatten den Deutschen befohlen, alle Waffen und alle Fotoapparate abzuliefern. Thomas hatte die Mutter zur Kommandantur begleitet, wo sie ihre Leica abgeben wollte. Als sie vor dem amerikanischen Offizier standen, hatte Thomas – wie er's lange genug gelernt hatte – den rechten Arm gehoben und freundlich »Heil Hitler!« gesagt. Im selben Augenblick hatte ihm die Mutter so heftig hinter die Ohren geschlagen, daß er fast umgefallen wäre: »Ich habe dir doch gerade draußen noch gesagt, daß du das nicht mehr sagen darfst!« Der Offizier hatte erstaunt, aber nicht direkt böse geschaut.

Natürlich: Als die Mutter geschimpft hatte, war Thomas alles wieder eingefallen. Daß er neuerdings »Guten Tag« sagen sollte. Aber er hatte einfach nicht mehr daran gedacht. Und schließlich hatte er mit einiger Mühe den merkwürdigen Gruß mit der dazugehörigen Armbewegung gelernt und war sogar dafür gelobt worden. Anstelle von Lob gab es nun plötzlich ein paar hinter die Löffel.

Nach dem Besuch des alten Lehrers nahm sich Thomas zweierlei vor: Erstens wollte er in der Schule noch vorsichtiger sein und zweitens bei Herrn Hasenbein einiges wiedergutmachen. Zum Beispiel wollte er nach Kräften mithelfen, daß Herrn Hasenbeins Klasse bei der Buntmetallsammlung den ersten Preis gewann. Ja, er wollte sogar versuchen, als einer der besten Einzelsammler der Schule eine Taschenuhr zu gewinnen. Eine Taschenuhr wünschte sich Thomas nämlich schon lange. Die goldene, die ihm die Großmutter zur Konfirmation versprochen hatte, lag noch in allzu weiter Ferne. Thomas war überzeugt, daß er schon das richtige Alter für so eine Uhr hatte.

Er wußte von anderen Jungen aus seiner Schule, daß die meisten dieser Uhren zwar bis zu einer halben Stunde am Tag falsch gingen, aber schließlich trug man so ein Stück nicht nur, um zu wissen, wie spät es war. Es sah auch nach etwas aus – besonders wenn man die Uhr nicht an einem Bindfaden trug, sondern an einer Goldkordel aus einem Westpaket.

Thomas kämpfte also für Herrn Hasenbein und die Taschenuhr oder vielleicht auch in umgekehrter Reihenfolge. Obendrein bestand noch die Möglichkeit, mit Bild in der *Volkszeitung* erwähnt zu werden, so wie kürzlich ein Junger Pionier aus Leipzig-Möckern, der über 500 Kilo zusammengebracht hatte. Möglich, daß man Thomas nicht erwähnen würde, weil er nicht Pionier war, aber ein zusätzlicher Ansporn war es doch.

Der Kampf um das Metall war nicht leicht, denn es war nicht die erste Sammelaktion. Das Zeug lag nicht mehr einfach so herum. Man mußte auf den Trümmergrundstücken tief graben oder hoch klettern, um noch Kupferkabel, Wasserrohre oder Dachrinnen zu finden. Und auch die Trümmer wurden immer weniger, denn die Kollegen von der Enttrümmerung hatten ihr Soll übererfüllt und zum Beispiel die Stadtmitte vorzeitig geräumt. Es lohnte sich nur noch in den Vororten.

Man mußte an unzähligen Wohnungstüren klingeln und nach Zahnpastatuben fragen, und oft genug wurde man barsch abgewiesen: »Kommt ihr schon wieder an?« Vor allem aber mußte man seinen mehr oder weniger vollen Handwagen gut im Auge behalten, denn es waren noch weitere Sammler unterwegs.

Trotzdem schaffte es Thomas, jeden Nachmittag reiche Beute zur Wiegestelle in der Schule zu bringen. Zu Hause hatte die Oma schon vorsichtshalber das Zinngeschirr weggeschlossen, und sie war ehrlich böse, als Thomas – wenn auch nur im Scherz – nach den Sammeltassen mit Goldrand fragte, weil Gold doch auch ein Buntmetall sei.

In der Höhle unter den Trümmern stand noch Dolfis Sitzbadewanne aus Zink; sie mochte acht bis zehn Kilo bringen. Thomas fragte höflich danach: »Sieht bißchen aus wie Buntmetall, oder?«

Dolfi stellte sich unwissend: »Wieso bunt? Is doch ganz grau.«

Dolfi mochte das Symbol seines ständig in Frage gestellten Führungsanspruchs nicht kampflos hergeben. Aber Thomas packte ihn ideologisch: »Du willst wohl den Fünfjahresplan sabotieren, was?« Dolfi half dann sogar, die Wanne zu verladen.

Herrn Hasenbeins Klasse bekam eine Urkunde als drittbeste der Schule, und Thomas wurde eine Taschenuhr überreicht. Sie ging am Tag zehn Minuten nach.

17 »Wo bleibt'n der Olle?« Die Klasse wartete auf Herrn Hasenbein und maulte, weil er nicht pünktlich war. Er hatte sie für sieben Uhr an den Bahnhof Gohlis bestellt. Sie wollten einen Klassenausflug nach Naumburg machen. Alle waren beizeiten erschienen, die meisten hatten Margarinebrote und hartgekochte Eier mit, manche sogar Thermosflaschen mit Pfefferminztee. Nur Herr Hasenbein fehlte.

»Das muß aber ins Klassenbuch«, verlangte Jochen Pietsch.

Thomas warb ein wenig um Verständnis für den alten Lehrer, der schließlich noch nie zu spät gekommen war. Vielleicht hatte er sein hartgekochtes Ei vergessen und war deshalb umgekehrt. Aber die Mehrheit war gegen jede Nachsicht. Einer brachte es auf den schlichten Nenner: »Für uns gibt's ooch geen Bardong!«

Herr Hasenbein erschien eine Minute, nachdem der Zug nach Naumburg den Bahnhof Gohlis verlassen hatte. Er war völlig außer Atem und schimpfte, daß man sich nicht mal mehr auf die Reichsbahn verlassen könne: »Sonst haben die Züge immer Verspätung.«

Dann erzählte er, was ihn aufgehalten hatte: Die Straßenbahn sei unterwegs einfach stehengeblieben. Am Riebeckberg habe die Sechs die letzten fünfzig Meter nicht mehr geschafft. Erst habe man lange beraten, dann seien alle Fahrgäste ausgestiegen, damit die Bahn leichter wurde. Schließlich habe jemand vorgeschlagen zu schieben, und unter großem Hallo hätten die Fahrgäste ihre Straßenbahn das letzte Stück der Steigung hinaufbugsiert.

Die Jungen hatten alles andere als Gläubigkeit im Blick, und Rudi Knopf flüsterte: »Mit so 'ner Geschichte sollte mal eener von uns angomm.«

»Haben Sie die Straßenbahn geschoben oder getragen?« wurde von weiter hinten gefragt, aber der Lehrer überhörte es.

Nun war noch eine halbe Stunde Zeit bis zum nächsten Zug, und Herr Hasenbein fragte, was sie denn schon über Naumburg wüßten.

»Naumburg liegt an der Saale«, kam heraus.

»Es ist viel kleiner als Leipzig, fast ein Dorf«, wußte jemand.

»Es hat ganz viele Burgen, die liegen an der Saale hellem Strande.«

»Stimmt nicht«, widersprach Karlchen Lehmann. Er hatte bis vor einem Jahr in Naumburg gewohnt und freute sich darauf, den Klassenkameraden seine Stadt vorzuführen. »Die Burgen liegen woanders an der Saale, und sie sind alle von den Amis zerbombt.«

»Stimmt nicht«, widersprach Herr Hasenbein, »die Burgen sind schon viel länger zerstört. Sie sind sozusagen vom Zahn der Zeit zernagt.«

»Und die Ritter?« wurde gefragt. »Sind die auch zernagt?«

Es kam der Vorschlag, nicht nach Naumburg zu fahren, sondern zu den Burgen. Aber Herr Hasenbein bestand auf seinem Plan und erzählte vom Dom und den herrlichen Stifterfiguren.

Als dann der nächste Zug kam, hatte Herr Hasenbein große Mühe, seine 32 Jungen unterzubringen. Einige wollten unbedingt in den Gepäckwagen, und zwei verhandelten ernsthaft mit dem Lokführer, ob sie bei ihm mitfahren dürften. Als Herr Hasenbein endlich auf seiner Holzbank saß, wirkte er ein wenig erschöpft.

Auf dem Bahnsteig in Naumburg wurde abgezählt, und es fehlte einer: Rudi Knopf.

»Vielleicht isser bloß unterwegs rausgefallen«, vermutete jemand.

Doch da entsann sich Thomas: »Ich hab gesehen, wie er kurz vor Naumburg aufs Klo ist.«

Herr Hasenbein, eine Spur erleichtert, verhandelte mit einem Reichsbahner über die Rückführung eines kleinen schielenden Jungen mit Thermosflasche; man werde Rudi Knopf gegen Mittag hier abholen.

Nun schlug Karlchen Lehmanns große Stunde. Er übernahm die Führung durch seine Stadt, und der Lehrer ließ ihn schmunzelnd gewähren.

»Das ist unsere Straßenbahn«, verkündete Karlchen vor dem Bahnhof.

»Wo denn?«

»Da drüben stehtse doch.«

»Das soll 'ne Straßenbahn sein?«

»Ja, das ist der ›Wilde Esel‹. So nennen wir die.«

»Das ist höchstens 'n wilder Furz.«

Karlchen war beleidigt, und Herr Hasenbein sprang ihm bei: »Ihr dürft nicht so hochmütig sein, weil ihr aus der Großstadt kommt. Hier leben genau solche Menschen wie in Leipzig.«

Die Jungen sahen das ein, wollten aber trotzdem den »Wilden Esel« nicht als richtige Straßenbahn durchgehen lassen.

Die Klasse drängte geräuschvoll in den Naumburger Dom. Zwei kletterten sofort auf die Kanzel und wurden zurückgepfiffen. Herr Hasenbein erkämpfte Ruhe und stellte einen kopfschüttelnden alten Herrn vor, der die Domführung machen sollte.

»Während des Dreißigjährigen Krieges sind hier in Naumburg öfter solche Horden eingedrungen«, begann der Domführer, »aber diese schöne Kirche hat sie alle überlebt. Sie wird auch heute abend noch stehen.«

Die es verstanden hatten, mahnten nun die anderen zur Ruhe, und der Führer konnte erklären: Vor fast 750 Jahren habe Bischof Engelhardt mit dem Bau des Doms begonnen, Bischof Dietrich habe das Werk weitergeführt, und nach gut hundert Jahren sei man fertig gewesen. Heute gehe so etwas natürlich schneller. Der Dom sei ein besonders schönes Beispiel für den Übergang von der Romanik zur Gotik, was sich an vielen baulichen Einzelheiten demonstrieren lasse. Er demonstrierte, und die Klasse wurde wieder unruhig.

»War denn hier nicht mal was los?« fragte einer dazwischen. Der Führer verstand nicht.

»Na ja, daß sie hier drin mal gekämpft haben und alles zerdeppert.«

Herr Hasenbein bat den Führer, nun bald zu den Stifterfiguren zu kommen, auf die sich seine Klasse besonders freue. Die steinerne Uta droben auf ihrem Sockel lächelte Thomas an. Er fand sie sehr schön und konnte ihrem Blick nicht ausweichen. Er mußte an Bärbel denken und ihr fröhliches Grinsen und schüttelte den Kopf. Uta schien zu verstehen.

»Diese herrlichen Stifterfiguren«, erklärte der Führer, »wurden vom unbekannten Naumburger Meister geschaffen, dessen Wirken wir auch in Mainz und in Meißen begegnen.«

Irgend etwas an diesem Satz schien Thomas unklar, und nach einigern Nachdenken wußte er seine Frage: »Bitteschön, wieso war das ein unbekannter Meister?«

»Man kennt den Mann bis heute nicht«, antwortete der Führer freundlich.

»Ja, aber woher weiß man dann, daß ausgerechnet er die Sachen hier gemacht hat?«

Der Führer schüttelte den Kopf: »Das ist aber eine unsinnige Frage.«

Während die achte Stifterfigur erklärt wurde, dröhnten plötzlich vom Turm die Glocken. Der Führer schaute verwundert auf seine Uhr: »Das kann doch gar nicht sein.« Herr Hasenbein zählte rasch seine Klasse durch und wurde blaß. Es fehlten zwei.

Die beiden wurden an der Turmtreppe abgefangen und erhielten den strikten Befehl, sich am Bahnhof zusammen mit Rudi Knopf bis nachmittags in den Wartesaal zu setzen: »Wenn ihr euch auch nur einen Schritt hinausbewegt, dann werdet ihr euer blaues Wunder erleben.«

Draußen regnete es inzwischen.

»Das war aber nischt, was eenen umhaut«, war die Meinung der meisten.

Thomas lief neben Karlchen Lehmann, dem die Enttäuschung im Gesicht geschrieben stand. »Die ham geene Ahnung«, tröstete er ihn, »die wissen nischt von Kultur.«

Karlchen nickte heftig.

»Vielleicht nehm ich dich mal mit«, kündigte Thomas an, »wenn ich in Leipzig mit meiner Großmutter Kultur abwetze.«

Mittags gab es Nudelsuppe und Brause, anschließend weitere Besichtigungen, unter anderem das Grab des Pagen von König Gustav Adolf. Der Jüngling hatte sich im Dreißigjährigen Krieg, in der Schlacht bei Lützen, mutig vor seinen König geworfen, und beide hatten sie ihr Leben gelassen.

Vor allem dieser Fall wurde diskutiert, nachdem Herr Hasenbein die drei skatspielenden Missetäter aus dem Wartesaal geholt und die Klasse wieder in den Zug verfrachtet hatte. Es gab im wesentlichen zwei Meinungen. Zum einen hieß es, der Page sei schön blöd gewesen und könnte heute noch leben. Die Gegenseite widersprach energisch und behauptete, der Page wäre auch ohne sein dußliges Verhalten bei Lützen inzwischen längst tot. Zu entscheiden war die Frage nicht, denn keiner wußte, wie lange der Dreißigjährige Krieg zurücklag. Herr Hasenbein, der es als einziger wußte, war erschöpft eingenickt.

Er wachte kurz vor Leipzig auf, weil einer seiner Schüler die Notbremse gezogen hatte. Der Täter wurde nicht gefunden, denn jeder Befragte gab an, gerade geschlafen zu haben.

Zwei Tage später war der erwartete Aufsatz zu schreiben. Thomas ließ nichts weg und kehrte besonders den kulturellen Teil hervor. Dennoch reichte es wieder nur zu einer Vier. Der Vater hatte wenigstens eine teilweise Erklärung dafür: »Du darfst nie schreiben, der Lehrer sei zu spät gekommen. Du muß immer schreiben, die Klasse sei zu früh dagewesen.«

18 »Hier, halte mal!« sagte Jochen Pietsch und hielt Thomas eine rote Fahne hin. Thomas tippte sich an die Stirn und steckte die Hände in die Hosentaschen. Er kannte das: Wenn man sich vor dem Abmarsch zur Mai-Demonstration eine Fahne oder ein Transparent in die Hand drücken ließ, konnte man sich unterwegs viel schwerer von der Kolonne absetzen. Außerdem war er der Ansicht, die Jungen Pioniere sollten an einem Tag wie diesem ihren Opfermut unter Beweis stellen, bis ihnen die Arme vom Tragen weh taten. Thomas war noch nicht in der Kinderorganisation.

Der 1. Mai war wieder gebührend vorbereitet worden. Herr Hasenbein hatte vorgeschlagen, daß jeder Schüler eine Mai-Losung aus Buntpapier ausschnitt und auf Pappe klebte, als feierlicher Schmuck des Klassenzimmers. Das Zentralkomitee der SED hatte diesmal für den 1. Mai dreiundsiebzig Losungen ausgegeben. Die erste hieß: »Es lebe der 1. Mai 1951, der Kampftag der Werktätigen der ganzen Welt für Frieden, nationale Unabhängigkeit, Demokratie und Sozialismus!«

In den weiteren Losungen wurde alles mögliche bejubelt, und ab Nummer 32 erfuhren alle Schichten des Volkes, was sie künftig besser zu machen hätten. Zum Beispiel: »Stahlwerker! Mehr Stahl ist mehr Brot! Entwickelt die Qualitätsproduktion!« Ähnlich ging es den Kumpeln, Bauarbeitern, Bauern, Traktoristen, Volkspolizisten, Künstlern, Müttern, Sportlern. Auch die Schulkinder waren nicht ausgelassen worden: »Junge Pioniere und Schüler! Lernt besser! Seid bereit für Frieden und Völkerfreundschaft!« hieß es in Losung 70. Die Schüler lasen jedoch mit Genugtuung, daß auch die Lehrer zu höheren Leistungen angespornt wurden.

Thomas hatte die Losung Nummer 41 ausschneiden und aufkleben wollen: »Bauarbeiter! Baut schneller, besser und billiger!«

»Das könnte dir so passen«, sagte Herr Hasenbein, »eine der kürzesten zu nehmen!«

Das stimmte zwar, aber Thomas verteidigte sie: »Das ist doch wichtig für die Wohnungsnot. Wenn die weiter solche Bruchbuden bauen wie ...«

Herr Hasenbein unterbrach ihn schnell: »Überleg dir, was du sagst. Und nimm eine längere Losung!«

Thomas zählte noch mal Buchstaben und entschied sich für Nummer 15: »Ewige Freundschaft mit den Völkern der Sowjetunion!« Das waren 45 Buchstaben einschließlich des Ausrufungszeichens.

Für die Demonstration wurden außerdem zwei Stoffpuppen gebastelt. Die eine stellte Adenauer dar, den Chef der »Hungerregierung« in Bonn, die andere den General Mac Arthur, der – wie die *Volkszeitung* schrieb – die imperialistischen Aggressoren in Korea mit unvorstellbarer Brutalität gegen das friedliebende Volk vorgehen ließ. Beide Puppen wurden an hölzernen Galgen aufgeknüpft und sollten beim Aufmarsch genau vor der Ehrentribüne auf dem Karl-Marx-Platz verbrannt werden.

Zu Hause frischte Thomas die Wandzeitung im Treppenhaus auf. Er entfernte die Glückwünsche zu Stalins Geburtstag, die gut vier Monate gehalten hatten, und klebte neuere Zeitungsausschnitte an. Vor allem nahm er Fotos von westdeutschen Städten und Landschaften, mit denen die *Volkszeitung* fast täglich daran erinnerte, daß Deutschland unteilbar sei und auch Köln und die Lüneburger Heide dazugehörten.

Herr Mohrmann hatte die Außenfront des Hauses dekoriert. Man mußte zugeben, daß er sich größte Mühe gegeben hatte. Er zeigte dem Vater ein Foto in der *Volkszeitung*, mit dem ein Haus in Leipzig-Connewitz wegen »vorbildlicher Sichtwerbung« besonders hervorgehoben wurde, und sagte betrübt: »Unseres ist doch mindestens genauso schön.«

»Aber mindestens!« pflichtete der Vater bei. »Unser Haus sieht aus wie ein Weihnachtsbaum, wenn Sie diesen Vergleich bitte richtig auffassen wollen.«

Einen Tag vor dem 1. Mai goß es in Strömen, und Herrn Mohrmanns Werk löste sich auf.

Am Kampftag der Arbeiterklasse versammelte sich die Schule um neun Uhr. Thomas hatte keine Fahne und kein Transparent zu tragen. Er marschierte ungefähr fünf Häuserblocks weit mit, dann sprang er hinter ein Wartehäuschen der Straßenbahn, wo er zufällig auf Kuno stieß. Sie ließen ihre Schule vorbeiziehen und auch die Arbeiter der Gohliser Brauerei, die unter der Losung »Voll für den Fortschritt« marschierten. Dann bummelten sie gemächlich am Zoo vorbei und über den Marktplatz zum Karl-Marx-Platz. Sie drängten sich in die erste Reihe und hielten Ausschau nach ihren Klassenkameraden.

Tausende von Menschen zogen vorbei, Zehntausende sogar. Jede Gruppe wurde begrüßt von einem Mann am Mikrofon, der beinahe überschnappte. Da waren die Betriebe und Schulen, Krankenhäuser und Verwaltungen, Volkspolizei und Sportgemeinschaften. Auf einem Wagen turnten Turner am Barren, einer rutschte genau vor der Ehrentribüne ab und lief rot an.

Mit besonderem Beifall wurde Paul Heine begrüßt, der »Held der Arbeit«. Paul Heine war Lokführer und hatte sich einen Namen gemacht, indem er einen Schwerlastzug von 1700 Tonnen von Leipzig nach Warschau gefahren hatte. Die Kollegen von der SAG Bleichert führten stolz ihre Lastwagen vor. Sie hatten sich der »Bewegung der 100 000er« angeschlossen, hatten sich also verpflichtet, ihre Laster ohne große Inspektion 100 000 Kilometer zu fahren. Ein Ford hatte es auf diese Weise schon auf 136 000 km gebracht. Thomas stellte sich vor, der Wagen würde ausgerechnet hier auf dem Karl-Marx-Platz zusammenbrechen, aber er tat es nicht.

Endlich kamen seine Kameraden. Er erkannte sie von weitem an einem unverwechselbaren Transparent: »Seid bereit! – Immer bereit!« – die Parole der Jungen Pioniere. Aber der Maler hatte einen Buchstaben ausgelassen, so daß zu lesen stand: »Seid breit!« Thomas hatte es schon vor der Schule bemerkt.

Als sich seine Klasse der Ehrentribüne näherte, zählte er neun Leute, die noch hinter einem mißmutigen Herrn Hasenbein hertrotteten. Micky Müller trug den Galgen mit der Adenauer-Puppe und versuchte vergeblich, sie anzuzünden. Ein Streichholz nach dem anderen erlosch. Micky schloß zu Herrn Hasenbein auf und fragte ihn etwas, und der Lehrer kramte in seinen Taschen, vermutlich auf der Suche nach seinem Sturmfeuerzeug. Sie waren fast an der Tribüne vorbei, als Micky die rettende Idee kam: Er riß der Puppe den Kopf ab und schleuderte ihn triumphierend in Richtung der Ehrengäste.

Kuno war inzwischen verschwunden, und Thomas überlegte, ob er warten sollte, bis die Mutter und Onkel Wolfgang mit ihrer Belegschaft vorbeimarschierten. Aber er langweilte sich bald und lief durchs Rosental nach Hause.

Dort traf er als einzigen den Vater an, der auf dem Balkon saß und ein Buch las. Dies war ein ungewohnter Anblick, denn meistens saß der Vater über seinen Papieren oder am Telefon. Er nannte sich »Handelsvertreter«, aber die Oma nannte ihn manchmal »Schieber«, wenn sie sich über ihn ärgerte.

»Edelschieber, wenn schon«, pflegte der Vater dann gelassen zu sagen, »und vergiß nicht, daß du mit davon lebst.«

»Eines Tages nehmen sie dich noch hopp«, prophezeite dann meistens die Oma, aber der Vater antwortete fröhlich: »Mitwisser machen sich ebenfalls schuldig.«

Thomas setzte sich mit auf den Balkon und fragte den Vater, wieso er eigentlich nie am Ersten-Mai-Feiertag demonstrieren müsse.

»Ich bin eben bloß ein Einmannbetrieb. Ich habe keinen Betriebsgewerkschaftsleiter, der da aufpaßt.«

»Glaubst du, du wirst auch mal enteignet?«

»Mir können sie bloß die Schreibmaschine wegnehmen und das Telefon stillegen.«

Thomas wollte wissen, welches Buch der Vater gerade las. »›Dichtung und Wahrheit‹«, bekam er zur Antwort, »ich lese mal wieder nach, was Goethe über seine Leipziger Zeit geschrieben hat. Es ist manchmal ganz schön, für ein Stündchen in der Vergangenheit unterzutauchen.«

»Kommen da auch die beiden Weiber vor, die mit auf seinem Denkmal sind?«

»Damen, bitte! Ja, aber er schreibt nichts Genaues darüber. Er wird schon wissen, warum.«

»Mein Leipzig lob ich mir«, deklamierte Thomas, »es ist ein Klein-Paris und bildet seine Meute.«

»›Leute‹, heißt das. – Was weißt du denn eigentlich sonst noch über Goethe?«

»Na ja, er hat viel geschrieben. Er stammte aus dem Westen, aus Frankfurt, glaube ich. Dann ist er aber zu uns rübergemacht, nach Weimar. Und da ist er dann Vertreter geworden. Ich meine Vertreter der fortschrittlichen deutschen Nationalkultur.«

»Wer sagt das?«

»Hasenbein.«

»Herr Hasenbein, bitte!«

»Ja. Ulbricht sagt es, glaube ich, auch. Oder Herr Ulbricht.«

»Aber Goethe war doch ein Bürgerlicher.«

»Herr Hasenbein sagt, Goethe konnte nichts dafür, weil damals die Zeiten anders waren. Vielleicht hätte er ja auch lieber als Tischler angefangen, wie Herr Ulbricht.«

»Kann ich mir nicht denken. Was glaubst du, was Goethe täte, wenn er jetzt noch in Weimar lebte? In die SED gehen und Kultusminister werden?«

Thomas dachte über diese wirklich interessante Frage nach, die sie in der Schule nie angeschnitten hatten. Goethe mit dem SED-Abzeichen, dem Bonbon, am Revers? Goethe mit einem Stalin-Gedicht? Goethe auf dem Ministerposten von Johannes R. Becher? Als Autor von »Auferstanden aus Ruinen«? Thomas konnte sich das alles nicht vorstellen und kam zu dem Schluß: »Ich glaube, er wäre schon lange weggemacht.«

Der Vater lachte und legte sein Buch beiseite: »Nachdem du heute vormittag deiner sozialistischen Pflicht genügt und mit einer machtvollen Demonstration den Klassenfeind umfassend verdattert hast, können wir zwei beide mit dem restlichen Kampftag noch irgend etwas anfangen. Mach mal einen Vorschlag!«

Thomas hatte sofort eine Idee: »Du wolltest mir doch immer mal euer altes Haus zeigen.«

Sie fuhren mit der Straßenbahn nach Plagwitz, auf Umwegen, um den Ausläufern der Mai-Demonstration zu entgehen. Dann standen sie vor einem Haus, von dem es nur noch das Parterre gab. Die Fenster waren mit Brettern vernagelt, der Putz zerschossen und verwittert. Über der Toreinfahrt hing ein kaum noch lesbares Schild: »Weine und Spirituosen«. Genau über dem »i« von »Weine« hatte eine Kugel das Schild durchschlagen.

»Siehst du, das war mal unser Geschäft«, erläuterte der Vater, »eine Großhandlung für Weine und Spirituosen, also Schnaps, Likör und so.«

Er schloß das Tor auf. Der Hof war leer, bis auf viel Unkraut und einen ausgebrannten Lastwagen. Thomas ertappte sich dabei, wie seine Augen den Hof nach Buntmetall absuchten. Dann folgte er dem Vater in ein tiefes Kellergewölbe. Durch eine zerbrochene Fensterscheibe fiel etwas Tageslicht auf ein Durcheinander von Fässern und Kisten, Schutt und Scherben. Es roch merkwürdig muffig und ein bißchen süß-säuerlich. Eine Ratte raste aufgeregt an ihnen vorbei, und Thomas fuhr erschrocken zusammen.

»Das war der Weinkeller«, erklärte der Vater, »hier haben wir den Wein aus großen Fässern auf Flaschen gezogen und etikettiert. Und dort hinten lag der Champagner.«

»Was is'n das?«

»Ja, wie soll ich das beschreiben? So ein Mittelding aus Wein und Brause, könnte man sagen.«

Oben im Hof zeigte der Vater auf die Mauerreste: »Du mußt dir vorstellen, daß da drüber noch zwei Stockwerke waren. Da haben wir gewohnt, meine Eltern, meine damalige Frau und ich.«

»Und wo warst du, als sie umgekommen sind?«

»In Rußland. Es war am vierten Dezember dreiundvierzig, bei dem schweren Angriff auf Leipzig.«

Thomas machte sich noch etwas an dem ausgebrannten Lastwagen zu schaffen. Dann fragte er plötzlich: »Hast du meinen richtigen Vater gekannt?«

»Nein. Aber ich habe gehört, daß er in Ordnung war.« Er schloß das Hoftor wieder ab.

»Es war sehr interessant hier«, sagte Thomas. Er merkte aber im selben Augenblick, daß das nicht gut gesagt war.

19 »Also noch mal«, sagte der Großvater: »Wie ist die Reihenfolge der Farben?«

»Eichel, Laub«, fing Thomas an, aber dann mußte er wieder raten: »Schellen, Herz.«

»Umgekehrt! Erst Herz und dann Schellen. Und welche ist die höchste Karte im ganzen Spiel?«

»Eichel-Ober«, sagte Thomas schnell.

»Falsch! Eichel-Unter sticht alle anderen.«

»Aber wie kann denn der Unter über dem Ober sein?«

»Weil das so in den Regeln steht.« Der Großvater war ein klein wenig ungehalten, und deshalb fragte Thomas auch nur ganz vorsichtig: »Sag mal, warum können wir denn nicht wie bisher Sechsundsechzig spielen?«

»Weil ein Junge Skat können muß. Genauso wie schwimmen übrigens.«

»Was hat'n das damit zu tun?« brummte Thomas, dem diese Frage immer etwas peinlich war. Aber er mochte nun einmal kein Wasser.

Der Großvater erklärte das Spiel weiter: »Beim Skat spielen immer zwei gegen einen.«

»Aber das ist doch unfair!« protestierte Thomas.

»Nein, denn es spielt immer der Stärkste gegen die beiden Schwächeren. Und jetzt erkläre ich dir, wie man feststellt, wer der Stärkste ist.«

Thomas rauchte der Kopf, aber er wagte nicht mehr zu widersprechen und versuchte aufzupassen. Die Großmutter saß an ihrem Sekretär und schrieb Briefe.

Thomas war immer gern bei seinen Großeltern. Allerdings haßte er das graue Altersheim, in dem sie wohnten. Offiziell hieß es »Feierabendheim«, und der Großvater meinte, das sei in der Tat ein treffendes Wort. Denn wenn man erst mal hier gelandet sei, dann sei wirklich Feierabend. »Aber wir müssen froh sein, daß wir hier untergekommen sind.«

In der Eingangshalle hingen große Fotos von Wilhelm Pieck, Otto Grotewohl und Walter Ulbricht. Und von dem Dichter Martin Andersen-Nexö, nach dem das Heim benannt war. Dieses Foto hatte Thomas anfangs immer fasziniert angeschaut, bis er erfuhr, daß dieser Herr Andersen nicht der Verfasser der schönen traurigen Märchen war.

Von der Eingangshalle führten lange Korridore zu den Zimmern, und man mußte viele alte Männer und Frauen grüßen, die in Pantoffeln über das Linoleum schlurften und »Gudn Daach« sagten. Es roch miefig. Thomas beeilte sich jedesmal, die Tür mit der Nummer 726 zu erreichen und hineinzuschlüpfen. Hier war es gemütlich, hier roch es nach Bohnenkaffee und Pfeifentabak, und zur Begrüßung gab es ein Stückchen Schokolade aus dem Eckschrank.

Bis zum Abendbrot hatte Thomas die Skatregeln soweit begriffen, daß sie zu dritt einige Runden mit offenen Karten spielen konnten.

Es war Sonnabend, und er blieb über Nacht, weil er am Sonntag mit den Großeltern einen Ausflug machen sollte, zu einem Schlachtfest auf dem Dorf.

»Du kommst ja ganz schön in der Welt rum«, hatte der Vater dazu gesagt, »erst kürzlich Naumburg und nun das. Du wirst noch ein richtiger Kosmopolit.« Thomas hatte das Wort nicht verstanden, aber kapiert, daß der Vater sich über ihn lustig machte.

Er war sehr gespannt aufs »Land«. Solange er denken konnte, hatte er gehört, »denen auf dem Land« gehe es besser als anderen. Er hatte noch vor Augen, wie die Mutter zum Hamstern gefahren war. Sie hatte Anzüge und Stiefel, die Briefmarkensammlung und die Münzsammlung und manchmal auch einen kleinen Teppich mitgenommen und war mit Butter und Mehl und gelegentlich auch mal mit einem Stück Speck zurückgekommen. »Diese Gauner«, schimpfte sie dann immer, »stopfen sich die Schränke voll mit den schönen Sachen und speisen dich mit dem bißchen Zeug ab.« Thomas war wirklich sehr gespannt.

Als er zum Einschlafen auf dem Sofa lag, mußte ihm die Großmutter noch von früher erzählen. Vom Land wußte sie nicht viel, sie war in der Stadt aufgewachsen, in Berlin-Lichterfelde. Thomas hörte wohl zum zehnten Mal die Geschichten von den Kutschfahrten und Bootspartien, von der Baumblüte in Werder und den Lampionfesten im Garten. Und wie ihnen der Kaiser mal zugewinkt hatte, als sie Unter den Linden am Straßenrand standen.

»Ich habe mal Pieck zugewinkt, aber er hat das gar nicht gemerkt«, schob Thomas ein. »Allerdings habe ich auch in der zweiten Reihe gestanden.«

Die Großmutter erzählte von der Pferdebahn, und Thomas war eigentlich ganz froh, in einer Zeit richtiger Straßenbahnen zu leben. Er fragte, ob man früher auch zum Fußball gegangen sei.

»Nein, bewahre! So einen proletarischen Sport durften meine Brüder zu Hause nicht mal erwähnen.«

Thomas dachte, daß es heute doch in mancherlei Hinsicht besser sei, denn erwähnen durfte er Fußball zu Hause jederzeit. Sie verboten ihm nur, im Winter oder bei Regenwetter auf dem Korridor zu trainieren.

»Habt ihr auch Buntmetall gesammelt?«

»Nein, wofür denn?«

»Na, für die Volkswirtschaft.«

»Die muß wohl damals genug von dem Zeug gehabt haben.«

Merkwürdig, dachte Thomas beim Einschlafen, was war das bloß für 'ne Zeit?

Am nächsten Morgen trafen sie sich am Bahnhof mit Rüdiger. Er war der Sohn von Bekannten, etwas älter als Thomas, und sollte mit zum Schlachtfest. Thomas musterte ihn geringschätzig, denn die Großmutter hatte den Fremden so geschildert: »Er ist sehr brav und ein fleißiger Schüler.« Diese Beschreibung hatte bei Thomas auf der Stelle Feindseligkeit geweckt. Hätte die Großmutter gesagt: »Der ist fast noch ein bißchen frecher als du«, dann hätte Thomas den Fremden als sportlichen Konkurrenten gesehen. Der hätte dann erst mal beweisen müssen, ob er frecher war.

Sie stiegen eine Station vor dem Dorf aus und machten eine Wanderung durch einen Wald, in dem Tausende von Maiglöckchen blühten. Die Großmutter schickte Thomas los, einen Strauß für die Gastgeberin zu pflücken.

Rüdiger stellte dem Großvater Fragen: »Mama hat mir erzählt«, sagte er, »daß Sie früher Direktor waren und daß die Russen Sie fünfundvierzig aus dem Werk rausgeschmissen haben und daß Sie nicht mal Pension bekommen. Ist das nicht sehr hart für Sie?«

Thomas schüttelte den Kopf: Was ging denn den Kerl sein Großvater an? Aber die Frage war andererseits nicht uninteressant. Der Großvater nahm sich mit der Antwort Zeit.

»Ich weiß nicht, ob du das schon verstehen kannst. Natürlich habe ich auch mal gedacht, ich könnte mir eines Tages ein Häuschen kaufen und in Ruhe meine Pension verfuttern. Und dafür habe ich ja auch Jahrzehnte gearbeitet. Aber einmal habe ich eben eine Riesendummheit gemacht, als ich in diese Nazi-Partei bin.«

»Warum?« fragte Thomas schnell, um Rüdiger zuvorzukommen.

»Ja, warum. Weil ich anfangs gedacht habe, die würden wirklich was tun für Deutschland. Ich hätte auf meine Frau hören sollen. Die hat immer gesagt: ›Laß dich nicht mit dieser Räuberbande ein!‹«

»Du wolltest noch ein bißchen mehr Karriere machen«, meinte die Großmutter, »und da hast du dich wie Faust mit dem Mephisto verbündet.«

Thomas sah seinen Großvater auf dem Weinfaß in *Auerbachs Keller* reiten und mußte kichern.

»Mama findet«, sagte Rüdiger, »man hätte Sie trotzdem fünfundvierzig nicht einfach rauswerfen dürfen.«

Thomas nickte beifällig. Er fand es in keinem Fall richtig, daß man seinen Großvater aus irgend etwas hinauswarf. Aber der Großvater selbst war anderer Meinung: »Ich kann es jedenfalls verstehen, daß sie's getan haben. Schließlich sind dreiunddreißig auch die Kommunisten überall rausgeworfen worden, und nicht wenige sind umgebracht worden.« Er blieb auf dem Waldweg stehen und die anderen auch. »Nachdem ich das alles gesehen und miterlebt habe, bin ich heute ein sehr friedfertiger Mensch. Ich hoffe, es hört eines Tages auf, daß die einen die anderen rauswerfen und verprügeln und umbringen. Aber im Moment habe ich da noch keine große Hoffnung.«

»Glaubst du«, fragte die Großmutter, »daß Rüdiger das alles schon versteht?«

Thomas hielt das für ausgeschlossen, mußte aber zugeben, daß er selbst auch nicht alles verstand.

»Man muß viel lernen im Leben«, sagte der Großvater. Er deutete auf das Dorf, das jetzt am Ende des Weges zu sehen war. »Die Lotte, die wir heute besuchen, war früher unser Dienstmädchen, und wir waren ihre Herrschaft, wie man das nannte. Jetzt hat sie mit ihrem Mann den kleinen Hof, jedenfalls solange man sie nicht in eine Kolchose zwingt, und sie haben uns zum Schlachtfest eingeladen, damit wir uns mal richtig sattfuttern können. So haben die Zeiten manches auf den Kopf gestellt. Aber ihr dürft mir glauben, daß ich mir das Wellfleisch und die Wurstsuppe besonders schmecken lasse.«

»Man muß sich eben mit allem abfinden«, sagte Rüdiger altklug, aber zu Thomas' Freude widersprach der Großvater: »Nein! Man muß nur einsehen, was wichtig ist und was nicht. Und das Wichtigste ist übrigens, daß man die richtige Frau hat, die mit einem durch dick und dünn geht. Das mußt du dir für später merken, Rüdiger.«

»Ich will keine Frau«, sagte Rüdiger fest und bestimmt, »ich heirate nie.«

Thomas horchte auf und sah den Jungen überrascht an. Der ist ja gar nicht so blöd, dachte er, der hat ja ganz vernünftige Ansichten. Die Feindseligkeit war mit einem Male wie weggeblasen. Thomas wollte etwas Nettes sagen oder etwas Verbindendes, und auf die Schnelle fiel ihm ein zu fragen:

»Sammelst du auch Briefmarken?«

»Ja. Deutsches Reich und Helvetia.«

»Prima! Dann müssen wir mal tauschen. Ich sammle Deutsches Reich und alles andere, vor allem mit Lokomotiven.«

Rüdiger war einverstanden, und Thomas nahm sich vor, ihm mal beizubringen, daß er nicht immer »Mama« sagen solle.

Das Dorf enttäuschte Thomas sehr. Er hatte damit gerechnet, daß sich der sagenhafte Reichtum der Leute vom Lande in prächtigen Häusern und schmucken Alleen zeigte. Was er vorfand, war aber nur das, was man auf sächsisch eine »Kuhbläke« nannte, ein trauriges Nest also. Flache graue Häuser, niedrige hölzerne Vorgartenzäune, löchrige Straßen ohne Trottoir, keine Straßenschilder und nicht einmal Laternen. Und dann kam ihnen etwas entgegen, was Thomas noch nie gesehen hatte: ein Ochsenfuhrwerk. Das war ganz unglaublich, denn in Leipzig hatte man wenigstens Pferde: die Bierkutscher und die Rollkutscher und der Eismann, der jede Woche das Stangeneis für die Kühlschränke brachte. Und hier fuhr man mit Ochsen!

Als er Tante Lotte sah, glaubte er sich zu erinnern, daß er ganz früher schon mal auf ihrem Schoß gesessen hatte. »Ei verbibbch! Was isser für ä hibsches Gerlchen geworden!« rief Tante Lotte und schoß auf Rüdiger los.

»Nee, unserer ist der andere!« berichtigte der Großvater, und Tante Lotte schwenkte auf Thomas um: »Nu gugge! Der is ja noch hibscher!« Sie zauste ihn herzlich und fragte: »Na, gennste noch die Dande Lodde?«

»'türlich! Guten Tag, Tante Lotte. Ich freue mich, daß du ... äh ... daß ich hier bin. Und schönen Dank für das viele Fleisch nachher. Und die Maiglöckchen kannste haben.«

Die Begrüßung hatte die Großmutter noch auf der Wanderung mit ihm geübt, und er hatte sagen sollen: »Schönen Dank für die Einladung!« Aber er hatte es vergessen.

»So gleen warste damals«, erzählte Tante Lotte und hielt die Hand knapp über Kniehöhe. Thomas hoffte, sie würde das Thema wechseln und das Fleisch bringen. Aber Tante Lotte schob ihm erst mal ein kleines Mädchen entgegen, das vielleicht ein Jahr jünger war als er: »Das is unser Giselchen.«

»Gisela!« maulte die Kleine. »Nich Giselchen!«

Sie war ziemlich kräftig, hatte rötliche Haare und eine ganze Menge Sommersprossen. Sie mußte mit ihren nackten Füßen gerade in einen Kuhfladen getreten sein. Thomas gab ihr die Hand, und sie zerrte ihn sogleich in den Hof und zeigte ihm, was es da gab. Er zählte zwölf Hühner und einen Hahn, sechs Gänse – es konnten aber auch Enten sein oder Schwäne, da kannte er sich nicht so gut aus –, ein großes braunes Pferd und einen kleinen braunen Hund. Im Stall standen drei Kühe und acht Schweine. Thomas schaute sich vor allem die Ohren der Schweine genau an und kam zu dem Schluß, daß die Schweinsohren im *Mitropa* zu Unrecht Schweinsohren hießen. Giselchen nannte die Namen aller Tiere, aber Thomas konnte nur behalten, daß der Hund Flocki hieß und das Pferd Lotte, genau wie die Tante. Sie spielten ein bißchen Fangen, bis Thomas auf einem Kuhfladen ausrutschte und nicht mehr mochte.

»Willste mal sehen, wo die Milch herkommt?« fragte Giselchen. Thomas wollte es wissen, denn bisher wußte er nur, daß die Milch aus einem Hahn auf dem Tresen im Milchgeschäft kam, und weiter hatte er noch nicht darüber nachgedacht. Giselchen holte einen Eimer und kauerte sich neben eine Kuh. Man hörte etwas spritzen, und sie reichte Thomas den Eimer:

»Hier, kannste trinken.«

»Du bist wohl bekloppt!« protestierte Thomas. »Aus dem Eimer, wo eure Kuh reingepinkelt hat.«

Giselchen prustete vor Lachen und lief aus dem Stall über den Hof ins Haus, und kurz darauf hörte man schallendes Gelächter.

Thomas war wütend. Die sollen hier bloß nicht so angeben, dachte er. Die sollten mal nach Leipzig kommen und zum Beispiel versuchen, in der letzten Kurve vor dem Rosental aus der fahrenden Straßenbahn zu springen, ohne auf den Bauch zu fallen. Das wollte er mal sehen!

Die Kuh glotzte ihn gleichgültig an und kaute, obwohl sie überhaupt nichts zu fressen vor sich hatte. Thomas streckte ihr die Zunge heraus, und als das keinen Eindruck auf das Tier machte, schleuderte er der Kuh sein schlimmstes Schimpfwort entgegen: »Du blöde Sau!«

Draußen auf dem Hof fiel ihm Lotte ins Auge, Lotte das Pferd. Immer wenn Thomas ein Pferd sah, mußte er an Winnetou denken und an wilde Mustangs und an die Prärie. Der Eismann hatte ihn schon einmal aufsitzen und einen Häuserblock weit reiten lassen. Das war ein gutes Gefühl gewesen, aber es war viel zu langsam gegangen. Hier draußen konnte man jedoch über die Felder galoppieren ohne einen Eiswagen hintendran.

Thomas trat ohne Scheu an Lotte heran und versuchte hinaufzuklettern. Aber das Pferd war zu hoch. »Sitz! Sitz!« rief Thomas, aber Lotte schien nicht zu verstehen. Schließlich führte er das geduldige Tier am Zügel zu einem Zaun und arbeitete sich hinauf.

»Hüh!« rief er leise, aber es geschah nichts. »Hüh hott!« Wieder geschah nichts. Doch da fiel ihm ein: Was tat Winnetou, wenn er in der Prärie auf seinem Pferd saß und von links und rechts Komantschen angriffen, von vorn und hinten ein Buschfeuer und von oben vielleicht noch ein Schwarm Geier? Dann gab er seinem Pferd die Sporen, so daß es mitten durch Komantschen und Feuer hindurch davonschoß.

Thomas trat Lotte in den Bauch, und sie machte einen schnellen Schritt. Im Unterschied zu Winnetou fiel Thomas in den Dreck. Als er aufblickte, sah er Giselchen und Rüdiger, die sich vor Lachen bogen.

»Wie siehst denn du aus?« fragte die Großmutter, als sich Thomas zu Tisch setzte.

»Das liegt hier in der Luft«, gab er mißgelaunt zurück.

Das große Essen begann mit Würsten. Sie schmeckten ganz anders als die Würste aus dem HO, und Thomas erkundigte sich besorgt, ob sie auch in Ordnung seien. Die Großmutter erklärte ihm, in diesen Würsten seien keine trockenen Brötchen verarbeitet, und das sei der einzige Grund für den ungewohnten Geschmack. Thomas war beruhigt und aß fünf Stück. Nach dem Wellfleisch war er satt, nach der Wurstsuppe war ihm etwas übel. Er setzte sich hinterm Haus auf die Wiese, wo ihn Giselchen bald aufstöberte. Sie fragte, was er einmal werden wolle, und er sagte Lokführer. Sie selbst wollte gern Traktoristin werden, und sie malten sich aus, daß er mit seinem D-Zug vorbeibrauste und sie ihm von ihrem Traktor aus zuwinkte. Thomas fand das eine hübsche Vorstellung, aber trotzdem hoffte er, Giselchen würde nicht aufs Heiraten zu sprechen kommen.

Dann sammelten sie weiße Hühnerfedern für sein Indianerkostüm. Richtige Adlerfedern, erklärte ihm Giselchen, hätten sie hier nicht. Sie fanden vierzehn Federn und taten sie in eine Tüte.

Nun hätte Thomas gern noch gewußt, was es denn auf sich hatte mit den sagenhaften Schätzen aus der Hamsterer-Zeit, mit den Schränken voll Anzügen und Stiefeln, den Kisten voll Münzen und Briefmarken, den Stapeln von Fotoapparaten und Grammophonen. Er fragte Giselchen vorsichtig danach, aber sie verstand ihn nicht. Er formulierte seine Frage direkter und versprach für die Auskunft drei Kaugummis aus dem nächsten Westpaket, aber Giselchen wußte nicht, worauf er hinaus wollte. »Du hast ja 'ne weeche Birne«, stellte sie kopfschüttelnd fest, »du fällst wohl zu oft vom Färd?«

Später machten alle zusammen einen Spaziergang über die Felder. Thomas nahm den Großvater beiseite und fragte ihn nach der Sache mit den Schätzen. Der Großvater lachte sich zuerst halbtot, aber dann wurde er ernst: »Jaja, es hat natürlich zu jeder Zeit so prächtige Volksgenossen gegeben, die jede Notlage schamlos ausgenutzt haben. Oft waren es gerade die, die ihr Parteiabzeichen am auffälligsten getragen haben und die an Feiertagen die größte Fahne rausgehängt haben. Aber Tante Lotte und ihre Leute sind nicht so. Überleg doch mal: Hätten sie uns sonst zum Schlachtfest eingeladen? Sie könnten doch ihr Fleisch auch allein aufessen.«

»Na ja«, sagte Thomas, noch nicht hundertprozentig überzeugt, »allein hätten sie das ganze Fleisch ja nicht geschafft, wenn wir nicht geholfen hätten.«

»Vor allem du, du verfressener Schlauberger. Sie hätten den Rest ja einwecken können, oder?«

Thomas schämte sich jetzt fast ein wenig über seinen Verdacht. Er nahm sich vor, von Leipzig aus mal eine schöne Ansichtskarte zu schicken, von der Thomaskirche am besten. Und falls Giselchen ihn mal besuchte, dann würde er ihr ganz geduldig zeigen, wie man von einer fahrenden Straßenbahn absprang. Er dachte sogar noch weiter: Vielleicht konnte sie eines Tages auf seiner Lokomotive Heizer werden? Die Frauen wurden ja in solchen Dingen immer gleichberechtigter. Thomas würde die Hebel bedienen und Giselchen feste Kohlen schaufeln.

Als Thomas abends bei seiner Familie eintraf, hatte er immer noch ein wenig Bauchweh, aber sonst war er rundherum froh über den Tag auf dem Lande. Er packte seine Tüte aus: Vierzehn Hühnerfedern und für jeden eine Wurst.

20 Die Gießkanne hatte ein Loch, und Thomas mußte schnell von der Schöpfstelle zurücklaufen, um wenigstens noch einen Rest Wasser auf die Gurkenbeete zu bringen.

Im jährlichen Zyklus seiner Pflichten hatte er sich jetzt, vom späten Frühjahr an bis mindestens in die großen Ferien hinein, jeden Nachmittag um den Garten im Rosental zu kümmern.

Es war nicht leicht, sich seinen Freiraum zu erkämpfen für Fußball und Trümmerspiel oder für Winnetous Kriegspfad. Die Oma achtete streng darauf, daß zuerst die Arbeit getan wurde. Manchmal sagte die Mutter bedauernd, Thomas sei doch sehr eingespannt, und ihre eigene Kindheit sei viel unbeschwerter gewesen. Wenn Thomas auch manche Pflicht als lästig empfand, so gaben sie ihm insgesamt ein gewisses Gefühl der Wichtigkeit. Die Kinder mit der »unbeschwerten Kindheit« schienen ihm doch recht nutzlose Geschöpfe gewesen zu sein. Obwohl er nicht vergleichen konnte, glaubte er jedenfalls, in einer guten Zeit zu leben.

Auf dem Weg zum Garten verband Thomas die Pflicht mit dem Angenehmen, indem er als Apatschenhäuptling auf den Kriegspfad zog. Er benutzte nicht die Fußwege, sondern schlich durchs Unterholz. Er war tief befriedigt, wenn er, vom Buschwerk verdeckt, die nichtsahnenden Feinde beobachtete: die Komantschen, die als Spaziergänger daherkamen; die weißen Siedler mit ihren Planwagen, sprich Handkarren; die Passagiere der Santa-Fé-Eisenbahn, die als Straßenbahnlinie Sechs über den River Plate in die Jagdgründe der Apatschen eindrang. Er hätte sie alle aus dem klug gewählten Hinterhalt überfallen und vertreiben können, hätte nicht sein Freund Old Shatterhand zum friedlichen Miteinander geraten.

Der Garten war eigentlich kein richtiger Garten, sondern ein kleines Stück Land mit einem Maschendrahtzaun drum herum. Man hatte die Große Wiese im Rosental teilweise in kleine Parzellen aufgeteilt und an Leute verpachtet, damit sie selbst anbauen konnten, was es selten oder nie zu kaufen gab: Gurken und Tomaten, Stangenbohnen und Zuckererbsen, Kürbisse und Kohlrabi, Möhren und Weißkraut. Im Vorjahr hatten sie besonders viel Weißkraut angebaut, um es als Sauerkraut in großen Steinguttöpfen einzustampfen. Aber ausgerechnet 1950 war die Republik, unter weitgehendem Verzicht auf anderes Gemüse, von Weißkraut förmlich überschwemmt worden. So hatten sie dieses Jahr mehr auf Bohnen gesetzt, die man auch mit Essig einstampfen konnte.

Thomas hatte im Garten ein kleines Beet für sich, wo er einen Steingarten mit Blumen angelegt und eine Eiche gepflanzt hatte. Sie war schon über zwanzig Zentimeter hoch, und er stellte sich vor, sie würde eines Tages weit hinaufragen in den rußigen Leipziger Himmel und an ihrem mächtigen Stamm ein Schild tragen: »Thomas-Eiche«. Der Vater meinte jedoch, bis die Eiche so groß wäre, hätte man längst vergessen, wer sie gepflanzt hatte.

Nach dem Gießen schlenderte Thomas, nun nicht länger auf dem Kriegspfad, hinüber zum Karussell. Es stand dort sommers wie winters und drehte sich vom Frühling bis in den Herbst nach der immer gleichen Melodie: »Schön ist so ein Ringelspiel«. Thomas liebte Karussells und alles, was nach Jahrmarkt und Zirkus roch: die bunte Budenstadt der Kleinmesse, die sich im Frühling und im Herbst auf den Wiesen am Cottaweg auftat, und den Zirkus »Aeros« in seinem Dauerzelt in der Nähe des Hauptbahnhofs. Am meisten beeindruckt hatte ihn kürzlich der Zirkus »Busch«, der zum erstenmal seit zehn Jahren wieder in Leipzig gastiert hatte. Einen ganzen Nachmittag lang hatte er auf dem Wilhelm-Leuschner-Platz fasziniert zugeschaut, wie mit Flaschenzug und »Ho ruck!« die große Zeltplane bis zur Mastspitze emporgeklettert war. Die vergitterten Wagen mit den Bären und Löwen hatte er bestaunt, den Jongleur, der mit Dutzenden von Tassen trainierte – Sammeltassen! dachte Thomas – und den Clown, der sich immer wieder einen Eimer Wasser in seine viel zu weiten Hosen schüttete. Dann war er mit einem kleinen Mädchen ins Gespräch gekommen, das Handstand auf einer Hand übte. »Ihr habt's gut«, sagte er, »immer im Zirkus, ohne Eintritt zu zahlen. Und immer rumfahren und keene Schule.«

»Komm mal mit!« sagte die Kleine und führte ihn zu einem Wagen. Darin waren ungefähr zehn Bänke mit Klapptischen, und an der Stirnwand eine große graue Schultafel.

»Na ja, aber trotzdem«, entschuldigte sich Thomas halb. Die Kleine schenkte ihm eine Freikarte, und am übernächsten Nachmittag bewunderte er sie, wie sie den Handstand auf einem Pferderücken machte, mit beiden Händen allerdings.

Das Karussell im Rosental wurde von einem alten Ehepaar betrieben, das gleich nebenan in einem Wohnwagen wohnte. Die beiden mußten hart arbeiten, denn das »Garussl«, wie man auf sächsisch dazu sagte, wurde mit einer mächtigen Handkurbel angetrieben. Wenn der Alte abkassiert hatte, verschwand er hinter den Kulissen und setzte langsam den Mechanismus in Bewegung.

Die Fahrt kostete zehn Pfennig, und weil das viel Geld war für ein kurzes Vergnügen, lag immer der Gedanke an Schwarzfahren nahe.

Thomas vergewisserte sich, daß die Frau im Wohnwagen war, und als der Mann die Kurbel zu drehen begann, schwang er sich rasch auf einen hölzernen Schimmel und ließ sich den Fahrtwind um die Nase wehen.

Wie in der Prärie, dachte er gerade, als ihn jemand am Ellenbogen packte: »Hab ich dich endlich, du Lausejunge!«

»Ja«, sagte Thomas, weil er völlig überrascht und die Tatsache auch nicht mehr zu leugnen war.

»Und nun?« fragte der Alte.

»Ja«, sagte Thomas noch einmal. Er wußte auch nicht, was nun sein sollte. Im Grunde genommen hielt er es immer noch für unmöglich, daß man ihn erwischt hatte.

»Hast du wenigstens einen Groschen bei dir?«

Er hatte keinen, aber er sagte: »Wenn Sie mich loslassen, kann ich mal nachsehen.«

»Du Schlauberger! Ich lasse dich erst los, wenn ich den Groschen habe.«

»Dann ... dann ... müssen Sie mich aber die ganze Nacht festhalten.«

»Also, was sollen wir jetzt machen?« fragte der Alte, und Thomas tat der Ellenbogen weh.

»Ich bringe morgen den Groschen vorbei. Das heißt, ich bin ja bloß 'ne halbe Fahrt gefahren. Da bringe ich nur 'n Fünfer vorbei.«

»Aha. Und was kannst du mir solange als Pfand dalassen?«

Thomas wunderte sich ein wenig über soviel Mißtrauen. Er überlegte, was er als Pfand geben könnte. Da es ein heißer Tag war, hatte er nur eine Hose und eine Unterhose bei sich. Er bot die Unterhose an.

Der Alte mußte jetzt lachen: »Da habe ich ja einen tollen Fang gemacht. Ich glaube, wir behalten dich hier, damit du den Groschen abarbeiten kannst.«

»Den Fünfer«, verbesserte Thomas schnell.

Es wurde eine Lösung gefunden, die ihm sogar Spaß machte: Er bekam einen Eimer und einen Lappen und mußte die Karussellpferde putzen. Da diese Arbeit auch im Fahren verrichtet werden konnte, ging Thomas sehr sorgfältig vor, um möglichst lange fahren zu können. Fast bedauerte er ein wenig, daß man ihn nicht schon bei früheren Gelegenheiten erwischt hatte. Es kamen zwischendurch zwei Klassenkameraden vorbei, die zunächst hämisch lachten. Aber es dauerte nicht lange, bis sie je fünf Murmeln anboten, um Thomas ablösen zu dürfen. Aber er winkte ungnädig ab. Als er fertig war, bekam er im Wohnwagen noch eine Brause. Es war dort drinnen eng und gemütlich wie in einer Höhle. Über dem Sofa hingen viele Fotos, teilweise handkoloriert: Karussells, Rummelplätze, Wohnwagen, Zugmaschinen und immer wieder Karussells. Davor der Mann und die Frau, damals noch viel jünger. Thomas ließ sich erzählen, wie sie kreuz und quer durchs Land gezogen waren, bis nach Schlesien und rüber nach Westfalen, rauf an die Ostsee und runter bis nach Nürnberg.

»Das ist ja, wie wenn man immer Ferien hat«, staunte Thomas.

»Von wegen, das war harte Arbeit: Die Fahrerei mit der schweren Zugmaschine und das Auf- und Abbauen und den ganzen Tag an der Kurbel. Und alles selber reparieren. Aber trotzdem war es ein schönes Leben.«

Nun wollten sie hier im Rosental bleiben, solange es noch ging, und dann vielleicht ins Altersheim. Thomas empfahl, sie sollten sich ein schöneres suchen als seine Großeltern.

Der Nachmittag verging, und Thomas hörte Geschichten von Preisboxern und Clowns, Seiltänzern und Feuerschluckern, Affenmenschen und Damen ohne Unterleib. Und von dem rätselhaften Mord in der Geisterbahn, der damals in allen Zeitungen gestanden hatte. Die Frau erinnerte sich aber nicht mehr, auf welchem Rummelplatz das gewesen war, vielleicht in Glogau.

Beim Abschied fragte Thomas: »Muß ich nun nächstes Mal wieder schwarzfahren und mich erwischen lassen, oder kann ich auch so Pferde putzen?«

Die beiden versprachen ihm, er könne jederzeit kommen.

Thomas ging noch einmal zum Garten und holte seinen Pferdeäpfeleimer, den er nebst Kehrschaufel und Handfeger dort gelassen hatte. Er mußte auf dem Heimweg dringend noch ein paar Pferdeäpfel finden, sonst würde die Oma schimpfen. Hier in der Stadt war das wirklich kein leichtes Geschäft. Man mußte eben, wie die Oma es ausdrückte, »auf dem Kiwief sein«, zum Beispiel hinter einem Fuhrwerk herlaufen und warten, daß ein Pferd den Schwanz hob. Denn was es dabei hinterließ, blieb selten länger als ein paar Minuten unentdeckt auf der Straße liegen. Jeder konnte es brauchen.

Am Ausgang des Rosentals stieß Thomas auf einen Bierwagen der Riebeck-Brauerei und nahm die Verfolgung auf. Wenig später gesellte sich ein zweiter Sammler zu ihm, ein Junge, der beinahe einen Kopf größer war und einen fast vollen Eimer trug. Er schaute spöttisch auf Thomas' leeres Gefäß: »Na, du verdienter Sammler des Volkes?«

Thomas antwortete nicht und beobachtete die beiden Pferdeschwänze. Der andere stichelte weiter: »Du bist ja ä richdcher Agdevisde! E Färdeäbbel-Hennegge!«

Thomas überlegte, ob er den Kerl anzeigen sollte, weil er die Aktivisten-Bewegung und ihren Erfinder Adolf Hennecke einfach öffentlich lächerlich machte. Dafür konnte er nach Sibirien geschickt werden, wo die Pferdeäpfel das halbe Jahr über gefroren waren.

»Ä bißchn Indellegenz braucht mr ähm dazu«, spottete der größere Junge weiter, und in Thomas begann Wut aufzusteigen. Das Fuhrwerk war stehengeblieben, und plötzlich ging der linke Pferdeschwanz in die Höhe.

Die beiden Sammler starrten erwartungsvoll auf den dampfenden Haufen, an den sie sich aber nicht heranwagten, solange das Fuhrwerk stand. Als es weiterfuhr, stürzten sie gleichzeitig los. Sie standen sich Auge in Auge gegenüber, wie zwei Boxer im Ring. In der Mitte die Pferdeäpfel, in sicherer Entfernung einige wartende Spatzen.

Der Junge griff schon zur Schaufel und bückte sich langsam, ohne Thomas aus den Augen zu lassen.

Da blitzte in Thomas ein Gedanke auf, vor dem er zwar gleich wieder zurückschreckte, den er aber dann doch ausführte. Es war sozusagen ein Akt der Verzweiflung im Kampf um die täglichen Pferdeäpfel, mithin um die Ernährung und das Wohl seiner Familie. Der Zweck heiligt die Mittel, dachte er.

Thomas bückte sich rasch, ergriff einen der Äpfel und schleuderte ihn dem Gegner ins Gesicht. Und während der andere fluchte und spuckte und sich die Augen rieb, raffte Thomas hastig die Beute zusammen und rannte davon.

Zu Hause hielt er der Oma mit ein wenig Stolz die hart erkämpften Pferdeäpfel hin, aber sie sagte nur: »Viel war's ja heute nicht.«

Thomas sagte nichts und ging ins Badezimmer, um sich die Hände zu waschen.

21 »Ich kann nicht mit zu dieser Taufe«, sagte Thomas beim Frühstück, »ich muß zum Fußball.«

»Du mußt?« fragte der Vater.

»Ja, das ist ein ganz wichtiges Spiel, das muß ich sehen. ›Chemie‹ gegen die westdeutschen Sportfreunde von Preußen Dellbrück. ›Chemie‹ ist doch jetzt DDR-Meister, und wir haben doch in Leipzig schon so lange keinen Meister gehabt, schon seit …« Er rechnete.

»Seit neununddreißig Jahren«, sagte der Vater.

»Wieso weißt'n du das?«

»Weil ich mich früher auch mal dafür interessiert habe. Bis ich einsah, daß es vernünftiger wäre, jedem der zweiundzwanzig Leute einen Ball zu geben, damit sie sich nicht die Schienbeine blautreten müssen.«

»Was denn«, wunderte sich die Oma, »haben die für so viele Leute nur einen einzigen Ball?«

Man bestätigte es ihr.

»War das in Friedenszeiten auch schon so?«

Thomas stöhnte. Es schien ihm aussichtslos, die Frühstücksrunde von der Wichtigkeit seines Vorhabens zu überzeugen. Und wichtig schien es ihm, heute dabeizusein. Preußen Dellbrück war keine so berühmte westdeutsche Mannschaft wie der VfB Stuttgart oder der 1. FC Kaiserslautern. In seinem Schulatlas hatte Thomas Dellbrück nicht einmal gefunden. Er wußte nur, daß die Mannschaft in der 1. Liga West spielte.

Auf jeden Fall wollte er dabeisein, wenn die »Preußen« von den »Chemikern« vom Platz gefegt wurden. Er war, wie ganz Fußball-Leipzig, begeistert vom Erfolg »seiner« Mannschaft, die die Meisterschaft erst nach hartem Ringen und vielen Rückschlägen errungen hatte. Noch im April, nach einer Reihe blamabler Niederlagen, hatte es ernster öffentlicher Vorhaltungen bedurft: Die Mannschaft müsse Schluß machen mit dem »Nur-Sportlertum«, müsse sich die Erfahrungen der Sowjetunion zu eigen machen, neben der Erfüllung ihrer sportlichen Aufgaben einen Beitrag für den Frieden und die Einheit des Vaterlands leisten und in den Aufklärungslokalen mit der Bevölkerung diskutieren. Danach hatten sich die »Chemiker« tatsächlich am Riemen gerissen und ein Endspiel gegen die punktgleiche Mannschaft von »Turbine« Erfurt erzwungen. Das hatte auf neutralem Platz in Chemnitz stattgefunden, und Thomas hatte, weil er das Fahrgeld nicht zusammenbekam, den 2 : 0-Sieg nicht miterleben können.

Nun also sollte er heute anstatt ins Bruno-Plache-Stadion zur Tauffeier bei Tante Ilse und Onkel Walter, Freunde der Eltern, die er kaum kannte.

Er strich sich ein viertes Kunsthonigbrot und fing vorsichtig an: »Sag mal, so eine Taufe soll doch eigentlich was Schönes sein, oder?«

Niemand widersprach ihm.

»Also ich meine, damit das Kind auch was davon hat für später und so.«

Sie nickten kauend.

»Ich meine, damit das Kind einen Segen davonträgt für seinen Lebensweg und so. Damit es sich nicht mal was bricht und damit es in der Schule mal nicht so doof ist, oder?«

Endlich ging jemand darauf ein: »Im Prinzip ja«, sagte der Vater, »aber die Wirkung einer solchen Taufe ist nie hundertprozentig sicher. Du bist ja zum Beispiel auch getauft.«

Thomas bemerkte die Spitze nicht und argumentierte weiter: »Wenn aber jetzt einer bei der Taufe dabei ist, der gar nicht will? Ich meine, den sie gezwungen haben? Wenn der immerzu denkt: Scheiß-Taufe hier! – kann das dem Kind nicht schaden?«

Jetzt lachten alle.

»Ach, so läuft der Hase!« schmunzelte Onkel Wolfgang. »Thomas als böse Fee vermasselt dem Täufling das Abitur. Na, dann nimm mal heute nachmittag einen Zauberstab mit. Vielleicht kannst du den kleinen Thomas in einen Froschkönig verwandeln. Oder in einen Fußball mit goldenen Ohren.«

Bei dem Namen »Thomas« horchte Thomas auf. Wenn es da einen kleinen Namensvetter zu taufen gab, sah die Sache ein wenig anders aus. Vielleicht sollte man doch dabeisein und ganz fest wünschen, daß Tante Ilse und Onkel Walter einmal mehr Verständnis für so wichtige Dinge wie Fußball hätten.

Bevor man aufbrach, sagte die Mutter noch: »Ihr wißt ja, daß Ilses Bruder Bernd in der SED ist. Er kommt heute auch.«

»Was, zu so einer reaktionären Veranstaltung?« wunderte sich der Vater.

»Ja. Vielleicht will er dem Täufling einen Spitzbart anzaubern. Jedenfalls solltet ihr ein bißchen vorsichtig reden.«

Tante Ilse und Onkel Walter wohnten hinter dem Völkerschlachtdenkmal, an der Straße, die zum Bruno-Plache-Stadion führte. Thomas sah die Fußballfreunde am Haus vorbeiziehen und war stark in Versuchung, auszurücken.

Nach dem Kaffee sprachen die Frauen über Säuglingspflege und die Männer über Politik. Thomas setzte sich unauffällig zwischen den Vater und Bernd, den SED-Mann. Er hatte ihn sogleich erkannt, denn Bernd trug das »Bonbon« am Revers, das ovale Abzeichen der Partei.

»Es geht ja ganz schön bergauf«, bemerkte der Vater und steckte sich eine von den »Overstolz« an, die bereitlagen.

»Finden Sie?« fragte Bernd mit prüfendem Blick.

»Aber ja! Es haben doch gerade wieder bei der Volksbefragung sechsundneunzig Prozent unserer Bürger für den Frieden gestimmt. Ist das nichts?«

Thomas, immer bestrebt, von den Erwachsenen ernstgenommen zu werden, ergänzte: »Und die Tbc-Schutzimpfung in den Schulen war sogar bei neunundneunzig Prozent erfolgreich.«

In das Gelächter hinein sagte Bernd: »Die Meinung, daß es bergauf geht, hört man nicht sehr oft. Und Sie meinen natürlich auch das genaue Gegenteil.«

»I bewahre!«

»Natürlich meinen Sie das Gegenteil. Die meisten meinen das Gegenteil. Sie glauben, daß die Versorgung nicht klappt, daß wir den Genossen Stalin zu laut preisen und daß man viel zu schnell aus dem Bett weg nach Sibirien gehen kann. Das meinen Sie doch.«

»Mein Gott! Ich wußte ja gar nicht, daß es so schlecht steht.«

»Also jetzt mal ohne Ironie«, meinte Bernd: »Glauben Sie, daß wir, die Leute mit dem Bonbon, das alles nicht merken?«

Thomas war gespannt auf die Antwort. Der Vater schaute den SED-Mann prüfend an, dann sagte er: »Ich nehme an, daß das Bonbon nicht blind macht. Sie tragen es ja an der Jacke und nicht vor den Augen.«

Bernd nickte: »Wir müssen viel mehr über die Dinge reden. Wir dürfen nicht den Fehler machen, falsche Fronten aufzubauen. Wir können hier nur alle gemeinsam was schaffen.«

Tante Ilse brachte frisches Bier. Die Männer schenkten ihre Gläser voll und rauchten. Thomas nippte an seiner Brause und war stolz, daß man ihn nicht wegschickte.

»Können Sie sich vorstellen«, fragte Bernd, »daß wir eines Tages aus dem Schlamassel der Anfangsjahre rauskommen und was Vernünftiges auf die Beine stellen?«

»Ich muß mir jedenfalls etwas Mühe geben, um mir das vorzustellen.«

»Warum sagen Sie nicht einfach ›nein‹?«

»Weil das unter Umständen ein lebensgefährliches Wort sein kann. Ebenso übrigens wie ›ja‹. Auf beide Wörter kann man festgenagelt werden.«

»Wir sollten uns darauf einigen, daß wir hier privat sind und daß hier nicht genagelt wird.«

»Na gut«, sagte der Vater, »dann erklären Sie doch mal einem schlichten Bürger dieser Republik, warum in Westdeutschland die Leute nicht nur besser leben als hier, sondern obendrein auch noch öffentlich ›ja‹ oder ›nein‹ sagen dürfen.«

Bernd steckte sich eine neue Zigarette an, eine Ost-Zigarette. »Nun, letzteres liegt unter anderem daran, daß zu viele gegen den neuen Staat sind, und wenn man es sie laut sagen ließe, dann könnte leicht eine Lawine ins Rollen kommen.«

»Ein Volksaufstand?«

»Vielleicht sogar das. Und was die Wirtschaft angeht, so müssen wir auch dies und jenes berücksichtigen. Zum Beispiel, daß die Sowjetunion im Krieg ziemlich ausgeblutet ist und sich nun als Sieger – na sagen wir mal – ein bißchen von uns helfen läßt. Und daß wir schon immer zu wenig Industrie in diesem Teil Deutschlands hatten. Und daß viele Leute, die unsere Volkswirtschaft dringend nötig hätte, weggemacht sind, mitsamt ihrem Wissen und Können. Und daß von den Zurückgebliebenen – oder besser: Hiergebliebenen – viele nicht richtig zupacken, weil sie nicht sehen, daß hier etwas Neues mit Zukunft im Aufbau ist.«

»Vielleicht machen sie nicht mit, weil sie sehen, daß nichts dabei herauskommt.«

»Ist es nicht vielleicht umgekehrt: Es kommt nichts dabei heraus, weil sie nicht mitmachen?«

»Sehen Sie«, sagte der Vater, »da sind wir schon zum erstenmal in einer Art Circulus vitiosus.«

»Was is'n das?« fragte Thomas.

»Das ist ungefähr so«, erklärte Onkel Wolfgang, »als wenn sich der Dakkel in den eigenen Schwanz beißt.«

Durch diese Erklärung verlor Thomas vollends den Faden, hörte aber trotzdem weiter zu.

»Wie sollen denn die Leute begreifen«, fragte Onkel Wolfgang, »daß das Neue sie weiterbringt, wenn das Neue auf Schritt und Tritt der Vernunft ins Gesicht schlägt? Lassen Sie mich ein Beispiel erzählen: Ein Bekannter von mir arbeitet in einem VEB für Werkzeugmaschinen. Da gilt auch die Parole: ›Mit der Sekunde, dem Gramm, dem Pfennig rechnen!‹ Aber die Planerfüllung wird nach dem Gewicht gemessen, wie bei Briketts oder Kartoffeln. Das heißt, wenn man den Plan erfüllen will, muß man die Maschinen möglichst schwer machen. Das ist ja technisch kein Problem, man braucht ja nur hier und da eine Stahlplatte anzuschweißen und sich einzureden, das mache die Maschine stabiler. Aber nun machen Sie mal den alten Hasen in dem Betrieb klar, daß es auf diese Weise bergauf gehen soll.«

»Und was produziert wird«, ergänzte der Vater, »wird am grünen Tisch entschieden. Mit dem Erfolg, daß unser Thomas seinen Wintermantel im Frühjahr kriegt. Das hätte allenfalls einen Sinn, wenn wir mit Hilfe sowjetischer Neuerermethoden die kalte Jahreszeit in den Sommer verlegen könnten.«

Das praktische Beispiel ließ Thomas wieder Anschluß an die Diskussion finden, und er hörte konzentriert zu.

»Sehen Sie mal«, fuhr der Vater fort, »mein Beruf besteht sozusagen darin, Marktlücken aufzuspüren – was nicht schwer ist – und sie möglichst zu stopfen – was sehr schwer ist. Ich versuche Waren aufzutreiben, die meine Kunden, die Einzelhändler, über die staatlichen Organisationen nicht bekommen. ›Ist nicht im Plan‹, hören sie immer wieder. ›Wird aber gebraucht‹, sagen sie mir. Natürlich sehen Ihre Genossen Leute wie mich nicht gern, weil ich sozusagen der lebende Beweis dafür bin, daß ihr Wirtschaftssystem nicht klappt. Und deshalb werden sie vielleicht mal sagen: ›Wirtschaftsvergehen, ab in den Bau!‹«

Thomas erinnerte sich an die häufigen gleichlautenden Prophezeiungen der Oma, und ihm wurde ein bißchen angst. Er überlegte, ob er mit in den »Bau« müsse, weil er doch oft dem Vater bei den Schreibarbeiten half.

»Wir müssen aus all diesen Fehlern lernen«, sagte Bernd, »und immer mehr Menschen zum Mitmachen bewegen. Wir wissen doch auch, daß man nicht einfach auf einen Knopf drücken kann und sagen: Das mit dem

Kapitalismus war nix, jetzt machen wir Kommunismus. Das ist ein langer Prozeß. Aber wir wissen, daß wir auf dem richtigen Weg sind.«

»Das glauben Sie«, verbesserte der Vater.

»Auch wenn Sie's nicht glauben: Wir Marxisten wissen es.«

»Der zweite Circulus vitiosus«, stellte Onkel Wolfgang fest, und Thomas suchte erneut nach der gedanklichen Verbindung zu einem Dackelschwanz.

»Ich mißtraue aus Erfahrung allen Patentrezepten zur Weltbeglükkung«, erklärte der Vater, »jedenfalls nachdem ich einmal auf die Nase gefallen bin. Ich gehöre nämlich zu den seltenen Vögeln, die nicht ab dreiunddreißig in der NSDAP waren, sondern bis dreiunddreißig. Da bin ich raus, als ich gesehen habe, was die veranstalteten. Und habe mich fast geärgert, daß ich nicht auf die rote Karte gesetzt hatte. Aber was ich heute sehe, kann mich auch nicht überzeugen.«

»Wir werden Sie mit Fortschritten überzeugen«, sagte Bernd.

Tante Ilse kam mit frischem Bier und schimpfte: »Nun laßt doch wenigstens heute mal die Politik beiseite!«

»Die Politik kann man nicht beiseite lassen«, widersprach ihr Bernd, »die ist immer da. Aber wenn du willst, können wir vom Wetter sprechen.«

»Ein gutes Thema«, sagte Onkel Wolfgang, »wir liegen ja zur Zeit im Einflußgebiet eines gewaltigen russischen Hochs.«

Die Männer lachten ein bißchen, und Bernd meinte: »Es freut mich, daß Sie es nicht als Tief empfinden.«

»Ich verstehe nicht viel von Meteorologie«, sagte der Vater, »aber kann nicht ein russisches Hoch ein Tief über Deutschland bewirken?«

Thomas hatte genug über Politik gehört. Er stahl sich auf den Balkon, wobei er ein halbvolles Bierglas hinausschmuggelte. Sein kleiner Namensvetter lag warm zugedeckt in der Sonne und blinzelte. Thomas stupfte ihm mit dem Zeigefinger auf den Bauch, wie er es bei den Erwachsenen immer gesehen hatte. Der Kleine schaute verständnislos.

Vom Bruno-Plache-Stadion brauste ein vieltausendstimmiger Torschrei herüber, und nach kurzer Zeit ein weiterer. Die »Chemiker« mußten groß in Fahrt sein. Allerdings war es bei Spielen gegen West-Mannschaften auch möglich, daß die Zuschauer am lautesten schrien, wenn die DDR-Mannschaft Tore kassieren mußte.

Im Wohnzimmer wurde immer noch oder schon wieder über Politik gesprochen: »Wir haben doch zwölf Jahre lang so einen Halbgott anbeten müssen«, schimpfte Onkel Wolfgang jetzt ziemlich rundheraus, »den mit der kleinen Rotzbremse unter der Nase. Und nun soll der Jubel übergangslos dem anderen Halbgott gelten, dem mit dem Schnauzer. Genosse Stalin hier und Genosse Stalin dort. Merkt ihr denn nicht, wie das die Leute vergrault, die ihr angeblich gewinnen wollt?«

»Ich denke über Stalin sicher ein bißchen positiver als Sie«, sagte Bernd ruhig, »aber in der Tat ist der große Bruder ein Problem. Nicht nur was den byzantinischen Personenkult angeht. Sehen Sie mal: Wie die Dinge in Deutschland liegen, können wir den Sozialismus nur unter dem Schutz des großen Bruders aufbauen. Aber die Art von Sozialismus, die wir in Deutschland gern aufbauen würden, die läßt der große Bruder nicht zu.«

»Noch ein Circulus vitiosus«, sagte der Vater, »langsam könnte einem davon schwindlig werden.«

»Drüben sind unheimlich viele Tore gefallen«, berichtete Thomas, eine kurze Pause ausnutzend.

»Na, irgendwo muß es ja auch bergauf gehen«, meinte Bernd. Die Fußballfreunde strömten am Haus vorbei zur Straßenbahn.

»Wie ham' se gespielt?« rief Thomas vom Balkon herunter.

»Sieben zu zwei!«

»Prima!«

Später hörte Thomas im Radio, daß die Westdeutschen 7:2 gewonnen hatten. Das sei ein derber Schlag für die demokratische Sportbewegung, sagte der Reporter.

Thomas war auch enttäuscht. Nichts geht hier bergauf, dachte er, im HO gibt's keine Zwiebeln, und »Chemie« schießt keine Tore.

Er fragte sich, wie Bernd so fest an den Fortschritt glauben könne. Schließlich machte er keinen dummen Eindruck und war überhaupt ganz nett.

Ist es möglich, fragte sich Thomas, daß Bernd klüger ist als der Vater und Onkel Wolfgang? Daß er am Ende recht behält?

Vorstellen konnte er sich's nicht.

22 »Glaubst du auch, daß die Amis Kartoffelkäfer auf unsere Felder schmeißen?«

Thomas sollte sich in einer halben Stunde mit seiner Klasse zum Kartoffelkäfer-Einsatz treffen und wollte vorher noch etwas Klarheit gewinnen.

»Also richtig vorstellen kann ich mir nicht«, sagte der Vater, »daß die hier einfach anglo-amerikanische Flugzeuge eindringen und Kartoffelkäfer abwerfen lassen.«

»Aber in der Schule sagen sie's.«

»Da erzählen sie euch ja noch ganz andere Sachen. Ich glaube, die müssen dem Volk nur einen Schuldigen präsentieren für die miserable Versorgungslage.«

Thomas stocherte in seinem Mittagessen. Die Oma hatte ihm eingestampfte Bohnen aufgewärmt und Salzkartoffeln gekocht. Er schnitt die braunen Stellen säuberlich aus und roch an jeder Kartoffel, ehe er sie angewidert zum Mund führte. »Von mir aus«, maulte er, »können die Kartoffelkäfer alles auffressen.«

»Du weißt ja nicht, wie eine richtige Kartoffel schmeckt«, belehrte ihn die Oma. »So eine große mehlige mit weißem Fleisch, die beim Kochen aufplatzt und herrlich duftet.« So eine Kartoffel konnte sich Thomas in der Tat nicht vorstellen.

»Kann man eigentlich die Kartoffelkäfer der Amis von den einheimischen unterscheiden?« fragte er.

Der Vater dachte einen Augenblick nach: »Na ja, wahrscheinlich sind sie besser ernährt.« Dann lachte er: »Wenn du ganz sichergehen willst, mußt du dir ihre Füße anschauen. Die amerikanischen haben kleine Kreppsohlen.«

Thomas ließ den Rest seines Mittagessens stehen und rannte zur Straßenbahn, um seine Klasse zu treffen. Herr Hasenbein kontrollierte, ob jeder ein leeres Marmeladenglas mitgebracht hatte; Jochen Pietsch hatte es als einziger vergessen. Thomas pflaumte ihn an: »Willste die Käfer in der Hosentasche sammeln?«

Jochen fauchte wortlos grimmig, und Thomas machte weiter: »Habt ihr nicht mal 'n Marmeladenglas übrig für den Kampf gegen die Imperialisten?«

Micky schloß sich an: »Geen Glas, aber am Ersten Mai die größte Fahne raushängen lassen.«

Auch Klaus-Dieter ergriff die Gelegenheit, dem Bonzenjungen eins auszuwischen: »Du mußt doch Vorbild sein und 'n großen Eimer mitbringen. Was sagt'n dein Genosse Vater zu so was?«

Jochen giftete ihn an: »Halt bloß die Schnauze, du ... du ... Genosse Klaus-Dieter.«

Thomas merkte auf: Das war interessant, daß Jochen den Genossen Klaus-Dieter erwähnte. Der ›Genosse Klaus-Dieter‹ war schließlich eine Figur aus den »Insulanern«, die man in der DDR nicht zu kennen hatte. Er fragte Jochen, woher er diesen Genossen kenne, und Jochen fiel darauf herein: »Na, von den ›Insulanern‹.«

»Ihr hört doch wohl zu Hause keinen RIAS, oder?«

»Nein. Doch. Wieso denn?« stotterte Jochen. »Verdammich, das sage ich alles meinem Vater.«

»Der weiß das doch schon, der hört doch auch RIAS.«

Jochen wandte sich ab, und Thomas dachte befriedigt: Der blöde Hund kann mir vorerst nichts am Zeuge flicken.

Die Klasse wurde an der Straßenbahnhaltestelle von einem Traktor mit Anhänger abgeholt und auf einen Kartoffelacker kurz vor Breitenfeld gebracht. Dort stellte sich ein Genosse Hartmann vor und hielt eine kurze Ansprache. Er erklärte, der Klassenfeind wolle sie alle biologisch vernichten, und gegen diese Gefahr müßten auch die Jungen Pioniere und Schüler in die Schlacht ziehen. Er erinnerte daran, daß auf diesen Feldern schon einmal eine historische Schlacht gegen die Reaktion geschlagen worden sei, und Thomas fiel sofort das Gedicht ein:

»Gustav Adolf, Christ und Held,
rettete bei Breitenfeld
Glaubensfreiheit für die Welt.«

»Und nu auf in den Gamf!« rief Genosse Hartmann.

Herr Hasenbein sagte auch noch ein paar Worte: »Meine Klasse hat ja schon beim Buntmetallsammeln bewiesen, daß sie im Kampf gegen Saboteure und Volksfeinde ihr Bestes gibt. Wir haben eine Siegerurkunde im Klassenzimmer hängen. Und Thomas – wo ist er denn? Komm doch mal her! – war sogar der zweitbeste Sammler der ganzen Schule.«

Genosse Hartmann nickte anerkennend und fragte Thomas, wo er denn sein blaues Pionier-Halstuch habe.

»Ich … äh … das ist in der Wäsche.«

Genosse Hartmann meinte, es sei die Hauptsache, daß jeder ein Glas mitgebracht habe. Wenn es voll sei, solle man es dort hinten bei der Sammelstelle abgeben. Er wies noch darauf hin, daß Kartoffelkäfer meistens unter den Blättern säßen. Und wenn sie rote Käfer mit schwarzen Punkten fänden, dann könnten sie sie ruhig laufenlassen: »Das sin nämlich Mohdschegiebchen.« Genosse Hartmann lachte laut über seinen Witz.

Thomas, dem das Lob wegen des Buntmetalls gutgetan hatte, wollte sich noch ein wenig wichtig machen: »Sollen wir die Ami-Käfer mit den anderen zusammentun, oder sollen wir sie extra tun?«

Genosse Hartmann sah ihn verwundert an: »Wie willste die denn unterscheiden?«

»Na ja, die amerikanischen sind doch dicker.«

»Wieso denn das?«

»Na ja, weil die drüben besser zu fressen kriegen. Aber wenn man ganz sicher sein will, dann muß man auf die …« Sein Blick fiel auf Herrn Hasenbein, der ein Gesicht schnitt, als bohre sich ein Weisheitszahn durch seinen Kiefer. Da funkte es in Thomas' Hirn Alarm, und er verschluckte schnell die Kreppsohlen, die ihm schon auf der Zunge gelegen hatten. So ein Blödsinn! dachte er; Kartoffelkäfer mit Kreppsohlen! Er verstand selbst nicht, wie er auf einen solchen Witz hatte hereinfallen können. Vielleicht war es deshalb geschehen, weil die Erklärung mit den dickeren Ami-Käfern noch ziemlich einleuchtend geklungen hatte.

Genosse Hartmann schaute ihn immer noch erwartungsvoll an, und Thomas wand sich heraus: »Ich wollte sagen, daß man sie an den Streifen erkennt, wie die amerikanische Fahne. Aber unsere haben ja auch Streifen. Und auf jeden Fall ist das 'ne Mordssauerei von den Amis.«

»Soso, und was is mit den diggen Gäfern?«

»Na ja, was soll damit sein? Ich weiß nicht. Ich habe mir gedacht, wenn ich der Ami wäre, dann würde ich ganz dicke Käfer abschmeißen, damit sie viel wegfressen können. Aber sie dürfen auch wieder nicht zu vollgefressen sein, weil sie sonst keinen Hunger mehr haben.«

Genosse Hartmann wandte sich an Herrn Hasenbein: »Horchen Se mal! Ham Sie noch mehr so gomische Eggsemblahre in Ihrer Glasse?«

Herr Hasenbein wehrte energisch ab: »Meine Jungen sind alle glühende Kämpfer. Und gerade Thomas, unser bester Buntmetallsammler. Seine Aufsätze müßten Sie mal lesen!«

Ein paar Schüler kicherten bei diesen Worten, und Thomas erschrak: Das konnte Herr Hasenbein doch nicht im Ernst vorgeschlagen haben.

Genosse Hartmann schüttelte mißbilligend den Kopf und notierte sich für alle Fälle Thomas' Namen.

Beim Käfersammeln war Thomas nicht sehr erfolgreich. Er war ein wenig abwesend und mußte einige Male an Sibirien denken. Als Jochen Pietsch ihn hämisch fragte: »Na, haste viele Dicke gefunden?«, da warf er ihm sein Glas nach und rief: »Du blöde Sau!«

Dann sagte er bis zum Abendbrot gar nichts mehr.

23 Thomas ließ kurz vor dem Ziel das Staffelholz fallen. Seine Mannschaft, um den sicheren Sieg gebracht, überschüttete ihn mit Drohgebärden und unfreundlichen Worten. Die Gegner hüpften vor Freude und klatschten in die Hände.

»Also, das ist jetzt schon das dritte Mal«, schimpfte der Betreuer und drohte: »Wenn das noch mal passiert, dann schicke ich dich nach Hause.«

»Na und?« sagte Thomas gleichgültig. Genau darauf hatte er es ja abgesehen: daß sie ihn endlich nach Hause schickten. Er hatte von Anfang an nicht in dieses Örtliche Ferienlager gewollt. Er hatte gehofft, die großen Ferien in Freiheit zu verbringen, Fußball spielend und radfahrend, durchs Rosental streifend und Karussellpferde abseifend. Aber die Mutter hatte darauf bestanden: Erstens sei er von der Straße weg, hatte sie gesagt, zweitens bekomme er im Lager jeden Tag ein warmes Mittagessen, und drittens koste das Ganze nur drei Mark für die gesamte Ferienzeit.

Es gab in diesem Sommer 1951 drei Arten von Ferienlagern. Für Junge Pioniere gab es welche an der Ostsee oder im Gebirge, und in Berlin-Wuhlheide eine ganze Pionier-Republik. Für die Kinder von Werktätigen Volkseigener Betriebe gab es Lager, die nicht ganz so schön sein sollten. Und für den Rest die Örtlichen Ferienlager gleich vor der Haustür. Thomas zählte in dieser Drei-Klassen-Gesellschaft zum Rest und fuhr jeden Morgen mit dem Fahrrad zur August-Bebel-Kampfbahn. Dort trafen sich einige hundert ebenfalls drittklassige Jungen und Mädchen mit einigen Dutzend Gruppenleitern, Studenten zumeist, und machten unter Aufsicht Staffellauf, Sackhüpfen, Schlagballwerfen. Mittags gab es Nudelsuppe oder

Kartoffelsuppe oder Erbsensuppe, danach Schlagballwerfen, Sackhüpfen, Staffellauf. Gelegentlich wurde gewandert und gesungen, und einmal waren sie im Zoo gewesen. Aber selbst dieser Besuch hatte Thomas keine rechte Freude gemacht, denn der Gruppenleiter hatte bestimmt, wo stehengeblieben wurde: Bei den Giraffen, bei den Gazellen, bei den Hyänen hatten sie die meiste Zeit zugebracht, weil der Gruppenleiter, ein Zoologiestudent, die Verhaltensweisen dieser Tiere für besonders beispielhaft hielt. Thomas waren jedoch Giraffen, Gazellen und Hyänen völlig gleichgültig. Er liebte die possenreißenden Rhesusaffen und die bettelnden Braunbären, er wartete gern, bis das kleine Nilpferd Schwabbel aus dem trüben Wasser auftauchte und den rosigen Rachen aufriß, und er hatte großen Respekt vor dem Elefantenbullen Omar. Beim letzten Besuch mit der Großmutter hatte sich Thomas sogar mit einem der kleinen Löwen fotografieren lassen dürfen, die die Zucht des Leipziger Zoos in großer Zahl hervorbrachte. Aber diesmal: Hyänen!

Thomas hatte schon manches versucht, um aus dem Ferienlager geworfen zu werden. Er sang falsch, wanderte in die verkehrte Richtung, streute den Mädchen Käfer in die Suppe und hatte schon zweimal mit dem Schlagball den Gruppenleiter getroffen. Aber alles war ohne Erfolg geblieben.

Als er an diesem Nachmittag heimkehrte, stand vor dem Haus ein fremdes Auto. So etwas fiel ihm sofort auf, weil es nur selten geschah. Es war ein alter Opel Olympia mit einem auswärtigen Kennzeichen, Kurt Meinickes Auto.

Kurt war ein Kriegskamerad von Onkel Wolfgang. Sie hatten den Polenfeldzug und den Rußlandfeldzug zusammen bei der Kavallerie mitgemacht und sich erst '44 bei der Gefangennahme aus den Augen verloren. Kurt war früher heimgekehrt als Onkel Wolfgang und hatte der Oma geschrieben, wann und wo er ihren Sohn zum letztenmal gesehen hatte. Und nun war er zum erstenmal zu Besuch gekommen.

Sie saßen alle beim Kaffee, als Thomas hereinkam, und Kurt erzählte gerade eine Geschichte aus dem Lager in Sibirien. Dort seien manchmal die Leute aus dem Dorf gekommen und hätten deutsche »Spezialisten« gesucht, die sich mit Technik auskannten. Kurt war so ein Spezialist, denn er hatte einen Bauernhof bei Wittenberg und machte dort das meiste selbst.

Eines Tages, erzählte er, hätten sie ihm einen Wasserhahn in die Hand gedrückt, den ein Rotarmist aus dem besetzten Deutschland mitgebracht hatte. Kurt sollte ihn so an die Wand schrauben, daß Wasser herauskam, wie in der Stadt in Deutschland. Kurt hatte mit Händen und Füßen zu erklären versucht, daß es dafür einer Wasserleitung bedürfe, aber sie hatten geschimpft: »Du Sabotage«, und ihn beinahe verprügelt.

Alle lachten über die Geschichte, aber Thomas war nicht ganz davon überzeugt. »Sind die wirklich so doof?« fragte er.

»Nein, doof sind sie nicht«, erklärte Onkel Wolfgang, »aber in dem riesengroßen Land braucht moderne Technik eben ein bißchen länger, bis sie im letzten Dorf angelangt ist. In Moskau wäre Kurt so etwas nicht passiert. Und auf jenem Dorf würde es ihm vielleicht heute auch nicht mehr passieren.«

»Natürlich haben wir uns an solchen Geschichten ergötzt«, sagte Kurt, »damit wir uns wenigstens ab und zu mal überlegen fühlen konnten. Denn sie hatten uns ja sonst in jeder Hinsicht in der Tasche. Aber wenn einer mit 'ner Küchenlampe kam und dachte, man muß sie nur an einen Dachbalken binden, damit sie brennt, dann dachten wir grimmig: Sieger, aber nix Kultura!«

»Und man greift auch noch heute gern auf diese Histörchen zurück«, erzählte Onkel Wolfgang, »damit einen die Überlegenheit der Sieger nicht erdrückt. Schließlich hören wir jeden Tag, daß uns die Sowjetkultur in jeder nur denkbaren Hinsicht überlegen ist. Jetzt hören wir sogar, daß die Russen das Flugzeug erfunden haben. Wahrscheinlich haben sie auch das Klopapier erfunden und den Kirschentkerner und die Sammeltasse.«

»Aber ein bißchen was müssen sie doch auch können«, beharrte Thomas. »Wir haben gelernt, daß sie richtige Weltwunder gemacht haben. Den Staudamm von Kuibyschew und die Erdbeeren von Mitschurin.«

»Was für Erdbeeren?«

»Die Riesen-Erdbeeren von Mitschurin. Kennt ihr nicht den Witz, wie Mitschurin gestorben ist?«

Keiner kannte ihn.

»Also das war so: Als Mitschurin seine selbstgezüchteten Erdbeeren pflücken wollte, ist er von der Leiter gefallen und hat sich den Hals gebrochen.«

Sie lachten ein bißchen, und der Vater warnte: »Erzähl so was bloß nicht öffentlich, sonst wirst du noch zum Erdbeerpflücken nach Sibirien abgestellt.«

»Das ist ja das Schlimme hier«, klagte Onkel Wolfgang, »daß du nicht mal 'n Witz machen darfst. Mal bißchen Dampf ablassen! Der Mangel an Humor ist ja noch viel schlimmer als der Mangel an Zwiebeln.«

Alle nickten, und die Mutter erzählte eine Geschichte, die sie kürzlich morgens in der Straßenbahn erlebt hatte. Da hatte die Schaffnerin schon abgeklingelt, als zwei russische Soldaten angerannt kamen und noch mitwollten, zwei Freunde also aus dem Paradies der Werktätigen. Die Schaffnerin ließ noch mal halten und flachste: »Na, laß mr die zwee Baradiesveechel noch mit!« Daraufhin war ein Mann mit Bonbon aufgestanden, hatte der Schaffnerin einen Ausweis vor die Nase gehalten und sie an der nächsten Haltestelle abgeführt.

»Da konnten die Leute ja schwarzfahren, ohne Schaffnerin«, erkannte Thomas sogleich, aber die Mutter meinte, der Kern der Geschichte sei ein anderer.

»Man kann nicht vorsichtig genug sein mit diesen humorlosen, verbiesterten Heilsbringern«, stellte der Vater fest, »die sind schlimmer als die Jesuiten.«

An diesem Punkt hielt es Thomas für geraten, einen Plan auszuführen, den er sich auf dem Heimweg vom Örtlichen Ferienlager ausgedacht hatte: »Im Ferienlager wollten sie heute schon wieder aus mir rauskriegen, ob wir zu Hause RIAS hören«, log er.

»Was denn!« fuhr die Mutter auf. »Ich denke, da lassen sie euch endlich mal mit so was in Ruhe.«

Thomas zuckte mit den Schultern.

»Also, da gehst du mir ab sofort nicht mehr hin!«

Thomas nahm die Anweisung wortlos entgegen und dachte an das Lenin-Wort: Der Zweck heiligt die Mittel.

Beim Sonntagsfrühstück machten Kurt Meinicke und Onkel Wolfgang einen Vorschlag: »Wie wäre es, wenn Thomas ein, zwei Wochen Ferien auf dem Bauernhof machen würde?«

Der Plan fand einhellige Zustimmung. Die Mutter fand es gut, daß Thomas wieder von der Straße wegkomme, der Vater sah die Möglichkeit, daß Thomas seinen Horizont erweitere, die Oma meinte, da könne er endlich mal erleben, wie richtige Kartoffeln schmecken. Thomas wartete, daß man ihn auch nach seiner Meinung fragte, aber die Reise wurde ohne Rücksprache mit ihm beschlossen.

»Kann man bei euch Fußball spielen?« fragte er Onkel Kurt.

»Klar! Und unsere BSG ›Traktor‹ ist gerade in die Bezirksklasse aufgestiegen.«

»Hm, na ja«, machte Thomas.

Onkel Kurt wollte wissen, ob er denn schon einmal mit einem Auto gefahren sei.

»Ich glaube ein Mal, früher, als ich noch klein war.«

»Dann muß das ja schon ewig lange her sein«, sagte Onkel Wolfgang schmunzelnd, aber Thomas überhörte den Spott. Er interessierte sich nicht sehr für Autos und meinte, sie seien doch nur »Blechbüchsen« im Vergleich mit einer Straßenbahn oder gar einer Lokomotive. Da er jedoch eingesehen hatte, daß er auch später keine eigene Lok haben würde, hatte er schon einmal ersatzweise einen Horch ins Auge gefaßt.

Nach dem Mittagessen packte er einen Koffer. Es sollte seine erste mehrtägige Reise werden, und er stattete sich reichlich aus: sechs Bände Karl May, den Stabilbaukasten, sein Kopfkissen, eine Kaffeetasse, sein Indianerkostüm, seinen Flitzebogen, seinen Schulatlas. Dazu den Schwanz von seinem ermordeten Kaninchen.

Die Mutter kam hinzu und sortierte das meiste wieder aus. Sie versicherte ihm, Tante Else habe bestimmt Kopfkissen und Kaffeetasse für ihn, und zum Lesen oder zum Spiel mit dem Baukasten werde er gar keine Zeit haben. Und den Weg zurück werde er auch ohne Schulatlas finden. Statt dessen solle er sein Russischbuch mitnehmen, da er sich in diesem Fach dringend verbessern müsse.

Als die Mutter hinausgegangen war, steckte Thomas das Russischbuch in den Ofen, ganz unten in den Aschenkasten. Und obwohl sie am Ende zu viert danach suchten, fuhr Thomas ohne Russischbuch in die Ferien.

Onkel Kurts Auto raste über die Landstraße in Richtung Bad Düben. Thomas ließ sich erklären, daß die Uhr ohne zweiten Zeiger die Geschwindigkeit angab. Sie stieg auf 60, auf 70, bergab fast auf 80.

»Früher war er noch schneller«, rief Onkel Kurt gegen den Fahrtwind, »aber jetzt hat er schon über zweihunderttausend Kilometer auf dem Bukkel.«

Thomas konnte mit dieser Zahl nichts anfangen, denn die einzige Kilometerangabe, die ihm etwas sagte, war Leipzig-Naumburg: 55 Kilometer.

Kurz hinter Bad Düben begegnete ihnen eine Kolonne von Militärlastern. Sie hatten sie fast passiert, als der letzte etwas ausscherte und auf sie zukam. Onkel Kurt wich aus und steuerte den Opel knapp zwischen dem Laster und einem Straßenbaum hindurch. Aber es gab einen leichten Schlag, und als sie blaß und mit zitternden Knien ausstiegen, sahen sie am hinteren Kotflügel eine häßliche Schramme. Die Laster waren weitergefahren.

Onkel Kurt schimpfte leise, aber Thomas war aufgebracht: »Die müssen dir doch einen neuen Kotflügel organisieren!«

»Jaja, das ist wie bei Radio Eriwan: Im Prinzip ja ...«

Auf der Weiterfahrt fragte Onkel Kurt, ob er einen Umweg über Wittenberg machen und Thomas die Schloßkirche zeigen solle, wo Luther die 95 Thesen angeschlagen hatte. Thomas war unentschlossen, denn er hatte über Luther keine endgültige Meinung. Pfarrer Engel pflegte Luther beinahe auf eine Stufe mit dem lieben Gott zu stellen. Aber Thomas traute dem Pfarrer nicht mehr völlig, seit dieser behauptet hatte, er, Thomas, sei aus Lehm gemacht. Das schien ihm ganz und gar abwegig. Herr Hasenbein hatte Widersprüchliches über Luther gesagt. Im Deutschunterricht hatte er Luthers Bibelübersetzung gelobt, die die einfachen Leute in den Stand versetzt habe, dem Gottesdienst zu folgen und nicht mehr alles einfach glauben zu müssen. Außerdem hatte Thomas mit Freude vernommen, daß Luther für sein Deutsch das Sächsische als Grundlage genommen habe. Dann aber hatte Herr Hasenbein Luther zum Vorwurf gemacht, er habe im Bauernkrieg zu den Junkern gehalten und die Bauern verraten. Insofern wunderte sich Thomas ein wenig, daß Onkel Kurt als Bauer daran gelegen sein konnte, ihm die Lutherstätte zu zeigen. Vielleicht, dachte Thomas, weiß er noch nichts von dem Verrat.

»Kann man sich ja ruhig mal angucken«, sagte Thomas.

Er ließ sich die Schloßkirche zeigen und dachte bei sich, daß sie keinen Vergleich mit seiner Thomaskirche aushielt. Am Marktplatz zeigte ihm Onkel Kurt eine Apotheke und erklärte ihm, dort habe Lucas Cranach gewohnt.

»Und jetzt?« fragte Thomas.

»Ich weiß nicht, wer jetzt dort wohnt.«

»Nein, ich meine doch, wo der Dingsda, der Kranich jetzt wohnt.«

»Erstens hieß er Cranach, zweitens ist er schon fast vierhundert Jahre tot, und drittens bist du ein Banause.«

Thomas hätte gern gewußt, wer dieser Cranach gewesen war, denn er sagte sich, daß Onkel Kurt um einen normalen Apotheker nicht derlei Aufhebens gemacht hätte. Aber er wollte sich nicht die Blöße geben und fragen.

»Weißt du überhaupt«, fragte Onkel Kurt, »wer Lucas Cranach war?«

»'türlich! Das war der Apotheker, der vor vierhundert Jahren da drin gehaust hat.«

Onkel Kurt schüttelte den Kopf: »Das war vor allem ein sehr berühmter Maler und ein Freund von Luther und Melanchthon. Und außerdem war er hier Apotheker und Bürgermeister.«

»Hat er als Bürgermeister so wenig verdient, daß er malen mußte?«

Onkel Kurt seufzte und meinte, daß sie jetzt besser weiterführen. Tante Else freute sich über den Besuch, zumal sie keine eigenen Kinder hatte. Thomas ließ sich sofort sein Bett zeigen und fand ein Kopfkissen vor. Abends ging er mit Onkel Kurt die Schweine füttern und durfte die Hühnereier einsammeln.

»Kannst du reiten?« fragte Tante Else beim Frühstück.

»Sicher«, sagte Thomas kauend. Er dachte zwar mit Unbehagen an seinen wahrhaft kurzen Ritt auf Giselchens brauner Lotte. Aber er sagte selten nein, wenn er gefragt wurde, ob er etwas könne.

Tante Else stellte ihm die Stute »Liese« vor, die ihn aus braunen Augen von oben herab anschaute. Der Blick schien Thomas neugierig, vielleicht ein bißchen gelangweilt, möglicherweise aber auch spöttisch.

»Hoffentlich mache ich nichts kaputt«, sagte Thomas in der Hoffnung, Tante Else bekäme Angst um ihr Pferd. Aber sie hob ihn in den Sattel und führte Liese am Zügel bis auf die Wiese hinterm Hof. Dort gab sie ihr einen Klaps, und Liese zockelte los.

Es ging gemächlich über die Weiden, und Thomas genoß die Aussicht von seinem erhöhten Sitzplatz. Er konnte unglaublich weit schauen, bis zum nächsten Dorf und der Hügelkette dahinter, die von einer Baumreihe gekrönt war. In Leipzig gab es weite Blicke nur dort, wo ganze Straßenzüge im Krieg zerbombt und inzwischen enttrümmert worden waren. Das Enttrümmern war für Thomas in den ersten Nachkriegsjahren das faszinierendste Schauspiel gewesen, das er sich denken konnte. Große Kräne hämmerten mit dicken Stahlkugeln gegen die Mauern, bis alles krachend zusammenfiel und eine Staubwolke aufstieg. Dann kamen die Trümmerfrauen und klopften mit ihren spitzen Hämmern die Backsteine sauber, um sie zu stapeln. Die Frauen schützten sich mit Kopftüchern gegen den Staub. Sie trugen meistens Trainingshosen und einen Rock darüber und manchmal viel zu große Jacketts von Männern, die wahrscheinlich im Krieg geblieben waren. Thomas gesellte sich gern zu ihnen und hätte auch gern geholfen, aber sie meinten, das sei eine zu schwere Arbeit für ihn. »Warte mal ab«, sagten sie, »wenn du groß bist, kannst du noch genug wieder aufbauen. Das dauert nämlich ein paar Jährchen.« Noch lieber wäre Thomas mit der Feldbahn gefahren, die den Schutt abtransportierte. Die Schienen liefen durch die ganze Stadt, und wo sie eine Hauptstraße kreuzten, winkte ein Mann mit einer roten Fahne. Die kleinen Lokomotiven zogen zehn oder zwanzig Kipploren zu den rasch wachsenden Trümmerbergen am Rande der Innenstadt. Auch schwere Schlepper mit zwei oder gar drei Anhängern halfen beim Enttrümmern. Die »Lanz Bulldog« erkannte man schon von weitem an ihrem wummernden Motorgeräusch.

Liese machte einen kleinen Satz über einen Graben, und Thomas lag im Gras. Er biß sich vor Wut auf die Lippe und dachte daran, wie Winnetou und Old Shatterhand auf ihren Mustangs über tiefe Schluchten flogen und dabei noch Gelegenheit fanden, sich über den Feind oder das Wetter zu unterhalten. Und er zweifelte, ob seine Reitkünste jemals für den Wilden Westen ausreichen würden. Vielleicht, dachte er, gehe ich besser als Lokführer dorthin.

Liese war ganz brav stehengeblieben und schaute ihn wieder irgendwie von oben herab an. Thomas versuchte, das Pferd zu erklettern, schaffte es aber nicht. Eine Lok, überlegte er, hat immerhin an der Seite eine Leiter.

»Hast du sie etwa kaputtgemacht?« fragte Tante Else, als er mit dem Pferd am Zügel den Hof betrat.

»Nein, nein, ich hab sie bloß beim erstenmal noch 'n bißchen geschont.«

Tante Else schaute ihn an, und er hatte das Gefühl, daß Liese vorhin ähnlich geschaut hatte.

Nach einer Woche schrieb Thomas nach Hause:

»Liebe Mutti, lieber Vati, liebe Oma, lieber Onkel Wolfgang und lieber Max! Wie geht es Euch? Mir geht es gut. Ich hoffe das es Euch auch gut geht. Wie ist bei Euch das Wetter? Hier ist es sehr schön. Auch sonst ist es hier sehr schön. Es gibt viele Tiere, ich kenne sie schon alle. Die meisten kennen mich auch schon außer eine Ente, die haben wir aufgegessen bevor sie mich richtig kennengelernt hat. Es gibt auch Kaninchen. Vielleicht bringe ich eins mit, aber das dürft ihr dann nicht wieder einfach umbringen. Ich habe viel zu tun, zum Beispiel Schweine füttern und Eier einsammeln und mit dem Pferdewagen zum Einhohlen fahren. Kühemelken geht noch nicht so gut, da sprizt immer noch viel neben den Eimer und ins Gesicht. Wir haben auch einen wilden Mustang, mit dem man über tiefe Schluchten reiten kann. Manchmal habe ich Zeit zum fußballspielen mit den Dorfkindern. Ich muß ihnen natürlich viel beibringen, wie man das bei ›Chemie‹ macht. Manchmal spiele ich auch mit Jutta von nebenan. Sie ist sehr nett aber sie hat immer ganz schwarze Füße. Gern würde ich auch Russisch lernen, aber das geht ja leider nicht. Ich muß jetzt Schluß machen weil die Schweine Hunger haben. Es grüst Euch ganz hertzlich euer alter Freund Thomas.«

Als die Schweine gesättigt waren, gesellte er sich wieder zu den Dorfkindern. Sie gingen zum Fluß, um zu baden. Thomas blieb am Ufer sitzen und erklärte ihnen, daß er in so kleinen Flüssen nicht gern bade. Dann erzählte er wieder davon, wie »Chemie Leipzig« die besten Oberligamannschaften aus Ost und West vom Platz fegte und wie die Thomaner ihre Lieder schmetterten, daß der Kirchturm wackelte. Er behauptete, daß auf dem Hauptbahnhof Hunderte von Lokomotiven ihn jedesmal mit einem ohrenbetäubenden Pfeifkonzert empfingen. Auch machte er pantomimisch vor, wie er in voller Fahrt von den rasenden Straßenbahnzügen sprang: Linke Hand am linken Griff, zur Sicherheit ein kurzer Blick nach hinten, dann Sprung, abfedern in den Knien, nach ein paar kurzen Schritten erst den Griff loslassen. Thomas malte auch aus, wie sie ihn im Zoo bei seinem Ringkampf mit dem riesigen Löwen fotografiert hatten und bedauerte, daß er die Bilder nicht mitgebracht hatte.

Seine neuen Freunde waren ziemlich beeindruckt vom Leben in einer so großen Stadt. Nur ein gewisser Willy Klawuttke gab Thomas immer wieder Kontra. Willy hatte voriges Jahr seine Tante in West-Berlin besucht und wußte von den dortigen Fußballmannschaften zu berichten, daß sie alles kurz- und kleinträten, einschließlich des Rasens und der Gegner. Die Straßenbahn zische sogar unter der Erde durch eine Röhre und werde daher auch U-Bahn genannt. Und die Schöneberger Sängerknaben hätten mit ihrem kräftigen Gesang schon einen Kirchturm zum Einsturz gebracht. Im übrigen habe er, Willy, im Berliner Zoo einen vier Meter hohen Gorilla so durchdringend angestarrt, daß dieser nach etwa zehn Minuten eingeschlafen sei.

Thomas steckte aber nicht auf und beschrieb, wie er auf dem Weinfaß in *Auerbachs Keller* geritten und auf Skiern das Völkerschlachtdenkmal hinabgefahren sei. Als er schließlich von seinem eigenen Karussell im Rosental erzählte und alle dorthin einlud, war Willy Klawuttke geschlagen, und Thomas spottete noch: »Wenn du mich noch lange so doof anguckst, dann schlafe ich ein wie dein Gorilla.«

Jutta bewunderte ihn sehr und verkündete, sie werde spätestens nach der Schule nach Leipzig ziehen und möglicherweise den Thomanern helfen, den Kirchturm umzusingen.

Am Donnerstag fuhren Onkel Kurt und Tante Else mit dem Auto in die Stadt, um nach einem Stück Dachrinne zu suchen. Thomas spannte den Pferdewagen an und holte Jutta zu einer Spazierfahrt ab. Sie fuhren ins nächste Dorf und weiter ins übernächste und bogen rechts ab über den Fluß und zurück aufs linke Ufer. Jutta gefiel es gut, aber gegen Mittag wollte sie eine Brause.

»Ich hab aber keinen Groschen«, gab Thomas zu bedenken.

»Dann mußt du eben eine Brause organisieren.«

»Meinst du vielleicht klauen?«

»Das ist mir wurscht. Ich will jedenfalls eine Brause.«

Er ärgerte sich ein wenig und dachte an Onkel Wolfgang, der sich gelegentlich über seine neue Freundin Eva beklagte. Sie sei ja hübsch und klug, studiere Medizin, aber sie sei eben ein wenig anspruchsvoll. Immer wolle sie etwas, was gerade nicht lieferbar sei, und immer sage sie: »Nun sei mal ein Kavalier und besorg mir das!« Letztes Mal hatte sie französisches Parfüm haben wollen, und der Vater hatte mit großer Mühe ein Fläschchen für Onkel Wolfgang besorgen können.

»Woll'n wir nach Wittenberg, die Schloßkirche ansehen?« fragte Thomas, aber Jutta wollte eine Brause.

»Was hältst'n du von Luther«, fragte er, um abzulenken, »hat der nun die Bauern verraten oder nicht?«

»Das sage ich dir, wenn ich meine Brause habe.«

Thomas hielt wortlos im nächsten Dorf und schlich sich an einen kleinen Konsumladen heran. Hinter dem leeren Schaufenster langweilte sich eine Verkäuferin. Thomas lehnte sich neben die Tür und wartete, daß die Frau den Verkaufsraum einmal verließ. Er beobachtete eine Handvoll Spatzen, die genußvoll einige Pferdeäpfel zerlegten, und eine Katze, die den Spatzen dabei aufmerksam zusah.

»Suchst du was Bestimmtes?« fragte die Verkäuferin.

Thomas erschrak: »Wieso? Nee, warum denn? Seh ich so aus?«

»Na ja, ich frage mich die ganze Zeit, warum du so lange Schlange stehst, wenn keiner vor dir ist.«

»Ach, das ist bloß Gewohnheit.« Jetzt erst sah er, daß die Verkäuferin eine halbvolle Flasche Brause in der Hand hielt. Sein Blick schien mehr als flüchtiges Interesse auszudrücken, denn die Frau bot ihm einen Schluck an. Er trank hastig und mußte husten, während er fieberhaft überlegt, wie er die Verkäuferin wenigstens für zwei Minuten veranlassen konnte, ihren Laden allein zu lassen.

»So«, sagte sie, »das war die letzte Flasche. Jetzt gibt es in dem ganzen Nest hier keinen Tropfen Brause oder Selters oder Bier mehr. Alles ausgetrocknet! Seit Montag warte ich auf die neue Lieferung, aber der Wagen hat 'n Plattfuß, und es gibt keinen neuen Schlauch. So ist das.«

Thomas murmelte einen Gruß und rannte davon. Er fühlte sich sehr erleichtert.

»Keine Brause?« fragte Jutta mit beleidigter Miene. »Du bist mir vielleicht 'n schöner ...«

»Wenn du jetzt ›Kavalier‹ sagst«, schrie Thomas, »dann kriegste 'n paar auf'n Rüssel!«

Sie fuhren zurück, und Jutta verschwand grußlos in der Tür.

Am Tag vor Thomas' Abreise nahm sich Onkel Kurt die Zeit, ihm den Spreewald zu zeigen. Sie stiegen in Lübbenau in einen der langen Stechkähne, die die Besucher zwischen den Inselchen hin und her und kreuz und quer fuhren. Thomas hatte eine so merkwürdige Welt noch nicht gesehen. Hier gab es keine Straßen und keine Straßenbahnen und keine Autos und noch nicht mal Radfahrer. Nur trübbraunes Wasser und lautlose Boote, die sich auf den engen Kanälen vorsichtig auswichen.

»Siehst du«, sagte Onkel Kurt, »es gibt auch außerhalb von Leipzig schöne Dinge zu sehen.«

Thomas nickte ernsthaft. »Aber in Leipzig gibt's die meisten«, sagte er dann.

Onkel Kurt lachte: »Mit euren Trümmern kommen wir natürlich nicht mit. Und mit ›Chemie Leipzig‹ auch nicht. Aber du hast doch sicher in den letzten zwei Wochen festgestellt, daß man auch anderswo leben kann als in Leipzig.«

»Ja«, sagte Thomas, »das stimmt schon. Bei euch ist es auch sehr schön, ganz ehrlich. Aber in Leipzig ist es am schönsten.«

Am Sonntag morgen packte Tante Else ihm ein geschlachtetes Huhn ein. Sie redete ihm aus, Pferdeäpfel mitzunehmen, weil das den Mitreisenden nicht zuzumuten sei. Thomas erklärte, er werde ohnehin im Freien auf der Plattform stehen. Das verbot ihm aber Onkel Kurt: Erstens sei das auf den ausgeleierten Schienen viel zu gefährlich, und zweitens würden Ruß und Kohlenstaub ihn so schwärzen, daß ihn der Vater auf dem Bahnsteig in Leipzig kaum wiedererkenne.

Als sie zum Bahnhof wollten, kam Jutta und beteuerte, sie habe das mit der Brause nicht so gemeint. »Kommst du mal wieder?« fragte sie.

»Mal sehen. Vielleicht nach der Oberschule.«

Thomas winkte aus dem Abteilfenster, bis er Onkel Kurt und Tante Else nicht mehr sehen konnte. Dann ging er hinaus auf die Plattform und ließ sich Wind und Ruß um die Nase wehen. Er schaute über die Felder und fragte sich, warum man eigentlich wegfahren mußte, wenn man gern geblieben wäre. Einen Augenblick lang stellte er sich vor, der Zug führe einen großen Kreis und kehre zurück.

»Hast du die ganze Zeit auf dem Schornstein gesessen?« fragte der Vater, als ihm Thomas auf dem Bahnsteig in Leipzig entgegentrat.

24 »Willst du dir nicht mal die Firma anschauen?« fragte die Mutter montags beim Abendbrot.

»Hm. Na ja, wenn du meinst.«

»Wenn ich was meine?«

»Na ja, wenn du meinst, daß sich das noch lohnt.«

Die Oma fragte elektrisiert: »Wie soll ich das verstehen?«

Thomas erkannte, daß er sozusagen in ein Wespennest gestochen hatte, und zog sich vorsichtig zurück: »Na ja, weil doch Onkel Manfred damals gemeint hat, daß es bald soweit sein kann.«

»Womit?!!«

Der Vater kam zu Hilfe: »Na womit schon! Mit der Enteignung.«

»Das Wort will ich hier endgültig nicht mehr hören!«

»Also nennen wir es eben wieder ›Überführung in konsequent sozialistisches Eigentum‹. Hör mal«, der Vater legte sein Besteck neben den Teller, und das war immer ein Zeichen dafür, daß er etwas Grundsätzliches sagen wollte: »Ich verstehe ja zur Not noch, daß ihr in einer Art mystischer Verklärung am Lebenswerk eures Opas hängt. Aber ich versichere euch, daß die Partei dafür nicht das geringste Gespür hat. Ihr müßt euch endlich mit dem Gedanken vertraut machen, daß sie euch den ganzen Laden eines Tages wegnehmen. Da hilft auch euer selbstgebasteltes Tabu nicht.«

Er nahm Messer und Gabel wieder zur Hand und sagte vor dem nächsten Bissen noch: »Natürlich soll sich der Junge den Betrieb mal ansehen. Aber macht es bitte so, daß er nicht denkt: Wir sind ja wer, wir haben ja was!«

»Du hast ja bloß 'ne Schreibmaschine«, sagte die Oma, wie meistens bei solchen Auseinandersetzungen.

Aber der Vater blieb auch diesmal gelassen: »Richtig. Wir können ja wetten, wie lange noch.«

»Kann ich mal den Brotaufstrich haben?« fragte Thomas. Der Brotaufstrich war aus Mehlschwitze und Majoran gemacht; die Oma hatte noch ein Säckchen Majoran aus der Vorkriegszeit, das jedoch von Monat zu Monat schlaffer wurde.

»Morgen besichtige ich die Firma«, sagte Thomas kauend.

»Hoffentlich finden wir unseren roten Teppich«, meinte Onkel Wolfgang.

Gleich links hinter dem Eingang hatte die Mutter ihren kleinen Arbeitsraum. »Labor« war an die Tür geschrieben, und drinnen standen in Wandregalen Flaschen mit knallbunten Flüssigkeiten. Dies seien Essenzen, erklärte die Mutter, und sie müsse immer genau ausrechnen, wieviel davon unter das Kartoffelmehl zu mischen sei, damit Puddingpulver oder Vanillesoße daraus wurde.

»Und was ist, wenn die Vanillesoße aus Versehen grün wird?«

»Dann muß ich sie zu Waldmeistersoße erklären. Aber wenn sie es merken, werde ich natürlich eingebuchtet, wegen Sabotage.«

Thomas war überrascht, daß die Mutter einen so gefährlichen Beruf hatte.

In der ersten Etage sah Thomas zwei Männer Kartoffelmehl aus Papiersäcken in lärmende Maschinen schütten. Es staubte furchtbar in dem Saal, und er mußte einige Male niesen. Im Parterre floß das fertige Pulver aus Trichtern an der Decke, und zehn oder zwölf Frauen mit weißen Häubchen füllten es in Tüten und stapelten die Tüten in Kartons.

»Ist das alles?« fragte Thomas. Er hatte mit seiner Klasse einmal die Gohliser Aktien-Bierbrauerei besichtigt und war beeindruckt gewesen von den blanken Kesseln und den riesigen Bottichen im Keller.

»Hätten wir für dich noch einen großen Kran aufbauen sollen«, fragte die Mutter, »der die Tüten in die Kartons hebt?«

»Nein nein, ich dachte ja nur.«

»Das geht bei dir leider manchmal schief.«

Dann stellte sie ihn einem älteren Mann in mehlbestäubtem grauen Kittel vor: »Das ist unser Meister Krollmann. Der war schon dabei, als unser Opa hier angefangen hat.«

Thomas machte einen Diener, und Herr Krollmann strich ihm übers Haar: »Na, da lerne ich ja nun schon die dritte Generation kennen.«

»Die dritte Generation«, sagte die Mutter, »wird wohl das Erbe nicht mehr antreten können.«

»Leider!« meinte Herr Krollmann.

»Ich habe fast den Verdacht, daß Sie kein klassenbewußter Proletarier sind.«

»Stellen Sie sich mal vor«, erwiderte Herr Krollmann, »der Brozulat hat mich schon als ›Kapitalistenkecht‹ beschimpft, weil ich mal gesagt habe, Ihr Herr Vater war immer ein sehr sozialer Chef.«

Ein anderer Mann trat ein, und Thomas erspähte sogleich das Bonbon am Revers. Das konnte nur Brozulat sein, der Betriebsgewerkschaftsleiter, der jeden Donnerstagabend mit der Belegschaft politische Schulung betrieb und im übrigen auf die Enteignung wartete. »Das ist mein Thomas«, stellte die Mutter vor, »und das ist der Genosse Brozulat.«

Thomas machte keinen Diener, und Herr Brozulat bekam knappe Antworten auf seine Fragen nach Schule und Jungen Pionieren. Herr Krollmann hatte sich wieder an die Arbeit gemacht.

»Sag mal«, fragte Thomas später im Labor, »könnt ihr den Kerl nicht rausschmeißen?«

»Leider nicht. Aber du darfst nicht ›Kerl‹ sagen, das ist unfein.«

»Aber Onkel Wolfgang sagt sogar ›Scheißkerl‹.«

»Das ist natürlich noch unfeiner.«

»Sag mal, wenn wir soviel Puddingpulver haben, dann kannst du doch mal welches mitbringen. Ich meine auch für meine Freunde und so.«

»Du bist wohl meschugge! Wenn ich dabei erwischt würde, könnte ich gleich in den Bau gehen.«

Thomas war eigentlich froh, daß er nicht »Kapitalist« zu werden brauchte. Dieser Beruf schien ihm wirklich zu gefährlich.

25 »Vati, kann ich bitte für'n Groschen Brause kriegen?«

»Ja, rote oder grüne?«

»Vielleicht jetzt eine rote und auf dem Rückweg eine grüne.«

»Du alter Gangster!«

Der Vater und Thomas waren mit dem Handwagen unterwegs ins Rosental, um »ihren« Baum abzuholen. Den hatte der Vater organisiert, als Feuerholz für den Winter.

An der rotbraunen Holzbude beim Eingang zum Rosental ging Thomas sonst immer vorbei, weil eine Brause für einen Groschen seine finanziellen Möglichkeiten überschritt. Diesmal war er von Anfang an fest entschlossen gewesen, hier Station zu machen.

Thomas zeigte auf ein angerostetes Schild, das ihm schon lange ein Rätsel war, und fragte den Vater, was das zu bedeuten habe: »Trink Coca-Cola eiskalt eingetr. Warenz.«

»Das ist was Amerikanisches«, erklärte der Vater. »Früher gab es das auch hier mal. Es schmeckte ganz gut.«

Die Limonadenfrau pflichtete ihm bei: »Das ging weg wie warme Semmeln.«

Thomas wunderte sich ein bißchen über den Vergleich, denn es stand ja geschrieben, man solle die Sache eiskalt trinken. Aber die Frau war ihm ohnehin nicht ganz geheuer, weil sie immer äußerst unfreundlich bediente und sich manchmal beim Wechselgeld verzählte, und zwar immer zu ihren Gunsten. Er fragte den Vater, wieso man dieses Getränk nicht mehr kaufen könne.

»Das weiß ich auch nicht genau. Wahrscheinlich wollen die Amis uns nichts mehr verkaufen, weil unser Geld nichts taugt. Aber vielleicht will uns unsere Regierung auch davor schützen. Coca-Cola gehört ja bekanntlich zu den Waffen, mit denen die Monopolkapitalisten die Völker zersetzen, körperlich, geistig und moralisch. Erst mußt du 'n harmloses Bäuerchen machen, aber dann, schwupp, setzt es sich im Gehirn fest und lähmt dich beim Friedenskampf. Verstehst du das?«

Thomas schüttelte den Kopf.

»Die Amis versuchen es auch mit Jazz«, erklärte der Vater weiter.

»Wie schmeckt'n das?«

»Gar nicht. Da dringt das lähmende Gift durch die Ohren ein. Am schlimmsten ist ja Kaugummi. Der verkleistert alles und blockiert den Klassenkampf.«

Thomas hatte nach und nach die Ironie begriffen und sagte nun mit einem Seitenblick auf die unfreundliche Limonadenfrau: »Wenn Coca-Cola so gefährlich ist, dann finde ich es aber nicht richtig, daß man dafür noch Reklame macht.«

Der Vater blinzelte ihm zu: »Du meinst das Schild da? Na ja, das hat wahrscheinlich noch keiner von der Partei gesehen.«

Die Frau sah ratlos aus und sagte nichts.

Sie gingen weiter, und der Vater lobte auf sächsisch: »Du bist werglich ä fichelandes Gerlchen. Wie du die Bolledigg schon verschtehen duhst!«

Thomas freute sich über das Lob, bis ihm die Sache mit den Kreppsohlen der anglo-amerikanischen Kartoffelkäfer einfiel.

Die Waldarbeiter hatten schon sechs oder acht Buchen gefällt und in etwa meterlange Stücke zersägt. Sie machten gerade Pause, und der Vater bot ihnen West-Zigaretten an. Der Ober-Waldarbeiter führte sie zu »ihrem« Baum, und der Vater sagte leise, ob er nicht jenen da drüben bekommen könne, der wesentlich dicker sei. Der sei für ein Büro der Deutsch-Sowjetischen Freundschaft, erklärte der Mann. Der Vater bot ihm noch eine Zigarette an und kam irgendwie auf Elektrogeräte zu sprechen, die er besorgen könne. Der Ober-Waldarbeiter brauchte für sein nicht heizbares Badezimmer einen Elektroofen mit Ventilator. Also erklärte er, wer zuerst komme, der müsse selbstverständlich auch den dicksten Baum kriegen. Wenn nicht, wäre das ja noch schöner.

Sie luden auf und mußten achtmal mit dem Handwagen fahren, bis der ganze Baum abtransportiert war. Als sie zum erstenmal wieder an der Limonadenbude vorbeikamen, war das Coca-Cola-Schild abgeschraubt.

Am nächsten Tag wurde der Baum im Keller noch weiter zersägt, und seine letzten beiden Ferientage verbrachte Thomas damit, das Holz für die Kachelöfen in handliche Stücke zu zerhacken. Nach kurzer Einweisung schlug er munter drauflos, bis ihn ein Hieb knapp neben den Daumen nachdenklich werden ließ. Er stellte sich vor, wie das Leben mit neun Fingern aussähe. Einen Vorteil sah er ganz klar: Mit neun Fingern konnte und mußte man nicht mehr Klavier spielen. Es sei denn, daß man bei Tonleitern und Läufen häufiger umgriff.

Aber so eine verstümmelte Hand würde nicht gut aussehen, dachte Thomas. Er kannte das von seinem Klassenkameraden Huschte, der eigentlich Horst hieß und der rechts nur noch zwei vollständige Finger besaß. Huschte erzählte jedem, der ihn fragte oder auch nicht fragte, wie er die restlichen Finger verloren hatte. Und jedesmal wurde die Geschichte spannender. Richtig war vermutlich, daß Huschte bei Kriegsende, gerade als die Amerikaner in Leipzig einrückten, im Rosental eine Patrone gefunden und mit nach Hause genommen hatte. Er hatte beschlossen, mit dieser brisanten Waffe die Besatzer zu vertreiben, nicht alle, aber vielleicht zwei oder drei. Zunächst hatte er jedoch in der Küche die Patrone auf ihre Tauglichkeit überprüft, und dabei hatte es einen Knall gegeben. In dem Dreivierteljahr, während dem Thomas Huschte nun kannte, war allerdings aus der Patrone eine Granate, eine Bombe und schließlich ein Torpedo geworden, der die Pleiße hinauf gezischt war und den Huschte mit einem kühnen Sprung von der Brücke unschädlich gemacht hatte. Und auch die Folgen der Explosion waren von Mal zu Mal verheerender geworden: Erst hatte es nur die drei Finger abgerissen und ein Loch in den Küchentisch gebrannt. Dann war die ganze Küche zerschmettert worden. Bald hatte es das ganze Parterre weggerissen, so daß von dem Haus nur noch der Keller und die drei oberen Etagen gestanden hatten. Schließlich verstieg sich Huschte zu der Behauptung, alle Trümmer in Leipzig seien auf ihn zurückzuführen und die Explosion habe ihm selbst den Kopf abgerissen, worauf mehrere Kinderärzte in stundenlanger Arbeit den Schaden behoben hätten. Damit hatte Huschte aber die Gläubigkeit seiner Klassenkameraden überschätzt, und Rudi Knopf hatte gesagt: »Ich gloobe, dein Nischel is dabei zu hart uff'n Boden geknallt.« Huschtes Ruhm als Partisan und medizinisches Wunder war zerstoben.

Thomas war sich darüber im klaren, daß ein abgehackter Finger vom ersten Tag an nichts als Spott eingebracht hätte. Und er hätte nicht einmal Befreiung bedeutet von den vielen ungeliebten Pflichten, die sich alle auch mit neun Fingern erfüllen ließen: Vom Einkaufengehen bis zum Geschirrabtrocknen, vom Schuheputzen bis zum Klopapierschneiden. Und auf der Schreibmaschine kam Thomas sogar mit zwei Fingern aus. Er schrieb oft die Warenangebotslisten für den Vater, mit sechs oder sieben Durchschlägen: Heizgerät mit Ventilator, 200 Watt – Schnürsenkel braun, 30 cm, à 100 Paar verpackt – Nußknacker, Stahl verchromt – Nudelholz, Birke natur – Schullandkarte Nordamerika mit Mexiko ... Rechts am Rand die Preise und ganz unten, dick unterstrichen: »Solange der Vorrat reicht!« Dann Adressen aus dem Branchentelefonbuch auf die Umschläge, Sechs-Pfennig-Briefmarken drauf, die violetten mit dem Kopf von Gerhart Hauptmann, und das Ganze zum Briefkasten. Manchen Abend war es ein Waschkorb voll Drucksachen.

Nicht selten kamen Bestellungen postwendend mit dem Vermerk »Eilig« zurück. Das kam vor allem bei den elektrischen Heizgeräten vor, im Winter. Dann besorgte Thomas die Lieferungen oft mit der Straßenbahn und verband so die Pflicht mit seiner Leidenschaft, neben dem Fahrer zu stehen und zuzuschauen. Wenn nachmittags die Bahnen überfüllt waren, dann ließ es sich mitunter einrichten, daß der Schaffner nicht bis zu ihm kam und das Fahrgeld dem Taschengeld zugeschlagen werden konnte. Jetzt im Sommer erledigte er die Wege meist mit dem Fahrrad.

Eigentlich, dachte Thomas beim Holzhacken, wäre die Familie ohne mich ganz schön aufgeschmissen. Und dann kam ihm die Idee, daß es sicher für seine Lieben eine große Erleichterung wäre, wenn er noch mehr Pflichten übernähme, anstatt in die Schule zu gehen.

Beim Abendbrot ging er vorsichtig an das Thema heran: »Oma war heute wieder drei Stunden auf Achse zum Einholen und hat kaum was erwischt.«

Sie nickten traurig, aber niemand machte einen Verbesserungsvorschlag.

»Das ist ganz schön viel Plackerei für so 'ne alte Frau«, fuhr Thomas fort. Die Oma sah ihn böse an, und die Mutter wies ihn strafend darauf hin, daß die Oma eine ältere Dame sei.

»Meine ich ja auch«, sagte Thomas erschrocken und über sich selbst verärgert. Er kaute eine Zeitlang still an seinem Igelitkäsebrot. Da kam, wie vom Himmel gesandt, die richtige Frage: »Wer soll denn sonst einholen?« fragte der Vater. »Ich habe jedenfalls genug zu tun, wenn es manchmal auch so aussieht, als könnte ich ruhig zu Hause rumsitzen.«

»*Ich* kann!« rief Thomas, beinahe ein bißchen zu schnell.

»Du?« wunderte sich die Mutter. »Du mußt in die Schule. Und man muß gerade vormittags aufpassen, ob das HO was reinkriegt.«

»Ach so, ja, die Schule. Da habe ich gar nicht dran gedacht.« Er nahm sich noch ein Stück Salzgurke und sagte wie zu sich selbst, aber laut genug: »Wenn ich nicht in die Schule müßte, könnte ich die ganze Einholerei für die Oma machen, und nicht nur ab und zu. Und ich könnte viel mehr machen.«

Er wartete auf eine Reaktion, aber die Mutter fragte nur: »Möchte jemand noch ein bißchen Tee haben?« Die Oma wollte, Onkel Wolfgang auch, aber nur ein halbes Täßchen.

Thomas kam jetzt ohne Umschweife zur Sache: »Kann mir mal jemand sagen, was ich noch in der Schule soll?«

»Kann ich mal bitte den Süßstoff haben?« bat die Oma.

»Ich habe was gefragt!« sagte Thomas ungehalten, und endlich ging jemand darauf ein.

Der Vater sagte: »Du meinst demnach, daß du für den Lebenskampf ausreichend gerüstet bist, auch angesichts der erschwerten Bedingungen, die der Aufbau des Sozialismus offenbar unausweichlich mit sich bringt?«

Thomas nickte.

»Erzähl mal!« forderte ihn der Vater auf.

»Also!« Thomas war froh, daß die Diskussion endlich in Gang kam. »Lesen und Schreiben kann ich genug. Ich kann sogar Angebotslisten tippen, ohne Fehler.«

»Ohne?«

»Fast. Bei Russisch sagt ihr selber immer, das wäre eine Schande, daß wir die Besatzersprache lernen müssen und daß man lieber Englisch oder Französisch lernen sollte, aber das geht ja nicht.«

Niemand widersprach.

»Geschichte lernen ist auch Quatsch. Ewig bloß die ganzen Revolutionen. Und außerdem ist das alles schon vorbei, da kann man überhaupt nichts mehr dran machen. Zum Beispiel, daß der Luther die Bauern verraten hat, wie soll ich die denn noch davor warnen? Ich kann doch nicht ins fünfzehnte Jahrhundert.«

»Sechzehnte«, sagte der Vater, »es ist zwar merkwürdig, aber die Jahreszahlen mit fünfzehn gehören zum sechzehnten Jahrhundert.«

»Meinetwegen.« Thomas wollte sich jetzt nicht mit Kleinigkeiten aufhalten. »Erdkunde ist auch Blödsinn. Ich komme ja höchstens mal bis kurz hinter Wittenberg. Und Biologie ist auch für die Katz. Als ich zu Onkel Kurt kam, habe ich noch nicht mal gewußt, wie man erkennen kann, ob eine Stute ein Hengst ist. Zuletzt haben wir grade gelernt, wie der Dingsda, der ... der Mendelssohn schwarze und weiße Kaninchen gekreuzt hat, damit karierte rauskommen. Oder so ähnlich.«

Der Vater verbesserte ihn erneut: »Das war ein gewisser Mendel. Mendelssohn war der mit den schwarzen und weißen Tasten.«

»Von mir aus. Aber wozu soll ich überhaupt Kaninchen kreuzen lernen? Die werden ja bei uns sowieso bloß umgebracht.«

Ausgerechnet bei diesem delikaten Thema lachten alle, aber Thomas ließ sich nicht mehr aus der Fassung bringen: »In Physik hat der Lehrer gesagt, das kapiere ich nie, und der muß das ja wissen, als Spezialist. Und Chemie braucht kein Mensch. Ich habe vor kurzem mal die Großmutter gefragt, was Sauerstoff ist, und da hat sie gesagt: ›Na, Essig zum Beispiel.‹ Und das ist 'ne gebildete ältere Dame, wie die Oma. Und in Gegenwartskunde lesen wir immer bloß das *Neue Deutschland.* Und außerdem ist die ganze Schule sowieso unheimlich gefährlich für euch, falls ich mal was Falsches sage. Politisch meine ich.« Er lehnte sich aufatmend zurück und war sehr zufrieden. Die Beweiskette schien ihm so dicht, daß der Vater nur noch morgen Herrn Hasenbein anrufen und ihm mitteilen konnte, Thomas werde ab sofort für andere Aufgaben benötigt. Und dieser Beschluß mußte jetzt besiegelt werden.

»Möchte noch jemand ein bißchen Tee?« fragte die Mutter.

»Höchstens noch ein halbes Täßchen«, sagte die Oma.

»Wir sollten Tante Grete mal schreiben, daß sie nicht immer Pfefferminztee schickt. Den kriegen wir ja auch hier.«

Thomas schaute ratlos in die Runde, die über Pfefferminztee sprach, wo es doch um seine Zukunft ging.

»Was ist dann nun?« fragte er fast wütend.

»Womit?«

»Mit der Schule!«

»Die fängt übermorgen wieder an. Freust du dich nicht?«

Thomas fiel auf seinem Stuhl förmlich in sich zusammen. Er konnte nur denken: Wenn ich noch mal geboren werde, will ich eine andere Familie.

»Weiß du«, sagte Onkel Wolfgang, »wenn du Lokführer werden willst, brauchst du ein anständiges Zeugnis.«

Thomas bäumte sich noch einmal auf: »So eines wie du vielleicht? Ich hab mal eines gesehen, in dem Karton, wo die Weihnachtskrippe drin war. Da war 'ne Drei in Religion, aber sonst war's zappenduster.«

Onkel Wolfgang lachte nur: »Siehst du, deswegen bin ich auch nicht Lokführer geworden.«

26 Am ersten Schultag stellte Herr Hasenbein die neue Klassenlehrerin vor. Er selbst habe es sich über die Ferien nun doch anders überlegt und wolle nicht mehr in die Schule kommen, sagte er. Thomas beneidete ihn um diese Möglichkeit.

Herr Hasenbein hielt eine kleine Ansprache: »Junge Pioniere! Schüler! Werdende Menschen! Ich werde von nun an morgens in meinen Schrebergarten gehen. Dort werde ich junge Pflänzchen gießen und pflegen. Ich werde also im Prinzip das gleiche tun wie bisher. Nur mit dem Unterschied, daß sich die Pflänzchen im Schrebergarten nicht mit Händen und Füßen und allerlei Wurfgeschossen gegen die Pflege zur Wehr setzen.«

Die Klasse kicherte, und Herr Hasenbein schmunzelte. Aber dann wurde er ernst: »Ich habe nun über vierzig Jahre lang versucht, aus Kindern Menschen zu machen. Viele davon habe ich auf ihrem weiteren Lebensweg beobachtet, und bei einigen konnte ich sehen, daß sie ganz vortreffliche Menschen geworden sind. Natürlich habe ich mich gefragt, ob ich daran ein bißchen Anteil hatte. Bei anderen habe ich mich jedoch fragen müssen, ob ich nicht sehr viel falsch gemacht oder zumindest unterlassen habe. Ich rede von jenen, die den Rattenfängern auf den Leim gegangen sind und allzu bereitwillig falschen Herren gedient haben. Viele haben dafür schwer bezahlt.«

Jetzt legte er seiner jungen Nachfolgerin den Arm um die Schulter und stellte sie vor: »Ich übergebe euch nun vertrauensvoll in die Hände dieser junge Kollegin. Damit ihr euch nicht einen ganz und gar anderen Namen einprägen müßt, heißt sie Fräulein Hase.«

Wieder wurde gekichert. »Wenn ich nun in meinen Garten gehe, will ich euch nur den einen Wunsch mit auf den Weg geben: Daß ihr Menschen werdet und niemals den falschen Herren dient.«

Thomas überlegte den Sinn dieses Satzes. Hinter ihm flüsterte Jochen Pietsch: »Der Olle quatscht wieder mal geschwollen.«

»Halt du doch die Schnauze!« fuhr ihn Thomas an. Er nahm sich vor, Herrn Hasenbein mal in seinem Schrebergarten zu besuchen und ihm vielleicht ein paar Pferdeäpfel mitzubringen für die Tomaten. Sicher hatte er Tomaten. Komisch, dachte Thomas, daß man gar nichts über ihn weiß. Wo mochte er hinfahren, wenn er nach der letzten Stunde seinen Mantel aus dem Lehrerzimmer holte, ein Stück die Georg-Schumann-Straße hinabging und in die Elf oder die Achtundzwanzig einstieg? Wartete eine Frau auf ihn, hatte er Söhne oder Töchter? Hatte er vorhin über die Opfer der Rattenfänger gesprochen, weil vielleicht sein eigener Sohn den falschen Herren gedient und dafür bezahlt hatte?

»Eines noch«, sagte Herr Hasenbein: »Eine Lehrerin ist eine Dame. Man wirft nicht nach ihr.«

Er gab Fräulein Hase die Hand und verließ das Klassenzimmer. Jochen Pietsch schoß ihm eine Krampe hinterher, ohne zu treffen. Da drehte sich Thomas um und schlug ihm eine schallende Ohrfeige. »Erzähl's deinem Vater«, fauchte er ihn an, »und schreib's der Regierung!«

Fräulein Hase war recht hübsch und nicht sehr groß; also wurde sie sofort »Häschen« getauft. Sie gab Deutsch und Geschichte, Erdkunde und Gegenwartskunde.

Am zweiten Tag ging sie mit ihrer Klasse nach der dritten Stunde ins

Golipa. Das war der »Gohliser Lichtspiel-Palast«, der seinem aufwendigen Namen nicht ganz gerecht wurde. Es gab eine Sondervorführung für die Schule. Zuerst wurde der »Augenzeuge« gezeigt, die Wochenschau der DEFA. Er berichtete von den verzweifelten Bemühungen der DDR-Regierung, die Spaltung Deutschlands zu verhindern, und vom hartnäckigen Weigern der Adenauer-Regierung, die Einheit der Nation zu erhalten. Die Bonner Regierung hatte gerade ein zehn Kilometer breites »Zonengrenzgebiet« angelegt und machte aus der Demarkationslinie eine »Spaltergrenze«, wie der »Augenzeuge« kritisierte. Aber auch im Westen gab es fortschrittliche Kräfte wie den ehemaligen Innenminister Gustav Heinemann oder den Pastor Niemöller. Sie kämpften mit für die Einheit. »Das ganze Deutschland soll es sein!« forderte der Augenzeuge.

Nach der Wochenschau kam sonst immer die Reklame, die den Jungen großen Spaß machte: Reihum erhielt jeder eine Werbetafel, und das Hallo war am größten, wenn einer eine Büstenhalterreklame erwischt hatte. Diesmal jedoch fielen Werbung und Spaß aus, es kam sofort der Hauptfilm.

Thomas versprach sich nicht viel davon. Immer wenn sie klassenweise ins Kino geschickt wurden, gab es mit Sicherheit einen Film über heldenhafte Sowjetmenschen. Er sah jedoch viel lieber Sachen wie die »Feuerzangenbowle« oder »Das doppelte Lottchen«. Gerade solche Filme hatte jedoch die *Volkszeitung* kürzlich scharf kritisiert. Auch Lustspielfilme, hatte da gestanden, hätten in bezug auf die Beeinflussung der Massen eine hohe kulturell-erzieherische Aufgabe zu erfüllen, oder so ähnlich. Diesmal handelte der Film von einem russischen Panzerkreuzer, dessen Namen sich Thomas nicht merken konnte.

Als der Film einige Minuten gelaufen war, wurde es unter den Kindern unruhig. Sie wunderten sich, daß die Offiziere und Matrosen auf dem Panzerkreuzer heftig miteinander stritten, ohne daß man hören konnte, was sie sagten.

»Mensch, da ist doch was kaputt«, maulte jemand neben Thomas.

»Typisch Russenfilm«, flüsterte auf der anderen Seite Micky, »nischt haut richtig hin.«

Auch vor und hinter Thomas wurde getuschelt und über den Grund der Stummheit gerätselt.

»Die haben das weggelassen«, vermutete einer, »weil wir sowieso nicht genug Russisch verstehen.«

Nach einigem Rätseln wies jedoch jemand darauf hin, daß die Russen in anderen Russenfilmen nicht nur redeten, sondern sogar deutsch redeten. Wieso eigentlich? fragte sich Thomas zum erstenmal. Doch dann kam ihm die Erklärung, und er teilte sie den Nachbarn mit: »Die dürfen nicht reden, weil es doch um Militärsachen geht, und die sind immer geheim.«

Die anderen wunderten sich, daß sie nicht selbst darauf gekommen waren, und die Erkenntnis wurde nach vorn und hinten weitergetuschelt.

»Ich habe vergessen, euch zu sagen, daß das ein alter Stummfilm war«, sagte Fräulein Hase auf dem Heimweg. Alle nickten wissend. »Es war nämlich früher technisch nicht möglich, Filme mit Sprache zu machen«, erläuterte sie.

Ihre Schüler schauten sich vielsagend an: »Von wegen!« sagten ihre Blicke.

27 Herr Mohrmann stand zornig in der Wohnungstür: »Kommen Sie doch bitte mal mit runter und sehn Sie sich an, was Ihr Thomas mit der Hauswandzeitung über die Weltjugendspiele gemacht hat.«

Der Vater folgte der Aufforderung, und Thomas lauschte auf halber Treppe.

»Hier!« schimpfte der Hausbeauftragte. »Was soll denn das: ›DDR versagt‹. Wie finden Sie denn das?«

Nach kurzer Pause hörte Thomas den Vater sagen: »Na ja, das stimmt doch: Die DDR-Mannschaft hat gegen ›Dynamo Moskau‹ mit eins zu fünf verloren. Also hat sie doch versagt, oder?«

»Aber gegen die sowjetischen Sportfreunde zu verlieren«, entgegnete Herr Mohrmann, »ist doch ...«

»Ja, das ist eine große Ehre. Schon daß sie mit ein und demselben Ball spielen wie die DDR-Auswahl, ist unglaublich zuvorkommend.«

Thomas verstand Herrn Mohrmanns Zorn nicht. Er hatte die Wandzeitung über die III. Weltfestspiele der Jugend und Studenten 1951 in Berlin gestaltet und sich redliche Mühe gegeben, die wichtigsten Punkte herauszuarbeiten. Und für ihn war das Fußballspiel der DDR-Auswahl gegen »Dynamo Moskau« nun mal der Mittelpunkt dieser Veranstaltung gewesen. Daß die DDR so kläglich eingegangen war, hatte ihn tief erschüttert. Er führte es übrigens nur darauf zurück, daß zu wenige Spieler von »Chemie Leipzig« aufgestellt waren.

Die Weltfestspiele waren schon wochenlang im voraus gefeiert worden. Als sie endlich begannen, hatte sich keiner mehr richtig freuen können, weil der Erfolg schon längst feststand. Enrico Berlinguer, der Präsident des Weltbundes der Demokratischen Jugend, hatte die Spiele eröffnet, 26 000 Gäste aus über 100 Ländern waren gekommen, dazu Hunderttausende von Jugendlichen aus der ganzen DDR. Sie hatten jeden Tag 3 000 Kalorien bekommen, und das *Neue Deutschland* hat eigens darauf hingewiesen, daß dies »ohne Beeinträchtigung der Versorgung der Bevölkerung der DDR« möglich gewesen sei. »Was hätte da auch noch beeinträchtigt werden können?« hatte der Vater gefragt.

Und das war der nächste Punkt der Wandzeitung, den Herr Mohrmann zu beanstanden hatte: »Ohne Beeinträchtigung der Versorgung der Bevölkerung«, hatte Thomas geschrieben, »konnte man bei der glanzvollen Eröffnungsfeier 20 000 Tauben aufsteigen lassen.«

»Das ist doch der blanke Hohn«, schimpfte Herr Mohrmann.

»Wieso denn?« protestierte der Vater. »Das zeigt doch nur, daß wir von allem genug haben. Wir hätten zum Beispiel auch zwanzigtausend Schweine laufen lassen können.«

Thomas war einen Augenblick lang überwältigt von diesem Bild. Dann entsann er sich, daß er einen Satz glücklicherweise nach näherem Hinsehen wieder aus seiner Wandzeitung entfernt hatte: »Die Versorgung der Teilnehmer klappte so gut«, hatte er geschrieben, »daß man nicht mal fehlende Lebensmittel aus West-Berlin organisieren mußte.« Sicher ein großes Lob für die Veranstalter der Spiele in Ost-Berlin, aber irgendwie doch ein verfänglicher Satz. Und Mohrmann merkte meistens alles.

»Ihr Thomas gefällt mir sowieso nicht«, war jetzt von unten zu vernehmen. »Wer Gartenschläuche aus fremden Kellern klaut, ist auch politisch nicht sauber.«

Jetzt wurde der Vater etwas lauter: »Erstens, Herr Mohrmann, gefallen Sie mir auch nicht unbedingt. Und zweitens ist die Schlauchgeschichte längst ausgestanden, ich habe Ihnen schließlich einen neuen besorgt. Und außerdem sollte man nicht immer hervorkramen, was Menschen früher getan haben. Was weiß ich, was zum Beispiel Sie vor zehn Jahren getan haben.«

»Was wollen Sie damit sagen?«

»Ich«, sagte der Vater, »war vor zehn Jahren ein ganz normales Frontschwein im Osten und vorübergehend wegen sogenannter defätistischer Äußerungen im Arrest. Und wo waren Sie damals?«

»Das geht Sie überhaupt nichts an.«

»Guten Abend.«

»Dieser Mensch ist mir völlig unerträglich mit seinem sturen Eifer«, schimpfte der Vater beim Abendbrot.

Herr Mohrmann nervte die Hausgemeinschaft mit ständigen Aufrufen zu demonstrativen Aktionen. Er forderte sie auf, an Verwandte und Bekannte im Westen das *Neue Deutschland* zu schicken, um sie »aufzuklären«. Er trieb die Hausgemeinschaft bei jeder der zahlreichen Wahlen und Volksbefragungen ab acht Uhr an, ihre Stimmen abzugeben. Er mahnte zum Beflaggen, wofür es mehrmals im Monat einen Anlaß gab. Und er formulierte Briefe, um sie, mit den Unterschriften der Hausbewohner versehen, an die *Volkszeitung* zu schicken. Die Briefe waren anscheinend zu schlecht, um veröffentlicht zu werden.

»Hier«, sagte der Vater, »ist wieder ein neuer Erguß unseres Hausbeauftragten.«

Er las den Brief vor: »Unsere Hausgemeinschaft hat erkannt, was die Herren vom Petersberg, Herr Adenauer und seine Lakaien, mit dem deutschen Volk vorhaben. Obwohl die Wunden des Hitlerkrieges noch nicht vernarbt sind, wollen diese Verräter schon wieder als Handlanger der amerikanischen Kriegsverbrecher Waffen schmieden und deutsche Männer in Soldatenröcke stecken. Aber unsere Hausgemeinschaft hat sie durchschaut und ruft allen Friedliebenden in Ost- und Westdeutschland zu: Schlagt ihnen auf die Finger! Kämpft gegen die Remilitarisierung und für einen Friedensvertrag!«

Der Vater reichte den Brief zum Unterschreiben herum. Jeder setzte einen unleserlichen Schriftzug darunter, der kaum zu entziffern war.

»Man möchte ja vernünftig über alles reden«, sagte Onkel Wolfgang, »aber diese kleinen Kläffer vom Schlage Mohrmann denken doch nur daran, wie sie jemanden verbellen können.«

»Mit solchen Leuten können sie die Menschen nicht für sich gewinnen«, stellte der Vater abschließend fest.

»Die nehmen überall die falschen Leute«, bestätigte Thomas: »Wenn mehr von ›Chemie‹ mitgespielt hätten, dann hätten sie ›Dynamo Moskau‹ nur so vom Platz gefegt.«

»Hast du ein Glück«, meinte der Vater, »daß du die großen Fragen der Zeit auf so einen einfachen Nenner bringen kannst.«

28 »Hier sieht es ja aus wie Sodom und Gomorrha!« rief die Oma und schlug entsetzt die Hände über dem Kopf zusammen. Sie benutzte viele biblische Wendungen, von denen Thomas einige in seinen Sprachschatz aufgenommen hatte.

Er schaute sich auf dem Balkon um und war selbst erstaunt: Der ganze Boden war mit Leim und Farbe bekleckert.

»Ich muß doch meinen Kopfschmuck fertig kriegen«, verteidigte er sich schwach.

»Aber dabei brauchst du doch nicht den ganzen Balkon zu verwüsten«, meinte die Oma kopfschüttelnd, »soviel Farbe hat ja Rubens in seinem ganzen Leben nicht vermalt.«

»Aber dafür isses doch schön geworden, oder?«

Thomas hielt ihr stolz seinen Kopfschmuck hin. Er hatte die vierzehn weißen Hühnerfedern vom Besuch bei Giselchen eingefärbt und immer abwechselnd eine rote und eine blaue an seine Indianerhaube geklebt.

»Ich muß jetzt zum Tauchscher«, rief er. Im Hinauslaufen überhörte er die Aufforderung: »Aber erst machst du hier sauber!«

Der Tauchscher – manche sagten auch »das Tauchschen« – war für die Leipziger Kinder der schönste Tag des Jahres und allenfalls noch mit dem Heiligen Abend zu vergleichen. Da sie das Fest kaum erwarten konnten, feierten sie eine Woche davor einen »Vor-Tauchscher«, und damit der Spaß nicht so schnell zu Ende ging, gab es auch einen »Nach-Tauchscher«.

Die Jungen verkleideten sich als Indianer oder Trapper oder Seeräuber, die Mädchen als Prinzessin oder Rotkäppchen oder Spanierin. Während jedoch die Mädchen einfach nur schön zu sein hatten, zogen die Jungen mit ihrer Straßenbande umher und bekämpften feindliche Straßenbanden.

Diese kämpferischen Zusammenschlüsse gab es eigentlich nur zu diesem besonderen Anlaß. Das Jahr über hatte man seine persönlichen Feinde und Freunde über die Grenzen der eigenen Straße hinweg. Zwar bewegte man sich auf fremdem Territorium mit der gebotenen Vorsicht, aber die organisierte straßenweise Prügelei war auf den Tauchscher begrenzt. Und an diesem Tag spielten auch die bewährten Freundschaften keine Rolle. Der freundliche Nachbar in der Schulbank, der Gastgeber des Kindergeburtstags, der Mannschaftskamerad vom Fußballverein – er bekam ohne Ansehen der Person eins auf die Nase, wenn er in einer anderen Straße wohnte.

Es herrschte sozusagen Krieg, und das auch akustisch. Denn zum Tauchscher gehörte Knallerei. Es gab in den Drogerien herrliche Pülverchen zu kaufen, mit denen sich ohrenbetäubende Detonationen hervorrufen ließen: »Unkraut-Ex« und »Wanzengaspulver«. Die Namen sagten zwar, daß die Pulver eigentlich anderen Zwecken dienen sollten, aber sie knallten eben auch sehr schön. Man häufte eine entsprechende Menge davon aufs Straßenpflaster, legte einen Ziegelstein darauf und ließ aus möglichst großer Höhe einen möglichst schweren Trümmerbrocken drauffallen – und schon zitterten die Fensterscheiben. Die Erwachsenen fanden das alles andere als komisch; sie schimpften und sagten: »Wir haben im Krieg genug Knallerei gehört!« Aber das waren keine überzeugenden Argumente für die Jugend.

In diesem Jahr war freilich schwer an die Pulver heranzukommen. Es hatte beim Vor-Tauchscher eine Reihe von Unfällen gegeben, einem Jungen waren sogar beide Hände abgerissen worden. Der Magistrat hatte daher den Verkauf bei Strafe von 150 Mark oder 14 Tagen Haft verboten. Die Namen der Drogisten, die von dem Verbot noch nicht gehört hatten, sprachen sich indessen schnell herum.

Thomas wäre in diesem Jahr beinahe für den Tauchscher ausgefallen. Er hatte ein paar Tage vorher mit Albrecht, Kuno und Bärbel Frösche gefangen, am Teich hinter dem Scherbelberg. Auf dem Heimweg war Thomas auf einen Baum geklettert, weil Bärbel meinte, er schaffe das ja sowieso nicht. Rauf hatte er's geschafft, aber runter war er gefallen. Einen Augenblick lang hatte er geglaubt, er sei nun tot, aber nur der Fuß war verstaucht. Kuno hatte von zu Hause den Handwagen geholt, und sie hatten Thomas reingesetzt und gezogen.

Unterwegs trafen sie Freunde und Klassenkameraden, die hämische

Bemerkungen machten, und Rudi Knopf brachte die Verletzung sogar in Zusammenhang mit einer Russischarbeit, die am Montag zu schreiben war: »Da würde mir so'n abber Fuß ooch passen!«

»Der is nich ab, der is nur verstaucht«, sagte Thomas.

»Wart's mal ab! Bis heute abend isser ab. Dann kriegste 'n Holzbeen.«

»Wenn's grade mal welche gibt«, schränkte jemand ein.

Thomas mußte einige Tage mit kühlenden Umschlägen auf der Couch liegen und versäumte die Russischarbeit tatsächlich. Er las zum soundsovielten Mal Winnetou I bis III und war danach überzeugt, daß man keinen Schmerz zu kennen habe.

Am Mittwochabend fragte ihn der Vater, ob alles wieder in Ordnung sei und ob er morgen kämpfen könne, was Thomas bejahte.

»Und kannst du auch schnell genug rennen, wenn's mulmig wird?«

»'türlich!« sagte Thomas und merkte zu spät den Hintersinn der Frage. »Wieso?« fuhr er auf. »Ich renne doch nicht weg.«

Der Vater schmunzelte.

»Sag mal«, fragte Thomas, »gab's früher bei euch auch schon Tauchscher?«

»'türlich! Tauchscher ist eine schöne alte Leipziger Tradition. Und wie viele andere Traditionen hat sie sich nur deshalb so lange gehalten, weil sie nicht den geringsten Sinn hat.«

»Wieso? Man muß doch kämpfen.«

»Jaja. Als wir Neununddreißig in unseren großen Tauchscher zogen, haben wir auch gedacht: Man muß doch kämpfen. – Weißt du eigentlich, woher der Name kommt?«

Thomas schüttelte den Kopf.

»Also: Irgendwann vor vielen Jahren sollen sich die Kinder von Leipzig und die Kinder von Taucha – das kennst du ja, da fährt die Dreiundzwanzig hin – auf offenem Feld eine erbitterte Schlacht geliefert haben.«

»Warum?«

»Das fragt man sich nach jeder Schlacht. Man weiß es nicht mehr. Aber weil es so schön war, wird es bis heute alljährlich gefeiert, daß die Kiefer knirschen. Hast du dein Indianerkostüm fertig?«

»Ja, aber ich muß noch das Kriegsbeil aus dem Keller holen.«

»Das wirst du schön lassen. Du nimmst wieder das aus Pappe. Übrigens hat deine Mutter die Idee, daß du diesmal als Prinzessin gehst.«

»Als was??!!« Thomas schoß von der Couch hoch, ohne auf seinen verstauchten Fuß Rücksicht zu nehmen.

»Als Prinzessin. Sie hat Angst, daß du als Winnetou wieder was auf die Nase kriegst.«

Diesmal roch Thomas den Braten: »Wieso denn ›wieder‹? Wann habe ich denn schon mal ...«

»Also gut. Sie hat Angst, daß du zum erstenmal was auf die Nase kriegst. Aber die Idee ist gar nicht so schlecht: Wenn du dich zum Beispiel als Indianerprinzessin verkleidest, als Ntschotschi oder so, dann kannst du dich nämlich unter Vorspiegelung falscher biologischer Tatsachen an den Gegner heranmachen und ihm plötzlich statt Zuneigung eins auf die Rübe geben.«

»Wieso?«

»Also, wenn du das nicht verstehst, dann geh eben wieder als Winnetou.«

Thomas, mit noch feuchtem Kopfschmuck, traf seine Straßenbande beim Abmarsch. Letztes Jahr waren sie nordwärts gezogen und auf die Möckernsche Straße gestoßen, die sich als überlegen erwiesen hatte. Daher wandten sie sich diesmal südostwärts und überschritten die Pleißebrücke zum Rosental wie weiland Napoleon die Beresina auf dem Hinweg.

Sie waren sechzehn Kämpfer, überwiegend Apatschen, Komantschen, Schwarzfüße oder andere Rothäute. Albrecht und Dolfi stritten, wie immer, um die Führung. Albrecht alias »Brüllender Donner« wollte ins Naundörfchen und eine zwei Jahre alte Rechnung begleichen. Dolfi, der sich »Roter Oktober« nannte, wollte lieber das Karussell auf der Großen Wiese stürmen und zerlegen, wogegen vor allem Thomas heftig protestierte. Sie liefen unter lautstarken strategischen Erörterungen durch den Wald, bis plötzlich von zwei Seiten Gebrüll erscholl. »Vorwärts!« schrie Albrecht und ergriff einen angreifenden Trapper.

»Zurück!« schrie Dolfi und machte kehrt. Einige folgten ihm.

Die anderen kämpften verbissen gegen eine erdrückende Übermacht. Thomas rang mit einem Seeräuber und einem Mittelding zwischen Scheich und Nachtgespenst. Er ärgerte sich, nicht das richtige Beil aus dem Keller geholt zu haben, denn sein selbstgemachtes aus Pappe löste sich bei jedem Hieb ein Stückchen weiter auf. Er sah, wie Albrecht je einen Indianer im Schwitzkasten hielt und ihre Köpfe gegeneinander rammte. Kuno versuchte, einem Trapper das Wams über den Kopf zu ziehen. Der kleine Rudi Knopf kämpfte schon im Liegen und hatte sich an der Wade eines Buschnegers festgebissen. Ringsum hörte Thomas Schreien, Stöhnen und Fluchen. Er fühlte seine Kräfte erlahmen und dachte an Flucht. Da gelang es ihm aber, dem scheichähnlichen Nachtgespenst den Rest des Pappbeils in den offenen Mund zu schieben, so daß der Gegner kurz abließ. Thomas wandte sich mit beiden Händen dem Seeräuber zu, packte dessen gestreiftes Leibchen und riß es mit einem Ruck entzwei. Der Seeräuber war wie vom Donner gerührt. Dann wurde er sich der Folgen bewußt und sagte weinerlich: »Mensch, wenn ich so heeme gomme!«

Thomas rannte davon. An der Limonadenbude sammelte sich die Bande. Albrecht strafte Dolfi und dessen Anhänger mit einem einzigen Wort: »Feiglinge!« Dolfi verteidigte sich halbherzig: »Wir wollten Verstärkung holen.«

»Jaja, deine Oma mit'm Krückstock.«

Die gekämpft hatten, trugen samt und sonders Kratzer und Blutspuren. Thomas schaute traurig auf seinen Kopfschmuck, den nur noch eine Feder zierte, eine blaue. Noch unglücklicher war Rudi Knopf, dem im Getümmel die Hose abhanden gekommen war. Er bekam leihweise Kunos Weste, um sie als Lendenschurz zu verwenden. Als die Bande über die Pleißebrücke das Rosental verließ, erinnerte sie nun an Napoleon auf dem Rückzug über die Beresina.

Kurz vor dem sicheren Trümmerversteck begegnete ihnen Micky, der mutterseelenallein mit einer Milchkanne dahertrottete. Du blöder Hund, dachte Thomas, weißt du denn nicht, was heute für ein Tag ist?

Micky schien es zu wissen. Er nahm seine Milchkanne fest in beide Hände und sah den Gegnern ins Gesicht. Dolfi baute sich vor ihm auf: »Herzlich willkommen!«

Micky versuchte einen Scherz: »Friede sei mit dir! Und Völkerfreundschaft!«

Aber Dolfi hatte keinen Humor und außerdem inzwischen wieder Mut gefaßt. Er holte aus. Micky riß die Arme hoch – und der Inhalt seiner Milchkanne ergoß sich über Dolfis Indianertracht.

Beide starrten entgeistert, und Micky fand sich als erster wieder: »Is nich so schlimm. Is nur Magermilch. Macht geene Feddfleggen.«

Nun reagierte auch Dolfi. Er wandte sich an Thomas: »Kennst du den Genossen zufällig?«

Du Hund, dachte Thomas. Natürlich wußte Dolfi, daß Micky und er Freunde waren. Und »Genosse« war wohl eine Anspielung darauf, daß sie beide noch nicht Junge Pioniere waren. Die Sache mit der Sitzbadewanne aus Buntmetall mochte auch noch mitspielen, ging es Thomas durch den Kopf. Er legte sich rasch etwas zurecht, was den Freund vor größerem Schaden bewahren konnte: »Na ja, das ist der Genosse Micky, der hat Grundnahrungsmittel eingeholt für seine Familie. Und da ist er nicht fertig geworden für den Tauchscher. Und jetzt lassen wir ihn nach Hause gehen, damit er sich fertigmachen kann für den Kampf.«

Dolfi schüttelte den Kopf: »Der Häuptling ›Roter Oktober‹ sieht das anders.«

»Wie denn?«

»Wir machen das demokratisch, wie in der Volkskammer. Wir stimmen ab, ob Micky was auf die Schnauze kriegt. Und wer dagegen ist, kriegt auch was auf die Schnauze.«

Thomas wandte sich an Albrecht und flüsterte: »Mensch, mach doch mal was!«

»Nee, geht nicht, wenn er so mit Volkskammer anfängt.«

Sie stimmten ab, und der Vorschlag des »Roten Oktober« wurde knapp angenommen.

»Im Namen des Volkes wird Thomas jetzt Micky ein paar auf die Schnauze hauen!«

Thomas trat vor Micky, der ihn fragend anschaute. Thomas holte weit aus – und rammte mit ganzer Kraft seine Faust in Dolfis Magengrube. Er sah noch, wie der »Rote Oktober« schnell hintereinander weiß und rot im Gesicht wurde. Dann rannte er davon.

Thomas fand den ganzen Tauchscher mit einem Male nicht mehr schön. Scheiß-Politik! dachte er.

Vor seinem Haus spielten einige Prinzessinnen, Schneewittchen und Gretels. Bärbel war als Rotkäppchen verkleidet.

»Huhu! Da is ja ä beeser Wolf!« schrie sie neckisch und tat, als wolle sie fliehen.

»Friß dich doch selber auf!« maulte Thomas und ging an ihr vorbei. Bärbel sah ihm kopfschüttelnd nach.

29 Als Thomas mit dem Handwagen beim Garten im Rosental ankam, blieb ihm fast das Herz stehen, und Tränen traten in seine Augen. Der Zaun war niedergerissen, viele Beete zertrampelt, und die beiden großen, leuchtendgelben Kürbisse, die er hatte holen wollen, waren weg. Auch ein knappes Dutzend Wirsingköpfe fehlte.

Thomas setzte sich auf seinen Handwagen und starrte trübsinnig vor sich hin. So gehen manche mit Volkseigentum um! dachte er, oder jedenfalls mit Eigentum. Sie sollten ersticken, bei jedem Bissen Kürbis sollten sie einmal ersticken, damit sie sich's merkten.

Thomas aß eingelegten Kürbis für sein Leben gern, insbesondere zu Grießbrei. Daher ließ ihn die Vorfreude auch niemals murren, wenn er dazu abgestellt wurde, die Kürbisse kleinzuschneiden.

Anders war es bei den Bohnen, die mit einer kleinen Handkurbelmaschine zerschnippelt und mit Essig in einem großen Steingutfaß eingestampft wurden. Diese langweilige Arbeit haßte er. Ebenso war es mit dem Tabak, den der Vater anbaute, auf der Wäscheleine trocknete, in einer geheimnisvollen Prozedur »fermentierte« und an Thomas übergab, der ihn mit einem Küchenmesser in möglichst nur millimeterdicke Streifen zu schneiden hatte. »Volks-Dunhill« nannte der Vater das Ergebnis, von dem die Oma stets behauptete, es qualme wie alte Wollsocken.

Diese Verbrecher! dachte Thomas und stand entschlossen auf. Er ging hinüber zum Karussell und fragte seine alten Freunde, ob sie etwas beobachtet hätten.

»Du«, sagte der Alte, »da habe ich vorhin zwei Jungen gesehen, die hatten auf ihrem Handwagen auch Kürbisse drauf. Dort sind sie lang, Richtung Zoo.«

Schon war Thomas weg und hinterher. An der schmalen Fußgängerbrücke über die Pleiße sah er einen Handwagen mit Kürbissen und Wirsing stehen. Die beiden Jungen waren hinabgestiegen ins Flußbett, das seit ein paar Wochen trockengelegt war und ausgebaggert wurde. Es waren Feldbahnschienen verlegt, und tagsüber schaufelten Männer in hohen Gummistiefeln Schlamm in die Kipploren und packten allerlei Gerümpel obendrauf: Fahrradrahmen und Kinderwagengestelle, Autoreifen und Feldbetten. Es hieß, man könne auch Waffen finden, von ihren Besitzern beim Einmarsch der Amerikaner in den Fluß geworfen. Dies und die Feldbahn waren der Grund, daß die Gohliser Jungen das Pleißebett zum Spielplatz machten, sobald die Männer nachmittags abgezogen waren.

Die Kürbisdiebe kamen gerade nach oben geklettert und wollten mit ihrem Handwagen weiter. Sie waren beide größer als Thomas, so daß er sich sagen mußte, er werde seine Kürbisse kaum mit Gewalt zurückkriegen. Auch ein Appell an die Ehrlichkeit schien ihm bei solch hemmungslosen Kriminellen ohne Aussicht. Er probierte eine List.

»Brima Gerbse«, begann er leutselig im Dialekt der Straße und deutete auf die beiden Kürbisse: »Wo hat's 'n die gegähm? Im HO?«

Die beiden sahen ihn etwas unsicher an. »Wieso?« fragte der eine.

»Ich meene bloß so«, sagte Thomas so beiläufig wie möglich, »mr werd ja noch fraachn derfn, oder?«

»Awwer nich so bleede! Die Gerbse sin aus unsern Gardn.«

»Da habt'r awwer Glick«, sagte Thomas kollegial, »im Rosendahl is nämlich alles voll Bollezei. Die suchen zwee, die Gerbse gemaust ham.«

Die beiden Diebe sahen sich ratlos an.

»Die missn jeden Oochnbligg gomm«, fügte Thomas hinzu.

Nicht weit weg bellte ein Hund, und ein zweiter antwortete.

»Wauwaus ham se ooch dabei«, warnte Thomas, »mächdche Viecher.« Er hob die Hand etwa in Schulterhöhe, um die Hunde zu beschreiben.

Endlich gaben sich die beiden sprachlosen Jungen einen Ruck. Sie kippten ihre Ladung ins Gebüsch und rannten mit dem leeren Handwagen davon, der hinter ihnen über die Brücke schleuderte.

»Danke, Genosse!« rief der eine Thomas noch zu.

»Immer bereit! Freundschaft! Drushba!« grüßte Thomas in fröhlicher Laune. Er rollte die beiden Kürbisse zurück auf den Weg und wuchtete sie mit einiger Mühe auf seinen Handwagen, der immer davonrollen wollte. Einige Wirsingköpfe waren ins Flußbett gekullert und lagen im Schlamm. Thomas holte sie herauf. Wirsing, dachte er, ist knapp, aber Wasser zum Abspülen haben wir genug.

»Wo hast du dich denn bloß wieder rumgetrieben?« fragte zu Hause die Oma. »Das kann doch nicht so ewig dauern, die paar Sachen aus dem Garten zu holen.«

Er sagte nichts dazu. Wenn ich's erzähle, vermutete er, dann heißt es wieder, ich spiele mich bloß auf.

30 Micky hatte inzwischen auch richtige Reifen an seinem Fahrrad. Die beiden Freunde waren, wieder einmal, ziellos unterwegs in der Stadt. Thomas wollte Micky ein bißchen was von dem vorführen, was ihm die Großmutter gezeigt hatte, aber Micky war schwer zu beeindrucken. Beim Alten Rathaus bemängelte er, daß der Turm nicht in der Mitte war, und Thomas konnte ihm nicht klarmachen, daß dies ja gerade der Witz an der Sache war. Das Goethedenkmal hinterm Rathaus ließ Micky völlig kalt: »Is ja geene Gunst, ä Denkmal zu griechn, wenn de so berühmt bist.« *Auerbachs Keller* wollte er gar nicht erst sehen, weil sie zu Hause selbst einen Keller hätten. Und auch die Thomaskirche schien ihm nichts Bedeutendes. Thomas schilderte ihm den herrlichen Gesang der Thomaner, aber Micky meinte nur, er könne sich das »Geplärre« schon vorstellen.

»Jedenfalls gibt es eine Thomaskirche«, stellte Thomas ungehalten fest, »aber von 'ner Mickykirche hab ich noch nie was gehört.«

Sie fuhren zum Feierabendheim, in der Hoffnung, bei den Großeltern Kakao und Schokolade zu bekommen. Aber die Großeltern waren nicht daheim, was Thomas ein wenig wunderte, denn der Großvater konnte das Haus nur noch selten verlassen. Sie strampelten zum Völkerschlachtdenkmal und hätten es sich auch von innen angesehen, wenn das nicht 50 Pfennig Eintritt gekostet hätte. Sie hatten aber gerade kurz vorher Brausepulver gekauft und waren pleite.

Thomas schlug vor, aufs Land zu Giselchen und Tante Lotte zu radeln. Micky schien das zu weit, aber er ließ sich durch die Schilderung des Schlachtfestes umstimmen. Tante Lotte und ihre Familie waren jedoch zu Verwandten gefahren, und die Nachbarn wußten nicht genau, wohin.

Thomas schlug nun vor, Mickys Onkel in Dresden zu besuchen, der eine Bäckerei hatte. Sie wußten weder den Weg noch die Entfernung und fragten jemanden.

»Also, da müßt ihr rüber nach Grimma und dann weiter über Döbeln und Nossen. Oder auch über Meißen, das ist gehupft wie gesprungen. Auf jeden Fall braucht ihr ungefähr – na ja, wie ihr so ausseht – also bis Mitte der Woche könnt ihr dort sein.«

Sie bedankten sich und waren ziemlich niedergeschlagen. Jetzt schlug Thomas vor, zu Tante Ilse zu fahren, wo vor ein paar Monaten die Tauffeier gewesen war. Micky war jedoch inzwischen skeptisch geworden, ob es all die Leute, die Thomas besuchen wolle, überhaupt gebe.

»Die Tante Ilse gibt's bestimmt«, versicherte Thomas.

»Na hoffentlich! Ich brauche nämlich ooch was zu fressen.«

Sie klingelten bei Tante Ilse, und Bernd öffnete.

»Freundschaft!« sagte Thomas.

»Ja, ebenfalls.« Bernd sah bekümmert aus, und Thomas fiel auf, daß die Wohnung fast leer war.

»Ich wollte mal nachsehen, was mein Namensvetter macht, der kleine Thomas.«

»Da kommst du 'n bißchen spät.«

»Wieso?«

»Du wirst lachen: Die sind vor ein paar Tagen weggemacht.«

»In'n Westen?«

Bernd nickte, und Thomas mußte wirklich lachen: »Da brat mir einer 'n Storch!«

Der Ausdruck ließ Micky an sein dringendstes Problem denken: »Ham'se wenigstens was zu fressen dagelassen?«

Bernd zeigte stumm in die Küche, und Micky kam rasch mit zwei altbackenen Brötchen zurück.

»Sag mal«, fragte Thomas, »hast du Schwierigkeiten gekriegt, weil sie weggemacht sind?« Er sagte zu Bernd einfach »du«.

»Nun ja, man hat mich schon gefragt, warum ich nicht verhindert habe, daß meine eigene Schwester die Republik verläßt.«

»Aber hast du's denn vorher gewußt?«

»Also sagen wir mal so: Ich habe einen Brief, in dem mir Ilse aus West-Berlin schreibt, daß sie mir's leider nicht vorher sagen konnte, verstehst du?«

»'türlich. Und den Brief haste vorgelegt.« Thomas kaute an einem der altbackenen Brötchen, während Bernd in den wenigen zurückgebliebenen Möbeln kramte.

»Glaubst du immer noch«, fragte Thomas, »daß es hier mal bergauf geht?«

»Aber sicher! Wir müssen bloß erst noch ein paar Leute abstoßen, die nicht mitmachen wollen und immer gegen den Strom schwimmen. Was macht übrigens dein Vater?«

»Na ja, es geht.«

»Dein Vater wird auch eines Tages wegmachen«, sagte Bernd, »der gehört zu den Herrschaften, die sich nicht beim Aufbau des Sozialismus die Hände schmutzig machen wollen. Möglichst alle Privilegien hinüberretten in die neue Zeit! Bloß nicht im Schweiße des Angesichts helfen, daß es eines Tages mal allen zusammen besser geht.«

»Was machst du eigentlich?« fragte Thomas, um das Gespräch von seinem Vater abzulenken.

»Ich? Ich arbeite jetzt in der SED-Bezirksverwaltung.«

»Muß man da schwitzen?«

»Nein, warum ...?«

Später auf dem Fahrrad fiel Thomas ein, er hätte doch Bernd fragen können, was er von der Stalin-Initiative zur deutschen Wiedervereinigung hielt. In Gegenwartskunde hatte »Häschen« die Initiative sehr gelobt als Meilenstein auf dem Weg zum Weltfrieden. Dagegen hatte der Vater gerade noch gestern beim Abendbrot die Ansicht vertreten, das ganze sei ein »Blöff«, wie er es nannte. Der Iwan, hatte er gesagt, würde nie einen Fußbreit des hart erkämpften deutschen Bodens wieder freigeben, und Adenauer hätte diese sogenannte Initiative am besten gar nicht erst gelesen. Hoffentlich gehe er nicht ernsthaft darauf ein. Die Oma meinte, Adenauer werde schon richtig entscheiden. Onkel Wolfgang belehrte sie allerdings, daß nicht Adenauer zu entscheiden habe, sondern allenfalls der Präsident in Washington. Ein bißchen was sei nämlich dran an dem Wort von den »Bonner Marionetten«, die jedenfalls nicht völlig frei entscheiden könnten. Onkel Wolfgang hielt die Initiative im übrigen auch für ein Täuschungsmanöver. Allein die Mutter fand, wenn es um die Wiedervereinigung gehe, müsse man jede Chance zu nutzen versuchen.

Thomas hatte interessiert zugehört. Für die Schule genügte es natürlich, die Version des *Neuen Deutschland* zu wissen, und vielleicht war es sogar weniger gefährlich, wenn man die anderen Versionen gar nicht erst hörte. Aber er hatte das Gefühl, er müsse es genauer wissen, wenn er sich schon damit zu befassen hatte. Und vielleicht hätte Bernd Genaueres gewußt über die Stalin-Initiative.

Thomas und Micky waren inzwischen wieder beim Völkerschlachtdenkmal angekommen. Sie hatten nichts weiter vor und sahen sich den riesigen grauen Klotz in aller Ruhe an. Das große Wasserbecken vor dem Denkmal war leer, aber man konnte sich die Idee der Erbauer gut vorstellen: das Spiegelbild des Denkmals, von blauem Himmel umrahmt, auf der großen rechteckigen Wasserfläche. Aber nun gab es offenbar nicht genug Wasser; vielleicht fehlten aber auch Rohre.

»Ob die uns ohne Pinke reinlassen?« fragte Thomas sich und seinen Freund. Sie lehnten ihre Fahrräder an das Kassenhäuschen, wo sie unter Aufsicht waren, und ketteten sie auch noch aneinander, denn man durfte nirgendwo in der Republik ein Fahrrad einfach abstellen.

Thomas fing mit dem Mann im Kassenhäuschen ein Gespräch an. Er schwärmte, er und sein Freund hätten schon soviel Gutes über das Denkmal gehört und seien nun eigens von weit her angereist, um es mit eigenen Augen zu sehen. Und sie hätten nicht gewußt, daß man dafür zahlen muß, denn schließlich gehöre dies hier doch dem Volke.

»Wo gommt'r denn her?«

»Aus ... äh ... Naumburg.«

»Na ja, da habt'r nadierlich nich so was Scheenes.«

Sie kamen umsonst hinein und standen staunend unter der riesigen Kuppel. Sie sei 68 Meter hoch, hörten sie einen älteren Mann in Uniform sagen. Die vier steinernen Figuren, die ringsumher saßen, seien jeweils zehn Meter hoch und stellten die Tapferkeit, die Glaubensstärke, die Opferfreudigkeit und den Begeisterungswillen dar. Thomas und Micky fanden, daß die vier ziemlich gleich aussahen und ziemlich finster blickten. Einer, meinte Thomas, sah aus wie der Ärger über die Schule und einer wie der Haß aufs Klavierspielen. Micky gab auch den beiden anderen neue Namen: der Neid auf den Westen und die Freundschaft zur Sowjetunion.

Thomas kletterte auf den Fuß der Glaubensstärke und versuchte mit Mickys Hilfe, auch noch auf das Knie zu gelangen. Aber die Figur war zu riesig. Der uniformierte Alte rief außerdem ärgerlich: »He, Gleener! Hier dud mr sich benähm, gelle!«

Thomas ärgerte sich über das Schimpfwort: Immer und überall wurde man als »Kleiner« angeredet. Dabei konnte er seit ein paar Wochen zu Hause in den Ausguß pinkeln, ohne sich auf die Zehenspitzen zu stellen. Was mußte man denn noch können?

Der Uniformierte führte das herrliche Echo vor: »Hallo!« rief er, und es antwortete: »Lo-lo-lo-lo.« Und nochmals: »Hallo-lo-lo-lo-lo.«

Micky probierte es auch »Kuckuck-uck-uck-uck-uck!«

Aber er zog sich eine Rüge zu: »Horche mal, du Borschtwisch! Das Echo bin ich!«

Dann zeigte der Mann nach oben, und alle Köpfe legten sich in den Nacken: »In der Gubbel sehn Se dreihundertviernzwanzch beriddene Griecher in Lähmsgreeße.«

Alle staunten und raunten. Auch Thomas fand das unerhört: daß die Krieger auf ihren Pferden lebensgroß sein sollten. Und so viele! Er zählte bis 47, dann brachte ihn der Alte mit weiteren Erläuterungen aus dem Konzept: Das Denkmal sei aus Spenden erbaut worden, und zur Einweihung am 100. Jahrestag der Völkerschlacht sei der »Gaiser« dagewesen, den es ja jetzt Gott sei Dank nicht mehr gebe. Und gewidmet sei das Denkmal den 124 000 Soldaten verschiedener Nationalität, die damals für die Freiheit vom napoleonischen Joch ihr Leben gelassen hätten.

Thomas hatte eine Frage, wußte aber nicht die richtige Anrede. »Herr Denkmalsleiter« schien ihm unpassend, »Herr Führer« ganz und gar unmöglich. Schließlich fragte er: »Herr Doktor, ist das Denkmal auch für die französischen Soldaten, die hier gefallen sind? Weil – die haben uns doch damals angegriffen.«

»Die einfachen französischen Soldaten dürfen sich hier auch geehrt fühlen«, sagte der Führer, und da es wichtig war, sagte er es auf hochdeutsch. »Angegriffen haben ja nur die herrschenden Kräfte in Frankreich.«

Thomas dachte darüber nach und meldete sich dann noch einmal: »Da könnten sie ja jetzt in der befreundeten Sowjetunion ihre Denkmäler auch für die deutschen Soldaten mit bauen. Für die einfachen, meine ich.«

Er bekam aber keine Antwort darauf, und als er sich noch einmal meldete und wissen wollte, ob es eigentlich schwer wäre, das Denkmal wieder abzureißen, da ließ ihn der Alte erst gar nicht zu Wort kommen.

Die Besucher wurden nun die Wendeltreppe hinauf geschickt zu der Plattform in 91 Meter Höhe. Bei gutem Wetter sollte man von dort aus das Erzgebirge sehen können. Aber das Wetter war nicht gut. Man sah den Südfriedhof am Fuße des Denkmals, man sah das Bruno-Plache-Stadion, das Messegelände mit dem spitzen rotbesternten Turm des sowjetischen Pavillons, den Turm des Neuen Rathauses und die Thomaskirche, und weiter hinten noch die große Esse vom Kraftwerk Nord. Sie war 156 Meter hoch und hatte, wie jeder in Leipzig wußte, bald nach der Inbetriebnahme einen langen Riß bekommen. Der Baumeister hatte sich damals erschossen, aus Angst, sein Werk werde bald einstürzen. Es stand aber immer noch, und der Vater führte die Geschichte immer gern als Beispiel für unangemessene Voreiligkeit an. Hinter der Esse wurde es dunstig.

Thomas und Micky saßen auf der Brüstung und ließen die Beine baumeln.

»Was da hinten wohl noch alles liegt?« fragte Thomas nachdenklich.

»Wo?« wollte Micky wissen.

»Na überhaupt.«

Dann schwiegen sie wieder, und Thomas dachte weiter über die Frage nach. Irgendwann mußte er ein bißchen mehr von dem kennenlernen, was dort begann, wo die Leipziger Straßenbahn ihre Endstellen hatte. Bisher kannte er nur Naumburg und Wittenberg, Giselchens Dorf und Onkel Kurts Dorf. Und Willy Klawuttkes Schilderungen von West-Berlin. Der Vater war gerade vorige Woche in West-Berlin gewesen. »Um was zu regeln«, hatte er gesagt, und die Mutter hatte ihn fragend angeschaut, ob er mehr zu sagen habe.

West-Berlin! dachte Thomas: das hieß Kaugummi, RIAS, Schokolade, Pack die Badehose ein, Insulaner, Hertha BSC, Apfelsinen, Wegmachen.

Leipzig hieß: Bruno-Plache-Stadion, Rosental, Zoo, Großeltern, Thomaskirche, Fußballspielen, Firma, Tauchscher, Pferdeäpfel, Scherbelberg, Straßenbahn. Und Leipzig hieß auch: sich auskennen, nicht fragen müssen, nicht suchen müssen.

»Eigentlich gibt's viel zu wenig Denkmäler«, meinte Micky und riß Thomas aus seinen Gedanken.

Thomas stimmte ihm zu, und sie entwarfen einen Katalog möglicher Denkmäler für die Stadt Leipzig. Thomas schlug vor, auf dem Karl-Marx-Platz zu Ehren von »Chemie« einen großen Fußball zu errichten, mit lebensgroßen Statuen der elf Spieler, also etwa in der Art der Figuren hier im Völkerschlachtdenkmal. Micky schlug ein Denkmal für den unbekannten Klavierspieler vor, Thomas eines für den besten Buntmetallsammler. Außerdem wurden Ehrenmale geplant für Winnetou und Old Shatterhand, die Leipziger Straßenbahn, die Kartoffelkäferkampagne, außerdem für den Tauchscher und gegen die Kürbisdiebe. Schließlich wollten sie ihre Schule abreißen und sich aus den Steinen selbst ein Denkmal bauen lassen ...

Als Thomas und Micky wieder unten in der Kuppelhalle ankamen, waren sie dort allein. Sie suchten den Ausgang und fanden ihn verschlossen.

»Mensch, ich muß heim, sonst kriege ich den Arsch voll!« erschrak Thomas.

»Und ich krieg nischt mehr zu fressen!« ängstigte sich Micky. Sie schauten sich in der Kuppelhalle um, die noch leidlich hell war. Die vier steinernen Riesen schwiegen sie von oben herab an. Darüber waren die Ringe mit den »beriddenen Griechern«. Wenn man die Augen zukniff, dann fingen die 324 Reiter an, sich im Kreis zu bewegen. Wenn man die Augen aufriß, hielten sie an. Jedenfalls schien es Thomas so. Er ließ die Reiter in Wellen angreifen und anhalten und wieder angreifen. Micky bestritt, daß sich die Reiter bewegten. Er wollte heim und hatte große Angst um sein Abendbrot. Thomas malte ihm aus, was sie morgen ihren Klassenkameraden zu erzählen hätten über ihre Nacht im Völkerschlachtdenkmal: »Das hat noch geener gemacht!«

Aber Micky wurde immer trauriger, so daß ihn Thomas mit einer Demonstration des herrlichen Echos aufzumuntern versuchte: »Kuckuck-uck-uck-uck-uck!« Und der Schlachtruf vom Fußballplatz: »Haut'se auf die Schnauze!« Das Echo antwortete etwas konfus: »Autse, auze, autse, auze!«

»Ist da noch wer?« rief eine Stimme vom Ausgang.

»Nee!« rief Thomas, der gern geblieben wäre.

»Ja, hier! Ich habe Hunger!« rief Micky.

Der Mann vom Kassenhäuschen kam auf sie zu und fragte, was sie denn hier noch wollten: »Ihr hättet ganz schön Schiß gekriegt heut nacht.«

»Wovor denn?« fragte Thomas.

»Schon gut, ihr Helden. Ich hab eure Luxusfahrräder gesehen und hab mir gedacht: Die zwee Kleenen sind doch nicht verlorengegangen?«

»Was denn für ›Kleene‹?«

Der Mann gab ihnen je einen Klaps und riet ihnen: »Nu macht mal hin, sonst griecht'r keen Abendbrot mehr, sondern bloß noch 'n Hintern voll.«

Obwohl sie in die Pedale traten wie die Friedensfahrer, behielt der Eintrittskartenverkäufer mit seiner Vorhersage recht. Thomas' Fahrrad kam für vier Wochen auf den Dachboden.

Am nächsten Morgen stritten sich Thomas und Micky, wer mehr Prügel bekommen habe.

»Ich hab's mit'm Lederriemen gekriegt«, berichtete Micky.

»Und ich mit'm Vorderreifen«, übertrieb Thomas.

»Mir haben sie noch 'n abbes Stuhlbein nachgeworfen«, behauptete Micky.

»Und mir das ganze Büfett«, log Thomas, um sogleich auszuschließen, daß Mickys Vater mit etwas Schwererem geworfen haben könnte.

»Na, bei uns sieht's jedenfalls aus!« wunderte sich Micky noch nachträglich.

»Bei uns erkennste gar nicht mehr, wo früher das Wohnzimmer war«, übertrumpfte ihn Thomas ein letztes Mal.

31 Dolfi schoß einen Elfmeter. Albrecht hatte ihn kurz vorm Tor an der Turnhose gepackt, so daß das Gummiband gerissen war und Dolfi sogar einen Augenblick im Freien gestanden hatte. Der Elfmeter war das, was man im Sportteil der *Leipziger Volkszeitung* eine »klare Entscheidung« genannt hätte. Dolfi nahm einen langen Anlauf und schoß. In derselben Sekunde bog ein olivgrünes Volkspolizei-Auto um die Ecke. Alle verfolgten mit angehaltenem Atem die Flugbahn des Balles, die sich mit dem Weg des Autos kreuzte. Als es klirrte, stoben die Fußballer auseinander, während die Vopos ausstiegen und hinterherrannten.

Thomas schlich sich über Hintergärten und durch Zaunlöcher dorthin zurück, wo es geklirrt hatte, und brachte den Ball in Sicherheit. Die Gummihaut hatte zwar einen Schnitt, aber sie hielt noch die Luft. Thomas hätte es schade gefunden, wenn die Vopos den Ball hätten sicherstellen können. Allerdings schienen ihm die Vopos dafür auch nicht fix genug.

»Na, dann gib mal her«, sagte eine Stimme, und eine Hand packte ihn am Arm.

Thomas kickte mehr instinktiv den Ball mit dem Fuß über den nächsten Vorgartenzaun. Aber dann fühlte er sich ausgesprochen hilflos. Es war sein erster Kontakt mit der Volkspolizei.

»Wer hat vorhin den Ball geschossen?« fragte der Vopo.

»Welchen Ball denn?«

»Mach geen Gwadsch! Wer war's?«

»Der war zum erstenmal dabei. Hat keinen Namen gesagt.«

»Dann sag mir erst mal deinen Namen!«

»Ja, also ich heiße Walter ... äh ... Grotewohl.«

Thomas hatte den Eindruck, daß ihm nichts Überzeugendes eingefallen war. Der Vopo schien den Eindruck zu teilen, denn er ließ Thomas' Arm los und holte aus.

Thomas rannte davon.

In der Höhle unter den Trümmern traf er die Freunde wieder. Sie debattierten darüber, was die Vopos in ihrer Straße gesucht haben könnten. Keiner von den Jungen glaubte, daß seine mehr oder weniger schwerwiegenden Verfehlungen einen so ungewöhnlichen motorisierten Einsatz der Staatsgewalt rechtfertigten. Es konnte nur so sein, daß die Vopos sich verfahren hatten.

»Gottverdammich!« schimpfte Dolfi. »Wer rechnet ooch mit so was.«

Albrecht sagte sehr ernst zu ihm: »Wenn du noch mal so ein Schimpfwort benutzt und unseren Herrgott verächtlich machst, dann hau ich dir 'n paar auf die Fresse.«

Thomas wußte, wie heikel Albrecht und sein Bruder Kuno in diesen Fragen waren. Sie waren katholisch, sogar sehr katholisch. Richtig »heilich«, wie man in Sachsen besonders fromme Menschen nannte. An jedem Wochenende gingen sie mit ihrer Mutter mehrmals in die Kirche. Thomas wußte nie, ob er sie bedauern oder ob er nicht besser ein schlechtes Gewissen haben sollte, da er nur unregelmäßig den sonntäglichen Kindergottesdienst besuchte. Und auch das tat er nicht so sehr aus Anteilnahme, sondern weil manche Lehrer und Klassenkameraden dagegen hetzten. Der Neulehrer Krause zum Beispiel oder auch Jochen Pietsch. Jochen hatte Thomas mal gefragt, ob er denn nicht wisse, daß man ihn in dieser Kirche nur mit Opium vollstopfe. Thomas hatte gefragt, was das sei, aber Jochen wußte nur zu sagen, daß sein Vater bei Karl Marx einen entsprechenden Hinweis gefunden habe. Vielleicht, hatte Thomas damals überlegt, ist es das Zeug, das die Erwachsenen nach dem Gottesdienst aus dem Silberkelch trinken dürfen. Er hatte das ein paarmal beobachtet, als er nach dem Kindergottesdienst noch zum Glockendienst hatte dableiben müssen. Aus Gesprächen mit Albrecht hatte er die beiden wesentlichen Unterschiede zwischen Katholiken und Evangelischen gelernt: Einmal waren katholische Kirchen nicht nur am Sonntag offen, sondern immer. »Unser Herrgott ist immer zu sprechen«, hatte Albrecht eindrucksvoll formuliert oder wohl eher zitiert. Und der zweite Unterschied betraf das Fegefeuer, das den Evangelischen glücklicherweise nicht drohte. Allerdings war Albrecht guten Mutes, durch ausdauerndes Beichten und Beten dem Feuer auch zu entrinnen. Dennoch fand Thomas die Vorstellung unangenehm und freute sich, daß sie ihn nicht betraf.

»Was is'n«, fragte Dolfi, »wenn ich noch hundertmal ›Gottverdammich‹ sage?«

»Dann muß deine Seele brennen«, prophezeite Albrecht.

Dolfi winkte lässig ab: »Du egal mit dei'm Feechefeier! Das gibt's ja bloß in dei'm Nischel.«

Aber Albrecht sagte mit der Überzeugung dessen, der die höchste denkbare Autorität hinter sich weiß: »Frag doch unsern Herrn Pfarrer!«

»So ä bleeder Farrer hat doch geene Ahnung«, stellte Dolfi geringschätzig fest, »un mei Oller hat gesaacht, die so heilich sin wie du, ham alle ä weechen Geegs.«

Albrecht ging auf Dolfi zu: »Dein Oller hat vielleicht Ahnung von Stalin und solchen Knallköppen, aber nicht von Ewigkeit und so.«

Im Nu balgten sich die beiden wieder. Thomas hielt im Streit zwischen Stalin und Fegefeuer zu letzterem, und Albrecht gewann auch diesmal. Dolfi mußte sich ergeben, behielt aber das letzte Wort: »Den Knallkopp Stalin zahl ich dir heeme!«

Thomas hatte den Eindruck, daß Albrecht da vielleicht wirklich ein gefährliches Wort gesagt hatte, und Albrecht war auch merkwürdig still.

»Wie kann eener bloß so heilich sein«, wunderte sich Dolfi immer noch, als es plötzlich knirschte und knackte. Dann polterte es und staubte. Alle drängten aus der Kellerhöhle. Aber aus der Staubwolke drang die Stimme von Dolfi: »Aua! Mensch, mei Been! Hilfe!«

Albrecht kehrte um, Kuno folgte ihm, dann auch Thomas.

»Was is'n los?« rief Albrecht in den Staub.

»Hilfe! Hilfe!«

»Du mußt die Vopos holen«, rief Albrecht Thomas zu. Aber der schüttelte den Kopf: Den Vopos war er doch gerade vorhin entkommen. Und außerdem holte man Vopos nicht, sondern man war froh, wenn sie nicht von selbst kamen.

Kuno rannte schon los. Thomas hörte Dolfi noch lauter schreien, und mit einem Mal kam ihm der Gedanke, Albrechts Herrgott könne sich für das »Gottverdammich« gerächt haben.

Albrecht schob Trümmerbrocken beiseite, und Thomas half ihm. Es mochten drei Minuten oder drei Stunden vergangen sein, bis sie zu Dolfi vorgedrungen waren, der nichts mehr sagte.

»Der ist ja schon hinüber!« stellte Thomas entsetzt fest.

»Quatsch, der ist bloß ohnmächtig«, meinte Albrecht und zerrte vorsichtig an dem Verletzten. Dolfis rechtes Bein war unter dem Knie blutig und hing ganz schief, und Thomas glaubte, er könne das nicht ansehen. Aber Albrecht knurrte: »Halt mal den Fuß fest, daß er nicht abgeht.«

Sie legten Dolfi vorsichtig aufs Pflaster. Die anderen Jungen waren zurückgekommen, und auch ein paar Erwachsene standen um sie herum. Kuno kam mit der Auskunft, die Vopos seien gleich da, aber einen Krankenwagen gebe es frühestens gegen Abend. Er hatte jedoch schon einen Handwagen mitgebracht, und sie schafften Dolfi zur Poliklinik. Als sie draußen auf einen Bescheid warteten, fragte Thomas Albrecht, wo er denn gelernt habe, in einer solchen Lage so die Nerven zu bewahren.

»Ach, weißt du, auf'm Treck von Pommern haben wir so was öfter gehabt. Da mußten auch Kinder mit anpacken.« In diesem Augenblick vergab Thomas ihm endgültig, daß er sein Kaninchen mit aufgegessen hatte.

Später kam ein Arzt heraus und meinte, Dolfi habe großes Glück gehabt, daß man ihn so schnell hierher gebracht habe. Der Fuß sei wahrscheinlich zu retten, aber er würde wohl steif bleiben.

Vor der eingestürzten Trümmerhöhle standen am Abend Neugierige jeden Alters und diskutierten. Auch Dolfis Vater mit dem Bonbon am Jakkett war dabei und schimpfte, warum sie denn ausgerechnet in den Trümmern spielen müßten. Thomas fand die Frage sehr dumm. Erstens spielte es sich in den Trümmern ganz ausgezeichnet, außer gerade heute mal. Und zweitens fragte sich Thomas, wo man sonst spielen sollte. Er fragte das auch Dolfis Vater.

»Na überall«, sagte der.

»Wo denn? Zum Beispiel bei Ihnen aufm Hof?«

»Na ja, da muß es ja nicht unbedingt sein.«

»Sehen Sie!« Thomas ärgerte sich wirklich über den Mann und vergaß ein wenig die Vorsicht, die er sonst angesichts eines SED-Abzeichens an den Tag legte. »Erst habt ihr die Trümmer gemacht, und jetzt wollt ihr nichts davon wissen.«

Dolfis Vater erklärte streng, die Hitlerfaschisten und die anglo-amerikanischen Imperialisten seien für die Trümmer zuständig.

»Und die ihre Kinder Adolf genannt haben!« ergänzte Thomas. Dann zog er es vor, sich aus dem Staube zu machen.

»Das hat gesessen«, sagte später Albrecht, »der hat ganz schön blöd aus der Wäsche geguckt.«

»Hoffentlich meldet der nichts«, meinte Thomas nachdenklich.

»Du hast doch recht gehabt«, bestätigte ihm Albrecht.

»Na und?« fragte Thomas.

32 Eine Woche darauf kam Micky am Montag morgen nicht zur Schule. Thomas dachte sich nichts dabei, zumal ohnehin einige Klassenkameraden wegen Grippe fehlten. Außerdem hielt er es für möglich, daß Micky meinte, es sei erst Sonntag. Denn der Freund war manchmal etwas zerstreut, weshalb ihn Onkel Wolfgang auch mal als einen »richtigen Seegrastrudler« bezeichnet hatte. Als auch am Dienstag der Platz neben Thomas leer blieb, ging er gleich nach der Schule nachschauen. Bei Müllers machte niemand auf, und an der Wohnungstür war auch kein Namensschild mehr.

»Die sin wahrscheints ausgezoochn«, erfuhr er eine Etage tiefer.

»Wohin denn?«

»Bin ich Jesus? Mir ham se nischt gesaacht.«

Thomas berichtete dem Vater über den rätselhaften Fall.

»Mir scheint«, erklärte der, »als sei dein Freund Micky weggemacht.«

»In den Westen?«

»Hast du schon mal gehört, daß jemand in den Osten wegmacht?« Thomas hatte so etwas noch nicht gehört.

»Wenn jemand verschwindet«, erklärte der Vater, »ohne seinem besten Freund ein Wort davon zu sagen, dann kann man ziemlich hoch wetten, welche Himmelsrichtung er eingeschlagen hat.«

Thomas setzte sich in den großen Ohrensessel, aus dem er knapp herausschauen konnte, und ordnete seine ziellos kreisenden Gedanken. Er überlegte, was dieser Micky für ein Mensch gewesen war, was für ein Freund. »Das hätte er mir aber doch sagen müssen«, meinte er schließlich.

»Ich bin sicher, seine Eltern haben es ihm verboten. Und da haben sie ja auch recht. Sieh doch mal: Du mußtest dich doch bloß in der Schule mal verplappern, und schon saß die ganze Micky-Familie im Bau. Wenn man so was vorhat, geht man eben auf Nummer Sicher und macht die drei Affen.«

»Was für Affen?«

Der Vater nahm vom Büfett die kleine Bronze-Plastik, die Thomas schon oft beiläufig angesehen hatte, ohne sich nach ihrer Bedeutung zu fragen. Die Affen hockten nebeneinander, einer hielt sich die Augen zu, einer die Ohren und einer den Mund.

»Hier«, sagte der Vater: »Nichts sehen, nichts hören, nichts sagen. Eine wichtige Regel zum Überleben in schlechten Zeiten. Ich würde die drei Kerle zum Wappentier der DDR machen.«

»Ich denke, du willst die Schlange als Wappentier?«

»Ja. Das ist wahrscheinlich noch besser. Und Schlange stehen könnte man offiziell zum Volkssport Nummer eins erklären.«

Thomas war noch nicht fertig mit Mickys heimlicher Flucht: »Wenn ich weggemacht wäre, dann hätte ich mich aber von Micky verabschiedet.«

»Ich hoffe, du bist nicht so dußlig, falls es bei uns mal soweit sein sollte.«

»Meinst du, bei uns ist es mal soweit?«

»Du kannst richtig prima Fragen stellen.« Der Vater reagierte fast etwas ungehalten und stopfte mit raschen Bewegungen seine Tabakspfeife. »Wir bleiben natürlich hier«, sagte er dann mit ärgerlichem Unterton, »bewahren das Erbe unserer Vorfahren und verteidigen es zäh gegen den gierigen Griff des neuen Staates. Und außerdem bauen wir natürlich noch den Sozialismus auf. Wenn wir uns Mühe geben, dann kriegen unsere Enkel vielleicht auf ihre Lebensmittelmarken jeden Monat eine Banane.«

»Was is'n das?«

»Eine Banane? Richtig, du hast ja noch keine gegessen. Also, eine Banane ist eine Südfrucht, eine Frucht aus dem Süden.«

»Aus dem Erzgebirge?«

»Nein. Noch südlicher. Aus Afrika. Dort wächst sie auf Bäumen. Sie ist gelb, gebogen und ungefähr so lang.« Er zeigte es.

»Und schmeckt?«

»Es geht. Ungefähr wie kalter Kartoffelbrei mit Süßstoff.«

»Dann schmeckt sie doof. Ob Micky mir mal schreibt?«

»Kann sein, kann sein nicht. Vielleicht läßt er's lieber, damit wir keine Schwierigkeiten kriegen. Vielleicht hat ja sein Vater was sabotiert, ehe er weg ist. Ich würde nicht mit einem Brief rechnen.«

»Das ist aber alles ganz schön beschissen«, stellte Thomas fest.

»Inhalt eins, Ausdruck fünf«, zensierte der Vater. »Übrigens wird nächste Woche auch Oma Lehmann wegmachen. In diesem Fall freut sich ja unser Staat, weil sie als Rentnerin völlig unproduktiv ist und höchstens den Fortschritt aufhält, indem sie weiter Rente bezieht, anstatt zu sterben. Aber obwohl sie keine Angst haben muß, hatte sie den bekannten Verschwörerblick über die Schulter« – der Vater machte es vor –, »als sie mir zuflüsterte, sie wolle zu ihrem Sohn nach Stuttgart.«

»VfB.«

»Wie bitte?«

»VfB Stuttgart.«

»Ach so, ja. Aber Oma Lehmann geht nicht deswegen nach Stuttgart. Wenn sie weg ist, kriegst du übrigens ihr Zimmer, damit du aus dem fensterlosen Loch rauskommst. Es kann aber auch sein, daß uns das Wohnungsamt noch jemanden schickt, damit wir uns nicht zu breit machen können.«

Thomas war nicht in der Stimmung, sich für einen Umzug in Oma Lehmanns Zimmerchen zu interessieren. Ihm ging noch immer anderes durch den Kopf: »Glaubst du, wir machen auch mal weg?«

Der Vater überlegte die Antwort lange: »Wenn du es bitte nicht überall herumerzählen willst: Ich könnte es mir vorstellen.«

»Und Mutti?«

»Du kannst sie ja mal fragen.«

»Kannst du deine Schuhe nicht abtreten?« schimpfte Tante Berta. Thomas sah auf die Schneespur, die er in Tante Bertas gute Stube getragen hatte, und machte ein schuldbewußtes Gesicht.

Die Oma hatte ihn noch gewarnt: »Tante Berta läßt nur bei ganz besonderen Anlässen ihre gute Stube von Besuchern entweihen, und die müssen sich dann pikobello betragen.«

Der Anlaß war ein besonderer: Onkel Gustav, Bertas Mann, Omas Bruder und mithin Thomas' Großonkel, wurde 65.

Nach dem Kaffeetrinken hielt er eine kleine Ansprache: »Liebe Verwandte! Ich freue mich, daß ihr so zahlreich seid und alle hier versammelt.« Thomas zählte, sich selbst eingeschlossen, sechs Verwandte.

»Ihr habt«, fuhr Onkel Gustav fort, »den weiten Weg nicht gescheut, um mit mir diesen Tag zu begehen, auf den ich fast fünfzig Jahre lang gewartet habe: den Tag meiner Pensionierung. Seit heute muß die Reichsbahn ohne mich auskommen. Und das geschieht diesen Gaunern ganz recht. Sie haben mich nämlich betrogen. Ich habe noch neun freie Tage zu kriegen, aber ich kann sie nicht mehr nehmen, weil ich pensioniert bin.«

»Dafür hast du aber neunzehnhunderteinundzwanzig mal blaugemacht, obwohl du überhaupt nicht krank warst«, gab ihm seine Frau zu bedenken.

»Das stimmt zwar«, gab Onkel Gustav zu, »aber das waren nur sieben Tage. Man kann es drehen und wenden, wie man will, es bleibt ein schreiendes Unrecht.«

Tante Berta brachte eine Flasche Kakaolikör, und Thomas sah, wie der Vater und Onkel Wolfgang das Gesicht verzogen. Onkel Gustav fuhr in seiner Ansprache fort: »Jedenfalls war neunzehnhunderteinundzwanzig auch das Jahr, in dem wir in dieser Wohnung hier endlich Wasserspülung bekamen. Versprochen hatten sie es uns schon zehn Jahre früher. Und neunzehnhunderteinundzwanzig habe ich auch zum erstenmal die Strecke von Leipzig nach Zwickau gefahren. Und das habe ich bis gestern gemacht.«

»Was hast du denn für eine Lok gehabt?« fragte Thomas dazwischen.

»Wieso Lok?« fragte Onkel Gustav zurück. »Ich war doch nicht so ein verrußter Lokführer. Ich war Zugführer, verstehst du?«

»Ach so«, sagte Thomas enttäuscht, »so einer, der die Fahrkarten knipst?«

Tante Berta sah ihn mißbilligend an, konnte aber nicht schimpfen, da Onkel Gustav in seiner Ansprache fortfuhr: »Jedenfalls ist heute der wichtigste Tag in meinem Leben seit meiner Hochzeit. Oder vielleicht überhaupt der wichtigste Tag. Und deswegen muß ich mich auch fragen, warum meine Frau einen so dünnen Kaffee aufgetragen hat, einen richtigen Muckefuck, wenn ich das mal so hart ausdrücken darf.«

Thomas wunderte sich über den harten Ausdruck, denn er wußte aus vielen Erzählungen, daß Onkel Gustav normalerweise nichts sagte, was das Mißfallen von Tante Berta erregen konnte. Onkel Wolfgang hatte es mal so formuliert: »Der Gustav sucht mit seinen flinken Knopfaugen ständig nach einem Pantoffel, unter den er sich flugs stellen kann.«

»Ich danke euch jedenfalls, daß ihr so zahlreich seid«, beendete Onkel Gustav seine Ansprache und setzte sich. Er saß zufrieden auf dem

Kanapee, hinter sich den gestickten Wandbehang »Eile mit Weile«. Das Licht der Glasperlenlampe beschien sein Hamstergesicht mit dem weißen Schnurrbart und den schwarzen Knopfaugen. Der schwarze Anzug mit der goldenen Uhrkette erinnerte Thomas an Herrn Hasenbein.

»Was willst du denn nun machen?« fragte die Oma ihren Bruder.

»Wieso?«

»Na, du mußt doch was vorhaben, wenn du nicht mehr von Leipzig nach Zwickau fährst.«

»Na ja, das ist schon richtig. Wahrscheinlich werde ich mehr malen.«

Onkel Gustav war sehr geschickt darin, Postkartenmotive in Öl auf ein größeres Format zu übertragen. Er hatte sich seit Jahrzehnten damit einen kleinen Nebenerwerb geschaffen. Sein schönstes Werk hing gegenüber dem Kanapee: ein verendendes Wildschwein im Unterholz.

»Du hättest das Zeug zu einem Maler gehabt«, stellte die Oma fest, »du hast so schöne Sachen gemalt.«

»Abgemalt«, verbesserte Thomas und erntete einen weiteren ungnädigen Blick von Tante Berta.

»Jawohl, Thomas hat ganz recht«, bestätigte die Oma: »Abgemalt. Du hättest mal was Eigenes malen sollen. Du hast immer viel zuwenig Initiative gehabt und immer bloß geschimpft auf alles.«

»Aber ich habe doch ...«, wollte sich Onkel Gustav verteidigen, aber die Oma ließ ihn nicht ausreden.

»Erst warst du gegen den Kaiser, weil er zuviel Geld für Schiffe ausgab und zuwenig für die Eisenbahn. Und was hast du dagegen getan? Kassierer im Eisenbahner-Sportverein bist du geworden. Du hast immer nur deine Eisenbahn gesehen und geschimpft, daß die Leute zuviel Auto fahren. Aber was getan hast du nie.«

»Immerhin bin ich in die SPD.«

»Ja, drei Monate bevor Hitler sie verboten hat. Das war sehr geistreich. Und dann ausgerechnet noch zu den Sozis!«

»Ja ja, ihr wart ja was Besseres«, sagte Tante Berta gereizt.

Jetzt legte der Vater seine Kuchengabel neben den Teller, um etwas Grundsätzliches zu sagen: »Also, wir können ja jetzt darüber streiten, wer an allem schuld ist, weil er nichts getan hat. Da bleibt kein Auge trocken, weil nämlich keiner das Richtige getan hat. Jeder hat was falsch gemacht.«

»Aber ich doch nicht«, meldete sich Thomas, und endlich lachten alle.

»Laßt uns jetzt feiern und nicht streiten«, schlug Onkel Wolfgang vor, und die anderen stimmten erleichtert zu. Die Oma ließ sich allerdings noch das Versprechen geben, daß ihr Bruder etwas Eigenes malen werde, sobald ihm etwas einfiele.

Thomas verdrückte sich auf den Korridor und machte sich an Onkel Gustavs Panoptikum zu schaffen. Das war ein hölzerner Kasten mit zwei Linsen, durch die man hineinschauen konnte. Dort drinnen sah man Bilder von ungewöhnlicher Dramatik. Da war ein Vulkanausbruch mit knallroter Lava, vor der die Menschen mit erhobenen Armen flohen. Das nächste Bild zeigte ein Eisenbahnunglück mit zwei Lokomotiven, die sich auf die Hinterbeine gestellt hatten wie kämpfende Ziegenböcke. Da war das große Erdbeben von San Francisco, mit dem der Herr die Monopolkapitalisten gestraft hatte. Der Untergang der »Titanic«, mit Mann und Maus, wie Onkel Gustav zu sagen pflegte, aber die Maus war nicht mit abgebildet. Auch gab es einen Autounfall, bei dem die beiden Fahrer in entgegengesetzter Richtung durch die Luft schossen wie die Trapezartisten im Zirkus »Aeros«. Und schließlich eine Lokomotive, die in einen Wartesaal gerast war.

Nach zwei Runden durch diese aufregende Welt ging Thomas aus dem Haus und machte einen Spaziergang. Es dämmerte schon, und vom niedrigen Himmel fielen dicke Flocken. Wenige Autos hatten ihre Spuren in den frischen Schnee gedrückt. An der Pleißebrücke zielte Thomas mit Schneebällen auf die schmutzig-weißen Schaumberge, die der schwarze Fluß in Richtung Rosental trug. Thomas überlegte, ob Onkel Gustav als richtiger Lokführer zufriedener gewesen wäre. Er selbst hatte dieses Ziel fest vor Augen – ziemlich fest jedenfalls, denn vielleicht würde er sich doch für den Wilden Westen entscheiden.

Als er wieder die Stufen zu Onkel Gustavs Wohnung hinaufstieg, öffneten sich auf jeder Etage die Türen einen Spalt breit, und Nasen drückten sich dazwischen. Thomas hatte Verständnis für diese Neugier, denn er tat das zu Hause auch. Dennoch ärgerte er zwei der Nasen, indem er stehenblieb und erwartungsvoll auf den Türspalt schaute, der sich sofort schloß.

Oben erzählte der Vater gerade über Thomas' zweiten Auftritt beim kürzlichen Advents-Vorspiel von Fräulein Sommer, der Klavierlehrerin. »Also, den ›Wilden Reiter‹ hatte er gut geübt, aber er geriet ihm etwas zu wild, das Klavier schien jedenfalls etwas verstimmt darüber. Der ›Fröhliche

Landmann‹ lief besser. Der Komponist hätte ihn wahrscheinlich nicht wiedererkannt, aber die Zuhörer wurden wirklich fröhlich dabei.«

»Wart's mal ab, wenn ihr nächste Woche wieder Weihnachtslieder singen müßt«, drohte Thomas ärgerlich.

Alle lachten darüber; man war inzwischen überhaupt ziemlich ausgelassen. Auf dem Tisch standen eine leere und eine halbleere Flasche Kakaolikör.

»Unsere Direktion hat ja keine Ahnung, wie man den Zugbetrieb rationie ..., ich meine ratio-na-li-sie-ren kann«, erklärte Onkel Gustav mit großer Gebärde. »Ich habe schon vor dreißig Jahren gesagt, daß es am besten wäre, wenn die Fahrgäste ihre Fahrkarten selber klipsen würden.«

»Knipsen«, verbesserte der Vater, »nicht klipsen.«

»Sag ich ja! Man muß bloß in jedes Coupé 'ne Zange tun, am besten an 'ner Kette, damit sie nicht gemaust wird. Und daneben 'ne Beschreibung, wie rum man die Fahrkarte halten muß und so. Und dann können sie alle selber klipsen.«

»Knipsen«, verbesserte Thomas und spann den Gedanken weiter: »Und dann hätten sie dich nach Hause geschickt und du hättest Zeit gehabt zum Malen und wärst so berühmt geworden wie der Kranich aus Wittenberg und hättest mir ein Kaninchen gemalt wie der Dürer.«

»Genau«, bestätigte Onkel Gustav, »aber du kommst ja zu nichts wegen dem blöden Knipsen.«

»Klipsen«, meinte der Vater und schenkte Kakaolikör nach.

Dann erzählte Onkel Gustav seinen Standardwitz, dem niemand mehr zuhörte: »Ihr wißt ja, daß die Reichsbahn immer langsamer wird, weil sie bloß noch mit Braunkohle fährt. Also, da fährt ein D-Zug von Leipzig nach Zwickau rauf, und an einer Steigung wird er immer langsamer. Da steigt ein Fahrgast aus und geht nach vorn und geht so neben der Lok her und fragt den Lokführer: ›Sagen Sie mal, können Sie nicht ein bißchen schneller?‹ Da sagt der Lokführer: ›Ich schon. Aber ich darf im Dienst nicht die Lok verlassen.‹«

Thomas lachte als einziger, und Onkel Gustav warf ihm einen dankbaren Blick zu.

Dann hatte Thomas eine Idee: »Onkel Gustav, du hast mir doch mal versprochen, daß ich auf eurer Lok mitfahren kann.«

Onkel Gustav erinnerte sich an diese Zusagen ebensowenig wie Thomas, aber der bohrte weiter: »Das mußt du doch machen können. Du warst doch bei der Reichsbahn ganz schön wichtig.«

Alle Frauen waren gegen die Sache, aber Onkel Gustav zwirbelte seinen Schnurrbart, ließ seine Knopfaugen rollen und holte seine Dienst-Taschenuhr hervor: »Jawoll! Du fährst heute mit meinem Zug. Leipzig-Connewitz achtzehn Uhr zwölf, Stötteritz achtzehn Uhr zwanzig, Hauptbahnhof an achtzehn Uhr achtundzwanzig.«

»Auf der Lok?«

»Auf der Lok!«

Auf dem Bahnhof Connewitz verhandelte der Onkel mit dem Lokführer, der nicht so richtig wollte. »Mensch, Gustav, du weeßt doch, daß mir das nich derfn. Das is geechn de Vorschrift.«

»Ach so«, gab Onkel Gustav zurück, wobei er in kollegiales Sächsisch verfiel. »Un wie war das vorches Jahr mit deiner Dande Emma? Die hab'ch bis nach Zwiggau mitgenomm. Umsonst!«

Dem Lokführer war sichtbar unbehaglich.

»Un ooch noch erschte Glasse«, trumpfte Gustav auf.

Thomas durfte auf den Führerstand, und Onkel Gustav rief seinem ehemaligen Kollegen noch nach: »Nu mach awwer hin! Du hast schon genuch Verschbädung!«

Der Lokführer griff in die Hebel, und die Lok schob sich prustend aus dem Bahnhof. Das »Tsch-tsch-tsch« wurde immer schneller, und Thomas fühlte sich auf einem Höhepunkt seines Daseins. Allerdings zog es ziemlich, so daß ihm bald die Augen tränten. Dann riß der Heizer das Feuerloch auf, aus dem beißende Hitze kam. Thomas kriegte einen Schaufelstiel ins Kreuz und verdrückte sich zur Tür. Dort wirbelten ihm Dampf, Ruß und Schneeflocken ins Gesicht, und als er vorsichtig hinauslugte, um die Signale vor dem Bahnhof Stötteritz auszumachen, riß es ihm seine blaue Schirmmütze vom Kopf.

Am liebsten wäre er in Stötteritz ausgestiegen, aber er wollte sich nicht blamieren. Bis zum Hauptbahnhof kauerte er sich in eine Ecke, und beim Aufstehen stieß er sich den Kopf an. Er bedankte sich hastig und kletterte auf den Bahnsteig. Hinter einer dicken Frau versteckt, schlich er sich durch die Sperre und lief zur Straßenbahn. Der Platz neben dem Fahrer kam ihm so gemütlich vor wie das Wohnzimmer am Heiligen Abend.

Die Geburtstagsgesellschaft sang gerade mehrstimmig von der Lüneburger Heide, brach aber bei Thomas' Erscheinen ab.

»Wie sieht denn dein schöner Wintermantel aus!« rief die Oma.

»Und wo hast du deine Mütze?« fragte die Mutter.

»Kurz vor Stötteritz«, antwortete Thomas kleinlaut.

Onkel Gustav kam zur Hauptsache: »Wie war's denn?«

»Na ja, also, so 'ne Loksche ist schon 'ne prima Sache.«

33 Eines Tages im neuen Jahr kam ein Brief von Micky. Er war vorsichtig abgefaßt, man merkte förmlich, wie sich der Schreiber bemüht hatte, dem Empfänger keine Schwierigkeiten zu machen. In der Tat hatte man den Brief auch unterwegs geöffnet und mit einem Klebestreifen wieder verschlossen. Micky schrieb:

»Lieber Thomas! Wie geht es dir? Mir geht es pfundig. Hier ist zwar alles kapitalistisch, aber sonst ganz schön. Wir sind nach München gemacht welches ein ziemlich großer Ort in Bayern ist. Ich gehe jetzt aufs Gimnasyum, das ist sowas wie eine Oberschule, blos das man ohne Pioniere drauf kommt. Ich muß Englisch nachhohlen, das ist aber nicht so schwer wie Russisch weil die Engländer mit deutsche Buchstaben schreiben. Außerdem muß ich Bayrisch lernen, das ist ein Dialeckt welches wir in Leipzig ja nicht hatten. Zum Beispiel sagt man hier für Nischel Hirn und so weiter. Mein Vater verkauft Gebrauchtautos und haben wir selber auch schon einen Gutbrod und bekommen vielleicht bald ein DKW. Auch besitze ich schon ein Fahrrad mit Gangschaltung und Felgenbremsen. Außerdem habe ich zu Weihnachten eine elektrische Eisenbahn bekommen. Zu deinem D-Zugwagen habe ich mir die felenden Achsen gekauft, die giebt es hier ganz einfach ohne Beziehungen. Auch Kaugummi kann man kaufen. Vieleicht intressiert dich noch daß die Straßenbahn hier Tram heißt und nicht rot sondern blau ist. Wenn du mehr wissen willst kannst du mir ja mal schreiben. Schöne Grüße an die Klasse außer Pietsch und solchene Deppen. Schöne Grüße auch an deine Alten. Dein Freund Micky.«

Für die Behauptung, man könne Kaugummi kaufen, hatte Micky einen Beweis beigelegt: ein Einwickelpapier, auf dem »Wrigley's Chewing Gum« stand.

Thomas las den Brief mehrmals und dachte lange darüber nach. Es war das erstemal, daß ihm jemand, den er gut kannte, über die Verhältnisse im Westen berichtete. Onkel Manfred und Tante Klara schrieben nur an die Erwachsenen, und die Zwillinge hatten sich noch nie an Thomas gewandt. Ihnen hätte er auch nicht viel geglaubt.

Aber nun Micky! Er war zwar ein wenig kauzig, spielte gern Klavier und ungern Fußball. Aber er war ganz in Ordnung und jedenfalls der zuverlässigste Zeuge, von dem Thomas bisher etwas über das Leben im Westen erfahren hatte. Und wenn es Micky in München so gut gefiel, dann schien zumindest bewiesen, daß ein Leipziger in der Fremde nicht zugrunde gehen mußte.

Thomas antwortete. Auch er wählte seine Worte vorsichtig – nicht wegen Micky, dem nichts passieren konnte, sondern im eigenen Interesse.

»Lieber Micky! Ich bedanke mich für deine Frage, aber mir geht es glänzend. Vor allem ist die Versorgung schon viel besser geworden seit ihr nicht mehr hier seid. Auch in der Schule geht es jetzt besser bergauf und giebt Häschen nicht so viele Fünfen wie Hasenbein. Im Fußballverein bin ich jetzt rechter Verteidiger geworden weil ich inzwischen viel besser bin wie Pietsch die blöde Sau. Ich habe mit Verwunderung gelesen das ihr in München einen Dialekt und blaue Straßenbahnen habt. Hier werden die Straßenbahnen bald von rot auf bäsch mit blaue Streifen umgemalt was mich wundert weil doch rot unsere schönste Farbe ist. Ich freue mich daß du mit meinem D-Zugwagen doch noch was anfangen kannst. Ich rechne nicht mehr mit einer elektrischen Eisenbahn, aber dafür haben wir ja hier andere große Vorteile. Hast du auch gelesen von den vielen Iniativen der DDR-Regierung zur Einheit Deutschlands? Deutsche an einen Tisch und so ist hier jeden Tag ganz groß. Aber der Heuss hat ja nicht mal den Brief von Pieck beantwortet. Die Volkszeitung sagt die Bonner Regierung wäre so eine richtige Spalterregierung. Es giebt hier viele Hausgemeinschaften, die schreiben Briefe in den Westen um gemeinsam für die Einheit Deutschlands was zu machen. Mohrmann will auch wieder für unser Haus einen Brief schreiben. Du kannst mir ja mal schreiben ob ihr ihn haben wollt.

Wenn du mal wieder schreibst, kannst du ruhig mal einen Kaugummi reintun. Wenn ihr schon ein DKW kriegt, müßte das auch noch drin sein. Auch kannst du mal ein Paar Sondermarken raufkleben. Ich klebe dir auf diesen Brief vier Stück drauf, zwei von der deutsch-chinesischen Freundschaft und zwei von der deutsch-sowjetischen Freundschaft. Hoffentlich hast du sie noch nicht.

Herzliche Grüße, auch an deine alten Herrschaften, dein Freund Thomas.«

Der Vater las sicherheitshalber gegen und fand nichts Verfängliches. Er monierte nur ein Schimpfwort und meinte außerdem, die politischen Ausführungen hätten wohl etwas kürzer sein können.

»Aber so ist es sicherer«, beharrte Thomas.

Beim Abendbrot fragte der Vater ganz beiläufig: »Hast du gehört, daß sie Fahrer für die Pionierstraßenbahn suchen?«

»Nee, wieso?«

»Na ja, du weißt doch, daß es schon FDJ-Züge gibt, wo Fahrer und Schaffner FDJler sind. Und nun werden eben Junge Pioniere gesucht für die neuen Pionierzüge.«

»Woher weißt'n das?«

»Aus dem Radio.«

»RIAS?«

»Nein. Aus dem Sender Leipzig. Den muß man eben auch ab und zu mal hören.«

»Und was muß ich nu machen?«

Der Vater erklärte ihm, er müsse sich morgen nachmittag um drei beim Straßenbahndepot in der Georg-Schumann-Straße melden und eine Probefahrt machen.

»Kein Problem«, meinte Thomas, aber dann fiel ihm ein: »Ich bin aber gar nicht in den Pionieren.«

»Das macht nichts. Sie haben gesagt, wer die Probefahrt besteht, der kann schnell noch eintreten.«

Thomas sah wirklich kein Problem. Er kannte jeden Handgriff, denn er stand immer vorn links neben dem Fahrer und schaute ihn auch mal mißbilligend an, wenn er mit der Fahrweise nicht ganz zufrieden war. Die meisten Fahrer auf der Linie Sechs kannte er vom Sehen, und einer hatte ihn auch schon mal begrüßt. Kein rechtes Vertrauen hatte er zu den Frauen an der Handkurbel, von denen es in Leipzig schon weit über hundert gab. Er teilte die Meinung der Mutter, daß dieser Beruf für eine Frau viel zu schwer sei und daß es eine solche Ausbeutung im Westen niemals geben werde. Am liebsten fuhr Thomas mit den Blauhemden in den FDJ-Zügen, sie hatten den rasantesten Fahrstil.

Schon einmal hatte Thomas eine ähnliche Bewerbung erwogen. Da wurden im letzten Winter Lokführer für den Trümmerexpreß gesucht. Die Bähnchen auf den schmalen Gleisen karrten seit vielen Monaten Schutt hinaus zur riesigen Baustelle des neuen Sportforums. Tausende von Leipzigern leisteten freiwillige Aufbaustunden, und manche Betriebe stellten am Wochenende ihre LKWs zur Verfügung. Nur Lokführer fehlten, und die *Volkszeitung* rief nach Rentnern, die früher bei der Reichsbahn die großen Maschinen gefahren hatten.

Nun aber die Pionierstraßenbahn! Thomas konnte abends nicht einschlafen. Wenn die mich morgen nehmen, dachte er, bin ich übermorgen den blöden Schulkram los. Er malte sich aus, wie er an der Kurbel der Linie Elf oder Achtundzwanzig an der Roten Schule vorbeifuhr und einen aufreizenden Klingelgruß zu dem Fenster hinüberschickte, hinter dem er seine Klasse überm Aufsatz brüten wußte. Er rechnete schon mit seinem ersten Straßenbahnfahrer-Gehalt, von dem er sich ein »Diamant«-Rennrad oder eine elektrische Eisenbahn kaufen würde. Da blieb sicher soviel übrig, daß man abends, wenn die Straßenbahn im Depot abgeliefert war, noch ein Schweinsohr essen und eine Brause trinken konnte. Und die besten Freunde würde er ohne Fahrschein mitfahren lassen. Ein Kinderfahrschein kostete immerhin zehn Pfennig. Ebensoviel mußte man übrigens – was Thomas empörend fand – für einen Hund bezahlen.

Thomas träumte von der Probefahrt. Er hatte Glück gehabt und einen der vertrauten Wagen erwischt, die auf der Linie Sechs verkehrten. Es gab nämlich inzwischen neue Triebwagen vom VEB LOWA in Görlitz, und bei denen saß der Fahrer in einem abgetrennten Abteil, so daß man seine Handgriffe nicht beobachten konnte. Es ging also ganz gut die Georg-Schumann-Straße hinunter und weiter bis zum Hauptbahnhof. Aber da streikte der Wagen plötzlich. Er rührte sich nicht von der Stelle, wie sehr Thomas auch die Kurbel bewegte. Der Prüfer, der aussah wie Zahlenfips, der Rechenlehrer, zeigte mißbilligende Falten auf seiner Stirn: »Sieh mal nach, ob noch genug Briketts aufgelegt sind!« Thomas wunderte sich zwar über die Frage, gehorchte aber und ging nach hinten um nachzusehen. Im selben Augenblick schoß die Straßenbahn davon. »Ich darf während des Dienstes den Führerstand nicht verlassen«, schoß es Thomas durch den Kopf. Er rannte hinterher und versuchte aufzuspringen. Die Straßenbahn sauste in den Osteingang des Hauptbahnhofs und die Treppe hinauf und sprang am Bahnsteig 22 auf die Schienen. Thomas folgte ihr. Der Mann an der Sperre fragte nach der Fahrkarte, und Thomas hielt ihm ein halbes Schweinsohr hin. Der Kontrolleur biß ein Loch hinein. Thomas erreichte keuchend den Führerstand und arbeitete sich hinein. Der Zahlenfips stand an der Kurbel und fragte, wieviel Verspätung er ins Klassenbuch eintragen solle. Thomas wollte seine Taschenuhr herausholen und zog an der Goldkordel, aber daran hing ein Brikett. Der Zahlenfips entriß es ihm und warf es in das Feuerloch. »Wir brauchen jedes Brikett für die Steigung vor Zwickau!« – »Ich muß fahren, ich habe Prüfung!« rief Thomas und versuchte, an die Kurbel zu kommen. – »Du willst dich bloß vor der Rechenarbeit drücken!« fauchte der Zahlenfips und warf die Kurbel ins Feuer. Thomas sprang hinterher und schlug mit dem Kopf an irgend etwas.

Er wachte auf und lag neben seinem Bett. Da es draußen schon hell wurde, stieg er nicht noch einmal hinein. Er baute sich aus seinem Stabilbaukasten einen Führerstand und kurbelte bis zum Frühstück.

In der Schule war er unaufmerksam. Als der Zahlenfips ihn fragte, wie schnell ein Zug fahren müsse, um in dreieinhalb Stunden in Zwickau zu sein, da hätte ihm Thomas am liebsten ein Brikett an den Kopf geworfen. »Mittelschnell«, gab er zur Antwort und wurde ins Klassenbuch eingetragen.

Kurz nach halb drei stand er erwartungsvoll vor dem Pförtnerhäuschen des Straßenbahndepots. Er freute sich, daß er der erste war, aber er wunderte sich, daß nichts geschah. Er dachte, man könnte ja wenigstens schon seine Personalien aufnehmen, bevor der Andrang begann. Um drei war Thomas noch immer der einzige Bewerber. Er schaute ein ums andere Mal fragend zu dem Pförtner hinein, aber der nickte nur freundlich und wollte nichts wissen.

Um zwanzig nach drei klopfte Thomas an die Tür und trat ein: »Gudn Daach! Ich gomme weechn die Brobefahrd.«

»Weechn was?«

Thomas wunderte sich, wer hier alles Pförtner werden konnte, und wiederholte: »Weechn die Brobefahrd.«

Der Pförtner verstand immer noch nichts.

»Na weechn die Bionierschdraßnbahn«, drängte Thomas.

Der Mann schüttelte den Kopf, und Thomas wollte wild werden. Da fiel sein Blick auf einen Kalender an der Wand: »1. April 1952.« »Schuldchung«, murmelte er und wetzte los. Unterwegs heulte er vor Wut.

»Na, hast du die Probefahrt bestanden?« fragte der Vater beim Abendessen.

»Was'n für 'ne Probefahrt?« fragte Thomas gleichgültig zurück und schüttete Zucker in seinen Pfefferminztee.

»Na für die Pionierstraßenbahn.«

»Sag mal!« Thomas richtete sich auf seinem Stuhl auf und sah den Vater vorwurfsvoll an. »Du denkst wohl, ich falle auf jeden Käse rein, oder?«

34 »Halt!« rief Fräulein Hase. »Bleibt mal hier!«

Es war Sonnabend mittag, und die Klasse wollte gerade ins Wochenende stürzen. Thomas hätte den Ruf der Lehrerin gern überhört, traute sich aber nicht. Alle schlichen in ihre Bänke zurück und harrten der Nachricht, die keine angenehme sein konnte.

»Wir treffen uns um vier vor dem Nordbad. Jeder bringt ein Papierfähnchen mit. Wilhelm Pieck kommt.«

Also wieder mal jubeln, dachte Thomas.

Das Nordbad lag an der Einfallschneise prominenter Leipzig-Besucher, die vom Flugplatz Mockau oder von der Autobahn kamen und in die Innenstadt fuhren. Und Thomas' Klasse hatte vor diesem Nordbad sozusagen ihren angestammten Jubelplatz. Es mußte wohl eine Art Generalmobilmachungsplan geben, der sicherstellte, daß überall an der Route genug Kinder mit Papierfähnchen winkten.

Wilhelm Pieck, der Präsident, kam aus Anlaß des IV. Parlaments der FDJ nach Leipzig. Seit Monaten hatte sich die Stadt auf das große Fest vorbereitet. Die Leipziger waren aufgefordert, den Berlinern und ihren Weltfestspielen vom Vorjahr nicht nachzustehen. Zehntausende von Gästen mußten untergebracht werden, und die Stadtbezirke wetteiferten um die größte Zahl bereitgestellter Quartiere. Die 200 gastfreundlichsten Häuser durften sogar öffentlicher Erwähnung und einer Prämie sicher sein.

Herr Mohrmann, der kürzlich in Ermangelung eines Gegenkandidaten zum »Hausvertrauensmann« gewählt worden war, legte sich mächtig ins Zeug. Alle Mieter außer denen in der ersten Etage hatten unter dem Eindruck seiner Beredsamkeit je ein Bett angemeldet. Herr Mohrmann beschwor die Hausgemeinschaft, vor allem die Gäste aus Westdeutschland – falls welche zugewiesen würden – gut zu verpflegen. Man wisse ja, daß im Westen die Brotpreise schon wieder angehoben worden seien.

Die Sichtwerbung am Haus hatte er in diesem Jahr so geschickt gestaltet, daß sie zum 1. Mai und zum 8. Mai, dem Tag der Befreiung, ebensogut paßte wie zum Parlament der FDJ, das am 27. Mai begann. Auch Thomas hatte diesen Gesichtspunkt bei der Gestaltung der Wandzeitung im Hausflur berücksichtigt und groß obendrüber geschrieben: »Es lebe der ganze Mai!«

Auch sonst hatte er die Losungen ziemlich allgemein gehalten: »Kämpft mit ganzer Kraft! Entfaltet den Wettbewerb für kühnere Kritik und Selbstkritik! Erfüllt ehrenvoll eure Verpflichtungen! Sorgt für pünktliche Erfüllung! Eignet euch Erkenntnisse an! Vollbringt neue hervorragende Leistungen!« Konkreter war nur eines: »Alle deutschen Patrioten für freie gesamtdeutsche Wahlen! Hinweg mit der Spalterregierung Adenauer!«

Wie immer, wenn Leipzig größere Mengen westdeutscher Besucher ins Haus standen, waren auch die Aufklärer zu erhöhtem Einsatz aufgefordert. Sie wurden von Betrieben und Schulen gestellt und in Schulungsabenden darauf vorbereitet, den Gästen die Errungenschaften zu erklären. Die *Volkszeitung* kritisierte jedoch immer wieder den mangelnden Einsatz der Aufklärer und den trostlosen Zustand der Aufklärungslokale.

Thomas fand sich pünktlich vor dem Nordbad ein, hatte jedoch sein Papierfähnchen vergessen. Fräulein Hase hatte aber ein paar in Reserve.

Thomas war gespannt auf Wilhelm Pieck und hoffte, er werde vor dem Nordbad anhalten und aussteigen. Der rundliche Präsident mit dem gutmütigen Gesicht genoß Sympathien, und manche sagten: »Wenn der bloß wüßte, was bei uns so alles los ist.«

Pieck verspätete sich, und die Jungen begannen, sich zu balgen und die

Mädchen zu necken. Plötzlich war die Autokarawane da und auch schon vorbei; die Kinder winkten mit den zerzausten Resten ihrer Papierfähnchen hinterher.

»Jetzt habe ich ihn nicht mal gesehen«, maulte Thomas.

Am Sonntag abend, beim Kinderfest im Rosental, tauchte plötzlich Walter Ulbricht auf.

»Nu, seid'r alle da, ja?« fragte er leutselig, und die Kinder riefen: »Jaaa!«

Ulbricht ließ sich von einem kleinen Mädchen einen Lampion reichen und führte eine Polonaise an. Thomas, dessen Lampion leider schon in Flammen aufgegangen war, schloß sich mit dem Stiel in der Hand an. Zu Hause erzählte er nichts davon. Er wußte, daß man dort Ulbricht nicht mochte.

Am Dienstag nachmittag bekam er dann doch noch Wilhelm Pieck zu sehen. Auf dem Weg zum Fußballtraining bemerkte er einen kleinen Menschenauflauf vor einem Haus in der Geschwister-Scholl-Straße. Er stieg vom Fahrrad und erkundigte sich. »Bieg is da«, raunte ihm ein Junge zu, »in das Haus da isser reingemacht.«

Thomas in seiner Neugier bekam heraus, daß der Präsident eine Umsiedlerfamilie besuchte, für deren jüngstes Kind er die Patenschaft übernommen hatte.

Mensch, das wär was! dachte Thomas, dessen beide Patenonkel im Westen wohnten und fast nie von sich hören ließen. Er drängte sich unter die Wartenden vor der Haustür.

Endlich kam Pieck heraus, die Leute klatschten, und der Präsident winkte freundlich. Dann begann er, ein paar Hände zu schütteln und ein paar Worte zu wechseln. Ehe er sich's versah, hatte auch Thomas seine Hand in der des Präsidenten.

»Na, wie heißt du denn?« fragte Pieck.

»Thomas«, antwortete er verdattert, »und Sie?«

»Wilhelm«, sagte Pieck und lachte, »kennst du mich denn nicht?«

»Doch, doch, aber ... aber am Sonnabend habe ich Sie bloß von hinten gesehen.«

»Na, dann schau noch mal genau hin.«

»Der ist aber richtig nett«, schwärmte Thomas beim Abendbrot.

»Ich habe den Eindruck«, sagte der Vater, »daß die Republik heute einen weiteren Anhänger gewonnen hat.«

»Jedenfalls ist er nett«, beharrte Thomas.

35 Thomas war auf Botengang. Er hatte für den Vater ein eiliges Paket mit medizinischen Büchern auszuliefern. Solche Besorgungen brachten ihm den kleinen Zuschlag zu seinem Taschengeld, den er mit Aufsätzen nicht verdienen konnte. Bis vor zwei Wochen hatte er die Pakete auf seinem Fahrrad transportiert, aber dann war ihm die linke Strebe vom Gepäckträger gebrochen, und seither war er bei größeren Lieferungen wieder auf die Straßenbahn angewiesen. Manchmal gelang es ihm, das Fahrgeld zu sparen, so daß die finanzielle Ausbeute doch ganz ansehnlich war.

Thomas fuhr mit der Linie Zwanzig bis zur Endhaltestelle und schleppte sein Paket zum Eingang des Krankenhauses. Er stellte es dem Pförtner vor die Füße und ließ sich nicht auf die Diskussion ein, ob er es bis in die richtige Abteilung tragen könne. Seit seiner Mandeloperation haßte er nämlich Krankenhäuser. Er hatte damals allerdings großes Pech gehabt, denn am Tag seiner geplanten Entlassung war der Blinddarm akut geworden und hatte rausgemußt. Seither machte er um Krankenhäuser lieber einen Bogen.

Bisweilen lieferte er auch Pakete in die Irrenanstalt Leipzig-Dösen. Sie war ihm ebenfalls nicht geheuer, und er eilte immer rasch durch den Park, ohne die Patienten anzusehen. Einer hatte ihn mal angesprochen. »He, Kleiner!« hatte der Mann gerufen, und Thomas hatte ihm diese Anrede verziehen, weil der Mann ja irre war. »Kleiner, kannst du mal diesen Brief für mich einwerfen?«

Der Brief war an die Regierung adressiert.

»Was steht'n da drin?«

»Daß ich gegen einen Minister ausgetauscht werden will.«

Thomas wies den Brief zurück. Die Forderung schien ihm gar nicht so irre, aber viel zu gefährlich. Er schaute sich ängstlich um, ob jemand zuhörte.

»Brauchst keine Angst zu haben, Kleiner. Ich kann so was machen, ich hab's schwarz auf weiß, daß ich nicht dafür verantwortlich bin.«

Thomas hatte den Brief trotzdem nicht mitgenommen. Aber auf dem Heimweg hatte er überlegt, daß man so eine Bescheinigung, wie der Mann sie offenbar besaß, auch für die Schule haben sollte.

Als er diesmal vom Krankenhaus zurückkam zur Endhaltestelle, sah Thomas in der Wendeschleife zwei Straßenbahnen hintereinander stehen. In beiden waren noch keine Fahrgäste. Die Fahrer und Schaffnerinnen hatten sich im zweiten Zug zu einem Schwatz zusammengesetzt. Thomas stieg ganz vorn ein, wo er völlig allein war.

Er wunderte sich ein wenig, daß der Fahrer seine Kurbel nicht abgezogen und mitgenommen hatte. Er fand das ein bißchen verantwortungslos, denn so konnten schließlich Unbefugte allen möglichen Unfug treiben.

Thomas schaute die Kurbel an. Wenn man sie nach rechts drehte, würde sich die Bahn langsam in Bewegung setzen. »Probefahrt!«

Er ärgerte sich immer noch, daß der Vater ihn in den April geschickt hatte. Und er war immer noch sicher, daß er die Probefahrt bestanden hätte. Daß er jetzt einen richtigen Beruf haben könnte. Nicht so einen wie der Vater, der in letzter Zeit immer schwerer Waren für seine Kunden auftreiben konnte. Oder wie die Mutter und Onkel Wolfgang, die jeden Tag damit rechnen mußten, daß man sie aus der Firma hinauswarf.

Thomas faßte die Kurbel an. Der knollenförmige Holzgriff lag gut und kühl in der Hand. Thomas stellte sich vor, er brause mit der Bahn durch die Stadt und unterbiete sämtliche Fahrpläne. Das würde sich herumsprechen, und bald würden die meisten Leipziger nur noch mit ihm fahren wollen. Sie würden auf den Trittbrettern stehen und auf den Puffern sitzen, und einige würden sogar aufs Dach klettern.

Plötzlich fuhr die Straßenbahn los. Thomas erschrak und sah, daß er die Hand an der Kurbel hatte. Er ließ los, aber die Bahn schlich weiter und bog quietschend von der Wendeschleife in die Straße ein. Anhalten! dachte Thomas. Zurück! Nein, da schnappen sie dich. Straßenbahnen sind Volkseigentum! Abspringen und wegrennen! Da schnappen sie dich auch. Da hinten ruft schon wer. Unsichtbar werden! Geht auch nicht. Scheiße! Was nun? Weiterfahren? So schnell können die nicht rennen. Weiterfahren!

Thomas packte die Kurbel und drehte sie weiter. Es ging leicht bergab, und die Bahn, übrigens eine Linie Zwanzig, beschleunigte zufriedenstellend. Er trat auf den Klingelknopf und stellte fest: ein herrlicher Klang! Und überhaupt: ein herrliches Gefühl! Dies war doch ganz was anderes, dachte er, als wenn man nur danebenstand und zusah. Die Zwanzig näherte sich der ersten Haltestelle. Zwei Frauen traten auf die Fahrbahn, um einzusteigen.

Was soll ich machen! dachte Thomas. Nicht erwischen lassen! Nicht anhalten, wo Leute sind!

Er rauschte mit Geklingel an der Haltestelle vorbei und sah noch, wie sich die eine Frau an die Stirn tippte.

Recht hat sie, mußte er zugeben.

Weit vor ihm kreuzte ein Vopo-Auto die Straße. Da verlor er die Nerven. Er hielt an, sprang hinaus und rannte davon. Er rannte so lange, bis er nicht mehr konnte. Dann schlüpfte er in einen Hausflur und lugte vorsichtig durch die Scheibe, ob ihm jemand gefolgt war. Es war alles ruhig.

Irgendwer hat mich gesehen, dachte Thomas, und die Vopos sind ja nicht alle Schlafmützen. Die sind schon hinter mir her. Ich muß weg. Ich muß mich verdünnisieren. Möglichst weit weg. In den Westen. Oder am besten gleich in den Wilden Westen. Die Sheriffs da drüben kümmern sich nicht darum, ob einer in Leipzig eineinhalb Haltestellen weit unbefugt mit einer volkseigenen Straßenbahn gefahren ist.

Thomas schlich auf Umwegen nach Hause in sein Zimmer und begann zu packen: Taschenmesser, Taschengeld, Flitzebogen, die drei Bände Winnetou.

Der Vater kam herein: »Hast du das Paket weggebracht?«

»Ich muß nach Amerika!«

»Ich meine, ob du schon im Krankenhaus warst.«

»Ich muß nach Amerika.«

»Wohin?«

»Nach A-m-e-r-i-k-a!!!«

»Ach so, das hatte ich ja völlig vergessen. Na, dann grüß mal alle schön.«

»W ... w ... wieso weißt du denn ...?«

»Na ja, Old Shatterhand hat vorhin angerufen und gefragt, wo du bleibst.«

Thomas setzte sich auf den Fußboden und fühlte sich wie ein Fußball, aus dem plötzlich die Luft entwich. Er atmete tief durch, und dann erzählte er die Geschichte mit der Zwanzig. Der Vater zog die Stirn in Falten, die immer tiefer wurden. »Du bist ein hundertprozentiger Schwachkopf!« schimpfte er schließlich.

»Das stimmt schon«, gab Thomas geknickt zu, »aber was soll ich denn jetzt machen?«

»Gar nichts! Für dich wäre es überhaupt das beste, wenn du nie irgendwas machen würdest. Man sollte dich ausstopfen und in den Keller stellen.«

Thomas sah das ein und versuchte sich diesen Zustand vorzustellen. Er begriff, daß er riesigen Bockmist gebaut hatte. Er sagte sich jedoch, daß die Zwanzig sozusagen fast von selbst losgefahren war und daß er nie die Absicht gehabt hatte, sie für sich zu behalten. Wo hätte er sie denn auch unterbringen sollen? Und mußte schließlich ein Fahrer nicht besser auf seine Straßenbahn aufpassen? Mußte er nicht die Kurbel abziehen, wenn er zum Schwatz nach hinten in die Vierundzwanzig ging? Aber trotzdem rechnete Thomas jeden Augenblick mit dem Eintreffen der Vopos. Er saß auf dem Fußboden und wartete. Als sie nach drei Stunden noch immer nicht geklingelt hatten, schöpfte Thomas Mut und hoffte, sie würden die Sache auf sich beruhen lassen. Schließlich, dachte er, ist es ja auch eine Riesen-Blamage, wenn sie sich von einem kleinen – oder jedenfalls mittelgroßen – Jungen eine Straßenbahn klauen lassen. Nach einer weiteren halben Stunde traute er sich, den Kopf durch die Wohnzimmertür zu stecken und den Vater zu fragen: »Stimmt das wirklich, daß Old Shatterhand nach mir gefragt hat?«

»Ja! Er hat gesagt, die Apatschen brauchen dringend eine Straßenbahn. Möglichst eine Zwanzig.«

»Du willst mich ja bloß verarschen.«

»Ja. Und wenn du heute noch mal deine unselige Rübe durch die Tür steckst, dann wirst du skalpiert, halbiert, kastriert, kandiert und perforiert.«

Thomas traute sich nicht zu fragen, was das alles sei, und verzog sich.

»Und flambiert!« rief ihm der Vater noch nach.

Thomas setzte sich wieder auf den Fußboden in seinem Zimmer und überlegte, ob die Vopos ihn vielleicht nur ein paar Tage lang in Sicherheit wiegen und dann um so gnadenloser zugreifen wollten.

Vielleicht, dachte er, haben sie aber wirklich keine Ahnung, wer die Zwanzig geklaut hat. Oder sie schämen sich, daß ein Junge eine Straßenbahn klauen konnte.

Beim Einschlafen war Thomas soweit, zu bedauern, daß man diese herrliche Geschichte nicht in der Schule erzählen konnte.

Fräulein Hase schrieb mit quietschender Kreide das Thema des Klassenaufsatzes an die Tafel, und Thomas erschrak: »Die Straßenbahn – das fortschrittliche Verkehrsmittel der Werktätigen.«

Thomas bekam rote Ohren und verbarg sie mit den Händen. Er war sicher, daß ihm hier eine Falle gestellt werden sollte. Wahrscheinlich hatten sie einen Verdacht gegen ihn; es fehlte nur noch der letzte Beweis. In dem Aufsatz, so kombinierte er, sollte er sich verraten und sich als Dieb der Zwanzig zu erkennen geben.

Thomas legte diesmal jedes Wort auf die Goldwaage, ehe er es hinschrieb:

»Die Straßenbahn ist unser fortschrittlichstes Verkehrsmittel. Sie trägt ihren Namen zurecht weil sie tatsächlich durch die Straßen fährt. Früher fuhr sie mit Pferden sodas man sie zurecht Pferdebahn nannte. Im Krieg haben die anglo-amerikanischen Terrorbomber neben vielen anderen Kulturdenkmählern auch unserer Straßenbahn tiefe Wunden geschlagen. Alles lag in Schutt und Asche. Aber die Werktätigen haben dem Klassenfeind die Zähne gezeigt und den Wagenpark wieder betriebsbereit gemacht.

Heute fahren jeden Morgen unzählige Werktätige mit der Straßenbahn zu ihrer verantwortungsvollen Arbeitstätte, sodas ohne sie der Aufbau des Sozialismuses ziemlich witzlos wäre. Die Straßenbahn ist viel wichtiger als der Fußgänger, weil sie viel mehr Menschen transportieren kann. Auch das Auto kann ihr nicht das Wasser reichen, weil es in der DDR kaum welche gibt und meistens lauter alte Klapperkisten. Wo es keine Straßenbahn giebt sind die Menschen arm dran. Das konnten wir letzten Herbst sehr schön sehen, als wir auf unserer Klassenwanderung mit unserer sehr netten Lehrerin zu Fuß durch die Dübener Heide mußten.

Wenn ich nicht mehr in die Schule muß, werde ich vielleicht Straßenbahnfahrer. Das ist ein interessanter Beruf aber auch sehr schwer. So schwer, daß zum Beispiel ein Kind nie im Leben eine Straßenbahn von der Stelle bewegen kann bevor es erwachsen ist. Eher ist es schon möglich, daß sich eine Straßenbahn durch einen Defeckt von selber in Bewegung sezt und durch einen zweiten Defeckt irgendwo stehenbleibt. Eine Frau kann schon eher eine Straßenbahn fahren, was sehr fortschrittlich ist. Im Westen dürfen sie nämlich nicht, weil sie nicht ausgebeutet werden dürfen, aber in der DDR sind die Frauen gleichberechtigt.

Von allen Straßenbahnlinien mag ich die Elf und die Achtundzwanzig am liebsten weil sie die schönen schnittigen Niederflurwagen haben. Die Zwanzig mag ich überhaupt nicht. Ich weiß nicht mal wo die langfährt.

In der Straßenbahn darf man nicht schwarzfahren weil man sonst wertvolles Volksvermögen verplembert. Deswegen muß man beim Schwarzfahren höllisch aufpassen ob ein Kontrolleur kommt. Wenn man ihn beizeiten sieht, kann man vielleicht noch in einer Kurve abspringen, wenn die Straßenbahn etwas langsamer fährt. Dabei muß man immer schön die linke Hand am linken Griff halten weil man sonst auf die Schnautze fallen kann. Insgesamt muß man sagen das es schön wäre, wenn es noch mehr Straßenbahnen gäbe.«

Thomas war ganz zuversichtlich. Er sagte sich, daß sie so nichts herauskriegen konnten über den mysteriösen Diebstahl der Zwanzig. Er gab das Heft ab und sah aus dem Fenster. Aber dann holte er es noch einmal und strich die Sache mit den Straßenbahnfahrerinnen durch. Er hatte das Gefühl, dabei irgendwie nicht ganz richtig zu liegen.

Fräulein Hase gab ihm für den Aufsatz eine Vier plus. Sie sagte, manches sei ziemlich konfus und unverständlich. Neben die Sache mit dem Schwarzfahren hatte sie mit roter Tinte »Na, na!« geschrieben. Sie fragte Thomas, weshalb er denn ausgerechnet die Linie Zwanzig so verabscheue, obwohl er sie überhaupt nicht kenne.

Thomas spürte wieder, wie seine Ohren zu glühen anfingen. Er suchte fieberhaft nach einer Antwort, die nichts verriet. »Ich hab mal gehört«, sagte er schließlich, »daß sie da manchmal ganz komische Fahrer haben.«

Fräulein Hase entließ ihn mit einem mitleidsvollen Blick.

36 Eines Morgens um halb sechs kam doch die Polizei. Thomas wachte beim ersten Klingeln auf. Er hörte den Vater fragen, wer da sei, und eine Stimme barsch antworten: »Uffmachen! Volksbollezei!«

Scheiße! dachte Thomas wörtlich und sprang aus dem Bett. Dann blieb er aber mitten im Zimmer stehen und wurde sich bewußt, daß er nicht fliehen konnte. Die Wohnungstür war blockiert, der Abstieg über den Balkon zu gefährlich, und schließlich war damit zu rechnen, daß das ganze Haus umstellt war. Wenn nicht sogar das ganze Viertel, denn Vopos gab es ja genug.

Sibirien! schoß es Thomas durch den Kopf, und: verdammte Straßenbahn!

Da hörte er draußen auf dem Korridor die fremde Stimme fragen: »Wo ham Se denn Ihr Warenlager?«

»Uff!« machte Thomas leise. Die Vopos suchten also gar nicht den Straßenbahndieb, sondern kamen wegen der Geschäfte des Vaters. Thomas war erleichtert und einen Augenblick lang sogar etwas schadenfroh, denn er hatte den Aprilscherz noch nicht ganz vergessen. Aber dann sagte er sich, daß man gegen Vopos zusammenhalten mußte, gleichgültig was einen sonst trennen mochte.

Er drückte sich auf den Korridor, wo er vier Vopos zählte. Einer hielt eine Pistole in der Hand, und Thomas dachte: du Napfsülze! Hier beißt dich schon keiner. Der Vater war im Bademantel, und gerade kamen die Mutter und Onkel Wolfgang hinzu.

»Na, fang mr mal von vorne an«, sagte der Vopo und ging mit zwei Kollegen in Onkel Wolfgangs Zimmer.

Die Mutter flüsterte dem Vater zu: »Frag doch mal, ob die einen Haussuchungsbefehl haben oder wie das heißt.«

»Prima Idee!« flüsterte der Vater zurück. »Du hast wohl vergessen, daß das hier in zweifacher Hinsicht das Gegenteil von einem Rechtsstaat ist?«

Thomas verstand die Bemerkung nicht. Außerdem verstand er nicht, daß der Vater diesmal keine West-Zigaretten anbot. Er kam aber nicht dazu, ihn daran zu erinnern, denn der Anführer der Vopos trat aus Onkel Wolfgangs Zimmer und hielt ihnen einige Bücher entgegen: »Wem is'n die Lidderadur hier? Sieht bißchen nach Griechslidderadur aus, oder?«

Thomas kannte die Bücher und liebte sie. Vor allem »Vom Skagerrak nach Scapa Flow« hatte er mit Begeisterung gelesen, den Weg der kaiserlichen Kriegsmarine von ihrem größten Sieg gegen die Briten bis zur Selbstversenkung in Scapa Flow, mit der die Besatzungen verhinderten, daß die Schiffe in die Hand des Siegers fielen. Auch die anderen Heldengeschichten hatte er mehrfach gelesen, zum Beispiel »Panzerschiff Graf Spee« oder »Die Fahrten der Goeben und Breslau«. Die Bücher gehörten Onkel Wolfgang, der als Junge ein großer Bewunderer der Marine gewesen war. Er hatte am liebsten einen Matrosenanzug getragen, hatte außer der Weihnachtskrippe unzählige Schiffsmodelle gebastelt, von denen Thomas noch den Schlachtkreuzer »SMS von der Tann« besaß, hatte sich von seinem Taschengeld ein Paddelboot erspart und es »SMS Lützow« getauft und hatte sich damals sehr gefreut, als beschlossen wurde, Leipzig durch einen Kanal zur Saale zur Hafenstadt zu machen. Der Kanal war übrigens nie fertig geworden, so daß Leipzig – wahrscheinlich als einzige Stadt der Erde – einen Hafen besaß, in dem noch nie ein Schiff angelegt hatte. Onkel Wolfgang hatte dies sehr geschmerzt. Im Krieg war er schließlich nur deswegen zur Kavallerie und nicht zur Marine gegangen, weil sich auf einer Ferienfahrt nach Rügen herausgestellt hatte, daß er sehr leicht seekrank wurde.

»Das sind meine Bücher«, sagte Onkel Wolfgang.

»Beschlagnahmt!« stellte der Polizist fest. »Ham Se noch mehr davon?«

Thomas wollte helfend eingreifen: »Das sind aber ganz prima Bücher!« Aber sofort bekam er eine Backpfeife, ohne sagen zu können von wem. Er dachte daran, wie er damals in der amerikanischen Kommandantur »Heil Hitler!« gerufen und ebenso gestraft worden war.

Der Vater sagte: »Herr Hauptwachtmeister, ich denke, Ihre Aktion richtet sich gegen mich und mein Geschäft. Mein Schwager hat damit nichts zu tun. Sagen Sie mir, was Sie suchen!«

Der Polizist schaute ihn etwas verwundert an, und Thomas dachte noch einmal an West-Zigaretten, wollte aber lieber nichts mehr sagen. Der Vater bekam erklärt, man verdächtige ihn, mit illegal beschafften Waren zu handeln, welche sicherzustellen seien.

Er führte die ungebetenen Gäste zu seinem Lager in dem Raum, der früher Kraskes als Abstellkammer gedient hatte. Dort stapelten sich Bücher und Geschirr, Heizöfen und Kochplatten, Spielzeug und Werkzeug, Bügeleisen und Strickwolle. Das meiste wurde weggetragen und kam in einen olivgrünen Lieferwagen mit VP-Schild, der vor dem Haus hinter Herrn Mohrmanns Ford Eifel parkte. Schließlich wurde der Raum abgeschlossen und auf den Türspalt ein rundes Papier mit einem Stempel geklebt.

Die Polizisten durchsuchten auch noch die anderen Räume der Wohnung und kamen zum Schluß zu Thomas. Sie stöberten in seinem Schrank, und er ballte hinter dem Rücken die Fäuste. Sie näherten sich seinem Teddybären, der nicht mehr benutzt, aber in Ehren gehalten wurde, und Thomas dachte: Wenn ihr den anfaßt, dann knallt's. Er wußte allerdings selbst nicht, wie es hätte knallen sollen.

Anstelle des Teddybären zog der oberste Polizist die Ritterburg hervor: »Was is'n das?«

Thomas stellte sich völlig unwissend und vermutete: »Weihnachtskrippe vielleicht?«

Aber da wurde der Polizist ungehalten: »Du willst mich wohl für bleede vergoofen? Das is 'ne Ridderburch, und das is ä reaktionäres Schbielzeich. Is das klar?«

Das war Thomas klar. Aber da kam ihm plötzlich eine Idee: »Götz von Berlichingen!« sagte er schnell.

Doch zu seinem Erstaunen wurde der Polizist noch ungehaltener: »Was? Frech wirschte ooch noch?«

Der Vater griff erklärend ein: »Herr Hauptwachtmeister, der Junge wollte Ihnen doch nicht den Götz-Gruß anbieten. Er wollte doch nur sagen, daß seine Ritterburg die Burg des Götz von Berlichingen sein soll. Und der hat ja bekanntlich im Bauernkrieg auf der Seite der Revolution gekämpft.«

»Jawohl!« bestätigte Thomas. »Obwohl er nur ein Bein hatte und das andere aus Buntmetall oder so ähnlich. Das haben wir gerade in Geschichte gehabt. Und bei Schiller steht das auch alles, daß er fortschrittlich war.«

»Bei Goethe«, verbesserte der Vater, und Thomas dachte, daß man eigentlich im Beisein von Vopos nicht über Kleinigkeiten streiten sollte.

»Na gut«, sagte der Polizist und stöberte weiter. Er förderte die Weihnachtskrippe zutage und hielt sie Thomas vor die Nase: »Nu saache bloß noch, daß das 'ne Ridderburch is.«

Jetzt lachten alle ein bißchen, und der Polizist erklärte, sie müßten auch noch den Keller und den Dachboden durchsuchen. Der Vater bat sie zunächst nach unten, und Onkel Wolfgang ging mit.

»Mein Gott!« rief die Mutter plötzlich. »Auf dem Boden steht doch noch die alte Bücherkiste mit ›Mein Kampf‹ und den ganzen alten Schwarten!«

Sie rannte nach oben, Thomas hinterher. Sie rissen die Kiste auf, und die Mutter sortierte mit fliegenden Fingern aus. Sechs oder sieben Bücher stapelte sie auf Thomas' ausgestreckte Arme: »Los, die müssen weg! Ich suche vorsichtshalber noch weiter.« Thomas rannte los, wußte aber nicht, wohin eigentlich. An der Treppe hielt er an und lauschte. Ganz unten im Treppenhaus waren schon die Stimmen zu hören. Er konnte sich ausrechnen, daß er es bis zur Wohnungstür nicht mehr schaffen würde.

Er schlich eine Etage tiefer und klingelte bei Kretschmanns. Es dauerte sehr lange, bis Frau Kretschmann aufmachte. Von unten kamen schon Schritte, als Thomas mit seinen Büchern in die Wohnungstür stürmte: »Schnell zu! Die Vopos kommen!«

Frau Kretschmann schloß die Tür und fragte: »Was denn für Vopos?«

»Richtige. Die suchen den Kampf.«

»Was denn für'n Kampf?«

Thomas hielt ihr die Bücher hin, und sie las die Titel auf den Buchrükken: »Ach, du kriegst die Motten!« rief sie leise; draußen gingen gerade Schritte vorbei.

Als alles vorüber war, ging Thomas zurück in die Wohnung. Die Polizisten hatten den Vater mitgenommen. Die anderen setzten sich schweigend an den Frühstückstisch.

Nach mehreren Minuten Schweigen sagte die Oma: »Ich hab's ja immer gewußt.«

»Jaja«, meinte Onkel Wolfgang, »aber du hast auch nichts dagegen gehabt, daß er alle möglichen Sachen für uns organisiert hat, bis hin zu Brennholz für unsere Öfen. Nun wollen wir mal alle zusammen hoffen, daß sie ihn bald wieder rauslassen.«

Thomas gingen plötzlich Dinge durch den Kopf, die er bei seiner sorgfältigen Lektüre der *Leipziger Volkszeitung* gelesen hatte. Da war zum Beispiel in einer Anzeige ein Mann aufgefordert worden, »zur Hauptverhandlung zu erscheinen«, bei der gegen ihn wegen Wirtschaftsvergehens verhandelt werden sollte. Der Mann war bestimmt nicht erschienen, denn hinter seinem Namen hatte gestanden: »Z. Zt. flüchtig, wahrscheinlich wohnhaft in Westdeutschland.«

Eine Hausfrau war zu fünf Jahren und vier Monaten Zuchthaus verurteilt worden. Sie hatte Pakete mit schwer erhältlichen Waren aus der DDR – Spitzenklöppeleien und so weiter – nach Köln geschickt und dafür Lebensmittelpakete bekommen. Den Inhalt hatte sie teilweise weiterverkauft. Dies alles sei »über den Rahmen von Geschenksendungen weit hinausgegangen«, hatte die *Volkszeitung* geschrieben, und die Hausfrau habe »den Wirtschaftsaufbau in der DDR und den geplanten legalen Ost-West-Handel schwer sabotiert.«

Und nun hatten sie den Vater mitgenommen.

Thomas kaute ebenso lustlos wie die anderen.

»Wem sein Kampf is'n das?« fragte er nach einer Weile.

»Wie bitte?« fragte die Mutter.

»Ich meine den Kampf in der Kiste, das Buch.«

»Ach so, ›Mein Kampf‹. Das ist von Adolf Hitler.«

»Und wo hast'n das her?«

»Das bekam man früher zur Hochzeit geschenkt.«

»Und was steht da drin?«

»Na ja, was Hitler so gedacht und geplant hat. Aber genau weiß ich das auch nicht.«

»Wieso? Hast du's nicht gelesen?«

»Nein. Ich mochte den Herrn so wenig, daß ich mir das nicht antun wollte.«

»Warum hast du's denn nicht weggeschmissen?«

»Das ist eine sehr gute Frage.«

»Mir ist übrigens eingefallen«, sagte Thomas, »daß unten in meinem Schrank noch das Zigarettenbilder-Album ist über die deutschen Kolonien und Lettow-Vorbeck und so.«

»Ogottogott!« stöhnte die Oma.

»Und die Kanone haben sie auch nicht gefunden.«

»Was denn für eine Kanone?«

Thomas ging sie holen.

»Sag mal, bist du denn des Teufels?« rief Onkel Wolfgang, als der die »Kanone« in den Händen hielt. »Das ist doch eine echte deutsche Armeepistole.«

Die beiden Frauen waren kreideweiß im Gesicht, und Onkel Wolfgang traten kleine Schweißperlen auf die Stirn, als er die verrostete Pistole näher untersuchte.

»Die ist ja noch geladen!« rief er.

»Wirklich?« fragte Thomas. »Dann hätte ich ja beim Tauchscher richtig damit schießen können.«

»Quatsch, die ist total eingerostet. Aber wo hast du die denn her?«

»Na ja, die hab ich gefunden, als sie die Pleiße ausgebaggert haben. Die lag da im Schlamm. Die anderen«, fügte er nicht ohne Stolz hinzu, »haben bloß Kinderwagen und Fahrradfelgen gefunden.«

Onkel Wolfgang stöhnte laut: »Da hat also jemand bei Kriegsende dieses Teufelsding in die Pleiße geschmissen und war froh, daß er es los war. Und unser Thomas gräbt es wieder aus und steckt es zu Hause in den

Schrank. Was meinst du, was los gewesen wäre, wenn die Vopos die Pistole gefunden hätten?«

Endlich dämmerte Thomas das Ausmaß der Gefahr: »Die hätten ganz schön Stunk gemacht.«

»Heute abend, wenn es dunkel ist, nimmst du sie und wirfst sie wieder in die Pleiße«, ordnete Onkel Wolfgang an.

»Willst du das nicht lieber selbst machen?« fragte die Mutter, und Onkel Wolfgang nickte.

Der Vater kam erst nach zwei Tagen nach Hause. Er setzte sich mißmutig an den Abendbrottisch und berichtete einsilbig über Verhöre und rüde Behandlung.

»Ich habe x-mal im Präsidium angerufen«, erzählte die Mutter, »aber ich bin nie über die Telefonzentrale hinausgekommen.«

»Meinst du, da kommt was nach?« fragte Onkel Wolfgang, und der Vater hob nur die Schultern.

Später, als Thomas im Bett lag, hörte er durch das angelehnte Fenster, wie sich auf dem Balkon der Vater und Onkel Wolfgang unterhielten.

»Ich habe ziemlich die Nase voll«, sagte der Vater. »Ich weiß auch gar nicht, wovon ich hier noch existieren soll. Sie haben mir erklärt, daß ich das Geschäft so nicht weiter betreiben darf.«

»Wenn alle Stricke reißen«, sagte Onkel Wolfgang, »dann müssen wir sehen, ob du bei uns in der Firma mitarbeiten kannst.«

»Wenn ihr sie bis dahin noch habt.«

»Da hast du leider recht. Es wird von Woche zu Woche schwerer, den Laden überhaupt noch am Laufen zu halten. Bis man die paar Rohstoffe zusammen hat! Und wenn ich Ersatzteile für die Maschinen brauche, muß ich von Pontius zu Pilatus rennen. Alles für die VEBs reserviert, heißt es.«

Während Thomas noch überlegte, ob Pontius und Pilatus Funktionäre oder Schieber waren, sagte der Vater: »Ich gebe euch noch ein paar Monate, vielleicht ein Jahr. Das geht jetzt Schlag auf Schlag mit der Enteignerei. Eines Tages steht euer komischer Brozulat da mit seinem polierten Bonbon am Jackett und feixt und sagt: ›So, nun packen Sie mal Ihre persönlichen Gegenstände zusammen und verlassen Sie innerhalb einer Stunde die Firma.‹ So ähnlich wird er sich ausdrücken, falls er sich so einen langen Satz merken kann.«

»Na ja, ganz so rüde wird er's vielleicht nicht machen. Immerhin war er ja schon dabei, als Vater die Firma aufgebaut hat.«

»Du, das kann ich nun bald nicht mehr hören. Und dem Brozulat ist das, mit Verlaub gesagt, scheißegal. Der wird sich sogar noch neben dich stellen und aufpassen, daß du kein Volkseigentum in deine Aktentasche packst. Und daß du nicht eine Minute zu lange in der Firma bleibst, in der du nichts mehr zu suchen hast. Denn dann ist er der Betriebsleiter. Und in einem Jahr wird er den Laden heruntergewirtschaftet haben, weil er nämlich nur stramme Haltung hat, aber nicht die nötigen Fachkenntnisse. Das ist ja überhaupt das Dilemma hier: daß die guten Leute abhauen und dafür welche auf die Posten gesetzt werden, die allenfalls eine ehrliche Überzeugung haben – es sind ja nicht alle Opportunisten –, aber nicht entsprechend ausgebildet sind.«

Thomas hörte Bier in ein Glas fließen und roch des Vaters »Volks-Dunhill«. Er rückte in seinem Bett näher ans Fenster, um besser zu hören.

»Ich hab immer gesagt«, fuhr der Vater fort, »man muß die Kommunisten die Sache mal probieren lassen und mal abwarten, ob sie was Vernünftiges auf die Beine stellen, wenn der Druck aus Moskau allmählich nachläßt. Das habe ich anfangs gesagt. Aber ich rechne schon längst nicht mehr damit. Der Russe hat überall den Daumen drauf, und unsere leiden an dem alten deutschen Übel, päpstlicher als der Papst sein zu wollen.«

»Du willst also am liebsten weg?« fragte Onkel Wolfgang.

Es gab eine Pause, und Thomas rückte so nahe ans Fenster, daß er mit dem Hintern zwischen Bettkante und Fensterbrett hing.

»Ja«, sagte der Vater nach einer Weile.

»Und du bist nur noch wegen meiner Schwester und dem Jungen hier?«

»So kann man es sagen.«

»Und du würdest im Zweifel ohne die beiden in den Westen gehen?«

Thomas hielt den Atem an. Auch auf dem Balkon war es so still, daß man Max in seinem Käfig rumoren hören konnte.

»Hör mal«, sagte Onkel Wolfgang, »ich habe keinen Auftrag der Familie, dich auszuhorchen. Ich merke bloß seit einiger Zeit, daß zwischen dir und Anne nichts mehr so richtig stimmt.«

Thomas mußte ihm recht geben. Schon lange hatten die Eltern nichts mehr mit ihm gemeinsam unternommen, und schon lange hatte er sie nicht mehr miteinander lachen sehen.

»Weißt du«, sagte der Vater, »als wir uns fünfundvierzig kennengelernt und geheiratet haben, da hatten wir eine gemeinsame Aufgabe. Wir mußten uns gemeinsam durchbeißen, samt der Oma und dem Kind, wir mußten uns eine Behausung suchen und satt werden. Das haben wir geschafft, soweit es die Verhältnisse hier erlaubten. Aber jetzt ist es so, daß ich hier keine Perspektive mehr sehe, wie man das neuerdings nennt. Ich sehe aber eine Chance im Westen. Anne dagegen hängt, wie ihr alle, an der Firma und will hierbleiben, solange ihr die Firma noch habt. Dabei wäre es besser, wir würden uns allesamt sobald wie möglich absetzen.«

»Du mußt doch aber einsehen, daß wir an der Firma festhalten müssen, solange es geht.«

»Nee, genau das sehe ich eben nicht ein. Es gibt eine Reihe einsichtiger Leute, die hier beizeiten zugemacht und drüben wieder angefangen haben. Und nicht zu wenige sind dabei auf die Füße gefallen. Oder genauer gesagt: haben sich hochgerappelt. Immerhin gibt es in solchen Fällen ja auch staatliche Hilfen, wie ich mir habe sagen lassen. Aber ihr? Ihr hängt in einer Art mystischer Verklärung am Lebenswerk eures Vaters, bis es zu spät ist. Dabei könntet ihr's vielleicht drüben dauerhaft fortsetzen, wer weiß. Und ihr nehmt Rücksicht auf eure Mutter, die hier nicht weg will, weil sonst niemand das Grab pflegt. Und die immer noch an die Wiedervereinigung glaubt, weil sie im RIAS dauernd die Herren Adenauer und Heuss und Schumacher hört und wie sie alle heißen.«

Thomas hörte ein Streichholz zünden und sah durch den Vorhang den Lichtschimmer. Ihm tat langsam das Kreuz weh.

»Nehmen wir an, du hast recht«, sagte Onkel Wolfgang, »und es dauert wirklich nur noch ein paar Monate bis zur Enteignung, dann können wir uns immer noch absetzen. Ich selbst würde auch gern noch warten, bis Eva ihr Examen hat, das ja drüben anerkannt wird.«

»Na, dann wartet mal schön! Und wenn ihr eines Tages dann den heroischen Entschluß gefaßt habt, ein völlig neues Leben zu beginnen, dann werdet ihr wahrscheinlich noch so lange dableiben, bis ihr auf eure letzten Lebensmittelkarten die letzte Zuteilung bekommen habt. Nee, mein Lieber! Hast du übrigens vorgestern im RIAS gehört: Die DDR hat angefangen, an der Grenze zu Westdeutschland Sperrzonen zu errichten. Da kommst du bald nicht mehr rüber. Und ich schätze, es ist nur eine Frage der Zeit, daß sie in Berlin die Sektorengrenze dichtmachen. Dann sitzen wir in der

Mausefalle. Und noch dazu in einer, wo der Speck knapp ist. Und wenn eure Firma dann futsch ist, können wir alle zusammen in die Fabrik ans Fließband gehen. Was anderes lassen sie nämlich ehemalige Unternehmer nicht machen. Vielleicht können wir zusammen am Fließband Teddybären bauen: du die Arme, Anne die Beine und ich die Köppe.«

Thomas mußte fast kichern.

»Du willst also abhauen, bevor es zu spät ist?« fragte Onkel Wolfgang. Der Vater antwortete nicht. Thomas kroch in sein Bett zurück und starrte an die Zimmerdecke, obwohl er sie im Dunkeln gar nicht sehen konnte.

37 In den großen Ferien 1952 bekam Thomas einen Platz in einem evangelischen Kinderheim unweit von Leipzig. Die Eltern waren sehr froh darüber. Thomas hatte dazu zwar eine abweichende Meinung gehabt, war aber gar nicht erst nach derselben gefragt worden. Das Heim war erwartungsgemäß »ziemlich heilig«. Die meisten Verrichtungen gingen unter Anrufung des Herrn vonstatten, und jeder Bissen des recht guten Essens mußte sozusagen durch ausdauerndes Beten errungen werden. Alle Kraftausdrücke wurden sanft, aber nachdrücklich gerügt. Jedes unschickliche Tun wie Fußball spielen oder Raufen war untersagt. Es wurde viel gewandert, und Schwester Rosalinde zeigte ihrer Gruppe alle möglichen Tiere und Pflanzen und vergaß nie den Hinweis, wie trefflich sie dem Herrn gelungen seien. Thomas, der in den zwei Wochen auf Onkel Kurts Hof einiges über das Tierreich gelernt hatte, fragte eines Tages Schwester Rosalinde, welch merkwürdig Ding jener Hengst auf der Weide am Bauch hängen habe. Die Schwester wurde verlegen und wußte nur die Erklärung, daß das arme Tier vermutlich krank sei.

Thomas' Gruppe war unter dem Dach einquartiert, genau über einer Mädchengruppe. Fast jede Nacht fanden die Jungen eine neue Art, die Mädchen zu necken und zu erschrecken: am liebsten um Mitternacht als Nachtgespenst, gern auch mit einer lebenden Maus, einmal mit einer Kürbismaske mit brennender Kerze, die sie vor dem Fenster der Mädchen baumeln ließen. Das aufgeregte Gekreische war Lohn für den Aufwand an Erfindungsgeist.

Eines der Mädchen gefiel Thomas besonders gut. Wenn er sie sah, fühlte er sein Herz klopfen, und das war ihm merkwürdig, denn eigentlich hielt er nichts von »Weibern«. Aber Sylvia machte eine Ausnahme. Allein das Wort faszinierte ihn: S-y-l-v-i-a. Man mußte es nur richtig aussprechen. Sie stammte aus Dresden und sprach es »Silfcha« aus, was Thomas geradezu weh tat. Und was ihn in der Überzeugung bestätigte, die jeder richtige Leipziger teilte: daß die Dresdner Mundart ausgesprochen »gemeene« klang und keinen Vergleich aushielt mit dem Wohllaut der Leipziger Sprache. Thomas legte Sylvia beim Tischdecken Gänseblümchen neben die Tasse. Doch sie einfach anzusprechen, wagte er nicht.

Einmal machten sie einen Ausflug zu einem Badesee. Thomas blieb hübsch am Rande, weil er ja nicht schwimmen konnte. Einige Mädchen schwammen an ihm vorbei in den See, und ausgerechnet Sylvia hänselte ihn: »Na, haste keen Mumm? Biste wasserschei?«

Er fand so schnell keine passende Antwort und rief ihr nur nach: »Du weeßt ja nich mal, was abseits is!«

Dann versuchte er ein paar Schwimmzüge, bekam aber Wasser in die Nase und rettete sich strampelnd ans Ufer. Er beschloß, gleich nach den Ferien im Stadtbad neben der Großen Esse einen Schwimmkurs zu beginnen.

Die Mädchen kamen zurückgeschwommen, und Sylvia rief ihm zu: »Na, du Blei-Ente!«

»Du ... du ...« Thomas wollte eigentlich in der Zoologie bleiben, aber er besann sich auf die Gepflogenheiten des Kinderheims: »Du sollst deinen Nächsten nicht beschimpfen!« Aber dann rutschte es ihm doch noch hinaus: »Du doofe Gans!«

Am nächsten Tag kam Sylvia weder zum Frühstück noch zum Mittagessen, und Thomas bekam heraus, daß sie sich erkältet hatte und im Krankenzimmer lag. Außerdem erfuhr er, daß es nur ein gemeinsames Krankenzimmer für Jungen und Mädchen gab. Beim Nachmittagskaffee hatte er plötzlich große Schmerzen, konnte das Tischgebet nicht aufsagen, sah überall weiße Kaninchen und redete Schwester Rosalinde mit »Genossin« an. Er mußte ins Krankenzimmer.

»Na, biste zuviel geschwomm!« empfing ihn Sylvia.

Thomas überhörte das und begann, über dies und jenes zu reden. Er berichtete über »Chemie Leipzig«, aber Sylvia meinte, Handball sei doof. Er erzählte von den Leipziger Straßenbahnen, doch Sylvia hielt dagegen, die Dresdner seien viel schneller, so schnell sogar, daß sie dauernd entgleisten. Thomas erzählte von dem Trümmerspielplatz, aber sie behauptete, in Dresden hätten sie viel mehr Trümmer als sonst irgendwo. Er berichtete, wie schwarz die Pleiße sei, sie aber erzählte, in Dresden habe kürzlich einer in der Elbe gebadet und sei als Mohr herausgekommen. Sie gab zu, daß der Leipziger Hauptbahnhof viel größer sei als der Dresdner, aber sie fand, für eine Stadt wie Leipzig sei er viel zu groß. Außerdem war sie überzeugt, daß der Kreuzchor schneller singen könne als die Thomaner. Und als Thomas vom Zoo erzählen wollte, meinte sie, er solle sich mal gut verstecken, sonst würden sie ihn in den Affenkäfig zurückbringen.

Thomas wußte nicht, was er von ihr halten sollte. Sie war sehr hübsch, aber er fand sie furchtbar aufsässig. Wenn sie ein Junge wäre, dachte er, hätte sie sich schon längst welche eingefangen.

Schwester Klara kam mit dem Fieberthermometer, und Thomas sperrte den Mund auf.

»Nichts da«, kommandierte Schwester Klara, »hinten rein!«

Sylvia kicherte: »Na los, laß mal die Hosen runter!«

Da schoß Thomas aus dem Bett und aus dem Krankenzimmer und war kerngesund.

Jede Kinderheimgruppe mußte an einem Sonntag etwas vorführen. Dazu wurden die Eltern eingeladen, und wenn sie nicht zu weit entfernt wohnten, kamen sie auch und überzeugten sich, daß ihre Kinder wohl behütet und gut verpflegt waren.

Thomas' Gruppe hatte vorgeschlagen, den Gästen ein schönes Fußballspiel vorzuführen, aber Schwester Rosalinde sagte, die Schwester Oberin könne schon das Wort »Fußball« nicht ausstehen. Es mußte etwas Kulturelles sein: das Märchen »Zwerg Nase« von Wilhelm Hauff.

Schwester Rosalinde fragte, wer denn gern den Zwerg spielen wolle. Alle schauten in die Luft, als schwebe gerade ein Zeppelin über dem Kinderheim. Jeder ahnte, daß der Zwerg, da das Stück ja nach ihm benannt war, darin auch am meisten zu tun hatte. Schwester Rosalinde befahl ihnen, sich der Größe nach aufzustellen. Sie rochen den Braten, und am Ende der Reihe setzte Gerangel ein. Dort war nicht einer, der mit durchgedrückten Knien stand. Rosalinde zeigte schließlich auf Jörg, einen semmelblonden Stöpsel aus Cottbus. Dann wurden die Rollen des leckermäuligen Herzogs, seines Oberküchenmeisters und des schlemmenden Fürsten besetzt. Hierfür wurden die Dicksten der Gruppe gesucht, die vergeblich den Bauch und die Wangen einzogen.

»Und du spielst die Prinzessin«, bestimmte Schwester Rosalinde. Thomas sah ihren Zeigefinger auf sich gerichtet und fragte verdutzt: »Wieso denn?«

»Weil wir eine Prinzessin brauchen in unserem Stück und weil die Rolle gut zu dir paßt.«

»Wieso?«

»Weil du so ein braver und sanfter Junge bist.«

»Wieso denn?«

Thomas war wie vor den Kopf geschlagen. Er konnte es nicht fassen, daß Schwester Rosalinde einen derart falschen Eindruck von ihm hatte. Er fragte sich, was er denn in diesen ersten zwei Wochen im Kinderheim falsch gemacht hatte, daß man ihn für brav und sanft halten konnte.

»Ich spiele keine Weiberrolle!« erklärte er.

»Du spielst, was ich dir sage«, erklärte Schwester Rosalinde nicht weniger energisch, und etwas sanfter fügte sie hinzu: »Das ist eine gute Rolle, denn du bist doch die meiste Zeit in eine Gans verwandelt. Der Zwerg Nase trägt die Gans unterm Arm, und du sitzt im Versteck und kannst den Text aus dem Buch ablesen.«

Na ja, dachte Thomas.

Sie probten zwei Wochen lang, und am letzten Feriensonntag stieg die Vorführung. Die Bühne war der Garten, die Kulissen einige Sträucher. Viele Eltern waren gekommen, Thomas' Eltern indes nicht. Dafür waren die Großeltern da und sagten, daheim sei einiges zu erledigen, und alle ließen schön grüßen. Die Großeltern saßen in der ersten Reihe, und der Großvater mußte viel husten und störte ein wenig die Aufführung.

Wilhelm Hauffs Geschichte vom hübschen Knaben, der von der bösen Fee in einen buckligen Zwerg verwandelt wird, geriet überaus lebendig. Fast eine kleine Spur zu lebendig. Das lag nicht nur an Textunsicherheiten, sondern auch daran, daß die Jungen manches, was ihnen der Dichter in den Mund gelegt hatte, zu persönlich nahmen. So Wolf-Dieter aus Pirna, der die undankbare Rolle der langnasigen bösen Fee zu spielen hatte. Als ihn der – noch unverzauberte – Knabe Jörg ziemlich hämisch als »garstiges altes Weib« verspottete und außerplanmäßig das Wort »Mistkäfer« einschob, fauchte ihn die Fee an: »Paß mal auf, wie du nachher aussiehst, wenn ich dich verzaubert habe.« Eine Bemerkung, die jedenfalls Uneingeweihten die Spannung nehmen mußte.

Schwierigkeiten machte vor allem die Nase, die zunächst von der Fee, später vom Zwerg getragen wurde. Schwester Rosalinde hatte die Nase eigenhändig aus Pappmaché gebastelt, und nicht einmal schlecht. Aber die Befestigung mittels Leukoplast erwies sich als wenig haltbar. Jedenfalls passierte es zweimal, daß Zwerg Jörg durch ungeschickte Bewegungen von Mit- bzw. Gegenspielern die Nase verlor. Beim erstenmal hob er sie auf, hielt sie vors Gesicht und spielte tapfer weiter. Beim zweitenmal jedoch verlor er die Beherrschung und schrie den Ungeschickten an: »Du blöder Pimpf! Kannst du nicht aufpassen?«

Die Schwester Oberin schritt mit hochrotem Kopf ein, erklärte die Aufführung für unterbrochen und bot den Besuchern an, jetzt die Schlafräume der Gruppen zu besichtigen.

Jörg weigerte sich zunächst weiterzumachen und verlangte, »diesen blöden Hauff« bei nächster Gelegenheit umzubringen. Erst als ihm Schwester Rosalinde erklärte, der Mann sei schon über hundert Jahre unter der Erde, ließ sich Jörg zum Weitermachen bewegen. Die Nase wurde mit langen Leukoplaststreifen um den ganzen Kopf herum festgeklebt.

Das Märchen sieht bekanntlich vor, daß der Zwerg, dem die böse Fee die Kochkunst beigebracht hat, Oberküchenmeister bei einem Herzog wird. Eines Tages kauft er auf dem Markt eine Gans, die sich als verzauberte Prinzessin entpuppt. Und diese Gänseprinzessin verhilft dem Zwerg zu eben jenem Kräutlein, mit dessen Hilfe er seinerzeit verwandelt wurde. Weil dies im Märchen selbstredend auch umgekehrt funktioniert, wird aus dem häßlichen Zwerg wieder der hübsche Junge.

Die Gans war aus einem Kopfkissen geformt, und Thomas hatte ihr aus dem Gebüsch heraus seine Stimme zu leihen. Sein erster Einsatz kam in der Szene, in der der Zwerg die Gans kauft.

»Diese Gans wird einen trefflichen Braten hergeben«, deklarierte Jörg mit Blick auf das Kopfkissen, hinter dem er zu diesem Zeitpunkt unmöglich eine Prinzessin vermuten konnte.

Aus dem Gebüsch kam keine Antwort, Thomas hatte nicht aufgepaßt.

»He!« rief Jörg. »Ich habe gesagt, dieses Vieh hier wird einen trefflichen Braten hergeben.«

Thomas schrak auf und las hastig den Gänsetext: »Stichst du mich, so beiß ich dich. Drückst du mir die Kehle ab, so bring ich dich ins frühe Grab.« (Er sagte »Grabb«, damit es sich reimte.)

Jetzt war Thomas im Bilde und sprach seinen Text fehlerfrei.

Schwierig war die Rückverwandlung des Zwerges, die im Schutz des Gebüsches vorgenommen wurde. Denn das Leukoplast klebte bombenfest an Jörgs Haaren. Schwester Rosalinde und Thomas zerrten mit vereinten Kräften, und bis in die letzten Reihen war zu hören, wie schmerzhaft ein solcher Vorgang sein konnte.

Zum guten Ende wurde auch die Gans zurückverwandelt. Auf das »Simsalabim« des Zauberers warf Jörg das Kopfkissen ins Gebüsch, und hervor trat Thomas als Prinzessin. Als er durch die Zweige schlüpfte, verfing sich jedoch seine blonde Perücke mit dem goldenen Krönchen. Und so zeigte sich den erwartungsvollen Zuschauern eine etwas merkwürdige Prinzessin: im langen weißen Nachthemd, einen Strauß Gänseblümchen in der Hand, mit rotbemalten Lippen und rosa Apfelbäckchen – aber mit kurzem und leicht zerwühltem Haar über den abstehenden Ohren.

Jörg und der Zauberer lachten sich kaputt, die Zuschauer lachten, der Großvater lachte und hustete, hustete und lachte und wurde ganz rot im Gesicht, und auch Sylvia bog sich vor Lachen.

Die restlichen Tage im Kinderheim wurde Thomas nur »Prinzeßchen« gerufen. Er antwortete mit finsteren Drohungen und einmal sogar mit Ohrfeigen, ohne die Unsitte abstellen zu können. Er war heilfroh, als er am Sonnabend nach dem Mittagessen endlich den Zug nach Leipzig besteigen konnte.

38 Als Thomas nach Hause kam, war geschehen, was er in den Ferien immer befürchtet und von sich weggeschoben hatte.

Die Familie saß im Wohnzimmer, auch die Großeltern waren da. Nur der Vater fehlte. Alle sahen sehr ernst aus. Sie fragten kaum, wie es im Kinderheim gewesen sei, und hörten seinen knappen Schilderungen nicht richtig zu.

»Was is'n los?« fragte Thomas schließlich.

»Mein lieber Junge«, sagte der Großvater, »ich muß dir etwas sagen, was dich sicher sehr traurig machen wird. Es geht um deinen Vati.«

»Ich weiß schon«, sagte Thomas.

»Was weißt du?«

»Daß er weggemacht ist.«

Alle sahen ihn sprachlos an.

»War doch klar. Ich hab doch gehört, wie er gesagt hat, daß er wegmachen will.«

»Wann hat er das gesagt?«

Thomas biß sich auf die Lippen. Er konnte nicht zugeben, daß er das Gespräch damals auf dem Balkon belauscht hatte. Er suchte nach einer Erklärung und kam nur auf den Satz, den sie sich im Kinderheim angewöhnt hatten: »Der Herr wird wissen, wozu es frommt.«

Sie lachten leise darüber und schienen etwas erleichtert. »Du bist mir ja 'ne Marke«, meinte die Großmutter. »Da zerbrechen wir uns die ganze Zeit den Kopf, wie wir es dir behutsam beibringen sollen, und du sagst: ›War doch klar.‹«

»Warum habt ihr mir's denn nicht schon am Sonntag im Kinderheim gesagt?«

»Na ja, wir wollten, daß du dort noch ein paar schöne Tage hast. Und außerdem hätte das vielleicht euer Zwergen-Drama vollends durcheinandergebracht. Es war ja ohnehin schon eine – na sagen wir mal: lebhafte Vorstellung.«

Es gab nun Kaffee und Kuchen, Thomas bekam Brause, der Großvater Pfefferminztee. Danach gab die Mutter Thomas einen Brief, den der Vater für ihn dagelassen hatte. Er las in seinem Zimmer:

»Mein lieber Thomas! Dein garstiger Stiefvater hat Euch verlassen. Ich hoffe, Du wirst ihn eines Tages verstehen und ihm vielleicht sogar verzeihen. Wir leben in einem Land und in einer Zeit, wo viel Privates an den öffentlichen Zuständen zugrunde geht. Du weißt, was ich damit meine. Du hast ja schon erlebt, wie Verwandte oder Freunde ihre Koffer packten und bei Nacht und Nebel ›verreisten‹. Du erinnerst Dich, wie frühmorgens die Polizei in unserer Wohnung stand, und Du hast mitbekommen, daß ich seither Schwierigkeiten hatte, meinen Lebensunterhalt zu verdienen. Deine Mutti hängt hier in Leipzig an vielem, das sie nicht verlassen möchte. Eines Tages wird sie den gleichen Weg gehen müssen wie ich jetzt. Aber so lange kann ich nicht warten.

Ich würde mich sehr freuen, wenn ich irgendwann noch mal etwas für Dich tun könnte. Ich schreibe Dir meine Adresse, sobald ich eine habe. Ich wünsche Dir alles Gute und daß Du in bessere Zeiten hineinwachsen mögest,

Dein ehemaliger Vati.

PS: Ich habe Geld dagelassen, damit das Abonnement für Deine Fußballzeitung weiterläuft.«

Thomas ging zurück ins Wohnzimmer und ließ sich noch ein Stück Kuchen geben.

»Wenn die Firma enteignet ist«, fragte er, »machen wir dann auch weg, oder?«

Die Oma fuhr auf: »Du sollst doch dieses Wort nicht in den Mund nehmen!«

»Welches? Wegmachen?«

»Nein, enteignen.«

Onkel Wolfgang schaltete sich ein: »Wenn wir – um es anders auszudrücken – nicht mehr im Besitz der ohnehin bescheidenen Produktionsmittel sein werden, dann wird uns nichts anderes übrigbleiben, als auch zu gehen.«

Thomas ging auf den Balkon und sah nach seinem Meerschweinchen. »Jetzt geht's mir genau wie dir«, sagte er leise zu Max, »jetzt haben sie mich auch sitzengelassen.«

Er überlegte, was er sich wünschen sollte: daß die Firma bald enteignet würde oder erst später. Das Warten war sicher nicht schön. Sollte man sich in der Schule überhaupt noch Mühe geben, wenn man sowieso nicht auf die Oberschule kam, sondern im Westen aufs Gymnasium? Sollte man noch Klavier üben, wenn man das Klavier eines Tages sowieso hierlassen mußte? Sollte man noch auf eine Gangschaltung sparen, wenn man auch das Fahrrad nicht mitnehmen konnte? Thomas hatte ungefähr 9,40 Mark gespart. Die würden sie ihm im Westen fünf zu eins umtauschen, nach dem Kurs, der im RIAS genannt wurde. Lohnte sich das? Oder sollte man für die 9,40 Mark einfach Schweinsohren essen und für den Rest Brausepulver kaufen? Alles hing wahrscheinlich von einem Funktionär ab, der nächste Woche oder nächsten Monat oder nächstes Jahr sagen würde: Die

Firma ist jetzt volkseigen! Dann würde die Mutter nach Hause kommen und sagen: »Koffer packen! Es geht los!«

Thomas versuchte sich den Funktionär vorzustellen. Wahrscheinlich war er untersetzt und hatte schütteres Haar von unbestimmter Farbe, das er glatt nach hinten kämmte. Wahrscheinlich trug er einen beuteligen Anzug von ebenfalls unbestimmter Farbe und ein kariertes Hemd ohne Schlips. Am Revers hatte er das SED-Bonbon und vielleicht noch das Abzeichen der Gesellschaft für Deutsch-Sowjetische Freundschaft. Er saß an einem Schreibtisch von unbestimmter Farbe und hatte hinter sich an der Wand das Bild des freundlich lächelnden Präsidenten Wilhelm Pieck, das auch im Klassenzimmer hing. Vielleicht hing noch eines von Stalin daneben. Der Funktionär rauchte im Dienst »Ramses« und zu Hause West-Zigaretten oder vielleicht auch »Ramses«. Und sein Sohn drohte in der Schule, wenn ihn jemand hart anfaßte: »Das sage ich meinem Alten!«

Dieser Funktionär würde sich eines Morgens an seinen Schreibtisch vor dem Bild von Wilhelm Pieck setzen und sagen: »Jetzt!« Und dann war die Firma ein VEB.

Wenn man wüßte, wo dieser Mann saß, dann könnte man vielleicht zu ihm gehen und sagen: »Nu machen Se mal, damit wir wegmachen können.«

Es konnte aber auch sein, daß der Funktionär gar nicht zu entscheiden hatte, sondern auf einen Anruf aus Ost-Berlin warten mußte.

Thomas mochte nicht mehr auf dem Balkon sitzen. Er machte einen Spaziergang ins Rosental, vorbei an der Limonadenbude, wo das Coca-Cola-Schild abgeschraubt war. Im Garten sah er nach den Kürbissen, die prächtig gelb leuchteten. Er nahm sich vor, sie diesmal beizeiten zu holen. Er ging am Karussell vorbei, sprach aber nicht mit dem alten Ehepaar. Er suchte die Stelle im Wald, wo sie voriges Jahr ihren Baum fürs Brennholz abgeholt hatten. Der Stumpf war noch im Boden, und Thomas setzte sich darauf.

In der Nacht hatte er einen merkwürdigen Traum. Er fuhr auf seinem Fahrrad durch Ost-Berlin und suchte den Weg nach West-Berlin. Er kannte sich nicht aus und hatte auch keinen Stadtplan bei sich. Er wollte nach dem Weg fragen, aber immer wenn er jemanden ansprechen wollte, fiel sein Blick auf ein Bonbon am Revers, und er konnte gerade noch schnell nach etwas anderem fragen als dem Weg nach Westen: nach der Uhrzeit oder ob irgendwo in einem HO Äpfel hereingekommen seien. Er hatte das Gefühl, im Kreise zu fahren und einige Leute schon zum zweitenmal zu treffen. Da besann er sich auf den alten Hasenbein, der ihnen mal erklärt hatte, wie man mit Hilfe einer Uhr und des Sonnenstandes die Himmelsrichtung bestimmen konnte. Thomas wollte seine Taschenuhr herausholen, aber an der Goldkordel hing nur ein Stück Igelitkäse, auf dem stand: Es lebe der 2. Mai! Er biß wütend in den Käse und spuckte ihn aus. Sofort stand ein Vopo vor ihm und sagte streng: »Es ist verboten, den 1. Mai auszuspucken!« Thomas verteidigte sich: »Aber es war doch der 2. Mai!« Der Vopo wollte ihn trotzdem verhaften, aber gerade als er die Handschellen anlegen wollte, wurde er von einer riesigen Apfelsine getroffen und fiel um. Die Apfelsine kullerte die Straße entlang, und Thomas folgte ihr mit seinem Fahrrad. Sie rollte immer schneller, und plötzlich hörte Thomas von weitem die kleine Cornelia singen: »Pack die Badehose ein!« Am Ende der Straße sah Thomas das Brandenburger Tor auf sich zukommen und eine Kette von Vopos davor, die die Arme ausbreiteten. Aber die Apfelsine schlug eine Bresche in die Vopos, und Thomas sauste hindurch – in den Westen.

39 »Was ist denn«, fragte Onkel Wolfgang, »willst du dich nicht kostümieren?«

Thomas schüttelte den Kopf.

»Warum denn nicht? Es ist doch Tauchscher.«

»Weiß ich doch«, sagte Thomas, »aber ich hab keine Lust.«

Onkel Wolfgang wollte wissen warum, aber Thomas konnte es selbst nicht sagen: »Es ist alles so ... so ... na ja, eben so, daß man keine Lust zum Tauchscher hat.«

Seit der Vater weg war, schien ihm alles anders geworden zu sein. Seitdem nahm er sogar kleine Mißgeschicke nicht mehr als solche, sondern als Beweis, daß eben alles anders geworden sei.

Am Sonntagmorgen zum Beispiel hatte er als rechter Verteidiger von »Motor Gohlis-Nord« innerhalb von zehn Minuten zwei unhaltbare Selbsttore geschossen. Der Trainer hatte ihn ausgewechselt und Jochen Pietsch aufs Feld geholt, der hämisch grinste. Nachmittags war Thomas mit dem Fahrrad nach Leutzsch zu »Chemie« gefahren, und die »Chemiker« hatten blamabel verloren. Nach dem Spiel stellte Thomas fest, daß jemand die Ventile von seinem Fahrrad geklaut hatte, schöne West-Ventile von Tante Grete in Kassel. Thomas konnte zunächst nicht fassen, daß sich ein Mensch so schamlos an fremdem Eigentum vergehen konnte; dann organisierte er sich Ventile von einem anderen Fahrrad; sie paßten aber nicht. Als er sein Fahrrad mit platten Reifen durchs Leutzscher Holz und über die Elsterbrücke nach Hause schob, erwischte ihn ein kurzer, aber heftiger Regenguß, bei dem sich sein neues Sporthemd aus dem HO verfärbte. Er kam so spät daheim an, daß Sportfunk und Abendbrot vorbei waren.

Das alles wäre früher nicht passiert, dachte Thomas.

Und der Tauchscher erinnerte ihn an den häßlichen Zwischenfall vor einem Jahr, als ihn Dolfi hatte zwingen wollen, Micky zu verdreschen. Micky war nun in München, und Dolfi hatte ein kaputtes Bein. Der Zwischenfall konnte sich so nicht wiederholen, aber ähnliches konnte passieren. Thomas hatte keine Lust.

»Man muß aber den Tauchscher feiern«, beharrte Onkel Wolfgang. »So eine schöne Tradition darf man nicht verkommen lassen. Sonst lassen wir eines Tages auch noch Weihnachten ausfallen.«

»Oder den Tag der Befreiung«, ergänzte Thomas.

»Das ist ein anderer Fall. Vielleicht wirst du eines Tages den schönen Leipziger Tauchscher vermissen und dich ärgern, daß du nicht jedesmal mitgemacht hast.«

»Warum?« fragte Thomas, aber er bekam keine Antwort.

Nur halb überzeugt, holte er sein Indianerkostüm, das noch die Spuren des letztjährigen Kampfes im Rosental trug. Ihm fiel ein, er hätte längst mal Giselchen besuchen und bei der Gelegenheit neue Federn für den Kopfschmuck holen können.

Als er endlich loszog, waren die Freunde aus seiner Straße längst über alle Berge. Thomas fühlte sich ein bißchen wie Winnetou kurz vor Ende von Band drei.

Vorsichtig spähend gelangte er in die Georg-Schumann-Straße. Dort war etwas los. Von weitem schon sah er viele Menschen und einige Straßenbahnzüge auf der Kreuzung der Lindenthaler Straße. Er rannte los, in der Hoffnung, vielleicht einen interessanten Unfall zu sehen oder irgend etwas Gleichwertiges.

Auf der Kreuzung saßen etwa zwei Dutzend kostümierte junge Leute und blockierten die Straßenbahnen. Auf den Bürgersteigen hatten sich zahlreiche Menschen versammelt und schauten zu.

Der Fahrer der Linie Elf war ausgestiegen. Er trug ein blaues FDJ-Hemd und sprach zu den Jugendlichen auf den Schienen, die als Indianer oder Trapper oder Seeräuber verkleidet waren.

»Macht doch geen so'n Mumpitz!« beschwor er sie.

»Mir machen Demograddie«, belehrte ihn einer, »un mir ham beschlossen, daß hier Schluß is.«

Der Fahrer wurde ungehalten: »Macht keen Gemährde und laßt mich vorbei. Ich muß doch mei Fahrblan einhaldn.«

»Ja, mach nur einen Plan, sei nur ein großes Licht«, stimmte einer an, und andere, die das Lied kannten, sangen mit: »Und mach noch einen zweiten Plan, gehn tun se beide nicht.« Einige Leute auf dem Bürgersteig klatschten Beifall.

Der FDJ-Fahrer versuchte es noch einmal gütlich: »Mensch, da sin doch lauder Wergdädche drin, die heeme wolln!« Er zeigte auf seine Straßenbahn, die sich allerdings inzwischen weitgehend von den Werktätigen geleert hatte. Die Jungen lachten nur und stimmten noch mal das Lied vom Plan an.

Thomas staunte, daß es solchen Ungehorsam in der DDR geben konnte. Er hörte einen Mann neben sich sagen: »Diese Flegel! Den ganzen Verkehr aufzuhalten.« Ein anderer widersprach: »Ist doch gut, wenn mal was aufgehalten wird. Und wenn's nur der Verkehr ist.«

»Aber das ist doch blanker Aufruhr!« behauptete der erste.

»Ojemine! Was man mittlerweile bei uns schon für Aufruhr hält!«

Thomas hatte plötzlich die Vorstellung, hier auf der Georg-Schumann-Straße beginne eine Revolution, die alles hinwegfege und völlig neue Verhältnisse schaffe. Keine Enteignung, kein flüchtender Vater, keine Angst vor Sibirien. Und Jochen Pietsch wurde als rechter Verteidiger wieder aus der Mannschaft geworfen.

Als Thomas gerade überlegte, ob er sich auch auf die Schienen setzen solle, kam ein Polizeiauto. Drei Vopos stiegen aus und gingen auf die Sitzenden zu. Thomas glaubte einen Polizisten zu erkennen, der damals das Warenlager des Vaters mit ausgeräumt hatte.

»Räumen Sie sofort den Schienenweg!« rief einer der Vopos.

Die Jungen lachten. Nur zwei standen auf und schlichen davon.
»Räumen Sie sofort den Schienenweg!«
Sie lachten wieder.
»Die bringen sich in Teufels Küche«, sagte der Mann rechts neben Thomas.
»Da sind wir doch schon längst«, murmelte der Mann links neben ihm so leise, daß es kaum zu hören war.
Die Polizisten berieten miteinander. Dann ging der eine wieder auf die Gruppe zu und versuchte es in kollegialem Tonfall: »Horchd ma, Genossen! Was soll'n der Gwadsch? Das had doch gar geene Berschbegdive.«
Jetzt stand einer auf: »Mir sin geechn den Blan. Ich meene geechn den Fahrblan.«
Da trat der Polizist auf ihn zu und erklärte: »Sie sin festgenomm. Weechn Aufruhr!«
Der Festgenommene drehte sich um und rannte davon. Die anderen folgten ihm so schnell, daß die Polizisten keinen zu fassen bekamen. Sie bemühten sich auch nicht sehr.
»Bitte zerstreuen Sie sich!« rief der Polizist den Umstehenden zu, während sein Kollege die Linie Elf über die Kreuzung winkte. Die Leute zerstreuten sich.
»So ist bisher jede Revolution in Deutschland ausgegangen«, sagte der Mann links neben Thomas, ehe er sich ebenfalls »zerstreute«.

40 »Übernächste Woche gehen wir mit der Klasse ins Theater«, verkündete Thomas beim Abendbrot.
»Mein Gott«, sagte die Mutter, »da brauchst du nun aber endlich einen neuen Anzug.«
»Gefällt dir mein schöner blauer nicht mehr?« fragte Onkel Wolfgang mit gespielter Entrüstung.
»Ich finde ihn immer noch sehr schön«, erwiderte die Mutter, »aber man kann auf den ersten Blick nicht mehr entscheiden, ob die Hose als lange oder als kurze Hose gedacht ist.«
Am nächsten Nachmittag zog Thomas mit der Oma durch die Kaufhäuser der Stadt, und auch am übernächsten und zwei weiteren. Dann hatten sie Erfolg.

Als Thomas abends die Neuerwerbung vorführte, kam zum erstenmal seit Wochen wieder Heiterkeit in der Familie auf.

»Wenn du dich mal verlaufen solltest in dem Anzug«, grinste Onkel Wolfgang, »dann mußt du immer dem Lichtschein nachgehen. Dann findest du wieder ins Freie.«

»Ich habe eben auf Zuwachs gekauft«, erklärte die Oma.

Die Mutter wollte wissen, welche Farbe der Anzug denn habe. Man habe ihn als blaugrau verkauft, sagte die Oma. Daß die Jacke verschiedene Knöpfe hatte, führte die Oma auf die Planwirtschaft zurück: Ausgerechnet bei diesem Anzug sei wohl eine Knopfzuteilung zu Ende gewesen und habe eine neue angefangen. »Ihr solltet ein bißchen dankbar sein, daß ich überhaupt einen erwischt habe«, sagte sie nun fast beleidigt, »schließlich gehören wir nicht zu den Leuten, die in den Intelligenz-Läden kaufen dürfen.«

»Du hast recht«, bestätigte Onkel Wolfgang. »Wenn Thomas so einen richtig schicken Anzug hätte, dann würden sie ihn noch für ein Bonzenkind halten.«

Als Thomas endlich von der Vorstellung erlöst war und mit hochgerafften Hosenbeinen davonstolperte, übertönte das Lachen sogar den Gesang aus dem Nebenzimmer.

Dort wohnte seit einer Woche eine ältere Dame, die das Wohnungsamt als Untermieterin geschickt hatte. Ohne den Vater war die Wohnung zu groß geworden, jedenfalls nach Ansicht des Wohnungsamts. Erst nach dem Einzug hatte sich herausgestellt, daß die Dame Gesangslehrerin war.

Fräulein Krische hatte nicht viele Schüler, aber diese wenigen fanden meist erst abends Zeit, zum Unterricht zu kommen. So wurde die Familie nun beim Abendbrot Zeuge, wie im Nebenzimmer ein Knab' ein Röslein stehn sah und sich diesem so ungeschickt näherte, daß er »gebissen« wurde, wie Thomas es ausdrückte.

Am dritten Abend nach Fräulein Krisches Einzug hatte sich Thomas ans Klavier gesetzt und gegen den Gesang angekämpft. Mit Genugtuung hatte er bemerkt, daß er Fräulein Krisches Schüler hin und wieder aus dem Takt brachte. Am Morgen darauf hatte sie ihn jedoch angesprochen: »Wie ich höre, bist du ja ein ganz musikalisches Kind. Möchtest du nicht vielleicht bei mir singen lernen?«

Thomas hatte erschrocken die Hände gehoben: »Nee, bloß nicht! Ich muß ja schon Klavier und Fußball trainieren, da hab ich keine Zeit für das Geplärre.«

Das Wort war ihm so herausgeschlüpft, aber Fräulein Krische hatte ihn beleidigt angeschaut.

Als er sich nun seines neuen Anzugs entledigt hatte und ins Zimmer zurückkam, sang nebenan eine Dame: »Leise flehen meine Lieder.«

»Wenn's nur so wäre«, seufzte die Mutter.

»Sag mal«, wollte Thomas wissen, »wenn ich nächste Woche ins Theater gehe und die ›Räuber‹ sehe, wird da auch gesungen?« Sie beruhigten ihn, daß dies nicht der Fall sei.

Die Auskunft stellte sich als richtig heraus. In dem Stück von Schiller wurde nicht gesungen, dafür jedoch viel und laut geflucht, was Thomas gut gefiel. Auch der äußere Rahmen beeindruckte ihn sehr: der große Saal mit dem gedämpften Licht und den weichen Plüschsesseln und die vornehm gekleideten Leute. Er war froh, daß er den neuen Anzug trug, den die Oma noch passend gemacht hatte. Auf dem Weg ins Theater hatten einige Klassenkameraden in der Straßenbahn noch ihre Schnipsgummis und Papierkrampen sortiert, aber Gernot Stein, der als einziger schon mal im Theater gewesen war, hatte ihnen erklärt, dort sei es – anders als im Kino – nicht angebracht, die anderen Zuschauer zu beschießen.

Thomas fiel noch ein weiterer Unterschied zum Kino auf: Die wirklich interessanten Dinge wurden hier im Theater nicht gezeigt, sondern erzählt. Zum Beispiel berichteten die Räuber ziemlich ausführlich, wie sie ein Kloster überfallen und die Nonnen aus den Betten geholt hatten, aber gezeigt wurde das nicht.

Außerdem mißfiel Thomas eines, was ihn auch im Kino immer ärgerte: Jedesmal wenn eine Frau auftrat, wurde es langweilig. Da wurde von Liebe und Treue geredet, aber es passierte nichts. Er war froh, daß bei den »Räubern« nur eine einzige Frau mitspielte. In einer Szene nötigte sie ihm jedoch großen Respekt ab: als Amalia in großer Erregung Franz, der Kanaille, die vielen Boshaftigkeiten mit einer schallenden Ohrfeige lohnte. Da stand Thomas auf und rief: »Jawoll! Gleich noch eine!« Auch drei oder vier Klassenkameraden feuerten Amalia an. Aber Fräulein Hase und einige Erwachsene in den vorderen Reihen zischten, und Gernot Stein flüsterte: »Ihr Arschlöcher! Wenn in dem Buch nur eine Ohrfeige steht, dann können die da vorn gar nix machen.«

Thomas sah das ein. Schließlich hätte er auch nicht als Gänseprinzessin in seinem Gebüsch sitzen und dem Zwerg Nase statt des Pastetenrezeptes eines für Brotaufstrich vorlesen können.

Vorn auf der Bühne versuchte Franz, die Kanaille, durch einen teuflischen Mord an seinem alten Vater das Moorsche Vermögen an sich zu bringen. Thomas ballte die Fäuste, und um ihn herum flüsterten Klassenkameraden leise Verwünschungen. Aber Gernot Stein zischte: »Keine Angst! Den erwischt's noch knüppeldicke.«

»Tod oder Freiheit!« rief Karl Moor, der Räuberhauptmann. Dann fiel der Vorhang, die Leute klatschten, und es war Pause. Die Klasse sammelte sich im Foyer und tauschte erregt ihre Eindrücke aus. Alle waren der Ansicht, die Räuber hätten ein herrliches Leben. Sie streiften durch die Wälder, überfielen Leute, zündeten Städte an, plünderten Klöster. Und vor allem: Sie gaben die Beute den Armen. War das ein Leben! Das war etwas anderes als in die Schule gehen, vorm HO Schlange stehen und zu Hause Geschirr abtrocknen. Sie stellten sich vor, ihr Leben gegen das der Räuberbande zu tauschen. Kreuz und quer durch die DDR zu ziehen. Oder vielleicht besser durch Westdeutschland, weil es dort mehr Sachen zu plündern gab: Kaugummi und Kreppschuhe, Walnüsse und Apfelsinen, Schokolade und Micky-Maus-Hefte. Gegen Ende der Pause entstand ein Streit darüber, wer die Bande führen solle. Aber Gernot Stein beendete die Diskussion mit der Bemerkung: »Ihr Knallköppe! Ihr kommt ja nicht mal von Gohlis bis ins Rosental, dann schnappen euch schon die Vopos.«

Thomas dachte an die Tauchscher-Revolution auf den Straßenbahnschienen und mußte Gernot schon wieder recht geben.

Nach der Pause ging es auf der Bühne nicht mehr so lustig zu. Insbesondere bekam der Räuberhauptmann Moor langsam Gewissensbisse, weil seine Leute zuviel mordeten. Dafür lösten sich die Verwicklungen allmählich auf, und das Stück schien gut auszugehen. Der alte Vater wurde, halb verhungert, aber lebendig, aus dem zerstörten Schloß befreit. Franz, die Kanaille, redete lange um eine Entscheidung herum, brachte sich aber dann doch um. Karl gab sich seiner Amalia zu erkennen, die sehr überrascht war, weil sie die Zusammenhänge bis dahin nicht richtig kapiert hatte. Thomas freute sich auf ein schönes Ende, wie bei »Zwerg Nase«. Aber da überlegte es sich Karl Moor plötzlich anders. Anstatt das Familienschloß zu verkaufen und mit seiner Amalia vor der Polizei und den Gerichten zu fliehen, erstach er die Geliebte und beschloß, im Kerker zu sühnen für alle Missetaten seiner Räuber. Man konnte sich nun ausrechnen, daß Karl aufgehängt würde. Und das Schloß würde vermutlich Volkseigentum und nie wieder richtig in Schuß gebracht. Während die meisten Zuschauer begeistert klatschten, war Thomas ein wenig enttäuscht. Auch die Klassenkameraden fanden auf dem Heimweg, Schiller habe den Schluß ein bißchen vermurkst. Jeder beteuerte, er wäre an Karls Stelle auf und davon. Einige hätten allenfalls Amalia zurückgelassen. Gernot versuchte ihnen zu erklären, daß das Stück dann keine Tragödie gewesen wäre. Thomas beschloß, beim nächsten Theaterbesuch möglichst keine Tragödie zu sehen.

»Na, wie war denn die bourgeoise Klamotte?« fragte zu Hause Onkel Wolfgang.

»Die was?«

»Das bürgerliche Rührstück. Hat es dir gefallen?«

»Also, es war ganz schön. Alle konnten ihren Text, und keiner hat was verloren, 'ne Nase oder 'ne Perücke, war alles schön festgemacht. Bloß den Schluß müßten sie mal ändern.«

»Wenn ich das Stück zu inszenieren hätte«, sagte Onkel Wolfgang, »dann würde ich es in der heutigen Zeit spielen lassen. Zum Thema ›Räuber‹ würde mir da eine ganze Menge einfallen.«

»Wir sollten froh sein«, wandte die Oma ein, »daß wir wenigstens unsere guten alten Klassiker noch zu sehen bekommen. Oder willst du im Theater dauernd nur Aktivisten und Traktoristen sehen und was es noch für -isten gibt?«

»Nein, aber dieses Stück, das der arme Thomas da über sich ergehen lassen mußte, ist doch höchstens zu ertragen, wenn Heinz Rühmann den Karl spielt und Karl Valentin den Franz und Hans Moser den Vater Moor.«

»Und Adele Sandrock die Amalia«, ergänzte Thomas. Er hatte die komische alte Dame gerade in dem Film »Amphitryon« gesehen.

Thomas schrieb diesen Besetzungsvorschlag mit in den Klassenaufsatz, der dem Theaterbesuch schnell folgte. Er schrieb auch hinein, das Stück sei eine »burschikose Klamotte«.

Aber Fräulein Hase stimmte beidem nicht zu.

»Potz Blitz«, rief Thomas, als er den Aufsatz zurückbekam, »ich habe schon wieder 'ne Vier!«

»Hölle und Teufel! Ich auch«, meinte hinter ihm Rudi Knopf.

Nur Jochen Pietsch war angenehm überrascht: »Alle Wetter! Ich hab zum erstenmal 'ne Zwei!«

41 »Ich kann aber nicht linker Verteidiger«, protestierte Thomas, »ich schieße nur rechts.«

»Da kann ich dir ooch nich helfen«, beharrte der Trainer, »ich hab geen andern linken Verdeidcher. Und außerdem biste neu hier und machst, was gesaacht wird.«

Thomas fügte sich. Er hatte nach den beiden ärgerlichen Selbsttoren bei »Motor Gohlis-Nord« den Verein gewechselt und mit neuem Eifer begonnen. Er trainierte viel, auch zu Hause auf dem Hof, und bei schlechtem Wetter sogar im Korridor der Wohnung. Dort hatte er einmal mit seinem Stoffball der Oma ein Schüsselchen Brotaufstrich aus der Hand geschossen, und sie hatte nicht einsehen wollen, daß man bei einem Elfmeter eben nicht die Küchentür aufmacht.

»Was mußt du bloß den ganzen Tag fußballern?« hatte sie gefragt, und er hatte die Gegenfrage gestellt: »Was soll ich denn sonst machen?«

Er war wirklich ein wenig ratlos darüber, was sinnvoll zu tun sei und was nicht, angesichts der Ungewißheit über Wegmachen oder Hierbleiben. Mit Fußball, dachte er sich, konnte man schließlich auch im Westen was anfangen.

Und nun sollte er gegen die Gäste aus Westdeutschland linken Verteidiger spielen. Der Trainer erklärte, dies sei ein besonders wichtiges Spiel, denn es gelte, die demokratische Sportbewegung der DDR würdig zu vertreten. Eine Niederlage komme nicht in Frage, denn man habe zu beweisen, daß der DDR-Sport den westdeutschen Freunden absolut ebenbürtig sei. Außerdem habe man sich anständig zu benehmen, denn die Begegnung diene der Einheit der Nation, die Adenauer zerstören wolle. Die fortschrittlichen Kräfte in Westdeutschland kämpften jedoch Seite an Seite mit der DDR um die Erhaltung Deutschlands, und deswegen kämen ja auch so viele Mannschaften zu Besuch. Die Frage, warum man nicht auch einmal in Westdeutschland spielen könne, nannte der Trainer vorlaut.

Die Gäste kamen am Sonnabend, und man traf sich zum Kaffeetrinken im Vereinsheim. Es war kein berühmter Club, kein FC Kaiserslautern oder VfB Stuttgart, nur eine Vorstadtmannschaft aus Karlsruhe. Vor dem Spiel der 1. Herren sollte Thomas' Mannschaft gegen die Karlsruher Jungen antreten.

Beim Kaffeetrinken saß jeder neben seinem morgigen Gegenspieler, Thomas also neben dem Rechtsaußen. Das war ein kleiner schwarzhaariger Stöpsel, der sich als Marcel vorstellte. Thomas mußte sich den Namen buchstabieren lassen, da er ihn noch nie gehört hatte.

Es gab Kuchen, der an Streuselkuchen erinnerte, und Malzkaffee.

»Hen ihr koi Kakao?« fragte Marcel. Er sagte »Kaka-o«.

»He?« machte Thomas.

»I moin, ob ihr koi Kaka-o hen?«

»Was is los?«

»Ha, du bisch mer e rechter Simpel! Verschtehsch du koi Deutsch?« Den letzten Satz verstand Thomas, und er fand ihn ziemlich unverschämt, denn offenbar hatte doch eher Marcel Schwierigkeiten mit der Muttersprache.

»Ei verbibbch!« fuhr er seinen Gegenspieler an: »Du hast wohl a weechn Nischel?«

Marcel schüttelte verständnislos den Kopf: »Was schwätsch'n du fürn elenden Seich?«

Sie sahen nun ein, daß sie sich beide um Hochdeutsch bemühen mußten, und es ging auch ganz leidlich. Marcel erfuhr, daß man in der DDR Kakao nur in ganz bestimmten Läden bekam. Thomas erkundigte sich, ob Marcel ein bißchen Kaugummi mitgebracht habe.

»Wozu?«

»Zum Kauen.«

Marcel verstand nicht recht und fragte, warum sich Thomas denn nicht von seinem Taschengeld welchen kaufe. Thomas sah ihn fassungslos an: »Wo denn zum Beispiel, du Napfsülze? Hier mußte doch froh sein, wenn sie genug Brausepulver im Fünfjahresplan haben.«

Nun ging Marcel ein Licht auf, und er entsann sich: »Sag mal, stimmt das eigentlich, was sie bei uns erzählen: daß ihr hier manchmal Sägemehl fressen müßt, weil es nichts Richtiges gibt?«

Thomas sah den anderen ungläubig an, aber der schien seine Frage ernst gemeint zu haben.

»Ja, das stimmt«, sagte er dann ernst, »aber mit Zimt und Zucker schmeckt es ganz gut. Und wenn Leipziger Messe ist, gibt's sogar richtige Holzwolle. Damit die Messeonkels aus dem Westen nicht so'n schlechten Eindruck haben.«

Für Sonntag morgen waren die Gäste zu einer Stadtrundfahrt im »Gläsernen Leipziger« eingeladen. Das war eine Straßenbahn, bei der auch das Dach verglast war, so daß man zum Beispiel im Vorbeifahren auch die Spitze des Völkerschlachtdenkmals sehen konnte oder den Turm des Neuen Rathauses. Thomas erklärte seinem Gast alles und wies insbesondere darauf hin, daß die Thomaskirche praktisch nach ihm benannt sei. Aber Marcel war durch nichts zu beeindrucken und fragte nur: »Hen ihr koi Schloß?«

»Nee, wozu denn?«

Marcel erklärte, in einer richtigen Stadt stehe in der Mitte ein großes Schloß, und die Straßen gingen sternförmig von diesem Mittelpunkt aus. In Stuttgart zum Beispiel gebe es auch ein Schloß, aber keine sternförmigen Straßen, und daher hielten die Karlsruher auch Stuttgart nicht für eine richtige Stadt. Wenn Leipzig nicht einmal ein Schloß habe, sei es allenfalls ein Dorf. Thomas war wütend und dachte daran, den lästernden Westler den Vopos auszuliefern. Aber dann beschloß er, es ihm lieber nachmittags beim Fußballspiel zu zeigen.

Marcel war ein sehr schneller Rechtsaußen. Schon nach wenigen Minuten rannte er Thomas zum erstenmal auf und davon und setzte den Ball ungefähr dorthin, wo bei Oberligamannschaften das Außennetz war. Nach gut zehn Minuten entkam er wieder und traf ins Tor. Der Trainer warf Thomas einen wütenden Blick zu. Nachdem Marcel die Flanke zum 2:0 gegeben hatte, sagte er höhnisch zu Thomas: »Du musch net soviel Sägemehl fresse, dann kannsch besser laufe.«

Thomas versuchte verbissen, dem Gegner auf den Fersen zu bleiben, sah dieselben jedoch meistens nur von hinten. Immerhin konnte er zweimal den Ball zur Ecke schlagen. Aber noch vor der Halbzeitpause köpfte er, im Zweikampf mit Marcel, den Ball ins eigene Tor. Er faßte sich verzweifelt an den Kopf, und Marcel spottete: »Du musch gut feschthebe, sonsch fallt dir d'Holzwoll aus'm Hirn!« Da trat ihm Thomas in den Hintern.

»Foul! Foul!« schrie Marcel und wälzte sich auf dem schütteren Rasen. Der Schiedsrichter eilte herbei, baute sich wichtig vor Thomas auf und wies mit ausgestrecktem Arm zur Seitenlinie: Platzverweis!

Thomas schlich in die Umkleidekabine, warf wütend die vereinseigenen Fußballschuhe in eine Ecke und brütete vor sich hin. Der Trainer kam herein: »Prima Kopfball, du Pfeife! Das war Sabotage!«

Thomas zog sich wortlos um und ging nach Hause. Unterwegs wurde er ganz ruhig. Er beschloß, sich im Verein abzumelden und gleich morgen auch die Fußballzeitung abzubestellen. Er würde nie wieder nach irgend etwas treten, das rund wie ein Ball war. Auch nicht beim VfB Stuttgart oder bei Hannover 96. Wahrscheinlich würde er überhaupt nicht in den Westen gehen, wenn da solche Menschen lebten wie dieser Marcel.

»Na, hast du ein Tor geschossen?« fragte Onkel Wolfgang zu Hause.

»Ja.«

»Herzlichen Glückwunsch!«

»Danke.«

42 Thomas stand auf dem Karl-Marx-Platz und wartete auf die Großmutter. Sie hatte ihm für diesen Freitag etwas Besonderes versprochen und gebeten, er möge seinen neuen Anzug anziehen.

»Wo wollen wir denn hin?« fragte er nach der Begrüßung.

»Erst mal gehen wir ins Bildermuseum.«

»Wieso? Das ist doch im A ... Entschuldigung, ich meine, das ist doch zerbombt.« Er zeigte auf die Ruine.

»Ja, aber die schönen alten Bilder sind gerettet worden und hängen jetzt im Reichsgericht. Und die möchte ich dir mal zeigen.«

Das Reichsgericht hieß jetzt Georgi-Dimitroff-Museum, wurde aber von den meisten weiterhin Reichsgericht genannt. Tatsächlich gab es dort viele schöne Bilder zu sehen, und die Großmutter führte Thomas zu jenem, das sie am meisten liebte: »Die Spinnerin« von Wilhelm Leibl. Thomas forschte in den Gesichtszügen der Frau und sagte dann verwundert: »Die sieht doch ganz normal aus.«

Die Großmutter verstand nicht: »Wie meinst du das?«

»Na, weil du doch gesagt hast, die spinnt.«

»Ach so! Na, sieh mal, Thomas: Du siehst ja auch ganz normal aus.«

Thomas verstand nicht: »Wie meinst du das?«

»Ich meine, daß du ein Banause bist und daß ich dich eigentlich enterben sollte. Aber du hast Glück: Ich habe nämlich nichts mehr zu vererben.«

Sie zeigte ihm weitere Bilder, die sie gern hatte, und Thomas staunte:

Wie oft war er an diesem riesigen grauen Gebäude mit der grünen Kuppel vorbeigefahren, ohne die Schätze im Inneren zu ahnen. Er fand nicht alles schön, aber vieles sehr interessant. Da war ein Selbstbildnis von Albrecht Dürer. So sah also der Mann aus, der das wunderschöne Kaninchen gezeichnet hatte, das Thomas immer an seinen armen ermordeten Hasi erinnerte. Damals hatte er oft versucht, Hasi aus der Erinnerung zu zeichnen, aber immer wenn er seiner Familie das Ergebnis vorlegte, hatten sie alles mögliche erkannt: ein Nilpferd, einen Fußballtorwart, das Völkerschlachtdenkmal, einmal sogar ein Selbstbildnis von Thomas, aber nie Hasi. Er hatte daraufhin den Spaß am Zeichnen verloren und nur noch in der Schule das Nötigste getan. Hier nun im Reichsgericht sah er vollends ein, daß es Berufenere gab.

Da hing von Caspar David Friedrich das schöne Bild »Die Lebensstufen«, das den Werdegang des Menschen vom Kindergarten bis zum Feierabendheim veranschaulichte. Da war eine »Ruhende Quellnymphe« von Lucas Cranach, dem Apotheker aus Wittenberg. Thomas wunderte sich ein wenig, daß ein so guter Freund von Martin Luther eine gänzlich unbekleidete Dame gemalt hatte, aber er mochte die Großmutter nicht danach fragen. Und da war die »Toteninsel« von Arnold Böcklin, eine geheimnisvolle Landschaft und ein Boot mit einer weißverhüllten Gestalt. So eine Insel, dachte Thomas, sollte man haben, mitten in der Pleiße. Oder besser im Auensee, wo es nicht so entsetzlich stank. Da würde er sich eine Höhle bauen und den ganzen Tag am Wasser sitzen und abends ein Feuer anzünden. Nur gute Freunde dürften für 20 Pfennig Eintritt auf die Insel, Lehrer und Vopos überhaupt nicht.

»Manche halten ja das Bild für Kitsch«, sagte die Großmutter.

»Dann sind sie Banausen«, entgegnete Thomas voller Überzeugung.

Er war in diesem Augenblick richtig froh, daß er durch die freitäglichen Ausflüge mit der Großmutter kein Banause mehr war. Was hatte sie ihm schon alles gezeigt! Vorige Woche waren sie im Schillerhäuschen gewesen, an dem Thomas auf dem Weg zum Kindergottesdienst oder zur Apotheke immer achtlos vorbeigeradelt war. Das alte Bauernhaus in der Menckestraße versteckte sich zwischen jüngeren, höheren Wohnhäusern. Eine Gedenktafel erinnerte daran, daß der große Dichter in dieser bescheidenen Umgebung sein »Lied an die Freude« geschrieben hatte. Thomas hatte gemeint, es müsse sicher »Lied an die Freunde« heißen, weil man an die Freude nicht schreiben könne. Und er war sogar etwas stolz gewesen, als erster den Schreibfehler entdeckt zu haben. Aber die Großmutter hatte erklärt, das sei schon richtig so, und zum Beweis hatte sie ihm vorgesungen: »Freude, schöner Götterfunken ...«

Demnächst, hatte sie versprochen, würden sie sich im Schauspielhaus die »Jungfrau von Orleans« ansehen. Eine Tragödie, wie Thomas zu seinem Leidwesen erfuhr.

Nach dem Besuch im Bildermuseum saßen sie im *Thüringer Hof* unter alten Gewölben an einem blankgescheuerten Tisch. Die Großmutter bestellte etwas, was sie »Ragufeng« nannte, obwohl es sich ganz anders schrieb. Thomas durfte auch einen Schluck Bier trinken.

»Warum habe ich mich eigentlich so in Schale schmeißen müssen?« fragte er.

»Das läßt sich doch auch anders ausdrücken, oder?«

»Ich meine ja auch, warum ich heute meinen neuen Anzug ... äh ... überstülpen mußte.«

Die Großmutter seufzte, dann zog sie zwei Eintrittskarten aus ihrer Tasche und hielt sie Thomas hin: »Gewandhaus-Orchester« stand darauf.

»Ui!«

Sie saßen in der 14. Reihe. Die Menschen ringsumher waren festlich gekleidet, und Thomas war froh, daß ihn die Oma zu Hause davon abgebracht hatte, zum Anzug seine bequemen Turnschuhe zu tragen. Nach einiger Zeit füllte sich das Podium mit Männern, die wie Pinguine gekleidet waren. Thomas ließ sich erklären, daß sie Fräcke trugen, konnte aber nicht herausbekommen, warum. Bald fingen die Musiker an zu spielen, aber es war keine richtige Melodie herauszuhören. Thomas ließ sich erklären, daß zunächst die Instrumente gestimmt wurden, und er fragte sich, warum man das nicht vorher zu Hause tun konnte.

Schließlich wurde es still, und ein untersetzter Mann betrat unter großem Beifall das Podium.

»Das ist Konwitschny«, flüsterte die Großmutter.

Konwitschny verneigte sich lange, dann drehte er Thomas den Rücken zu – und ließ sein Orchester donnernd anfangen.

»Das ist Schostakowitsch«, sagte die Großmutter Thomas ins Ohr.

»Wo denn? Welcher denn?«

»Der Komponist!«

Als das Stück von Schostakowitsch zu Ende war, füllten sich die letzten Plätze im Saal. Ein Flügel wurde auf die Bühne geschoben. »Jetzt kommt Liszt. Das ist wiederum ein Komponist und nicht selbst anwesend.«

Thomas beobachtete jede Bewegung des Klavierspielers, der beim Hinsetzen die Frackschwänze sorgfältig links und rechts über den Rand des Schemels hängte. Dann saß er ruhig da, obwohl das Orchester längst wieder angefangen hatte. Thomas dachte an sein erstes Advents-Vorspiel bei Fräulein Sommer und an die vergessenen ersten Takte des »Schneewittchens«, und er bekam Angst, dem Kollegen auf dem Podium gehe es gerade ebenso.

Aber da hob dieser mit einem Ruck die Hände, schaute einen Augenblick lang zum Kronleuchter und stieß auf die Tasten nieder. »Getroffen!« freute sich Thomas.

Dann lauschte er atemlos und schaute ungläubig, wie dort oben, dreizehn Reihen vor ihm, zehn Finger über die Tasten stoben. Nie und nimmer hätte er für möglich gehalten, daß ein Mensch bei dieser Geschwindigkeit noch schwarze und weiße Tasten auseinanderhalten könne. Wie lernte man das?

Die Großmutter wecke ihn aus seinen Gedanken: »Pause!«

Auf der Wanderung durchs Foyer erklärte sie ihm, daß zu Beginn des Konzerts meistens ein sowjetischer Komponist gespielt werde und deshalb viele Besucher erst später kämen. Thomas verstand.

»Und was kommt jetzt noch?«

»Mendelssohn. ›Italienische Sinfonie‹.«

»Mit Klavier?«

»Nein, leider nicht.«

Sie erzählte ihm, Mendelssohn werde in Leipzig sehr verehrt als Gründer des Konservatoriums und Dirigent des Gewandhausorchesters. Im Dritten Reich hätten die Nazis jedoch seine Musik verboten, da er Jude gewesen sei. Sein Denkmal hätten sie bei Nacht und Nebel abgerissen.

»Diese Schweine!« entrüstete sich Thomas laut, und ein älteres Ehepaar vor ihm schüttelte mißbilligend die Köpfe.

Daheim in seinem Bett beschloß Thomas, künftig mehr Klavier zu üben. Wie gut, dachte er, daß ich keine Zeit mehr mit Fußball vergeuden muß.

Dann träumte er aber doch vom Fußball: Bei »Chemie Leipzig« wurde in der Halbzeitpause ein Flügel auf den Rasen getragen, und Thomas spielte etwas von Liszt und spielte und spielte, und die Zuschauer waren ganz aus dem Häuschen und verlangten Zugaben. Die zweite Halbzeit fiel aus, und als Thomas aufhörte zu spielen, kam Günter Busch, der Torwart der DDR-Auswahl, zu ihm und beglückwünschte ihn und trug ihn auf den Schultern zur Straßenbahn.

43 Fräulein Hase rief Thomas zu sich, um unter vier Augen mit ihm zu sprechen.

»Mir ist aufgefallen«, sagte sie, »daß seit einiger Zeit deine Mutter alles unterschreibt und nie mehr dein Vater. Was ist denn mit ihm?«

Das mußte ja mal kommen, dachte Thomas. Er hatte die Mutter gefragt, was er am besten antworten solle, und sie hatte gesagt: »Die Wahrheit!« Das hatte ihn gewundert.

»Mein Vater ist im Westen«, berichtete er Fräulein Hase. »Aber er war sowieso bloß mein Stiefvater.«

Die Lehrerin schwieg einen Augenblick. Dann fragte sie, ob es wegen der Flucht Schwierigkeiten mit Polizei oder Behörden gegeben habe.

»Bis jetzt nicht«, sagte Thomas.

»Ich nehme an, daß deine nachlassenden Leistungen in letzter Zeit irgendwie damit zusammenhängen«, stellte Fräulein Hase fest, und Thomas war froh, daß sie es nicht als Frage formuliert hatte. Sie meinte, wenn er in zwei Jahren auf die Oberschule wolle, müsse er sich jetzt kräftig auf den Hosenboden setzen. Und außerdem müsse er sich überlegen, ob er nicht endlich in die Jungen Pioniere eintreten wolle, denn ohne das blaue Halstuch komme keiner auf die Oberschule.

»Der Pionierleiter fragt mich jedesmal«, berichtete sie, »was denn mit den fünf Burschen los sei, die in meiner Klasse noch ohne Pionierhalstuch rumsitzen.«

»Mich lassen sie ja sowieso nicht auf die Oberschule«, meinte Thomas, »weil meine Eltern eine Firma haben. Jedenfalls noch.«

»Trotzdem solltest du besser eintreten. Es gibt ja auch eine Menge Vorteile dadurch, zum Beispiel Ferienlager oder mal ein Paar Schuhe.«

Thomas versprach, sich einen geeigneten Termin für seinen Eintritt auszudenken. Die Lehrerin wollte wissen wann, und Thomas wollte gerade »Buß- und Bettag« sagen, als ihm Stalins Geburtstag kurz vor Weihnachten einfiel.

»Damit du mal wieder einen guten Aufsatz schreibst«, sagte Fräulein Hase zum Abschied, »will ich dir einen kleinen Hinweis geben: Der nächste Klassenaufsatz wird am achtzehnten Oktober geschrieben. Denk mal nach, ob dir das Datum etwas sagt.«

Der Aufsatz hieß: »18. Oktober 1813 – Das Volk steht auf, der Sturm bricht los.« Thomas war gut vorbereitet und holte weit aus:

»Im Süden unserer Stadt ragt ein gewaltiges Monument in den Himmel über unserer Stadt. Es ist aus Granit und 91 Meter hoch. Fragen wir jemanden was das denn sein könnte, so bekommen wir sicher zur Antwort: das Völkerschlachtdenkmal, denn das weiß jeder in Leipzig.
Das Denkmal steht seit genau 39 Jahren am selben Ort denn es wurde am 18. Oktober 1913 eingeweiht. Es wurde aus Spenden von Patrioten erbaut. Für 50 Pfennig kann man es besichtigen, was für ein Kind ziemlich viel Geld ist. Man muß aufpassen, das man nicht eingeschlossen wird wenn das Denkmal Feierabend macht.

Das Denkmal erinnert uns Tag für Tag daran, das auf den historischen Feldern auf denen es damals noch nicht stand im Jahre 1813 ganze Völker für die Freiheit geschlachtet wurden. Deswegen heißt es auch so. 124 000 Männer mußten hier ihr Leben lassen. Wenn man sagt sie wären auch ohne das Gemetzel heute tot, so verkennt man die Geschichte.

Damals zitterte halb Europa unter der Knute des napoleonischen Jochs. Auch das deutsche Volk zitterte weil die peußische Armee und ihre unfähigen adligen Offiziere lieber Fersengeld gaben als sich vor ihr Volk zu stellen. Der preußische König war genauso eine Figur. Es gab aber mutige Männer welche gegen die fremde Obrigkeit aufstanden. Das wäre heute überhaupt nicht denkbar, aber das ist ja auch nicht mehr nötig. Einer war der Turnvater Jahn. Er erfand das Turnen, aber nicht um zu turnen sondern um die Jugend für den Kampf zu stählen. Napoleon merkte aber nichts davon und zog sogar noch nach Rußland, was jedoch gründlich schief ging. Man könnte sagen, er hätte sich ein Beispiel an Hitler nehmen können, aber das konnte er ja nicht. Er wurde schwer geschlagen und machte nach Paris um neue Leute zu holen. Im Oktober stand er bei Leipzig. Aber da hatte sich inzwischen einiges getan. Tausende Freiheitskämpfer waren zu den Fahnen der Freicorpse geeilt. Der Dichter Theodor Körner hatte in der Nähe vom Hauptbahnhof ein Gedicht für sie gedichtet: Lützows wilde verwegene Jagd. Ein Gedenkstein erinnert bis heute daran. Außerdem gab es inzwischen die deutsch-russische Waffenbrüderschaft. Sie alle stellten sich bei Leipzig Napoleon in die Quere. Es kam zum Kampf und Napoleon wurde völlig zusammengedrängt und mußte nach drei Tagen einsehen, das es keinen Zweck mehr hatte. Er floh nach Paris. Er hat es später nochmal versucht, aber dann wurde er bei St. Helena völlig vernichtet und nach Waterloo verbannt wo er sein verbrecherisches Leben beendete. In Leipzig war jedoch die große Wende, wo das Ende von Napoleons Stern zu sinken begann.

In der Stadt war damals viel kaputt und es gab einen russischen Stadtkommandant. Es war also so ähnlich wie nach 45, bloß daß sich die Leipziger damals fast noch mehr darüber freuten. Es wäre am besten, wenn sich so etwas nicht noch einmal ereignen würde. Daran erinnert uns das Denkmal.«

Fräulein Hase war recht zufrieden. Neben Rechtschreibung und Zeichensetzung beanstandete sie allerdings den Vergleich zwischen 1813 und 1945. Auch sei das Wort »Völkerschlacht« anders abzuleiten, als Thomas es getan hatte.

Er bekam eine Zwei.

Dafür gab es zu Hause viel Lob und 30 Pfennig extra Taschengeld.

»Wie hast du das bloß gemacht?« fragten sie ihn beim Abendbrot.

»Ich hab mir eben gedacht: Wenn wir am achtzehnten Oktober einen Klassenaufsatz schreiben, dann liest man vielleicht vorher 'n bißchen was über den achtzehnten Oktober.«

»Du bist ja ein Pfiffikus«, lobte die Mutter. »Aber wenn es in den anderen Fächern nicht auch besser wird, dann wird es nichts mit der Oberschule. Dann mußt du in zwei Jahren in eine Lehre gehen.«

Thomas fand es ungerecht, daß die Mutter an einem solchen Tag des Triumphes seine – unbestreitbaren – Schwächen ansprach.

»Was willst du denn eigentlich mal werden?« fragte ihn die Oma.

»Erst mal größer«, sagte er, um abzulenken.

»Und hoffentlich auch klüger.«

»Ja. auch. Wenn ihr meint.«

»Und dann?« Die Oma ließ nicht locker.

»Dann muß man sehen. Die Zeiten sind ja so ungewiß.«

Thomas spielte damit vorsichtig auf die Enteignung und die mögliche Flucht in den Westen an, aber die Oma schien es nicht zu merken und bohrte weiter: »Du hast also gar keine Ahnung, was du mal werden willst?«

So war es in der Tat. Die Berufe eines Lokführers und eines Straßenbahnfahrers reizten ihn nach den einschlägigen Erfahrungen nicht mehr. Ein neues Ziel hatte er noch nicht. Am liebsten wäre er Westmann geworden wie Old Shatterhand, aber er hatte kürzlich erfahren müssen, daß Karl May alles frei erfunden hatte und daß im Wilden Westen alles ganz anders war. Die *Volkszeitung* hatte sogar ausdrücklich vor Karl-May-Literatur gewarnt, da sie ein ganz schiefes, verkitschtes Bild der Wirklichkeit zeichne. Thomas hegte noch eine leise Hoffnung, daß in einem kleinen Tal zwischen Mississippi und Rocky Mountains alles beim alten geblieben sei, aber er wagte nicht, fest darauf zu vertrauen. Seit dem kürzlichen Besuch des Gewandhauskonzerts hatte er manchmal die Vorstellung, ein berühmter Klavierspieler zu werden. Zum Erstaunen der Familie übte er neuerdings sehr ausdauernd. Hatte er sich früher erst ans Klavier gesetzt, wenn das »Nun fang schon an!« giftig zu klingen begann, so spielte er jetzt sogar während der Stromsperre bei Petroleumlicht weiter und machte manchmal erst Schluß, wenn das »Nun hör schon auf!« giftig zu klingen begann.

»Vielleicht werde ich Klavierspieler«, sagte Thomas.

Sie lachten, und Onkel Wolfgang sagte: »Davon solltest du aus Rücksicht auf die Musikfreunde lieber Abstand nehmen.«

»Vielleicht lernst du bei Fräulein Krische noch Singen dazu«, schlug die Oma vor, »dann kannst du für doppelte Gage als Duo auftreten.«

»Ja, dann kannst du auch das Schmerzensgeld für die Zuhörer aufbringen«, spottete Onkel Wolfgang.

Thomas legte Messer und Gabel zur Seite: »Wenn ich noch mal geboren werde, will ich eine andere Familie.«

Dann ging er in sein Zimmer und nahm sich fest vor, ein großer Klavierspieler zu werden.

Später hörte er Onkel Wolfgang auf dem Akkordeon spielen: »Bei dir war es immer so schön« und »Wenn bei Capri die rote Sonne ...« Thomas ging hinüber und fragte: »Sag mal, ist deine Quetschkommode kaputt?«

Onkel Wolfgang hielt ein und fragte: »Nein, wieso?«
»Weil es so klingt.«
Dann legte sich Thomas zufrieden ins Bett.

44 »Das soll ä Gamehl sein? Das is doch ä Lama«, entrüstete sich die Frau vor dem Maschendrahtzaun.

Das kleine Mädchen an ihrer Hand widersprach: »Das is ä Gamehl. Uff dem Schild schteht ›K-a-m-e-l‹, und dann isses ooch eens.«

Thomas und seine Freunde standen in Hörweite und verkniffen sich das Lachen.

In diesem fußballosen Herbst war Thomas oft im Zoo, manchmal allein, meistens mit Freunden. Sie hatten Dauerkarten, was sie der Notwendigkeit enthob, jedesmal heimlich über den Zaun zu steigen wie früher. Sie mochten die Tiere, wollten andererseits aber auch hier im Zoo keinesfalls auf einen guten Schabernack verzichten. Am liebsten vertauschten sie an Käfigen und Freigehegen die Schilder und lauschten dann den Leuten, die sich die Köpfe zerbrachen.

»Gugge mal«, erklärte die Frau: »Das Dier hat doch gar geene Högger. Ä Gamehl hat immer zwee Högger uff'm Rüggn. Sonst isses eenfach geen richdches Gamehl.«

Aber die Kleine glaubte nur dem Schild: »Und wenn's nu ä gleenes Gamehl ist und griecht erscht noch seine Högger?«

»Bleedsinn! Baß bloß uff, daß du nich mal zwee Högger griechst.«

Die Freunde zogen weiter und hörten vor dem Freigehege nebenan einen Mann empört sagen: »Das is doch geen Lama!«

Im Raubtierhaus stank es furchtbar, aber die Jungen konnten sich nicht trennen von den drei tapsigen kleinen Löwen, die übereinanderpurzelten und nach der Schwanzquaste ihrer Mutter haschten. Die Löwen aus der berühmten Leipziger Zucht wurden in die ganze Welt verkauft. Man erzählte sich gern die Geschichte von dem Leipziger Löwen, der sich zum erstenmal in Afrikas freier Wildbahn bewegt und zu Tode erschrickt, als ein großer, starker Löwe mit mächtiger Mähne auf ihn zukommt. Der Neue rennt um sein Leben, der Alte hinterher, und als sie sich endlich atemlos gegenüberstehen, sagt der große, starke Löwe: »Du bleeder Hund, was rennste denn so? Ich gomme doch ooch aus Leipzch.«

Rudi Knopf fragte, ob sich jemand traue, durchs Gitter zu fassen und einen großen Löwen zu kitzeln, bis er lache. Keiner wollte ran an die Sache.

»Der reißt dir eenfach 'n Arm ab«, warnte Thomas.

Rudi war nicht so pessimistisch: »Höchstens ä baar Finger.«

Das brachte Kuno auf die Idee, daß Huschte es versuchen solle. Huschte hatte ja ohnehin bei seinem Unfall mit der Gewehrpatrone ein paar Finger eingebüßt: »Da fällt's nicht so auf.«

Huschte schwankte eine Zeitlang und wollte es dann erst mit einem der drei kleinen Löwen versuchen. Als dieser ihm freundlich die Hand leckte, wagte sich Huschte an ein ausgewachsenes Tier, das faul an den Gitterstäben döste. Der Löwe sprang fauchend auf und hieb mit seiner Pranke durch die Stäbe. Die Jungen nahmen Reißaus.

Huschte bestand nun darauf, daß jeder etwas machen müsse.

Kuno bot an, sich auf die Riesenschildkröte im Terrarium zu setzen, und als dies für zu ungefährlich erklärt wurde, stellte er in Aussicht, vom Besucherturm der Bärenburg aus einem Eisbären auf den Kopf zu spukken.

Rudi lehnte das Ansinnen ab, zu »Schwabbel«, dem Nilpferd, ins Bassin zu steigen und eine Runde zu schwimmen. Er habe keine Badehose dabei.

Thomas wollte eigentlich überhaupt nichts machen, höchstens was mit Meerschweinchen. Er mochte fast alle Tiere, hatte aber auch Respekt vor ihnen.

»Man darf Tiere nicht ärgern«, erläuterte er, »man will ja selbst auch nicht geärgert werden. Und außerdem darf man nie hinter die Absperrung, das ist viel zu gefährlich.«

Die beherrschende Persönlichkeit des Leipziger Zoos war Omar, der Elefantenbulle. Es gab viele Geschichten über ihn. Er hatte schon zwei seiner Wärter auf dem Gewissen, zerquetscht mit seinem riesigen Körper oder zerstampft mit seinen plumpen Säulenbeinen. In unbändiger Raserei hatte er sich vor Jahren seinen linken Stoßzahn abgebrochen, und gerade voriges Jahr hatte er die Elefantenkuh Lilly in den Wassergraben gestoßen und solcherart zu Tode gebracht. Das hatte nicht nur in der Zeitung gestanden, sondern auch gestimmt. Daß Omar mehrfach Kinder mit dem Rüssel gepackt und verspeist habe, glaubte Thomas hingegen nicht. In »Brehm's Tierleben« stand nämlich, Elefanten seien ausschließlich Pflanzenfresser.

Thomas beobachtete einen kleinen Jungen, der versuchte, Omar mit einem Stück Brot zu füttern. Der Kleine, der knapp über das Absperrgitter schauen konnte, war zwischen Angst und Tapferkeit hin- und hergerissen und ließ jedesmal das Stück Brot in den Dreck fallen, wenn sich der feuchte Rüssel näherte.

»Du brauchst keen Schiß zu haben, der tut dir nischt«, ermunterte Thomas den Zitternden. Er selbst hatte diese Mutprobe schon vor Jahren bestanden.

Aber der Steppke ließ auch beim nächsten Versuch das Brot los, und diesmal fiel es hinter das niedrige Gitter, das die Besucher vom Wassergraben trennte.

»Ich hol dir deine Bemme«, bot Thomas an und kletterte hinüber, wobei er Omar fest im Auge behielt.

Als er sich wieder umdrehte, stand ihm ein Mann in graugrüner Zoo-Uniform gegenüber.

»Komm mal her, du Früchtchen!« fuhr ihn der Wärter barsch an.

Thomas, mit Omar im Rücken, hatte keine Wahl und kletterte über die Absperrung zurück.

»Du bist wohl meschugge«, schimpfte der Wärter, packte ihn am Arm und schleifte ihn wortlos zum Verwaltungsgebäude. Dort schubste er ihn in ein Büro: »Hier! Der Bursche war beim Omar drin. Der darf nie wieder in den Zoo rein.«

»Aber ich hab doch bloß die Bemme holen wollen!« rief Thomas, den Tränen nahe.

»Und machen Sie 'ne Anzeige gegen die Eltern«, sagte der Wärter.

»Wie heißt du denn?« fragte eine Frau, aber ehe Thomas einen falschen Namen sagen konnte, trat ein älterer Herr in den Raum und erkundigte sich nach dem Grund des Aufruhrs. Thomas kannte den Herrn von Fotos in der Zeitung: Professor Schneider, dem der Zoo unterstand.

Thomas wußte nicht, ob er einfach »Herr Schneider« sagen durfte. »Herr ... Herr Tierpräsident«, rief er, »ich hab wirklich bloß die Bemme holen wollen.«

Als der Professor die Geschichte angehört hatte, sagte er mit gerunzelter Stirn: »Da hast du noch mal großes Glück gehabt. So ein Elefant greift jeden an, der in seinen Bereich eindringt. Das ist so, als wenn bei euch zu Hause ein Einbrecher kommt.«

»Aber ich hab ihm ja gar nichts wegnehmen wollen, er sollte die blöde Bemme ja kriegen.«

»Und woher sollte der Elefant das wissen?«

»Ja. Na ja. Also das konnte der nicht wissen.«

Der Professor war nun durchaus freundlich und fragte, welche Tiere Thomas am liebsten habe.

»Elefanten.«

»Und welche noch?«

»Alle.«

»Wenn das so ist, darfst du auch wiederkommen. Aber mach nie mehr solche Dummheiten! Und wenn du dich ein bißchen erkenntlich zeigen willst, dann kannst du für die Tiere Eicheln sammeln und mitbringen.«

»Auch Kastanien?«

»Auch.«

Thomas verabschiedete sich mit einem Diener.

Draußen warteten die Freunde: »Wie war's?«

»Na ja, also erst mal haben sie mich ... Ach, eigentlich war's ganz nett. Wenn ich genug Eicheln mitbringe, darf ich sogar mal auf dem Omar reiten.«

Die Freunde staunten, und Huschte gab zu, daß Thomas nun doch gewonnen habe. Er meinte allerdings, daß er für die Sache mit dem Löwen eine ähnliche Belohnung verdient habe, und bat Thomas, gleich mit ihm zum Direktor zu gehen. Aber Thomas erklärte ihm, die Sache mit dem Löwen habe ja leider kein Wärter gesehen.

»Dann mach ich's noch mit'm Diecher. Oder mit'm Leobard«, versprach Huschte.

45 Thomas kam von der Schule nach Hause und fand die Oma in Schubladen kramend.

»Was is'n hier fürn Tohuwabohu?« fragte er fröhlich und merkte zu spät, daß die Oma weinte.

»Onkel Gustav ist gestorben«, schluchzte sie, »und ich kann meine schwarzen Strümpfe nicht finden.«

»Das sollte mir mal passieren, daß ich was nicht finde«, sagte Thomas und merkte wieder zu spät, daß er etwas Unpassendes gesagt hatte. »Soll ich dir helfen?« fragte er schnell.

Die Oma erzählte, Tante Berta habe angerufen und unter Tränen berichtet, Onkel Gustav habe morgens beim Aufstehen gesagt: »Verdammich! Mir ist so komisch.« Dann sei er tot umgefallen. Thomas verschluckte ein Kichern: Wie konnte jemand vor dem Sterben so was Ulkiges sagen.

Die Oma suchte weiter in ihren Schubladen und redete dabei. Ihr Bruder Gustav habe sich ein Leben lang auf die Pensionierung gefreut und sich vorgenommen, der Reichsbahn noch mindestens zwanzig Jahre lang auf der Tasche zu liegen. Aber seit er nicht mehr Leipzig-Zwickau und zurück fuhr, hatte er sich furchtbar gelangweilt. Er war spät aufgestanden und früh schlafen gegangen. Er hatte lustlos den Keller aufgeräumt und später den Dachboden. Er hatte ein wenig zu malen versucht und sich beklagt, ihm falle nichts Richtiges ein. Schließlich war er jeden Tag zum Bahnhof Connewitz gegangen und hatte mit den Kollegen darüber geredet, warum sie soviel Verspätung hatten. Manchmal war er bis zum Hauptbahnhof mitgefahren und hatte dort ein Bier getrunken oder auch ein paar.

»Er hat sich einfach zu Tode gelangweilt, als er nicht mehr zum Dienst durfte«, sagte die Oma.

Thomas stellte sich vor, er dürfe nicht mehr zur Schule, und hielt es für ganz und gar unwahrscheinlich, daß er daran zugrunde ginge.

Die Oma fand endlich die schwarzen Strümpfe und machte sich auf den Weg zu Tante Berta. Thomas mußte abends der Mutter und Onkel Wolfgang die Nachricht überbringen. Er versuchte, es schonend zu tun, und griff wieder daneben: »Einen schönen Gruß, und Onkel Gustav ist hinüber.«

Thomas mußte mit zur Beerdigung auf dem Südfriedhof. Es fand sich zu seinem guten Anzug kein schwarzer Schlips, auf dem die Familie jedoch bestand. So ließ sich Onkel Wolfgang herbei, seinen schwarzen Schlips mit Thomas zu teilen: Er gab ihm das schmale Ende und band sich selbst das breite um.

Es war Nieselwetter, und die kleine Trauergemeinde fröstelte. Ein

Reichsbahner war mit einem Kranz gekommen: »Unserem treuen Kollegen.« Auch die Oma hatte einen Kranz beschaffen können: »Deine Familie.« Der Pfarrer pries Onkel Gustavs stille Pflichterfüllung und stete Bescheidenheit: »Vielleicht wäre ein großer Künstler aus ihm geworden. In seinen wenigen freien Stunden griff er ja gern zu Pinsel und Palette und warf manch begabtes Bild auf die Leinwand. Aber immer stand für ihn die Pflicht obenan, die Sorge für seine Mitmenschen, die unterwegs auf den Schienen unserer Heimat waren. Seine Welt lag zwischen Leipzig-Hauptbahnhof und Zwickau.«

Thomas hörte um sich herum Schluchzen und mußte selbst mit den Tränen kämpfen. Er erinnerte sich an das Wildschwein in Onkel Gustavs Stube und dachte: abgemalt! Aber er mußte zugeben, daß das Schwein als solches zu erkennen gewesen war, im Gegensatz zu seinen eigenen Kaninchen-Zeichnungen.

Der Sarg sank in die Grube. Auch Thomas mußte eine Handvoll Erde hineinwerfen und wandte sich schnell ab von dem dunklen Loch. Die Trauergemeinde schlurfte durch die Dämmerung zum Hauptportal an der Leninstraße.

Thomas konnte sich nicht richtig vorstellen, daß jemand, den er kannte, plötzlich tot war. Er sah doch den Großonkel noch vor sich: das Hamstergesicht mit den schwarzen Knopfaugen und dem weißen Schnurrbart. Und er hörte ihn noch sagen: »Der Russe hat uns überall das zweite Gleis abmontiert. Der zieht uns auch noch das letzte Hemd aus.«

Wenn man jemanden so genau vor Augen und im Ohr hatte, überlegte Thomas, dann konnte er doch nicht richtig tot sein. Anders war es zum Beispiel mit seinem Vater, seinem richtigen Vater. Ihn kannte er nur von Fotos, so wie er Karl Marx oder Martin Luther von Fotos kannte. Sie alle waren richtig tot. Der andere Vater, der jetzt im Westen lebte, war auch irgendwie tot. Er hatte übrigens immer noch nicht geschrieben. Thomas sah ihn noch an der Schreibmaschine sitzen und die Pfeife mit »Volks-Dunhill« paffen. Aber er war verschwunden. Er war ungefähr so tot wie Onkel Gustav.

Draußen auf der Leninstraße kämpfte eine Gaslaterne gegen den Nieselregen. Es roch nach Braunkohle, wie immer, wenn in Leipzig schlechtes Wetter war. Die Straßenbahn ließ auf sich warten. Thomas dachte daran, daß seine Freunde Albrecht und Kuno seit zwei Wochen wieder einen Vater hatten. Herr Kraske war aus der Gefangenschaft heimgekehrt. Er war mager und hatte ein gelbliches Gesicht und hustete beim Rauchen. Er war mal rübergekommen und hatte mit Onkel Wolfgang Erfahrungen ausgetauscht, und sie hatten festgestellt, daß sie 1948 eine Zeitlang im selben Lager gewesen sein mußten. Onkel Wolfgang hatte ihm eine Arbeit in der Firma angeboten, falls das Arbeitsamt einverstanden sei und Herr Kraske den Mehlstaub ertragen könne. Aber Herr Kraske hatte gesagt, er wolle am liebsten wieder ein Stückchen Acker und ein paar Kühe. Albrecht und Kuno waren stolz, einen Vater zu haben. Thomas rechnete nach, daß er in seiner Klasse mindestens elf Jungen kannte, die keinen Vater mehr hatten.

Die Straßenbahn kam angeschlingert und hielt quietschend. Thomas stellte sich neben den Fahrer, der schon die dicken Winterstiefel aus Filz anhatte. Thomas ahnte im Dämmerlicht das Völkerschlachtdenkmal, konnte es aber nicht genau erkennen. Er fühlte sich unbehaglich und nestelte das schmale Ende von Onkel Wolfgangs schwarzem Schlips vom Hals.

46 »Was hast du denn bloß mit der Mehlsuppe gemacht?« fragte die Oma und reichte Thomas angewidert ihren Teller zurück.

»Wieso, schmeckt se nich?«

»Nee, wie Abwaschwasser.«

Thomas ging hinüber ins Schlafzimmer und fragte die Mutter, wie die Suppe sei.

»Ungenießbar.«

Thomas zog sich in die Küche zurück und versuchte eine neue Mehlsuppe.

Die beiden Frauen lagen seit ein paar Tagen mit hohem Fieber im Bett. Sie vermuteten, daß sie sich bei Onkel Gustavs Beerdigung »was geholt« hatten. Dr. Matzke, der Hausarzt aus der Pölitzstraße, hatte strengste Bettruhe verordnet und Thomas mit einem Rezept zur Apotheke geschickt. »Paß gut auf, daß sie immer pünktlich ihre Medizin bekommen«, hatte er gesagt, »und koch ihnen anfangs nur leichte Mehlsuppe.«

Auch Onkel Wolfgang war nicht ganz auf der Höhe, fuhr aber morgens hustend und schniefend in die Firma. Thomas half ihm das Frühstück machen, und nach der Schule wirtschaftete er im Haushalt.

Die Mehlsuppe war ihm ein bißchen danebengegangen. Er hatte kräftig salzen wollen, damit die Suppe »nicht so lapprig« schmecke, und hatte diese Bitte sozusagen übererfüllt und das Salzfaß geleert. Nach dem Abschmecken hatte er erschrocken zum Zuckerfaß gegriffen, um den Fehler auszubügeln. Plötzlich war die Suppe zu süß und das Salz alle, und er hatte Pfeffer genommen.

Die zweite Mehlsuppe wurde besser, und Thomas erkühnte sich, Vorschläge für den Abend zu machen. Er sah die seltene Chance für einen Speisezettel ausschließlich nach seinem Geschmack und ließ alles weg, was er nicht mochte, Kartoffeln vor allem. Die Mutter las seine Liste: Quarkkeulchen mit Pflaumenkompott, Eierkuchen mit Apfelmus, Hefeklöße mit Heidelbeerkompott, Holunderbeersuppe mit Grießklößchen, Grießbrei mit Zimt und Zucker.

»Das ist ja alles Babynahrung«, sagte die Mutter, »Onkel Wolfgang braucht etwas Kräftiges. Mach mal Kartoffelbrei mit Fleischklößchen.« Thomas handelte aus, daß er für sich selbst zwei Fleischklößchen ohne Zwiebeln vorsehen durfte, und machte sich an die Arbeit. Er schälte eine Stunde lang Kartoffeln, nicht besonders dünn, eher mit einer Art Vierkantschnitt, und stellte zwei große Töpfe voll aufs Gas. Dann ging er ins HO, um Hackfleisch zu holen.

Es war sehr voll. Thomas versuchte, die Verkäuferin – Bärbels Mutter – auf sich aufmerksam zu machen, aber sie war zu beschäftigt. Einige Frauen drängten sich vor, wie sie es meistens taten, und als es zum viertenmal geschah, protestierte Thomas: »Jetzt bin ich aber dran!«

»Du?« fragte die Frau erstaunt. »Du hast doch Zeit. Wir Hausfrauen haben ein bißchen mehr zu tun.«

»Ich bin auch Hausfrau!«

Unter Gelächter klärte er die Frauen auf, daß er kochen müsse, weil alle krank seien, und plötzlich wurde er sehr zuvorkommend behandelt. Er bekam den Rat, die Fleischklößchen mit nicht mehr als vier Brötchen zu strecken: »Sonst kannste lieber gleich Brötchen schmieren für deine Kranken.«

Im Treppenhaus roch es verbrannt, und die Küche war schon voller Qualm. Thomas verbrannte sich die Finger an den Töpfen und kratzte die verkohlten Kartoffeln raus. Als er sie in den Abfall warf, dachte er an den Zeitungsartikel über die Probleme der Kartoffelversorgung, die trotz Sonderzügen aus Mecklenburg auch in diesem Jahr äußerst schwierig war. Er setzte zwei neue Töpfe auf und war froh, daß die beiden Kranken schliefen und nichts mitkriegten. Omas Kochbuch stammte aus der Vorkriegszeit und sah vor, bei vier Personen nur ein Brötchen in die Fleischklößchen zu tun. Auf jeden Fall gehörte aber ein Ei hinein. Thomas fand keins und ging nochmals ins HO. Diesmal bemerkte ihn Bärbels Mutter gleich und rief ihn nach vorn: »Na, du kleene Hausfrau, was fehlt'n nu noch?«

Als Onkel Wolfgang hungrig nach Hause kam, wartete Thomas im Schein der Petroleumlampe – es war Stromsperre – darauf, daß die Brötchen weich wurden.

Der Onkel blickte erstaunt auf drei Schüsseln durchgequetschte Kartoffeln: »Ist das für'n ganzes Jahr?«

»Bißchen reichlich, was?« gab Thomas zu.

»Ja, obwohl 'n gutes Drittel aufm Fußboden gelandet ist. Und was sind das für niedliche Kügelchen da?«

»Das sind die Fleischklößchen«, antwortete Thomas empört.

Der Onkel nahm eines zwischen Daumen und Zeigefinger: »Na, das wird ja ein lustiges Spiel, wenn nachher jeder im Kartoffelbrei nach seinen Fleischklößchen sucht.«

Thomas machte sich stumm daran, aus jeweils fünf Klößchen eines zu formen. Er fragte sich, wie die Oma, scheinbar mit leichter Hand, den ganzen Haushalt bewältigte. Er hatte mit einem Mal größte Hochachtung vor ihr. Später schlug er der Mutter vor, ihn ein paar Tage nicht in die Schule zu schicken, damit er die Patienten anständig versorgen könne. Sie versprach ihm ein Entschuldigungsschreiben, wegen »schwerer Magenverstimmung«.

»Wenn du den Rest Mehlsuppe als Beweis mitnimmst, dann glaubt es dir Fräulein Hase auch.«

Von Tag zu Tag ging Thomas die Hausarbeit leichter von der Hand. Zwar wurde das Geschirr immer weniger und brannte manches an, aber er lernte rasch, in der richtigen Reihenfolge vorzugehen: erst das Kochbuch studieren, dann einen Einkaufszettel schreiben, schließlich ins HO. Vormittags, wenn die Klassenkameraden in der Schule waren, zog er durch die Geschäfte und fand sogar Zeit, nach Weihnachtsgeschenken zu schauen. Vor allem für die Verwandten im Westen war schwer etwas Passendes zu finden. Sie waren ausreichend versorgt mit Topflappen, Spitzendeckchen und Kerzenhaltern. Die beliebten Weihnachtspyramiden aus dem Erzgebirge waren meistens vergriffen. Thomas hatte jedoch das Glück, einen Nußknacker, ein Räuchermännchen und drei Posaunenengelchen zu erwischen.

Am Freitag vor dem zweiten Advent wagte er sich daran, Weihnachtsplätzchen zu backen. Er wollte die Familie damit überraschen. Doch die Arbeit eines ganzen Tages zerrann buchstäblich auf dem Blech. Er hatte Sterne und Halbmonde und Enten ausgestochen, aber aus der Backröhre kamen einheitlich runde Fladen mit kohlschwarzen Rändern. Sie waren hart wie Stein.

Thomas bot seinem Meerschweinchen davon an, aber Max verkroch sich nach kurzem Schnuppern in die Tiefen seines Stalls. Die Sperlinge auf dem Balkon stritten sich nur kurze Zeit um die hingeworfenen Krümel, dann flatterten sie davon.

Schließlich wollte Thomas seine Plätzchen einem Bettler schenken, der an der Wohnungstür um Brot oder lieber Geld bat. Der Mann warf einen kurzen Blick auf die freundliche Gabe und wandte sich eilig zur Treppe.

Thomas trug seine Plätzchen in die Aschentonne. In die Abfallkübel für die Schweinemast mochte er sie lieber nicht werfen.

»Ab morgen kannst du eigentlich wieder in die Schule«, sagte die Mutter abends, »mir geht es wieder besser.«

»Is gut«, meinte Thomas.

47 »Ich habe ihn schon von weitem gesehen«, rief der fremde Junge und zerrte an der struppigen Fichte.

»Aber ich habe ihn zuerst angefaßt«, beharrte Thomas und zerrte am anderen Ende.

»Wenn ich ohne Weihnachtsbaum heimkomme, kriege ich Dresche«, hielt ihm der andere vor.

»Was geht mich'n deine Dresche an?« erwiderte Thomas und riß mit einem Ruck den Baum an sich. Der andere behielt einen der ohnehin nicht zahlreichen Zweige in der Hand und gab auf. Thomas bezahlte die Beute und band sie auf sein Fahrrad.

Als er zu Hause der Oma das zerzauste Bäumchen präsentierte, schlug sie die Hände zusammen: »Das Ding sollen wir morgen in die Stube stellen? Da denkt ja der liebe Heiland, wir wollen uns über ihn lustig machen.«

»Der weiß doch auch, daß es bei uns nix gibt«, hielt ihr Thomas entgegen.

Die Oma lachte kurz, aber dann wurde sie sehr ernst und berichtete, die Großmutter habe vorhin angerufen und gesagt, der Großvater sei sehr krank geworden und müsse ins Krankenhaus. Thomas stellte den Baum auf den Balkon und machte sich sofort mit dem Fahrrad auf den Weg ins Feierabendheim.

Er hatte große Angst um seinen Großvater, den er sehr liebte, obwohl er wegen seiner Krankheit selten irgendwelche Unternehmungen mitmachen konnte. Vor zwei Wochen hatte er allerdings noch beim Adventsvorspiel bei Fräulein Sommer seine Ansprache gehalten, und Thomas war wieder stolz gewesen, der Enkel eines so guten Redners zu sein. Er selbst hatte diesmal drei Stücke vorgetragen. Die »Fantasie« von Händel hatte sehr gut geklappt, und Fräulein Sommer hatte ihm danach angekündigt, sie werde ihn für das nächste Schülerkonzert in der Volkshochschule anmelden, das wieder Anfang Mai stattfinden werde. Das hatte ihn mit Bangigkeit, aber auch mit Stolz erfüllt.

In diese Gedanken versunken, geriet Thomas mit dem Vorderrad in eine Straßenbahnschiene und konnte sich nur mit Mühe auf dem Sattel halten. Er trat kräftiger in die Pedale.

Im Feierabendheim war die Tür mit der Nummer 726 verschlossen. Thomas klopfte nebenan bei den alten Sonnemanns, die er gut kannte. Sie berichteten, ein Krankenwagen habe den Großvater abgeholt, und die Großmutter sei mitgefahren.

»Glauben Sie, daß er stirbt?« fragte Thomas.

»Ich hoffe nicht«, sagte Herr Sonnemann, »es ging ihm gar nicht gut. Und bei uns Alten geht es manchmal schnell. Hier im Heim stirbt jeden Tag jemand.«

»Nun mach doch dem Jungen nicht solche Angst!« schimpfte seine Frau.

Thomas wartete. Er spielte mit Herrn Sonnemann 66, aber er war unkonzentriert und ließ sich immer wieder die Zehnen herausschneiden.

Herr Sonnemann gab ihm ein Buch mit Fotos von Königsberg. Thomas sah sich das Schloß an und den Dom, die Altstädtische Kirche und die Speicher am Pregel.

»Waren Sie da schon mal?« fragte er.

»›Schon mal‹ ist gut. Wir sind doch Königsberger.« Herr Sonnemann sagte ›Keenichsberjer‹.

»Bis fünfundvierzig haben wir da gelebt«, ergänzte seine Frau. Sie sagte ›jelebt‹.

Thomas hatte noch nie etwas von Königsberg gehört. Ihm fiel auch nur eine Frage ein: »Kommen da die Klopse her?«

Die beiden nickten und ergänzten, daß auch Kant aus Königsberg komme. Thomas wollte nicht fragen, wer das sei, und blätterte weiter.

»Wollen Sie da wieder hin?« fragte er dann.

»Nej!« sagten beide schnell.

»Wieso?«

Sie erklärten ihm, das heutige Königsberg sei nicht mehr das schöne alte, das sie hätten verlassen müssen, und da sei es besser, wenn man nur die Erinnerung habe.

»Ist es schwer, wenn man wegmachen muß?« fragte Thomas.

»Man wird ja nich jefraacht«, sagte Herr Sonnemann.

Nebenan ging die Tür, und Thomas rannte der Großmutter in die Arme. Sie war müde und berichtete, man habe in ganz Leipzig kein Bett für den Großvater finden können. Er liege nun draußen im Schkeuditzer Krankenhaus, fast eine halbe Tagesreise mit der Straßenbahn.

»Man kann so gar nichts machen«, klagte sie. »Früher kannten wir hier und da den Chefarzt, aber die sind alle in den Westen gegangen.«

Thomas kam die Frage, wie es früher bei Leuten gewesen sei, die keinen Chefarzt kannten. Aber er mochte sie jetzt nicht stellen.

»Wir sollten ihn morgen zum Heiligabend zusammen besuchen«, schlug die Großmutter vor, und Thomas stimmte sofort zu. Auf dem Heimweg fiel ihm ein, daß er auf diese Weise die schöne Christmette in der Thomaskirche versäumte. Da kann ich ja nächstes Jahr wieder hin, tröstete er sich. Vielleicht!

Der Großvater lag mit sechs Männern in einem Acht-Bett-Zimmer. Ein Bett war in der Nacht »freigeworden«, wie die Schwester sagte. Sie riet, nicht zu lange zu bleiben und wenig zu sprechen. Der Großvater versuchte einen Scherz: »Bis zu deinem großen Konzert in der Volkshochschule bin ich hier sicher wieder raus.«

»Ich hoffe, er kommt überhaupt wieder raus«, sagte die Großmutter, als sie mit der Straßenbahn zurückfuhren, um alle zusammen Heiligabend 1952 zu feiern.

Nach dem traditionellen Heringssalat wurde beschert. Thomas bekam gelesene Bücher und selbstgestrickte Socken, einen Füllfederhalter und Klaviernoten. Er selbst hatte für jeden eine Baumwurzel beschnitzt, wie er es in einem Buch über Bayern gesehen hatte. Es gab ein Krokodil und einen Walfisch, eine Eidechse und ein Fabeltier. Alle fanden die Tiere schön, fragten aber immer wieder, was denn nun welches Tier sei. Am Ende konnte Thomas es selbst nicht mehr auseinanderhalten. Für alle zusammen hatte er noch ein Gedicht gemacht. Er hatte sich das einfacher vorgestellt, als es war. Schon die erste Zeile hatte ihm Schwierigkeiten bereitet. »Das Weihnachtsfest steht vor der Tür«, hatte er gedichtet, nicht bedenkend, daß zum Zeitpunkt des Vortrags das Fest schon da sei. Also begann das Gedicht folgendermaßen:

»Das Weihnachtsfest steht in der Tür,
und alle freuen sich dafür.«

Reime und Versmaß hatten ihm große Mühe gemacht. In seiner gerafften Schilderung des ablaufenden Jahres hieß es:

»Der Vati, voriges Jahr noch hier,
ging in den Westen – ohne wir!
Und keiner weiß, wo er jetzt steckt,
noch nicht mal war ein Brief von ihm entdeckt.
Des Jahres Höhepunkt war sozusagen,
wie Onkel Gustav wir zu Grab getragen.«

Die zahlreichen Verse kündeten unter anderem von der Zwei im Aufsatz über die Völkerschlacht, von den Begegnungen mit Schillers »Räubern« und Wilhelm Pieck, von Zwerg Nase und dem Gewandhaus-Orchester, aber auch von den nachlassenden Leistungen von »Chemie Leipzig«. An dieser Stelle fingen zwei Zuhörer an zu gähnen, und Thomas beeilte sich, zum Schluß zu kommen, für den er Anleihen beim Gesangbuch genommen hatte:

»Wir danken unserm Herre Christ,
der auf die Welt gekommen ist.
Drum wolln wir heute fröhlich sein
in diesem schönen Kerzenschein.
Wir danken für den Weihnachtsbaum,
weil man erwischt ja manchmal einen kaum.
Wir danken Gott für Speis und Trank
und für die Westpakete, Gott sei Dank.«

»Ich mach uns mal einen Kaffee«, fiel der Oma an dieser Stelle ein. Sie ging hinaus und versäumte den Schlußvers:

»So ist zum Weihnachtsfeste alles da,
dem Christuskind dreimal hurra!«

Niemand fiel in das Hurra mit ein, aber alle beteuerten, das Gedicht sei bestimmt ganz lieb gemeint gewesen.

Dann hatte die Mutter noch eine Überraschung für Thomas. Sie reichte ihm ein Paket, und er erkannte sofort an der Schrift, von wem es war. Es kam aus Wiesbaden und enthielt Kaugummi, Marzipankugeln, Kokosflocken und Walnüsse, ein Päckchen Laubsägeblätter, drei Rollen Klopapier, ein Paar Schuhe mit Kreppsohlen, und ganz unten lag ein richtiger Fußball: eine handgenähte Lederhülle und eine zusammengefaltete Gummiblase. Zum Schluß entdeckte Thomas eine Karte mit einem verrückten bunten Bild, das ein gewisser Marc Chagall gemalt hatte. Auf der Rückseite stand: »Alles Gute für Weihnachten und später! Hast Du meine beiden Briefe nicht bekommen? Dein Vati.«

Diese Hunde! dachte Thomas. Er wußte, daß immer wieder Briefe aus dem Westen oder in den Westen wegkamen. Aber ihm passierte das zum erstenmal. Er setzte sich noch am Heiligabend hin und schrieb nach Wiesbaden:

»Lieber Vati! Dein Paket war ganz große Klasse und bedanke ich mich ganz herzlich dafür. Man konnte so richtig merken, das sich einer was dabei gedacht hat. Die anderen aus dem Westen schicken manchmal solchen Schruz weil sie garnicht wissen was unsereinem eine Freude bereitet. Die schönen Leckereien werde ich so aufteilen, das sie bis zum Geburtstag langen. Das Klopapier langt nicht so lange, aber muß ich wenigstens ein paar Wochenlang keine Zeitungen kleinschnippeln. Die Schuhe passen prima und hoffe ich, meine Füße wachsen nicht so schnell. Der Fußball ist auch ganz prima. Eigentlich habe ich damit aufgehört und auch die Fußballzeitung abbestellt, aber nun muß man das noch mal überlegen. Deine beiden Briefe sind nicht angekommen. Das ist auch der Grund weshalb ich sie nicht beantwortet habe. Bei mir ist seit deiner Reise nicht viel passiert. Ich spiele jetzt viel Klavier und werde vielleicht bei einer Art Vorspiel in der Volkshochschule mitmachen, wenn sie mich nehmen. Erst ist noch eine Probe dafür. Herr Kraske ist heimgekehrt, Onkel Gustav ist gestorben, der Großvater ist im Krankenhaus, wir haben eine Gesangslehrerin als Untermieterin gekriegt was viel Lärm verursacht. Zu Stalins Geburtstag bin ich in die Jungen Pioniere wegen der Oberschule. Bei uns geht das Jahr 1952 langsam zu Ende, aber das ist ja bei Euch auch so. Deshalb wünsche ich dir fürs neue Jahr alles Gute und das du mal wieder von Dir höhren läßt.

Herzliche Grüße, Dein Thomas.«

Silvester schrieb Thomas noch einen Brief in den Westen. Er hatte versprechen müssen, noch im alten Jahr den Verwandten in Hannover für ihr Weihnachtspaket zu danken.

»Liebe Tante Klara, lieber Onkel Manfred, allerliebste Kuhsinen! Ich muß mich sehr herzlich für Euer Päckchen bedanken das wir rechtzeitig zum Feste erhielten. Wir waren alle sehr gespannt was wohl drin wäre. Ich kann sagen, daß der Inhalt große Überraschung ausgelöst hat. Allen fehlten richtiggehend die Worte. Aber wir sind natürlich über alles froh, was wir so kriegen. Daß Ihr den Kaugummi vergessen habt, ist nicht so schlimm weil ich jetzt eine andere Quelle im Westen habe. Vielen herzlichen Dank also nochmals.

Sonst geht es mir gut. Zu Stalins Geburtstag am 21. Dezember bin ich in die Jungen Pioniere eingetreten. Sie haben mir gleich eine Wandzeitung zu machen aufgebrummt, die ich über die Ferien gestalten muß. Das Thema heißt: Proletarier aller Länder vereinigt euch! Wir haben nämlich 1953 das Karl-Marx-Jahr und Chemnitz wird in Karl-Marx-Stadt umgetauft. Mal sehen ob sich das durchsetzt oder ob es wird wie mit unserem Karl-Marx-Platz, wo alle noch Augustusplatz sagen. Bei Euch giebt es sicher kein Karl-Marx-Jahr, obwohl er ja aus dem Westen stammt.

Demnächst werde ich als Pianist bei einem großen Konzert gebraucht. Vielleicht lest Ihr in Eurer Volkszeitung in Hannover darüber.

Heute abend feiern wir Silvester. Oma hat im HO drei Flaschen Brombeersekt erwischt. Bei Euch soll es ja richtigen Sekt geben, aber Ihr dürft ja keinen schicken. Das wäre auch wahrscheinlich sehr umständlich.

Ich wünsche Euch fürs neue Jahr alles was Ihr uns auch wünscht und grüße Euch herzlich,

Euer Thomas.«

Die Oma fand die Kritik an dem Paket zu direkt, aber die anderen meinten, den Hannoveranern gehe es inzwischen doch so gut, daß sie sich ein bißchen mehr Mühe geben könnten.

»Statt Sanella und Magermilchpulver hätten sie ja auch Butter und Vollmilchpulver schicken können«, sagte Onkel Wolfgang.

Für den Silvesterabend hatte die Oma weißes Mehl und einen Topf voll Öl zum Kräppelbacken besorgt. Sie sagte, früher habe es das am letzten Tag des Jahres immer gegeben, was die Mutter und Onkel Wolfgang bestätigten. Thomas hatte großen Spaß daran, die Teigbrocken in das brodelnde Öl zu werfen und die goldgelben Kräppel mit Puderzucker zu bestäuben. Er aß vierzehn Stück. Vom Brombeersekt bekam er nichts ab. Es hieß, er sei zu gefährlich für Kinder. Im RIAS röhrte Theodor Heuss seine Neujahrsbotschaft: »Wie gestaltet sich das deutsche Schicksal im Kräftespiel der Staaten und Völker?« fragte er. »Wird uns neunzehnhundertdreiundfünfzig dem Ziel der staatlichen Wiedervereinigung näherbringen?«

Thomas wartete darauf, daß Heuss die Frage beantwortete, aber er wartete vergeblich.

»Jedes Jahr dieselben Sprüche!« schnaubte Onkel Wolfgang.

»Es gehen viele weg«, sinnierte die Mutter. »In West-Berlin sollen die Flüchtlingslager bis auf den letzten Platz voll sein.«

»Wo wollen wir denn dann hin?« fragte Thomas, aber auch dieses Mal bekam er keine Antwort.

Gegen Mitternacht holte er seine beiden Luftschlangen, die er jedes mal wieder fein säuberlich zusammenrollte, wenn das neue Jahr da war.

»Warum gibt es eigentlich keine neuen Luftschlangen zu kaufen?« wollte er wissen.

»Luftschlangen haben wir hier nicht nötig«, erklärte Onkel Wolfgang. »Im Westen versucht man, die ausgebeuteten Schichten mit solchem Flitterkram über ihren wahren Zustand hinwegzutäuschen. Im Sozialismus ist das nicht mehr nötig.«

»Wieso?« fragte Thomas.

»Denk mal drüber nach.«

Thomas tat wie ihm geheißen und fand am Ende, daß Onkel Wolfgang ein gutes Beispiel dafür gegeben hatte, wie man etwas derart sagen konnte, daß es so oder so aufzufassen war.

Schlag Mitternacht stießen die Erwachsenen mit dem restlichen Brombeersekt an, und Thomas warf seine Luftschlangen.

»Was wird wohl nächstes Jahr um diese Zeit sein?« fragte die Oma.

»Das kann ich dir genau sagen«, antwortete Onkel Wolfgang: »Da ist neunzehnhundertvierundfünfzig, und alles ist planmäßig und umfassend bergauf gegangen.«

»Vielleicht«, vermutete Thomas, »schicken wir euch dann schon eine Neujahrskarte aus dem Westen.«

»Ihr werdet sehen«, sagte Onkel Wolfgang, der schon eine etwas schwere Zunge hatte, »daß die euch gar nicht wollen. Ihr nehmt denen da drüben bloß die Arbeitsplätze weg.«

»Aber ich will ja gar nicht arbeiten!« protestierte Thomas.

Beim Frühstück am Neujahrsmorgen war nur Thomas richtig munter. Die anderen schwiegen und stöhnten manchmal leise. Und als Thomas mit lautem Klappern seinen Pfefferminztee umrührte, fuhr ihn Onkel Wolfgang an: »Nun mach doch nicht so'n Lärm!« Thomas schaute erstaunt in die Runde. Dann ging ihm ein Licht auf, und er grinste: »Brombeersekt soll ja ganz gefährlich für Kinder sein.«

48 Am vorletzten Ferientag stand plötzlich Micky in der Tür. »Servus!« sagte er.

Thomas war einen Augenblick lang sprachlos. Dann griff er Micky am Ärmel und zerrte ihn in die Wohnung: »Mensch, komm rein, daß dich geener sieht!«

Im RIAS hatten sie kürzlich alle Flüchtlinge gewarnt, die Sowjetzone zu besuchen. Micky schien davon nichts zu wissen.

»Jo mei, wos is'n los?« fragte er.

»Mensch, du darfst dich doch hier nicht blicken lassen! Du bist doch weggemacht!«

Jetzt verstand Micky: »Schmarrn! I hob doch a Genehmigung. I b'such mei Ahndl.«

»Was?«

»Ich bin zu Besuch bei meinem Großmutterl. Host mi?«

Thomas fühlte sich an sein Gespräch mit dem Rechtsaußen Marcel aus Karlsruhe erinnert. Er wunderte sich, daß sein alter Freund und Banknachbar Micky ein derartiges Kauderwelsch von sich gab. Noch mehr wunderte er sich über Mickys Äußeres. Er trug Schuhe mit dicken Kreppsohlen und rot-grün-gelb geringelte Socken. Die Beine steckten in blauen Hosen, die an bestimmten Stellen von einer Art Nägeln zusammengehalten wurden. Die graue Strickjacke war mit grünen Eichenblättern bestickt, ebenso die Hosenträger, die außerdem ein Hirschgeweih zierte. Den Schirm seiner Mütze hatte Micky tief in die Stirn gezogen. Das schien Thomas das Ungewöhnlichste. Hier in Leipzig trug man seine Mütze entweder schräg auf dem Kopf oder ganz hinten im Genick, so wie es die russischen Soldaten vormachten. Thomas fragte, was das mit der Mütze solle.

»So trag'n des die Ami!« sagte Micky stolz.

»Und die komische Kledage da, die Hosen?«

»Des san Bluschiens«, erklärte Micky. »Do schaugst, gelt?«

Thomas schaute ihn nochmals von oben bis unten an: »Horche ma, wie redst'n du?«

Micky verstand nicht.

»Reden die im Westen alle so komisch?«

»Ach so! Naa, bloß mir Bayern.«

Micky bot Kaugummi an, und Thomas revanchierte sich mit Brausepulver. Als der Bayer endlich seine Mütze abnahm, mußte Thomas nochmals staunen: Die Haare waren nicht lang und nach hinten gekämmt, sondern kurz geschnitten und standen vom Kopf wie die Stacheln eines Igels. Thomas zeigte darauf: »Tragen das die Bayern so?«

»Naa, die Ami.«

Micky erzählte nun vom Westen. Auf dem Gymnasium komme er ganz gut mit, weil sie in vielen Fächern in Leipzig schon viel weiter gewesen seien. In anderen Fächern habe er freilich fast von vorn anfangen müssen. Zum Beispiel habe er in Geschichte mit all seinem Wissen über Revolutionen und Bauernaufstände nichts anfangen können. Statt dessen habe er die Bayernherzöge nachholen müssen: Odilo, Tassilo, Luitpold, Arnulf, Heinrich. Thomas meinte, außer bei Heinrich hätte er bei keinem vermutet, daß es sich um Namen für Menschen handele. Micky erzählte von König Ludwig II. und erboste sich, daß die »Saupreißn« ihn für verrückt erklärt hätten. Thomas meinte, er kenne zwar diesen speziellen König nicht, aber es könne ja schon mal einen verrückten König geben, denn Könige seien ja nicht vom Volk gewählt. Micky erwiderte, dann könne ja zum Beispiel Stalin nicht verrückt sein, da er kein König sei. Aber Thomas wies ihn darauf hin, daß auch Stalin nicht vom Volk gewählt sei. Micky berichtete weiter, daß sie in München ganz andere Lieder lernten als hier, und auf Thomas' Wunsch sang er eines vor: »Gott mit dir, du Land der Bayern.« Thomas bat ihn, leiser zu singen, falls jemand im Treppenhaus lausche. Dann ließ Micky noch ein paar englische Brocken fallen: »Siehjulehter« und »Goddämfuhl«. Zu Weihnachten habe er einen Güterzug mit E-Lok bekommen, und sein Vater habe kürzlich einen fast neuen Mercedes 170 gekauft.

»Aber hart is fei scho!« betonte er und schilderte, daß sein Vater manchmal auch das ganze Wochenende mit seinem Gebrauchtwagenhandel zu tun habe und daß er selbst und sein Bruder Klaus fast jeden Nachmittag Autos waschen oder Botengänge machen mußten. Man bekomme aber im Westen für harte Arbeit gutes Geld.

»Mr weeß, was mr davon hat«, faßte Thomas zusammen, und Micky nickte ernst.

»Wann kommt's dann ihr rüber?« fragte er.

»Meinste wegmachen?«

Micky nickte.

Thomas zuckte mit den Schultern. Er schrieb sich für alle Fälle die neue Adresse in München-Bogenhausen auf.

Dann mußte Micky wieder zu seiner Oma. Thomas wollte ihm noch den zweiten D-Zug-Wagen ohne Achsen mitgeben, den er damals bei Mickys Geburtstag vorsorglich zurückbehalten hatte. Aber Micky winkte ab: »An solchenen Schrott brauch i jetzt nimmer.«

Thomas schaute dem Freund vom Erkerfenster aus nach.

49 »Mensch, mir brauchen dringend e rechten Verdeidcher!«

Die Klassenkameraden bestürmten Thomas, doch ja mitzumachen beim Spiel gegen die Parallelklasse. Diese hatte ihre Herausforderung zum Fußball-Wettstreit mit soviel Hohn und Spott unterstrichen, daß jeder der Rache entgegenfieberte.

»Ihr Fußkranken!« hatten sie gerufen. »Stolperer! Blindgänger! 1. FC Kaffernkral!«

Thomas lehnte ab. Er hatte mit diesem Sport gebrochen. Aber sie drängten weiter. »Mensch, die paar Selbsttore im Verein! Bei ›Chemie‹ sind noch ganz andere Dinger vorgekommen!« Sie schlugen vor, Thomas könne auch Außenläufer spielen, damit er nicht so nahe am eigenen Tor stehe.

»Und außerdem brauchen wir deinen Ball!«

Thomas zuckte zusammen: So lief also der Hase. Sie brauchten nicht ihn, sondern seinen Ball, von dem er nach Weihnachten einmal beiläufig erzählt hatte. Er hatte das Geschenk des Vaters tief unten im Schrank verstaut.

Thomas dachte daran, wie früher Erwin Oehmichen seine Mitspieler erpreßt hatte, nur weil er als einziger weit und breit einen Lederball besessen hatte. Der Lederball war damals die Pleiße hinabgesegelt, und Erwin war inzwischen im Westen.

»Gut«, sagte Thomas, »ihr kriegt den Ball. Aber ich muß Mittelstürmer spielen und Kapitän sein!«

Sie nahmen es nach kurzer Aussprache hin.

Fräulein Hase hatte von dem Ereignis Wind bekommen und war sehr interessiert, daß ihre Klasse wenigstens auf diesem Gebiet gute Figur machte. Sie besorgte in Zusammenarbeit mit dem Sportlehrer sogar einen richtigen Fußballplatz mit Toren. Sie wollte auch die Taktik ausarbeiten und ließ sich zu diesem Zweck die Regeln des Spiels erklären.

»Wenn man Tore schießen muß, um zu gewinnen«, dozierte sie, »dann spielen wir am besten mit zehn Stürmern.«

Man hielt ihr entgegen, daß man auch Tore verhindern müsse.

»Dann müssen die Stürmer eben schnell zurücklaufen und verteidigen. Jeder muß angreifen und verteidigen können.«

Man sagte ihr, das sei ganz und gar unmöglich und würde das Spiel völlig durcheinanderbringen, aber sie meinte, mit einer solchen neuen Taktik könnte man sehr schön den Gegner durcheinanderbringen. Niemand glaubte ihr.

Fräulein Hase kam zum Zuschauen und brachte zum Anfeuern ihre Nichte mit, die ebenso alt war wie Thomas und seine Klassenkameraden.

Thomas bemühte sich vom Anstoß an, immer am Ball zu sein. Er dachte sich, solange er den Ball habe, könne dem wertvollen Stück nichts passieren. Er dribbelte viel und entschloß sich nur selten zu einer Abgabe oder zu einer weiten Vorlage. Meistens wurde ihm der Ball jedoch schnell abgejagt. Er spürte die mangelnde Spielpraxis.

Nach einer guten Viertelstunde geschah es jedoch, daß sich die gegnerischen Verteidiger nicht einigen konnten, wer ihm den Ball wegnehmen solle. Thomas drang in den Strafraum ein und stand plötzlich allein sechs Meter vor dem Torwart. Eine solche Situation hatte er als Verteidiger nie erlebt, und er hatte sich auch nie theoretisch mit der Frage befaßt, was in derartiger Lage zu tun sei. Er fühlte seine Nerven flattern und seine Knie weich werden. Der Ball schien ihm plötzlich doppelt so groß, und er stolperte darüber.

Scheiße! dachte er im Fallen.

Aber im Liegen sah er mit ungläubigen Augen, wie der Ball an dem fassungslosen Torwart vorbei ins Tor kullerte.

»Tooor! Tooor!« schrien die Klassenkameraden und kamen angelaufen.

Ich kann doch gar nichts dafür! dachte Thomas erschrocken. Aber als sie ihn umringten und ihm auf die Schultern klopften, hatte er sich bereits gefaßt. Er nahm die Glückwünsche beinahe gelassen hin, und als der kleine Rudi Knopf anerkennend meinte: »Prima Trick mit dem Stolpern!« da sagte Thomas lässig: »Mußte ooch lange trainieren.«

Der knappe Vorsprung wurde bis zur Pause zäh verteidigt. In der Halbzeit wurde das Tor ausführlich besprochen. Thomas konnte nun schon genau schildern, wie er den Torwart überlistet hatte, indem er dem Ball mit dem Knöchel einen Schlenker nach rechts gegeben, sich selbst aber nach links hatte fallen lassen. Einige versuchten es nachzumachen, schafften es aber nicht.

Nach der Pause drängte der Gegner mit allen Kräften, und in der verbissenen Abwehrschlacht war Thomas ein paarmal drauf und dran, seinen wertvollen Ball aus dem Verkehr zu ziehen. Fräulein Hase schrie sich beinahe heiser, und ihre kleine Nichte hüpfte wie ein Gummiball und schwenkte ihren roten Schal. Die Herausforderer warfen gegen Ende alles nach vorn, und so kam es, daß sich Thomas zwei Minuten vor Schluß ein weiteres Mal allein vor dem gegnerischen Torwart fand. Diesmal war er eiskalt. Kein Nerv flatterte, kein Knie wurde weich. Halbhoch rechts, dachte Thomas und nahm Maß. Er legte den Ball noch einen Schritt vor, um richtig durchziehen zu können. Gelassen schaute er den Torwart an – und stolperte über den Ball. Im Fallen sah er ihn ungefähr drei Meter links neben dem Pfosten ins Aus kullern.

Als Thomas zurücklief, rief er seiner Mannschaft zu: »Der Trick haut eben nicht immer hin!« Aber bei sich dachte er: Scheiße!

Das Spiel wurde 1:0 gewonnen und Thomas als Schütze des goldenen Tors gefeiert. Fräulein Hase drückte ihn an sich, und auch die Nichte umarmte ihn. Er fand es schade, daß sie vorn nicht so weich war wie ihre Tante, aber dafür roch sie sehr gut nach Fichtennadelseife. Und hübsch war sie auch.

Auf dem Heimweg ging Thomas neben ihr und erzählte alles, was ihm einfiel. Auch daß er nun wieder im Verein Fußball spielen werde, ohne freilich seine Laufbahn als Pianist aus den Augen zu verlieren. Sie bewunderte ihn ziemlich, riet ihm aber, bei all dem die Schule nicht zu vernachlässigen.

»Haste das von deiner Tante?« fragte er.

»Nee«, sagte sie. Es sei doch aber klar, daß man gut lernen müsse, um später eine Frau ernähren zu können. Thomas fürchtete, daß sie in dieser Richtung noch eine Frage habe, aber sie hatte keine. Das gefiel ihm. Zu Hause überlegte er, warum er sie nicht nach ihrem Namen gefragt hatte.

Er erkundigte sich gleich am nächsten Tag bei Fräulein Hase danach. Sie stutzte, dann lächelte sie und gab ihm die Adresse ihrer Nichte.

Petra wohnte in Möckern, nur fünf Fahrradminuten oder drei Straßenbahnhaltestellen entfernt. Thomas lauerte zwei Nachmittage lang vor ihrem Haus, aber sie kam nicht und sah auch nicht aus dem Fenster. Am dritten Nachmittag nahm er den Pferdeäpfeleimer mit, um nicht völlig nutzlos herumzustehen. Aber dann kam er sich mit dem Eimer ein bißchen albern vor und war fast froh, daß Petra nicht kam.

Am Freitag nachmittag sprach ihn ein Junge an: »Saache ma, was mährst'n du egal hier rum?«

Thomas fand die Frage an sich berechtigt, denn er konnte es auch nicht haben, wenn vor seinem Haus Fremde verdächtig herumstanden. Der andere Junge war einen halben Kopf größer als er und um einiges kräftiger.

»Bloß so«, warf Thomas möglichst beiläufig ein. Dabei schaute er dem anderen aufmerksam in die Augen, denn er hatte kürzlich irgendwo gelesen, daß ein Angreifer kurz vor dem Schlag ein klein wenig die Augen aufriß.

»Haste dich verloofen«, fragte der andere. »Wartste auf deine Mami?«

Thomas fand die Frage so unverschämt, daß ihm keine Antwort einfiel, was ihn zusätzlich ärgerte. Da kam ihm der Gedanke, den anderen einfach nach Petra zu fragen. Wenn er hier wohnte, mußte er sie ja kennen.

Thomas fragte und sah dem Jungen dabei aufmerksam in die Augen. Das zahlte sich umgehend aus, denn der andere ging sofort auf ihn los. Thomas tauchte unter einem großflächigen Schwinger hindurch und ging in Deckung. Dort mußte er eine Zeitlang bleiben, denn der Gegner wütete fürchterlich. Thomas hatte die schlimme Ahnung, daß er ausgerechnet auf Petras Freund gestoßen sei. Wenn das so war, gab es nur eines: mithalten und draufschlagen. Er versuchte, mit kurzen Geraden durchzukommen, aber der andere hatte erstaunlich lange Arme.

»Vorsicht!« rief Thomas und zeigte nach oben. Der Größere hielt einen Augenblick lang inne, lang genug für Thomas, um endlich den Punkt zu treffen, auf den er die ganze Zeit gezielt hatte. Der Gegner faßte sich an die Magengrube und setzte sich aufs Pflaster.

»He, ihr Arschlöcher! Was soll'n der Quark?« rief es hinter Thomas. Er drehte sich um und sah Petra in die Augen. Sie schüttelte zornig ihr blondes Köpfchen und schimpfte: »Jetzt habt ihr euch aber genug in die Schnauze gehauen, jetzt vertragt ihr euch gefälligst!«

Der andere stand mit tränenden Augen auf.

»Darf ich bekannt machen«, sagte Petra vornehm: »Das ist mein Bruder Ralf – und das ist Thomas, der Torjäger.«

Die Kämpfer gaben sich beschämt die Hand, und Ralf murmelte: »Nischt für ungut.«

»Konnt' ich ja nich wissen, daß du ihr Bruder bist«, sagte Thomas bedauernd.

Petra begriff den Grund der Prügelei und fuhr ihren Bruder an: »Ich hab dir schon tausendmal gesagt, du sollst mir nicht immer die Jungen verjagen, du Hornochse!«

Thomas schaute sie bewundernd an. Er mochte es, wenn Mädchen nicht zu zimperlich waren.

»Und was is nu mit dir?« fragte sie ihn.

Obwohl die Frage ziemlich nahelag, hatte Thomas keine Antwort. Er hatte Petra fragen wollen, ob sie gerade ein bißchen Zeit habe, aber er hatte sich noch nicht überlegt, wofür.

»Ja«, sagte er, und als sie ihn fragend anschaute: »Na ja.«

»Prima«, spottete sie, »dann ist ja alles klar.«

Thomas ärgerte sich über sich selbst. Er hatte nicht geahnt, daß dies so schwierig sei. Andere Mädchen wie Bärbel oder Giselchen oder Jutta hatten immer drauflosgeplappert und nicht so schwere Fragen gestellt. Bei Petra hingegen mußte man offenbar gut vorbereitet sein. Wie bei ihrer Tante, ging es ihm durch den Kopf.

»Wie spät isses?« fragte er. Es war kurz vor fünf. »Kommste mit in die Thomaskirche«, fragte Thomas, »zur Motette?«

Petra sah ihn an, als sei ihm plötzlich ein zweiter Kopf gewachsen, und Ralf tippte sich an die Stirn.

»Das ist ganz prima«, schwärmte Thomas, »die singen, daß du weg bist.«

Petra willigte zaudernd ein und fragte nur noch rasch zu Hause, ob sie mitdürfe.

Thomas bezahlte ihr die Straßenbahnfahrt. Auf dem Heimweg meinte sie: »Du bist vielleicht 'ne komische Marke. Aber die Idee war prima.«

Sie verabredeten sich für den nächsten Nachmittag.

Auf dem Weg nach Hause sang Thomas laut. Nach dem Abendbrot suchte er ein Gespräch mit Onkel Wolfgang: »Sag mal, weißt du vielleicht, was man so mit Weibern alles machen kann?«

Onkel Wolfgang rügte den Ausdruck und antwortete: »Ich wüßte schon einiges. Aber bestimmte Dinge kann ich dir erst in ein paar Jahren genauer erklären.«

»Weiß schon«, winkte Thomas ab, »du meinst, was du Sonnabend abends manchmal mit der Eva machst.«

Onkel Wolfgang ging darüber hinweg und gab Thomas den Rat: »Vor allem muß man die Damen immer wieder mal mit etwas Originellem überraschen. Man muß sich was einfallen lassen, womit sie nicht gerechnet haben. Das macht Eindruck.«

»Stimmt«, bestätigte Thomas.

»Und noch einen guten Rat: Du darfst sie nicht von vornherein immer zu allem einladen, sonst wirst du arm dabei.«

»Aha.«

»Wie heißt sie denn?«

»Wer?«

»Na, deine Flamme.«

»Wie kommst du denn ... Petra heißt sie.«

»Petra? Hatte ich auch mal eine.«

Thomas nahm sich vor, Petra morgen nachmittag ganz originell die Lokomotiven auf dem Hauptbahnhof zu zeigen. Falls sie Geld für ihre Bahnsteigkarte mithatte.

50 »Wir kriegen einen Messeonkel«, teilte die Mutter mit.

Viele Leipziger Familien vermieteten zur Messe ein Zimmer an Besucher von außerhalb, die kein Hotel bekommen hatten oder ohnehin lieber privat wohnten. Manche Familie hatte schon seit vielen Jahren denselben Messeonkel, bisweilen schon seit der Vorkriegszeit. Sie räumten gern für die eine Woche ein Bett und rückten noch enger zusammen, als die Wohnungsnot ohnehin gebot. Es brachte ein paar Mark, und wenn man Glück hatte, kam der Messeonkel aus dem Westen.

»Woher kommt er denn?« fragte die Oma.

»Aus Frankfurt.«

»Am Main oder an der Oder?«

»Am Main.«

»Gott sei Dank.«

Herr Dr. Hutterer hatte in Frankfurt eine Textilfirma und war zum erstenmal nach dem Krieg wieder auf der Leipziger Messe. Er hatte etwas

Kaffee und Schokolade mitgebracht. »Ich weiß ja nicht, ob Ihnen das recht ist«, sagte er, »aber andererseits weiß man ja, daß das bei Ihnen immer noch knapp ist.«

Thomas wollte nach Kaugummi fragen, aber Onkel Wolfgang kam ihm zuvor: »Natürlich freuen wir uns. Vielleicht können wir uns beim Frühstück mit unserer hervorragenden Vierfruchtmarmelade revanchieren. Sie wird von einer sozialistischen Brigade im größten und modernsten Genußmittel-Kombinat der Republik hergestellt. Diesmal fehlt allerdings die vierte Frucht. Sie ist durch ein Versehen in der zentralen Rohstoffplanung ins größte Eisenhütten-Kombinat der Republik geleitet worden. Man hat sie dort mit eingeschmolzen, weil keiner den Fehler zugeben wollte.«

Herr Hutterer lachte skeptisch. Onkel Wolfgang bot ihm eine »Ramses« an, und Herr Hutterer rauchte und mußte husten.

»Wissen Sie, warum diese Zigarette ›Ramses‹ heißt?« fragte Onkel Wolfgang. Der Messeonkel wußte es nicht.

»Das ist eine Abkürzung. Von rückwärts gelesen heißt es: Solchen elenden Scheißdreck müssen Arbeiter rauchen.«

»Und von vorn«, ergänzte Thomas: »Rauchen auch Minister solchen elenden Scheißdreck?«

Herr Hutterer lachte und hustete. »Apropos Minister«, sagte er, »was halten Sie denn davon, daß Ihr Außenminister Dertinger von der Volkspolizei verhaftet worden ist?«

»Ja, was soll ich davon halten? Zunächst einmal brauchen wir ihn sowieso nicht, weil die Außenpolitik in Moskau gemacht wird. Und im übrigen finde ich es gut. Es heißt ja, er habe seine Flucht in den Westen vorbereitet. Wenn er dort nicht ankommt, gibt es einen Platz mehr für die anderen. Sie wissen ja sicher, daß in West-Berlin zur Zeit zweihunderttausend Flüchtlinge sitzen. Mich wundert es, daß man sie nicht zurückschickt.«

»Das wird kein Mensch ernsthaft erwägen«, meinte Herr Hutterer, »aber man muß sehen, daß dieser Strom für den Westen Probleme bringt. Adenauer hat das ja kürzlich mal ungefähr so gesagt: Wer in der Sowjetzone nicht direkt an Leib und Leben bedroht ist, der kann Deutschland und dem Westen den besten Dienst leisten, wenn er bleibt, wo er ist. Er meinte, wenn Hunderttausende fliehen, dann rücken Hunderttausende von Russen und Asiaten nach.«

Onkel Wolfgang schnaubte ärgerlich durch die Nase und sagte nichts dazu. »Den Witz mit der ›Ramses‹ dürfen Sie übrigens hier nicht laut erzählen«, warnte er den Gast. »Unter allen Mangelerscheinungen in unserer Republik ist nämlich der Mangel an Humor die hervorstechendste.«

»Aber wir haben doch den ›Eulenspiegel‹«, gab Thomas zu bedenken.

»Ja, richtig. Den müssen wir Herrn Hutterer mal zu lesen geben. Wissen Sie, das ist unsere satirische Zeitschrift. Da werden die Regierenden kräftig durch den Kakao gezogen, oder durch den Gaugau, wie man in Sachsen sagt.«

»Das war mir neu, daß Ihre Regierung lächerlich gemacht werden darf.«

»Nicht unsere. Ihre. Aber selbst mit bestimmten Erscheinungen in der DDR geht der Eulenspiegel schonungslos ins Gericht. Zum Beispiel mit dem vielen Schnee im vorletzten Jahr. Oder mit dem wenigen im letzten.«

Herr Hutterer bot jetzt eine »Senussi« an, und Onkel Wolfgang fragte ihn, wie er denn Leipzig nach so vielen Jahren finde.

»Ziemlich grau. Als ich von der Autobahn her durch die Vororte fuhr, habe ich gedacht: Hier müßte man mit Zement und Farbe riesige Geschäfte machen können.«

»Das kann ich Ihnen erklären: Man rechnet, daß in etwa zehn Jahren der letzte Putz von den Häusern gefallen ist, so daß man nur noch die Backsteine sieht. Und dann wird Leipzig zur ›roten Stadt‹ erklärt.«

Am Sonntag morgen fuhr Thomas mit dem Messeonkel in die Stadt. Herr Hutterer hatte einen schwarzen Mercedes 170 SV. Das muß so einer sein, dachte Thomas, wie ihn Mickys Vater in München hat. Thomas schaute nach Freunden aus, denen er hätte zuwinken können, aber er sah niemanden.

Als sie an einem Fußball-Plakat vorbeifuhren, meinte Herr Hutterer, »Chemie« sei aber ein komischer Name für eine Fußballmannschaft. Thomas bestätigte das und zählte weitere komische Namen aus der DDR-Oberliga auf: Turbine Halle, Lokomotive Stendal, Aktivist Brieske, Stahl Thale, Rotation Babelsberg, Motor Zwickau. Er erklärte dem Gast, dies seien die Namen von Betriebssportgemeinschaften, und die BSG der Eisenbahner heiße eben »Lokomotive«, die der Bergleute »Aktivist« und die der Chemiewerker »Chemie«. Herr Hutterer wußte nichts über die DDR-Oberliga, während sich Thomas in der 1. Liga Süd gut auskannte. Er wußte, daß Eintracht Frankfurt Spitzenreiter war und der FSV Frankfurt ungefähr auf dem achten oder neunten Platz stand. Er kannte Alfred Pfaff und Richard Herrmann, der sogar schon einmal mit dem FSV in Leipzig gespielt hatte. Er meinte, der VfB Stuttgart werde sicher wieder Deutscher Meister. Herr Hutterer tippte jedoch auf »seine« Eintracht. Thomas schlug vor, um ein Päckchen Kaugummi zu wetten, aber Herr Hutterer meinte, das könne er ihm auch so schicken.

Der Messeonkel wollte einen kleinen Umweg machen und den Augustusplatz sehen, der vorm Kriege so schön und repräsentativ gewesen sei. Aber er war ziemlich enttäuscht.

»Sie hätten mal sehen sollen, wie hier die Kundgebung zu Stalins Tod war«, sagte Thomas. »Da waren vierhunderttausend Leute hier und haben getrauert.«

»Da muß ja der ganze Platz von Tränen geschwommen haben.«

»Na ja, die meisten haben ihn ja nicht so furchtbar gemocht.«

»Nein?« schmunzelte Herr Hutterer.

Thomas erzählte von dem Gedicht, das Johannes R. Becher nach Stalins Tod schnell gedichtet hatte. Die letzte Strophe wußte er noch auswendig:

»Seht! Über Stalins Grab die Taube kreist,
Denn Stalin: Freiheit – Stalin: Frieden heißt.
Und aller Ruhm der Welt wird Stalin heißen!
Laßt uns den Ewiglebenden lobpreisen!«

»So was müßt ihr lernen?« wunderte sich Herr Hutterer.

Thomas wußte noch mehr zu berichten: Schon vor Stalins Tod hatte die *Volkszeitung* geschrieben, Leipzig solle ein großes Stalin-Denkmal bekommen und die Bürger sollten Vorschläge für den Standort machen.

»Mein Onkel hat gemeint, man soll's draußen vor der Stadt hinstellen, damit Stalin 'n bißchen Ruhe hat.«

Auf dem Parkplatz neben dem Ringmessehaus riß der Parkwächter umständlich einen Zettel von seinem Block und murmelte dabei: »Saachn Se, Sie ham wohl nich vellei zufällch ä baar Zigareddn bei sich?«

Herr Hutterer gab ihm die angebrochene Schachtel »Senussi«, und der Mann bedankte sich ungefähr viermal.

Während Herr Hutterer dann seinen Geschäften nachging, machte

Thomas einen Stadtbummel. Er glaubte den Zeitungen, die schrieben, zur Messezeit sei Leipzig eine Weltstadt. Onkel Wolfgang bestritt dies zwar immer und meinte, Weltstädte seien New York und Paris und Rom. Thomas wußte nicht viel über diese Städte. In New York, hatte, er gelesen, reichten die Häuser bis zum Himmel und fuhren die Straßenbahnen unter der Erde. Tag und Nacht brannten Leuchtreklamen, schrien Zeitungsjungen, die später Millionäre wurden, schossen Verbrecher, die schon Millionäre waren, und malten Flugzeuge Reklame an den Himmel: ›Trink Coca-Cola eiskalt‹. Über Paris wußte er überhaupt nichts, und einem Buch über Rom hatte er nur entnommen, daß es dort mit dem Wiederaufbau noch langsamer voranging als in Leipzig und man die Ruinen einfach zu Sehenswürdigkeiten erklärt hatte. Selbst wenn Leipzig keine Weltstadt war, gab es zur Messe viel zu sehen. Vor allem Autos aus dem Westen, deren Namen Thomas teilweise nicht einmal aussprechen konnte: Buick und Pontiac, Oldsmobile und Studebaker, Renault und Peugot, Alfa Romeo und Lancia. In der DDR gab es nur IFA und EMW, und was sonst noch durch die Straßen rappelte, stammte aus der Zeit vor dem Zusammenbruch und stand meist selbst vor demselben. Onkel Wolfgang meinte immer, die DDR sei ein großes Freilicht-Automuseum. Auf dem Markt standen viele Menschen um ein Auto. Thomas drängte sich nach vorn und entzifferte das Markenschild: Porsche. Neben ihm kämpfte sich ein Mann zu dem Wagen und wurde nur unwillig durchgelassen, bis sich herausstellte, daß er der Fahrer war. Nun wichen alle zurück und warteten. Der Mann kroch in das flache Auto, kurbelte das Seitenfenster herunter und ließ den Ellenbogen heraushängen. Dann heulte der Motor auf, und beim Anfahren quietschten die Reifen. Die Leipziger schauten hinterher, stießen sich gegenseitig an und nickten vielsagend. Als die Messehäuser schlossen, holte Thomas Herrn Hutterer ab und fuhr mit ihm nach Hause. Das tat er an den übrigen Messetagen so oft wie möglich, und zweimal lud er auch Petra dazu ein. Herr Hutterer riß ihr jedesmal den Schlag auf und machte lächelnd eine Verbeugung.

»Nun, haben Sie gute Geschäfte gemacht?« fragte Onkel Wolfgang beim letzten Frühstück am Sonntag.

»Es geht, aber ich glaube, langfristig lohnt es sich.«

»Das dürfen Sie aber Ihrer Regierung in Bonn nicht sagen.«

»Warum?« fragte Herr Hutterer verwundert.

»Weil die immer behauptet, daß es die DDR nur kurzfristig geben wird.«

»Na, das wäre dann ja noch besser.«

»Es gibt ja Leute«, sagte Onkel Wolfgang, »die meinen, der Westen dürfe überhaupt keine Geschäfte mit uns machen. Sie meinen, auf diese Weise könnten sie das Regime hier aushungern. Ich glaube, daß sie damit allenfalls uns aushungern würden. Wie gesagt: Ich glaube das. Ob es stimmt, wissen wir vielleicht in zwanzig Jahren. Oder nie.«

Thomas fuhr ein Stück mit in Richtung Autobahn, weil er in den Georg-Schwarz-Sportpark wollte.

»Wenn ich zur Herbstmesse wiederkomme«, sagte Herr Hutterer, »dann wohne ich hoffentlich wieder bei euch.«

»Hoffentlich bin ich dann noch da.«

»Wieso?«

Thomas biß sich auf die Zunge. Er wußte, daß er darüber mit niemandem sprechen durfte. Aber dann dachte er, daß man mit einem Westler ruhig reden könne.

»Also, wir machen vielleicht bis dahin weg.«

»Was macht ihr?«

»Weg, in den Westen.«

Herr Hutterer schwieg eine Weile und fragte dann, warum.

»Weil unsere Firma wahrscheinlich bald enteignet wird.«

Herr Hutterer schwieg ziemlich lange. Dann hielt er an und holte eine kleine Karte aus seiner Brieftasche: »Hier ist meine Adresse. Wenn ihr in meine Gegend kommt, dann melde dich bei mir. Vielleicht kann ich euch irgendwie helfen.«

Thomas steckte die Karte ein. Herr Hutterer lächelte: »Dann gehen wir vielleicht mal zusammen zur ›Eintracht‹.«

»Wollen Sie nicht mitkommen zu ›Chemie‹?«

»Nein, ich muß los. Ich brauche mindestens vier Stunden bis zur Grenze bei Herleshausen. Und dann noch mal über zwei bis nach Frankfurt.«

Thomas stieg aus und sah dem schwarzen Mercedes nach, bis er hinter einer Kurve verschwunden war. Dann lief er zum Georg-Schwarz-Sportpark.

51 Thomas saß beim Mittagessen, als es klingelte: einmal lang und zweimal kurz. Das konnten nur die Mutter und Onkel Wolfgang sein.

»Warum kommen die denn heute so früh aus der Firma?« fragte die Oma.

Jetzt ist es soweit! schoß es Thomas durch den Kopf.

Die Mutter und Onkel Wolfgang trugen dickbäuchige Taschen und einen Pappkarton.

»Setz dich mal bitte ruhig hin«, sagte Onkel Wolfgang zur Oma.

»Was ist denn um Gottes willen los?«

»Das will ich dir ja gerade sagen. Du weißt, wir mußten schon lange damit rechnen, daß sie uns die Firma eines Tages wegnehmen.«

»Ogottogott!«

»Und nun ist sie weg.«

»Nein!«

»Ja. Und jetzt klagen wir nicht, sondern überlegen, wie es weitergeht.«

Die Oma holte das Foto vom Opa aus der Vitrine, stellte es vor sich auf den Tisch und sagte ziemlich ruhig: »Erzähl!«

»Nun, da ist nicht sehr viel zu erzählen. Heute vormittag kam Brozulat in mein Büro und feixte. Er hielt mir ein Papier unter die Nase und sagte: ›Wenn Sie das hier bitte mal zur Kenntnis nehmen wollen. Es müßte Sie eigentlich interessieren.‹ Und da stand es schwarz auf weiß.«

Die Oma sagte nichts und schüttelte nur den Kopf.

»Es ging so schnell«, fuhr Onkel Wolfgang fort, »daß ich nicht mal die passenden Worte losgeworden bin, die ich mir für diesen Moment zurechtgelegt hatte.«

»Was wolltest du denn sagen?« fragte Thomas.

»Na ja, zum Beispiel: ›Nun wird es ja sicher steil bergauf gehen unter Ihrer fachkundigen Leitung.‹ Oder so ähnlich. Aber es ging viel zu schnell.«

»Schade«, sagte Thomas. »Und dann hat Brozulat gesagt, ihr sollt eure Sachen zusammenpacken und in einer Stunde verschwunden sein, oder?«

»Woher weißt du das denn?«

»Na ja, das hat doch damals schon der Vati auf dem Balkon ... ich meine, das kann man sich doch denken bei dem Heini.«

»Und unsere Leute?« fragte die Oma. »Was haben die dazu gesagt?«

»Die erfahren das erst morgen. Wir durften uns auch nicht von ihnen verabschieden. Das hängt wahrscheinlich mit der menschlicheren Gesellschaft zusammen, die in unserer Republik erbaut werden soll.«

Thomas half, die Taschen und den Pappkarton auszupacken. Es waren weiße Kittel drin, Kaffeegeschirr, ein Tauchsieder, eine Kochplatte, Schreibzeug und Handtücher. Ganz unten im Karton lag ein gerahmtes Foto. Es zeigte in der Mitte den Opa und drumherum ungefähr fünfzig oder sechzig Leute in Arbeitskleidung. Darunter stand: »10. Mai 1937.«

»Das hier ist Brozulat«, sagte Onkel Wolfgang und tippte mit dem Zeigefinger auf einen jungen Mann in der dritten Reihe.

»Und was wird nun?« fragte die Oma.

»Ich werde mit dem Jungen nach West-Berlin gehen«, erklärte die Mutter, »und zwar so schnell wie möglich. Ich habe mir in der Straßenbahn schon überlegt, daß wir am besten am ersten Mai losfahren. Da ist überall Tohuwabohu, da kommt man vielleicht sicherer durch.«

»Das ist ja schon in zwei Wochen!« rief die Oma.

Thomas dachte an Petra: ausgerechnet jetzt!

»Von West-Berlin aus werde ich sofort Kontakt mit Manfred in Hannover aufnehmen«, fuhr die Mutter fort, »und dann soll er mal was für uns tun. Irgendein möbliertes Zimmer für den Anfang und irgendeine Stelle im Büro. Und wenn ich drüben Fuß gefaßt habe, werde ich für euch was vorbereiten.«

»Ich bleibe nur noch«, sagte Onkel Wolfgang, »bis Eva ihr Examen hat. Es wäre Blödsinn, mit einem fast fertigen Studium hier abzuhauen.«

»Hoffentlich machen sie Berlin nicht dicht, bevor Eva ihr Examen hat«, gab die Mutter zu bedenken, und Thomas fragte: »Was macht ihr, wenn sie durchrasselt?«

Onkel Wolfgang ging nicht darauf ein und wandte sich der Oma zu: »Und du mußt dir überlegen, ob du dann mitwillst.«

»Vielleicht komme ich später nach. Habt ihr euch eigentlich schon mal überlegt, wer dann Opas Grab pflegen soll?«

Onkel Wolfgang hatte etwas auf der Zunge, sagte es aber nicht.

»Ist es nicht komisch«, fragte die Mutter nachdenklich, »daß wir jahrelang vor diesem Tag gezittert haben, und nun wickeln wir das alles hier ganz kühl und sachlich ab?«

»Muß ich dann überhaupt noch in die Schule?« fragte Thomas.

»Und ob! Sollen wir uns vielleicht verdächtig machen? Du tust, als sei überhaupt nichts los. Und nachmittags hilfst du mir Pakete packen und zur Post bringen.«

Noch am selben Nachmittag machte sich Thomas daran, seinen Schrank auszuräumen. Man könne unmöglich alles schicken, sagte die Mutter, und sie selbst müsse sich auch von vielem trennen, was ihr lieb und teuer sei. Zum Beispiel von ihren schönen Möbeln und dem Klavier. Auch ihr Rosenthal-Service könne sie wohl kaum in ein Paket stecken, das müsse eben hier auf dem Dachboden auf die Wiedervereinigung warten.

Thomas sortierte aus. Der Fußball ging mit, flach und ohne Luft. Ebenso die Klaviernoten und eine ganze Reihe von Büchern. Nur »Emil und die Detektive« wollte er nicht mitschicken, um sich vor der Flucht noch einmal ein wenig in die Berliner Verhältnisse einzulesen. Den Stabilbaukasten wollte er dalassen mit der Maßgabe, ihn später an Kuno weiterzugeben. Desgleichen die Ritterburg und das Schlachtschiff. Ganz unten im Schrank lag der Teddybär, abgegriffen und angestaubt: »Den kann man keinem mehr schenken«, meinte Thomas, »nicht mal in der Zone.« Die Mutter riet, den Bären mitzuschicken. Irgendwann einmal, vermutete sie, würde man den alten Kumpel aus Kindertagen gern wieder ausgraben.

Es wurde beschlossen, das Fahrrad kurz vor dem 1. Mai per Expreßgut nach Ost-Berlin aufzugeben. Dann werde man sehen, ob und wie man es in den Westen schaffte.

Schon am Sonnabend brachte Thomas mit dem Handwagen die ersten Pakete zur Post, mit erfundenen Absendern, falls sie unterwegs geöffnet und als Fluchtgut erkannt würden.

Nachmittags war die Probe für das Schülerkonzert. Fräulein Sommer ging mit und verhinderte, daß Thomas beim Anblick des großen Saals und der ungefähr zehn Juroren unverzüglich das Weite suchte. Er setzte sich an den Flügel und dachte: Ich mache ja sowieso bald weg. Er bestand.

»Am ersten Mai ist das Konzert«, teilte ihm Fräulein Sommer anschließend mit.

»Aber da ... Das tut mir leid, da muß ich doch demonstrieren.«

»Das Konzert ist doch spätnachmittags. Da bist du längst fertig mit dem Demonstrieren.«

»Ach so, ja«, sagte Thomas, »das ist natürlich richtig.«

52 Je näher der 1. Mai rückte, desto öfter lag Thomas schlaflos in seinem Bett. Die Erwachsenen waren meistens sehr lange auf, und er hörte ihre Gespräche als undeutliches Raunen. Durchs angelehnte Fenster strich kühle Aprilluft, und auf dem Balkon rumorte Max in seinem Stall. In der Ferne quietschten Straßenbahnen durch die Stille, und manchmal war von ganz weit her sogar der Pfiff einer Lokomotive zu vernehmen.

In einer der letzten Nächte hatte Thomas einen völlig konfusen Traum.

Er saß mit den Großeltern beim Skat und spielte eine Scheibe Igelitkäse aus. »Du sollst doch keine ungedeckten Zehnen ausspielen«, schimpfte der Großvater und hustete. Thomas nahm die Zehn zurück und aß sie auf. Da stürzte Fräulein Sommer in ihrem schwarzen Seidenkleid herein und rief: »Willst du wohl mitkommen zum Schülerkonzert! Es hat schon angefangen.« Thomas sprang auf und floh durch die langen, kahlen Korridore des Feierabendheims. Am Ausgang standen Herr Hasenbein und Wilhelm Pieck. »Na, wie heißt du denn?« fragte Pieck, aber Thomas rannte weiter. Herr Hasenbein rief ihm nach: »Du wolltest mich doch mal in meinem Schrebergarten besuchen. Ich hab einen schönen Kürbis für dich.« Thomas sprang in eine Straßenbahn und drehte an der Kurbel. Neben ihm stand Petra und trieb ihn an: »Schneller, schneller! Die Vopos!« Die Straßenbahn raste durchs Rosental, machte eine Runde ums Karussell, donnerte an der Limonadenbude vorbei über die Pleißebrücke und knallte ins Schaufenster eines HO. Bärbels Mutter, die Verkäuferin, sagte: »Macht nischt, is sowieso alles ausvergooft.« Die Straßenbahn schoß rückwärts wieder aus dem Laden und landete im Schauspielhaus. Auf der Bühne stritt der Räuberhauptmann Karl Moor mit Zwerg Nase darüber, wer Amalia in eine Gans verwandelt habe. »Ihr könnt sie mit Brausepulver wieder zurückverwandeln«, rief Thomas, aber die beiden gingen auf ihn los, und der Zwerg warf ihm seine Nase hinterher. Sie war aus Buntmetall und verletzte Thomas am Knöchel. Er lief humpelnd weiter über den Augustusplatz und stolperte über einen mächtigen Pferdeapfel, so groß wie von einem Elefanten. Der Apfel kullerte in *Auerbachs Keller*, und die Passanten riefen: »Toor! ›Chemie‹ vor!« Aber die Oma protestierte: »Abseits!« Thomas setzte sich erschöpft auf die Straßenbahnschienen, und ein Vopo kam auf ihn zu: »Du bist festgenommen, wegen Aufruhr!« Thomas schwang sich auf ein Fahrrad mit platten Reifen und rumpelte die Leninstraße hinunter. Auf dem Völkerschlachtdenkmal standen die Thomaner und sangen das Weltjugendlied. »Wartet, ich singe mit«, rief er und hastete die Wendeltreppe zur Plattform hoch. Er sah die Thomaner gerade noch als Engelchen davonfliegen. Unten auf dem Südfriedhof ging Tante Berta hinter einem Sarg her. »Hallo!« rief Thomas. Tante Berta schaute nach oben, aber es war gar nicht Tante Berta, sondern die Großmutter. »Warte, ich komme«, rief Thomas und sprang.

Er wachte auf und war wieder mal aus dem Bett gefallen. Verdammt noch mal, dachte er, das muß ich mir aber endlich mal abgewöhnen.

53 Nach seiner letzten Schulstunde verabschiedete sich Thomas von Fräulein Hase mit Handschlag. Sie sah ihn verwundert an, und er dachte erschrocken: Ob sie jetzt was ahnt?

Auf dem Heimweg blieb er oft stehen und schaute. Vor dem Fahrradgeschäft in der Georg-Schumann-Straße kam ihm der Gedanke, zu fragen, ob sie endlich wieder die blau-gelben Wimpel mit dem Leipziger Löwenwappen reingekriegt hätten. Sie hatten, und er kaufte sich einen. Der Wimpel kostete eine Mark zwanzig, und Thomas errechnete, daß das ungefähr 24 Pfennig West waren. Er ging noch einmal zurück in das Geschäft und kaufte einen zweiten Wimpel, für Petra. Nach dem Mittagbrot packte er seinen Koffer. Dann stieg er aufs Fahrrad und fuhr zu den Großeltern. Er mochte nicht lange so stumm dasitzen und verabschiedete sich nach einer halben Stunde. Er lief schnell zurück zum Ausgang und schneuzte sich unterwegs in den Ärmel seines Hemdes, weil er wieder mal kein Taschentuch bei sich hatte.

Am Hauptbahnhof suchte er den Expreßgutschalter und gab sein Fahrrad nach Berlin-Ostbahnhof auf. Im letzten Moment entschied er sich, die Luftpumpe dranzulassen, um sie nicht den ganzen Nachmittag mit sich herumtragen zu müssen.

Er fuhr mit der Zehn zu Petra. Sie fragte ihn, wo er denn heute sein Fahrrad gelassen habe, und er erklärte ihr, ihm sei die Kette gerissen und es gebe zur Zeit keine neuen.

Sie fuhren zur Kleinmesse am Cottaweg. Thomas erklärte Petra, was er kürzlich in der *Volkszeitung* gelesen hatte: daß die Kleinmesse schon vor

Jahrhunderten entstanden sei als eine Schau von Merkwürdigkeiten und Belustigungen am Rande der großen Leipziger Messen. Daß man früher hier Neger und Indianer vorgeführt habe, Kälber mit zwei Köpfen oder fünf Beinen, und daß Ringkämpfer und Wahrsagerinnen aufgetreten seien. Daß aber – nach Ansicht der *Volkszeitung* – die Werktätigen im Sozialismus gern etwas Anspruchsvolleres sähen und deswegen auch keine Liliputaner mehr da seien.

»Schade«, meinte Petra.

Sie fuhren mit der Geisterbahn und probierten Seifert's Autoscooter und Müller's Autoscooter, ohne sagen zu können, welcher besser war. Thomas fand sie beide zu langsam.

Er dachte nicht mehr an den Umtauschkurs von Ost- zu Westmark und spendierte Eis und Waffeln. Bei der »Walzerfahrt zum Mond« wurde ihm ein bißchen schlecht, und er dachte: ausgerechnet jetzt. Nach einer Weile ging es aber wieder.

Sie bedauerten beide, daß sie nicht bis zum großen Brillantfeuerwerk bleiben konnten.

»Oder sollen wir einfach?« fragte Thomas.

»Nee, ich muß zum Abendbrot zu Hause sein«, sagte Petra. »Nächstes Mal kann ich ja vorher fragen.«

»Aber einmal könnte man doch einfach später kommen, ohne zu fragen«, drängte Thomas, aber Petra gab nicht nach.

Als er sie vor ihrer Haustür ablieferte, überreichte er ihr den blau-gelben Wimpel. Sie freute sich sehr und meinte: »Jetzt brauche ich bloß noch ein Fahrrad dazu.«

Dann fragte sie ihn: »Woll'n wir uns morgen nach der Mai-Demonstration treffen?«

»Könn' wir machen. Aber eigentlich will ich zu ›Chemie‹. Die spielen gegen ›Lok‹ Stendal.«

»Vielleicht geh ich mal mit.«

Sie machten aus, sich ungefähr um halb eins am Goethedenkmal hinterm Alten Rathaus zu treffen.

»Also bis morgen«, sagte Petra und streckte Thomas die Hand hin.

»Ja, bis morgen«, sagte Thomas und gab ihr schnell einen Kuß auf die Stirn. Dann rannte er davon.

54 »Mutti, kann ich mir für'n Groschen Brause holen, da vorne an der Bude?«

Die Mutter nickte, machte aber keine Anstalten, ihr Portemonnaie aus der Tasche zu ziehen. Auch dann nicht, als Thomas seine eigene Barschaft herausholte und auf der flachen Hand umständlich nachzählte. Sein Durst besiegte seine Sparsamkeit, und er trottete, eher mißmutig, zu dem Kiosk an der Ecke.

Das ist also der Westen, dachte er unterwegs. Der »Goldene Westen«, in dem es alles gab: Freiheit vor allem und vieles für wenig Geld. Daheim in Leipzig war er auch immer knapp bei Kasse gewesen, mit zwei Mark Taschengeld im Monat.

Hier in West-Berlin war die Lage nun vollends trostlos. Thomas hatte einundzwanzig ersparte Ostmark mitgebracht und dafür in der Wechselstube am Bahnhof Zoo 4,20 Westmark eingelöst – zu jenem Kurs, den die *Leipziger Volkszeitung* immer einen »illegalen Wucherkurs« nannte. Am ersten Tag hatte er sich auf dem Kudamm für zehn Westpfennig einen Kaugummi angeschafft, den er mittlerweile den dritten Tag kaute. Abzüglich der Brause blieben glatte vier Mark. Ein Markstück, dachte Thomas, bricht man nicht so ohne weiteres an.

Westen, dachte Thomas noch einmal: Westen. Seit ihrer Ankunft, seit drei Tagen also, nächtigten sie in einer Messehalle am Funkturm. Alle Flüchtlingslager waren überfüllt, weil jeden Tag Tausende von Menschen diesen Weg nahmen: mit dem Zug nach Ost-Berlin und mit der S-Bahn zum Bahnhof Zoo. In der Messehalle waren auf nacktem Steinboden Matratzen ausgelegt, mit schmalen Zwischenräumen, so daß man seine Koffer abstellen konnte. Thomas dachte an sein schönes Bett zu Hause in Leipzig, das vor der Flucht verkauft und inzwischen sicher abgeholt worden war.

Letzte Nacht hatte er ganz schlecht geschlafen, immer wieder geweckt von Schnarchen oder Babygeschrei. Nach Mitternacht hatte er mal rausgemußt und den Weg zur Toilette verfehlt. Er hatte plötzlich im Freien gestanden und den Funkturm vor sich gesehen, der sich schwarz von dem gelblichen Großstadthimmel abhob. Da hatte er den Drang zu einer symbolischen Handlung verspürt und an einem der vier Beine des Funkturms sein Wasser plätschern lassen: »So mein Lieber, wir wolln doch mal sehen!« hatte er gemurmelt.

Als er jetzt vom Kiosk zurücktrabte zur Mutter, da war ihm ein bißchen trostlos zumute. Schlange stehen, dachte er, genau wie zu Hause: immerzu Schlange stehen. Dort stand man nach Äpfeln oder Fahrradreifen, hier nach Stempeln auf einem Stück Papier, das sich »Laufzettel für das Notaufnahmeverfahren von Flüchtlingen aus der SBZ« nannte. Alle Flüchtlinge mußten hier antreten, in dem zweistöckigen braunroten Backsteinhaus in der Kuno-Fischer-Straße. Früher war sicher mal was anderes in dem Haus gewesen, denn den Eingang zierten gekreuzte Bergmannshämmer und Reliefs von Kumpels und Pferdeloren unter Tage.

Die Mutter stand immer noch ziemlich weit hinten in der Schlange.

»Ich find's doof hier«, maulte Thomas, »ich hab mir das anders vorgestellt.«

»Dachtest du, wir werden hier wie Könige empfangen? Wir sind hier bloß ungebetene Gäste im eigenen Land.«

»Aber daß man hier auch Schlange stehen muß ...«

»Aller Anfang ist schwer«, beschied ihn die Mutter, und Thomas mußte plötzlich sehr an zu Hause denken.

»Ob mein Fahrrad schon in Ost-Berlin angekommen ist?« fragte er, mehr sich selbst als die Mutter.

»Bestimmt. Du hast es doch vor fünf Tagen per Expreß in Leipzig aufgegeben.«

»Und wie krieg ich das hier rüber in den Westen?« fragte er.

»Wir müssen irgendwie jemanden aus West-Berlin finden, der es uns für ein Trinkgeld rüberholt.«

Sie rückten sehr langsam voran in der Schlange und hatten noch mindestens 300 Meter bis zu dem Eingang unter den gekreuzten Hämmern.

Nach langem Schweigen fragte Thomas: »Kann ich ins Lager und mich 'n bißchen auf die Matratze legen?«

Die Mutter ließ ihn ziehen. »Verlauf dich nicht!« rief sie ihm nach.

Thomas lief zielstrebig zum S-Bahnhof Witzleben und studierte dort lange den Streckenplan. Dann kramte er aus seinem Portemonnaie den Expreßgutschein. »Ein Fahrrad« stand darauf, und »Zielbahnhof Berlin-Ostbahnhof«. Für 20 Pfennig kaufte er eine Fahrkarte.

Er mußte einmal umsteigen, dann ging es über Charlottenburg, Savignyplatz, Zoologischer Garten, Tiergarten, Bellevue zum Lehrter Bahnhof. Dort hielt der Zug ziemlich lange. Thomas schaute hinüber zur Ruine des Reichstags, hinter der ein Stückchen Brandenburger Tor mit roter Fahne hervorlugte. Ihm fiel auf, daß er seit drei Tagen keine rote Fahne mehr gesehen hatte. Thomas rutschte unruhig auf der hölzernen S-Bahn-Bank hin und her. Endlich gab er sich einen Ruck, stand auf und wollte zur Tür. Da fuhr der Zug ab. Friedrichstraße, Alexanderplatz, Jannowitzbrükke, las Thomas.

Am Ostbahnhof stieg er aus und fragte sich zum Expreßgutschalter durch. Er begegnete zwei Volkspolizisten und drehte sich zur Wand.

Da isses! – fuhr es ihm durch den Kopf. Es lehnte an einem Regal voller Koffer: sein blaues Fahrrad. Er sah mit einem Blick, daß noch alles dran war, auch der blau-gelbe Wimpel mit dem Leipziger Löwenwappen. Nicht einmal die Luftpumpe hatten sie geklaut.

Er gab den Zettel ab und befühlte dann den kühlen Lenker. Er streichelte den Staub vom Sattel und prüfte mit dem Daumen den Reifendruck. Alles war in Ordnung.

Thomas trat auf die Straße. Ein IFA F9 rumpelte über das löchrige Pflaster und ließ eine bläuliche Wolke stehen. Thomas schnupperte: Das war vertrauter Geruch aus Leipzig. Auf dem Kudamm rochen die Autos anders.

Er nahm sich vor, immer neben der S-Bahn her zurückzufahren, um ja den Weg nach West-Berlin nicht zu verfehlen. Aber weil das Pflaster so schlecht war, hielt er sich ein bißchen weiter rechts. Eine Straßenbahn kam ihm entgegen, ein »FDJ-Zug«, die Fahrerin trug das blaue Hemd der Freien Deutschen Jungend. Wie zu Hause, dachte Thomas. An einem HO hielt er kurz an und sah ins Schaufenster. Es gab Gemüsekonserven in Gläsern, Fleischkonserven mit einer dicken Fettschicht obendrauf, Vierfruchtmarmelade und Schweineschmalz. Obst gab es nicht. Wie zu Hause, dachte Thomas und erinnerte sich an die vollen Schaufenster auf dem Kudamm.

Aus einem Lautsprecher dröhnte das Weltjugendlied, und Thomas summte die Melodie mit, die er in der Schule oft gesungen hatte. Dann merkte er, daß er sich doch verfahren hatte. Er suchte den Weg zurück zum Ostbahnhof, um von vorn anzufangen, verfranzte sich aber noch mehr. Er hatte das Gefühl, er müsse längst aufgefallen sein mit seinem Zickzack-Kurs und seinem ratlosen Gesicht. Gleich nehmen sie mich fest, dachte er.

Er sprach einen kleinen Jungen an: »Freundschaft!«

»Sonst noch wat?« bekam er zur Antwort.

»Ja, wie komm ich'n hier zum Brandenburger Tor?«

Der Kleine musterte das Fahrrad. »Nich mit die olle Mühle, die bricht vorher zusamm.«

»Nu sag schon«, drängte Thomas.

»Haste 'n Kaugummi?«

Der Kaugummi wechselte den Besitzer, und der Junge erklärte: »Da drüben, det is der Alex, und denn imma jradeaus.«

Thomas strampelte dank- und grußlos davon.

Am Brandenburger Tor sah er Volkspolizisten die Autos kontrollieren, die in den Westsektor wollten. Er hielt in sicherer Entfernung und versuchte herauszubekommen, ob auch Kinder auf Fahrrädern angehalten wurden. Er stand sehr lange da, fast eine Stunde, und dachte sich aus, was er dem Vopo sagen könnte: »Ich bin aus West-Berlin und war bloß mal drüben, um mir die Stalinallee anzugucken. So was haben wir nämlich nicht.« Er übte den Satz auf hochdeutsch, um sich nicht mit seinem sächsischen Tonfall zu verraten.

Schließlich fuhr er los.

»Nu, mei Gudster, wo willste denn hinmachen?« fragte der lange Vopo.

»Ich ... äh ... ich will nach West-Berlin rüber und mir die Stalinallee angucken ...«

Im selben Augenblick näherte sich eine große schwarze Limousine. Thomas sah auf dem Kotflügel einen roten Stander mit Hammer und Sichel und hinter der Windschutzscheibe zwei russische Uniformmützen.

»Mach Platz!« rief der Vopo, und Thomas warf sich in die Pedale. Als die Limousine ihn überholte, duckte er sich, um nicht von Kugeln getroffen zu werden. Aber die Uniformmützen beachteten ihn gar nicht.

Nach ein paar hundert Metern hielt er an und schaute atemlos zurück auf das Brandenburger Tor.

Da gehe ich nie wieder hin, schwor er sich.

»Mein Fahrrad ist hier«, sagte Thomas, als die Mutter ins Lager zurückkam.

»Wieso? Wie ist denn das rübergekommen?«

»Es ist rübergefahren.«

»Ja, und wer saß drauf?«

»Na ja, das war so: Das Fahrrad war ja schon seit ... Also ich hab's geholt.«

Die Mutter starrte ihn entgeistert an: »Du? Hast du denn noch alle Tassen im Schrank ...?«

»Ja aber ... ich muß doch mein Fahrrad haben.«

»Donner und Doria! Du gehst da nie wieder hin, hast du das kapiert?«

»Ja, das hab ich mir ja auch schon gesagt«, entgegnete Thomas.

LEIPZIG – EINE FABELHAFTE STADT!

Ein Nachwort von Dieter Zimmer

Montagmorgen in der Redaktion. Die Woche beginnt träge, was damit zu rechtfertigen ist, daß diesmal am Wochenende gut zu tun war. Zeitungslektüre. Montags immer rückwärts: zuerst der Fußball, zuletzt die Politik. Das muß man als Redakteur ja niemandem verraten. Das Telefon, eine Stimme mit eindeutig schweizerischem Zungenschlag, auch wenn sie Guten Tag! sagt und nicht Grüezi! »Ja, Rudolf Streit-Scherz vom Scherz Verlag in Bern. Sie haben uns dieses Manuskript geschickt.« »Ja«, sage ich, einfach weil es stimmt. »Das wollen wir machen.« »Ja?« frage ich, einfach weil es nicht völlig normal ist. »Das wollen wir machen. Wir werden es im Frühjahrsprogramm als Spitzentitel herausbringen.« »Ja«, sage ich, weil der Mann es ja wissen muß. Mein erstes Buch!

Wie kommt man dazu, ein Buch zu schreiben? Und hat nicht jeder zweite schon mal gesagt: Ich kann dir Sachen erzählen, darüber könnte ich ein Buch schreiben! Aber er tut es nicht. Keine Zeit, keine Zeit! Heute kann ich sagen: Ich hatte auch keine Zeit, ich habe sie mir genommen.

Schreiben! Aufsätze. Gute Aufsätze in der Schule. Wirklich meistens mit Eins oder Zwei benotet. Ganz im Unterschied zu Mathe. Oder auch Sport. Man kann nichts für ein Talent, ebensowenig für mangelnde Begabung in Chemie und Biologie. Also kleine Geschichten für den Hausgebrauch. Später ein paar Satiren an »Pardon«, die es damals noch gab, und die druckten sie alle und wollten mehr. Satiren für die letzten Seiten der »Süddeutschen Zeitung« und der »Frankfurter Rundschau«. Ein lustiger Nebenerwerb. Aber irgendwann sollte es etwas Größeres sein.

Wie kommt man erstens zu seinem Thema, zweitens zu dem Entschluß, es tatsächlich in Angriff zu nehmen, und drittens zu der Hartnäckigkeit, es zu Ende zu bringen? Das kann man ruhig mal erzählen – weil so viele sagen: Ich könnte ein Buch schreiben! Durch einen Zufall lernte ich nach einer Fernsehsendung Rainer Barzel kennen. Ich moderierte seinerzeit die »heute«-Sendung. »Und was tun Sie außerdem?« fragte er im Lauf des Abends. »Was soll ich sonst noch tun?« fragte ich. Er schüttelte den Kopf: »Jeder muß noch etwas tun, das niemand von ihm verlangt. Ich schreibe gerade wieder ein Buch.«

Da hatte er wohl recht.

Ich hatte zu jener Zeit einen ziemlich aufreibenden Job: Ich war Studioredakteur und verantwortlicher Schlußredakteur einer der beiden großen Nachrichtensendungen dieser Republik. Ich war ein wenig stolz darauf, es mit Mitte dreißig geschafft zu haben. Aber eines gab mir immer mehr zu denken: Wenn ich mich abends ins Auto setzte, um von Wiesbaden nach Hause nach Frankfurt zu fahren, fünfundvierzig Kilometer zum Abschalten, dann war die Sendung vergessen – es sei denn, ich hatte irgendeinen Kinken eingebaut, einen Fehler, vielleicht einen blöden Versprecher, der mich tage-, manchmal wochenlang fuchste. Ich lebte beruflich sozusagen von der Hand in den Mund. Ich hatte das Gefühl, noch unausgesprochen, noch ohne Konturen: Du mußt mal etwas in Angriff nehmen, das dich auch am nächsten Morgen noch beschäftigt. Und da kam Rainer Barzel mit seiner Frage: Was tun Sie denn sonst noch?

Zweiter Zufall: Ich las gerade »Die Heiden von Kummerow«. In diesem Roman beschreibt Ehm Welk das bescheidene Dorf seiner Kindheit wie ein verlorenes Paradies. So was Ähnliches hatte ich doch auch erlebt! Ostzone. Nachkrieg. Ärmlich. Aber in meiner Erinnerung eine schöne, aufregende Kindheit. Mit Recherche vertraut, fand ich heraus, daß dieses Thema bislang noch nicht in einem Roman beschrieben worden war. Also los!

Wir hatten damals in Frankfurt eine Dachwohnung hinzugemietet. Dorthin zog ich mich zurück. Halbe Nächte hämmerte ich auf der Schreibmaschine und merkte nicht, wie mein Privatleben dabei zugrunde ging. Ich wollte mir beweisen, daß ich einen Roman schreiben konnte!

Die meisten Romanautoren fangen mit einem Stoff an, der ihnen am besten vertraut ist: Autobiografisches. Im eigenen Leben kennt man sich aus, an die Umstände erinnert man sich. Man muß sich nicht mühsam hineinarbeiten. Damit es authentisch ist, muß man dennoch mit Zeitzeugen reden und Quellen studieren. Meine Zeitzeugen waren Verwandte und Freunde, meine Quellen die Zeitungen von damals. Zum Glück gab es die »Leipziger Volkszeitung« komplett im Archiv der Friedrich-Ebert-Stiftung in Bonn. Schließlich war das damalige Bezirksorgan der SED eine der ältesten sozialdemokratischen Zeitungen in Deutschland. Ein paar Wochen brachte ich im Lesesaal damit zu, ganze Jahrgänge zu durchforsten. Mir kam zugute, daß die »LVZ« in den Nachkriegsjahren nur dreimal die Woche erschienen war und nur vier oder sechs Seiten hatte. Aber ich stieß auf ungezählte Hinweise: Mensch, so war das ja damals! Plötzlich war ich eingetaucht in meine Vergangenheit. Traf im Geiste Menschen wieder, die lange tot waren oder aus den Augen verschwunden. Ich mußte achtgeben, daß nicht ein Stück Nostalgie entstünde.

Ich hatte noch keinen Computer, das wäre damals auch ungewöhnlich gewesen. Ich tippte auf der Schreibmaschine. Vertippte mich oft genug. Wenn ich mich mitten im Tippen anders entschied, riß ich den Bogen heraus und begann von vorn. Ein mühsames Geschäft! Man kennt das. Es gibt ja Dichter, die auf den Federkiel schwören. Aber für den normalen Schriftsteller war die Erfindung und Verbreitung des Computers ein Segen.

Die erste Fassung war zwar ein Manuskript, aber noch kein Roman. Wie schreibt man einen Roman? Es gibt Techniken. Die kann man lernen.

Zweite Fassung. Von Anfang bis Ende neu getippt. Rainer Barzel erklärte sich bereit, mal »gegenzulesen«. Er tat es mit Akribie, schrieb Bemerkungen an den Rand. Ich danke ihm dafür. Dritte Fassung. Das Manuskript an den ersten Verlag. Warten. Wochenlang. Monate sogar. Die Antwort: Sehr schön, sehr flott geschrieben, aber wer, bitte schön, interessiere sich für die Geschichte einer Kindheit nach dem Krieg in der Ostzone? Nächster Verlag. Zwei Monate. Die Antwort: Diese Nachkriegskindheit in der Ostzone sei eine sehr interessante Geschichte, aber leider, leider viel zu unliterarisch geschrieben. Was immer das bedeuten sollte. Vielleicht zu verständlich geschrieben? So ging es hin und her, eineinhalb Jahre lang. Absagen, Absagen, Absagen. Aber das kennen viele Kollegen.

Bis eines Montags Rudolf Streit-Scherz anrief. Er hatte mit Ilse von Bredows »Kartoffeln mit Stippe« einen großen Erfolg gelandet und suchte einen Anschluß – weil ja Ilse von Bredow nicht schon wieder ein Manuskript fertig hatte.

Der Roman wurde ein ansehnlicher Erfolg. Genauer gesagt: Er wurde zu einem Erfolg gemacht. Ich habe gelernt, daß es verkehrt ist zu sagen: Ich habe einen Bestseller geschrieben! Richtig ist: Ich habe ein Manuskript geschrieben, das einem Verlag gerade recht kam, auf das er gesetzt und für das er geworben hat, das die Vertreter engagiert verkauft haben, das der

Buchhandel positiv aufgenommen hat und das – last but not least – viele Menschen gekauft, gelesen, verschenkt, empfohlen haben. Nicht: Ich habe einen Bestseller geschrieben. Aber ein schöner Anblick war es: ganze Schaufenster dekoriert mit Stapeln von »Brause«. Und nach drei Wochen erschien es in der Bestsellerliste im »Spiegel«.

Ich fragte mich: Was finden die Leute an diesem Buch? Eigentlich eine banale Geschichte: Ein kleiner Junge in Leipzig schlägt sich durch die Nachkriegszeit, erlebt lauter alltägliche Abenteuer, leidet mit seiner Familie unter Mangelwirtschaft und politischem Druck, bis es heißt: Wir flüchten! In den goldenen Westen. Was sollte er dort: ohne seine geliebte Heimatstadt, seine Großeltern, seine Freunde, seinen Fußballverein? Aber er hat keine Wahl. Das ist schon die ganze Geschichte. Aber das wollten Hunderttausende lesen. »Wir machen eine Fortsetzung«, sagte der Verleger. Eine Fortsetzung? Wozu das? Wer will wirklich wissen, wie es dem Jungen Thomas im Westen erging? Außerdem: Ich wollte ja nicht Schriftsteller werden. Ich wollte mir nur beweisen, daß ich ein Buch schreiben kann. Ein Buch und nicht zwei oder mehr. Aber der Verleger blieb hart: »Das ist eine gute Geschichte. Der Junge aus der Zone im Wirtschaftswunderland! Konrad Adenauer, Fritz Walter, James Dean. Das wollen die Leute lesen. Sie schreiben und wir bringen es unter die Leute.« So haben wir es gemacht.

In der DDR wurde »Für'n Groschen Brause« umgehend verboten. Es gab das Buch weder in Buchhandlungen oder Bibliotheken, noch durfte es mit der Post geschickt oder bei Reisen eingeführt werden. In der Deutschen Bücherei in Leipzig konnte ich kurz nach dem Ende der DDR den (noch nicht umgeräumten) »Giftschrank« unterm Dach besichtigen, subversive Literatur, die den DDR-Bürgern nicht zuzumuten gewesen war. Nicht zur Ausleihe freigegeben! Da standen meine »Brause« und anderes von mir in bester Gesellschaft von Erich Loest und Hunderten anderen Autoren.

War es denn wirklich so ein staatsgefährdendes Machwerk? Schilderte es nicht nur, aus Sicht von Kindern, in launiger, bisweilen satirischer Form die Schwierigkeiten beim Aufbau einer neuen Gesellschaftsordnung? Ja, schon. Aber erstens kamen ja nicht nur Versorgungsmängel zur Sprache, sondern auch politische Indoktrination, der zunehmend schon wir Zehnjährige ausgesetzt waren. Und vor allem hatte dies alles sich in den Jahrzehnten bis zum Erscheinen des Romans nicht wesentlich geändert. Man erkannte in diesem zeitgeschichtlichen Roman die aktuelle DDR wieder. Daher also: Verboten!

Freilich gab es Wege, auch derartig »subversives« Schriftgut über die Grenze zu bringen. Man konnte es auf Reisen zuunterst im Koffer verstecken, was allerdings mit einigem Herzklopfen bei der Grenzkontrolle einherging. Einfacher war es, das Buch in ein Paket zu stecken und abzuwarten, ob es klappte. Meistens klappte es. Niemand weiß, wie viele Exemplare auf die eine oder die andere Weise in der DDR gelandet sind. Und niemand weiß, wie oft sie ausgeliehen wurden. Mir wurden stolz Exemplare gezeigt, die total zerlesen waren. Da ich jahrelang meine Nase im ZDF-Programm hatte zeigen dürfen, erkannten mich bei meinen häufigen Besuchen in der DDR Menschen auf der Straße oder im Lokal und sprachen mich auf das Buch an. Genauso war's! bestätigten sie mir. Genauso haben wir's selbst erlebt! Das war mir wichtig. Und daß niemand mir nachweisen konnte, dieses oder jenes in dem Buch habe nicht den Tatsachen entsprochen. Das war sozusagen mein journalistischer Ehrgeiz.

Was die Leipziger Bezirksleitung der SED offenbar noch mehr ärgerte als das weitverbreitete Buch, war meine Fernsehreportage, die im selben Jahr 1980 im ZDF lief. Sie trug den Titel »Mein Leipzig – lob ich's mir?« und war, wie schon der Untertitel andeutete, ein sehr persönlicher Film: »Besuch in einer Heimatstadt«. Ich wollte nicht zum x-ten Mal die großen Sehenswürdigkeiten abklappern, sondern Schauplätze und Personen zeigen, zu denen ich eine persönliche Beziehung hatte. »Mein« Vorort Gohlis spielte eine Hauptrolle. Meine »rote« Schule (wegen der Backsteine). Unsere Menckestraße mit trostlos verfallenen Häusern. Unsere Friedenskirche mit unserem Pfarrer Courths, der mir ein Interview über Christsein im Sozialismus gab. Interessant: DDR-Bürger bestätigten mir nach der Ausstrahlung, der Pfarrer habe außerordentlich mutig argumentiert und sei ein Höhepunkt der Reportage gewesen, während Zuschauer im Westen meinten, den Pfarrer hätte man weglassen sollen, er habe ja gar nichts Wichtiges gesagt. Zwei Gesellschaften, zwei Denkweisen.

Übrigens hatte auch diese Filmproduktion ihre Hürden zu nehmen. Monatelang hatten wir Anträge gestellt, über Drehorte und Interviewpartner verhandelt, Termine ausgemacht, einen Vertrag geschlossen, Gebühren überwiesen, Einreisevisa beantragt, Hotelzimmer gebucht. Plötzlich, vier Tage vor der geplanten Fahrt des Teams nach Leipzig, erreichte mich ein knappes Telex, ohne Anrede, ohne Gruß: »An dem Projekt Leipzig besteht kein Interesse«. Der Grund wurde mir nie mitgeteilt.

Was tun in einem solchen Fall? Die DDR liebte keine schlechte Publicity. Also gab das ZDF eine Meldung an die Presse, die solche Vorfälle gern aufgriff. Kurz und gut: Wir durften unseren Film mit einem halben Jahr Verspätung drehen.

Einige Passagen des Films stießen wahrscheinlich auf Mißfallen bei der SED-Bezirksleitung. Zum Beispiel riet ich dazu, an unserem schönen Marktplatz, gegenüber dem zauberhaften Alten Rathaus, den öden Neubau des Messeamts abzureißen. Das war offensichtlich schon zu viel. (Mit zwanzig Jahren Verspätung ist es dann ja geschehen.) Ein paar verfallene Straßenzüge hätten wir auch nicht zeigen sollen. Auch nicht die verheerenden Folgen des Braunkohleabbaus. Die Konsequenz: Bis zum Ende der DDR bekam ich nie wieder eine Genehmigung für Dreharbeiten im Bezirk Leipzig. So besuchte ich immer wieder privat die Stadt, wie ich es seit der Flucht in jedem Jahr ein paarmal getan hatte.

Wir beim ZDF haben uns manchmal gefragt, weshalb wir all diesen Ärger auf uns nahmen. Warum konnte man stattdessen nicht einen gemütlichen Film über den Schwarzwald machen? Die Sache ist die, daß wir der festen Überzeugung waren, dafür sorgen zu müssen, daß für unsere Zuschauer in der Bundesrepublik die Städte und Landschaften zwischen Rügen und Vogtland nicht endgültig weiße Flecken auf ihrer geistigen Landkarte wurden. Deswegen gingen wir sogar mit Freude an diese Arbeit.

Meine Reportage über Leipzig hatte einen großen Stapel von Briefen zur Folge. Briefen von ehemaligen Leipzigern, die es irgendwohin im Westen verschlagen hatte. Freude über das Wiedersehen mit ihrer Stadt per TV. Ehemalige Nachbarn und Schulkameraden meldeten sich. Wir beschlossen, bei uns zu Hause in Wiesbaden ein großes Fest mit diesen »Ehemaligen« zu veranstalten. Es wurde ein Wochenende zwischen Spaß und Nostalgie, und manche neu angeknüpfte Freundschaft hat bis heute gehalten.

»Für'n Groschen Brause« hatte inzwischen seinen Weg gemacht und wurde 1983 für das ZDF verfilmt. Ich bekam den ehrenvollen Auftrag, das Drehbuch zu schreiben. Filmaufnahmen in Leipzig wurden uns natürlich nicht gestattet. So mußten wir in West-Berlin Straßenzüge finden, die Leipzig-Gohlis ähnelten. Ein paar typische Leipziger Stadtansichten steuerte unser Ost-Berliner ZDF-Korrespondent auf einer Drehreise bei.

Dann der Herbst 1989! Die entscheidenden Tage verbrachte ich leider im Krankenhaus, aber so bald wie möglich war ich wieder »drüben«.

Einer meiner schönsten Tage nahte, als ich – endlich! – auch in Leipzig aus meinem Buch vorlesen konnte. Der Saal des Alten Rathauses platzte aus allen Nähten, der Verleger schleppte eigenhändig zusätzliche Stühle herbei. Später saßen wir in »Zills Tunnel« beieinander, neben mir der Thomaskantor Hans-Joachim Rotzsch und Günter Busch, unser legendärer Torwart von »Chemie Leipzig« in den fünfziger Jahren. Er wurde ein guter Freund, leider lebt er nicht mehr. Leipzig zu besuchen bereitete wieder Freude. In den Jahrzehnten der DDR konnte man vereinzelte Kraftanstrengungen wie das Neue Gewandhaus bestaunen, ansonsten den ungebremsten Verfall der Stadt besichtigen. Der wurde nun an immer mehr Stellen gestoppt. Neues entstand in immer schnellerer Folge, Altes wurde restauriert. Günter Busch sagte es in einer Reportage so: »Heute fällt jedes Haus auf, das restauriert wurde; in ein paar Jahren fällt jedes auf, das noch nicht restauriert ist.« Nicht alles Neue gefällt den Leipzigern und ihren Gästen. Über das neue Bildermuseum kann man wunderbar streiten, über die neue Universität ebenfalls. Unbestritten scheinen mir der großartige alt-neue Hauptbahnhof und der sensationell umgestaltete Zoo. Aber da mag sich jeder Einheimische, Zugereiste oder Besucher sein Bild machen. Zu meiner großen Freude höre ich immer öfter das Urteil: Leipzig – eine fabelhafte Stadt!

Heute besuche ich meine Heimatstadt alle ein bis zwei Monate. Irgendetwas ist immer zu tun, z. B. die Moderation der Reihe »Leipziger Gespräche« im Gewandhaus. Über achtzig prominente Gäste haben wir schon auf unseren Sessel geholt.

Als ich damals »Für'n Groschen Brause« schrieb, war im Hinterkopf durchaus auch der Gedanke, meiner Stadt ein winziges Denkmal zu setzen. Manchmal habe ich fast den Verdacht, es könnte gelungen sein.

Die folgenden fotografischen Aufnahmen von Karl Heinz Mai zeigen das Leipzig der späten 40er und frühen 50er Jahre. So hat Thomas, der Hauptheld dieses Buches, seine Stadt gesehen: zerstört und doch wieder im Aufbau begriffen. Karl Heinz Mai (1920–1964) war der Chronist seiner Zeit. Durch eine Kriegsverletzung hatte er 1941 beide Beine verloren und konnte seinen ursprünglichen Beruf als Kaufmannsgehilfe nicht mehr ausüben. So sah er seine Aufgabe darin, tagtäglich mit dem Rollstuhl und seiner »Voigtländer«-Kleinbildkamera im eigenen Auftrag unterwegs zu sein, um rastlos Alltagsbilder und Porträts zu machen. Die Menschen kannten und mochten den Fotografen in seinem »Selbstfahrer«, dessen Bilder heute zu den wichtigsten Dokumenten der Leipziger Nachkriegszeit gehören. Erst spät, in den 80er Jahren, und dank seines Sohnes Karl Detlef, der mehrere Ausstellungen und Publikationen initiierte, wurde das Werk von Karl Heinz Mai von der Öffentlichkeit wiederentdeckt. Dieter Zimmer hat die Fotografien mit Bildunterschriften versehen.

Das Kinderporträt von Dieter Zimmer stammt aus dem Privatarchiv des Autors, das Fußballbild aus dem von Jens Fuge herausgegebenen Buch »Ein Jahrhundert Leipziger Fußball 1945–1989« (Connewitzer Verlagsbuchhandlung, 1997).

»Abenteuerspielplätze« hatte uns der Krieg reichlich hinterlassen. Oder beschert.

Die Trümmerbahn – festlich geschmückt zu einem Feiertag.

Heldinnen und Legenden der Nachkriegszeit: Trümmerfrauen.

Schlangestehen – wir nannten es
unseren »Volkssport Nr. 1«.

Nachkriegszeit – für die Alten die schwersten Jahre, für uns Junge ein großes Abenteuer.

Der Zoo: für uns Kinder der zweitschönste Platz der Stadt – gleich nach dem Fußballplatz.

HO – Handelsorganisation: Wenn es etwas gab, dann dort.

Vom Frühjahr bis zum Herbst
dudelte das »Garussl« im Rosental.

»Grabeland« im Rosental:
Aktion gegen ständigen Hunger.

Vor dem grauen Klotz am Rande der Stadt:
dem Völkerschlachtdenkmal.

Irgendwie bloß mitkommen – »Elektrische« vor dem beschädigten Hauptbahnhof.

Endlich zu Hause: Kriegsheimkehrer halten Ausschau, ob jemand sie empfängt.

Für die alten Leipziger ein trauriger Anblick: das zerstörte Gewandhaus.

Das Reichsgericht hieß nun »Georgi-Dimitroff-Museum« und wurde zum Bildermuseum: eine reiche Schatzkammer.

Attraktion zur Messezeit: Ami-Schlitten in der Grimmaischen Straße.

Der junge Goethe vor der Alten Börse
durfte auf seinem Sockel zwei Freundinnen
verewigen lassen.

Die Thomaskirche – die Christmette in Johann Sebastian Bachs Kirche war eisernes Muß in der Familie.

Universität beschädigt, Paulinerkirche völlig intakt – aber sie sollten 1968 der Abrißwut der DDR zum Opfer fallen.

Unser herrliches Altes Rathaus wurde bald nach dem Krieg restauriert.

Noch so ein »Volkssport«: Kundgebungen für und gegen alles Mögliche.

Unsere Helden der Sonntage: die »Chemiker« mit ihrem legendären Torwart, dem »Buscher«.

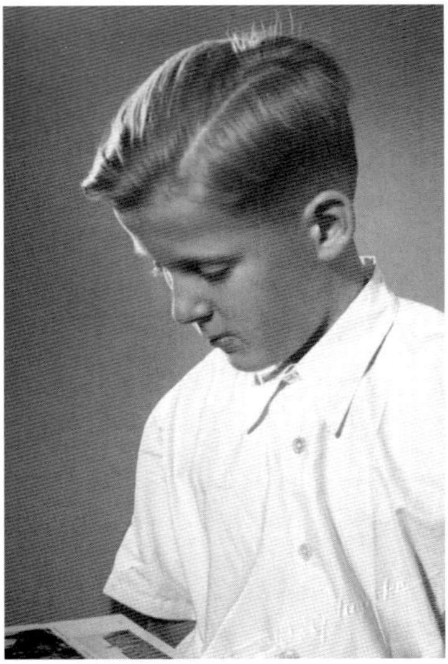

Dieter Zimmer: ein ziemlich
braver Bub – im Unterschied zu
seinem Romanhelden Thomas.